HAYLEY KRISCHER

SOMETHING HAPPENED TO ALLY

Roman

Aus dem amerika
von Miche

W0321190

dtv

Dieses Buch behandelt Themen, die potenziell belastend wirken können. Mehr Informationen und eine Liste ausgewählter Hilfe- und Anlaufstellen finden sich ab Seite 379.

MIX
Papier | Fördert gute Waldnutzung
FSC® C014496
FSC www.fsc.org

Deutsche Erstausgabe

Titel der amerikanischen Originalausgabe:
›Something Happened to Ali Greenleaf‹,
2020 erschienen bei Razorbill,
einem Imprint von Penguin Young Readers Group,
a division of Penguin Random House LLC

Tumblingerstraße 21, 80337 München
verlag@dtv.de

Umschlaggestaltung: zero-media.net, München
Umschlagmotiv: Juan Moyano / stocksy.com
Gesetzt aus der Plantin
Satz: Fotosatz Amann, Memmingen
Druck und Bindung: GGP Media GmbH, Pößneck
Printed in Germany · ISBN 978-3-423-74119-4

Für Jake und Elke

Wenn da jemand gewesen wäre, der gesagt hätte: »Hör zu, ich weiß nicht, was hier los ist, aber mir ist etwas passiert. Und wenn es dir ähnlich geht, dann bist du nicht allein. Du bist nicht verdorben. Du bist nicht schlecht und es ist nicht deine Schuld.« Wenn da jemand gewesen wäre, der das einfach mal eingeworfen hätte – ich glaube, das hätte den Verlauf meines Lebens vollkommen verändert.

Tarana Burke,
Gründerin der #MeToo-Bewegung

1

BLYTHE

Es gibt Nächte, da scheint einem die ganze Welt offenzustehen und die Zukunft vor lauter Möglichkeiten nur so überzusprudeln. Das weiße Licht der Laternen strahlt wie Discokugeln in deinen Augen, während du die Straße hinabrast. Sterne funkeln am schwarzen Himmel. Dein Lieblingssong dröhnt aus den Lautsprechern und der Bass lässt das Auto vibrieren, während du und deine Freunde laut mitsingen.

Heute ist nicht so eine Nacht.

Kaum sind wir bei Sophie Miller angekommen, lassen mich Devon, mein Freund, und sein bester Freund Sean einfach stehen, um mit dem Rest des Fußballteams im Garten Zigarren zu rauchen.

»Zigarren sind doch nur was für alte Männer«, sage ich zu Dev, als der sich mit einem Kuss von mir verabschiedet.

»Ich nehm Kaugummi, bevor wir rumknutschen, versprochen«, antwortet er. Noch ein Kuss und weg ist er.

Sean, der himmlische Sean Nessel, ist der Grund, wieso wir hier sind. Sean steht auf ein Mädchen aus der Elften – Ally Greenleaf. Um sie geht es heute Abend. »Sie starrt mich die ganze Zeit an«, hat er vorhin gesagt, als wir noch bei Dev waren. »Tun wir das nicht alle?«, hätte ich am liebsten erwidert, aber das hätte seltsam geklungen.

Sean und Dev müssen noch irgendwo in der Nähe sein – ich höre sie und die anderen Jungs lautstark ihren gestrigen Sieg feiern. State Champions, natürlich nur dank Seans entscheidendem Tor. Die Mannschaft ist ständig in der Schülerzeitung. Quasi täglich auf der Titelseite. Als ob sie nicht schon genug Aufmerksamkeit bekommt, seit das Footballteam letztes Jahr aufgelöst wurde. Jetzt richten all die Football-Moms und der Rest der Stadt ihre gesamte Aufmerksamkeit eben auf die Jungs des Fußballteams. Ihre ach so unterwürfige Aufmerksamkeit. Draußen im Garten grölen die Jungs jetzt ihren Urzeitschrei: »SIE-GER, SIE-GER!« Ich finde dieses männlich animalische Verbundenheitsgehabe mit dem ganzen Rumgestampfe und Geklatsche unangenehm. Aber alle anderen auf der Party scheinen voll drauf abzufahren, so wie die sich alle die Hälse in Richtung des Fensters verrenken, durch das die Rufe hereindringen. Die Jungs müssen nicht mal im Zimmer sein, um wie immer im Mittelpunkt zu stehen.

Meine Mädels – alle nennen uns nur Die Vier: ich, Donnie Alperstein, Suki Fields und Cate Sandoval – sollten schon längst hier sein, sind sie aber nicht. Die Leute sind es nicht gewohnt, mich allein zu sehen. Ich verschanze mich hinter meinem Handy und tippe eine Nachricht an Cate.

Wo seid ihr?

Sind in 2 Minuten da.

»Oh mein Gott, Blythe Jensen!« Ein Mädchen, das ich nicht kenne, hopst vor mir auf und ab. Das passiert ständig. Wenn sie betrunken sind, kommen sie alle zu mir und stellen sich vor. Ich nicke höflich.

»Wir haben zusammen Chemie«, erklärt sie.

»Wo ist das Bierfass?«

Sie gerät ins Stottern. Und dann *beschreibt* sie mir tatsächlich den Weg zum Fass. Ich stoppe sie, bevor sie mir zu sehr auf die Nerven gehen kann.

»Es wäre so hilfreich, wenn du mir einfach ein Bier bringen würdest«, sage ich.

»Oh! Na klar!«

Ally Greenleaf, das Mädchen, das Sean heute abschleppen will, kommt etwa eine Minute später durch die Tür, zusammen mit Cherie Mizner, Raj Patel und noch einem Mädchen, ich glaube Cheries Schwester. Ally ist eine Bohnenstange. Langer Hals. Blasses Mondgesicht. Volle Lippen. Wie ein Baby. Ihre Haare sind leicht gewellt. Sie trägt einen Pony, das steht nicht vielen. Sie hat schöne Haare. Ein paar süße Sommersprossen. An einem Arm trägt sie mehrere Armreife. Die sind nett, das muss ich ihr lassen.

Das Chemie-Mädchen steht wieder vor mir und zuckt nervös. Es bedankt sich, als es mir das Bier gibt.

Aber ich will Ally beobachten. Ich will verstehen, was Sean in ihr sieht. Sie wendet sich ihrer Freundin zu, ihr Gesicht strahlt unschuldig, wie Gesichter das eben manchmal tun. Sie ist eins von diesen Mädchen, die nicht wissen, wie hübsch sie eigentlich sind. Ich kann es in ihren Augen sehen. Dieser nervöse Blick. Noch ein naives Mädchen, das keine Ahnung hat, was auf es zukommt. Denn ich habe das mit Sean schon so oft durchgemacht. Ally wird heulend zu mir gerannt kommen und wissen wollen, was zwischen ihnen passiert ist. *Ich weiß, du dachtest, dass er dich wirklich mag. Und er mag dich ja auch, Süße, aber Sean ist einfach nicht der Beziehungstyp*. Genau das wird in ein paar Tagen passieren. Vielleicht erst in einer Woche. Das ist typisch Sean. Und immer wieder diese bescheuerten Mädchen, die glauben, dass Sean sich für sie ändern wird, dass sie die eine sind.

Ich schreibe Dev eine Nachricht:

Nessels Mädel ist hier. Ihr solltet besser reinkommen.

Cate kommt hereinmarschiert, Suki und Donni im Schlepptau. Sie drängt sich durch die Menge zu mir durch, die anderen beiden folgen. Niemand beschwert sich darüber, von ihnen aus dem Weg geschoben zu werden. Alle machen freiwillig Platz.

»Tut mir so, so, so leid, dass wir so lange gebraucht haben. Meine Mutter hat rumgezickt«, erklärt Cate.

»Oh, *Mütter*«, sage ich. Meine Stimme trieft vor Ironie.

Cates Mutter kommt aus Puerto Rico. Sie macht Cate immer noch jeden Morgen ein Pausenbrot. Bekocht uns, wenn wir bei ihnen zu Hause sind. Gibt uns Wein. Will uns mästen.

Meine Mutter ist nicht so. Ich wünschte, ich müsste meiner Mutter nicht dabei helfen, ihre Tabletten zu sortieren oder die Anrufe meines Vaters zu beantworten, weil der sich immer solche Sorgen um sie macht. Aber so ist das nun mal.

»Außerdem hat Donnie ewig gebraucht«, sagt Suki und wirft Donni einen Blick zu, die ein wenig hin und her schwankt. In letzter Zeit klaut sie öfter das übrig gebliebene Vicodin ihrer Schwester, das die nach einer Laufverletzung nehmen musste. Vielleicht hat sie zu viel davon geschluckt. Sie trägt eine übergroße Armyjacke, ein kurzes weißes T-Shirt, das ihren braunen Bauch zur Schau stellt, und schwarze Skinny-

Jeans. Ihre schwarzen Locken sind heute Abend besonders wild – die untere Hälfte ist hellblau gefärbt.

Donnie dreht sich um und stolpert über ihre eigenen Füße. Ich halte sie am Ellbogen fest.

»Alles okay, Don?«

»B, mir geht's super.« Sie leckt sich über die Lippen und wischt sich die Haare aus den Augen. Dann zieht sie eine blaue Strähne aus ihrem Mund.

ALLY

Sammi, Raj und ich sitzen in einer kleinen Runde zusammen, trinken Bier und rauchen Rajs Lucky Strikes, die meine Kehle völlig ruinieren. Die Lucky Strikes gehören Rajs Großvater. Der hat ein Lungenemphysem und Lucky Strikes sind nicht leicht zu finden, deswegen muss Raj für ihn online nach Tabakläden suchen, die diese Sorte noch verkaufen. Einmal im Monat machen sie dann zusammen eine Art Pilgerfahrt, Rajs Großvater immer mit seinem Sauerstofftank im Gepäck. Er hortet die Zigaretten. Solange Raj ihn nicht verrät, gibt er ihm jedes Mal ein, zwei Packungen ab.

Raj spielt seit der zehnten Klasse in der Fußballmannschaft unserer Schule. Was bedeutet, dass er mit Sean Nessel befreundet ist, was bedeutet, dass er oft *ganz nah* an Sean Nessel dran ist.

Wir spielen »Wer hatte schon mal Sex?« und wenden uns dabei Blythe Jensen zu. Manchmal frage ich mich, wie es wohl ist, sie zu sein. Wenn ich ihr in der Schule auf dem Gang begegne, schaut sie immer stur geradeaus, als ob da ein Licht am Ende des Flurs wäre oder eine Kamera oder so, irgendetwas, ganz weit weg und erhaben. Es ist fast so, als würde sie einfach irgendwo in die Ferne schauen, wäre gar nicht mehr im Hier und Jetzt.

»Ich glaube, die Frage ist nicht, *ob* Blythe Jensen schon Sex hatte«, sage ich. »Sie ist schon seit Ewigkeiten mit Devon Strong zusammen. Die Frage ist also, *wie viel* Sex.«

»Eigentlich ist die Frage, ob sie eine Peitsche und Handschellen hat«, sagt Sammi. »Sie sieht aus wie eine Domina.«

»Okay, Raj, du bist dran. Was ist mit dem da?« Ich zeige auf einen ultradünnen Hockeyspieler mit unnatürlich breiten Schultern.

»Ich weiß nicht mal, wieso wir dieses Spiel überhaupt spielen«, sagt Raj. »Die Hälfte der Leute hier hatte schon Sex.«

Raj hat welliges braunes Haar, es ist weich und fluffig und fällt irgendwie immer über sein eines Auge. All diese Weichheit, diese leuchtend grünen Augen und seine Haut – ein sanftes Braun, geerbt von seinem indischstämmigen Vater – stehen in absolutem Kontrast zu seinem durchdringenden Blick. Selbst hinter der schwarz gerahmten Brille sind seine Augen zu Schlitzen verengt, als ob er wütend wäre oder zu viel nachdenkt. »Ich bin nur konstant skeptisch«, hat er mir mal erklärt, als ich ihn darauf angesprochen habe.

Sean Nessel gleitet an einem Fenster vorbei. Sean Nessel und sein seidiges blondes Haar, das ihm bis auf die Schultern fällt. Ich sage es jetzt einfach, wie es ist: Alles in meinem Leben dreht sich um Sean Nessel. Das ist kein Geheimnis. Raj und Sammi verstehen das volle Ausmaß meiner Sean-Nessel-Obsession.

Sogar dieses bescheuerte Spiel ist nur eine Ablenkung. Wir sind aus einem bestimmten Grund auf dieser Party. Wir drei warten darauf, dass hier etwas passiert. Weil Sean

Nessel am Freitagmorgen in der Schule zu mir und Raj gekommen ist.

An

Meinen

Spind.

Deswegen hat Sammis ältere Schwester Cherie, die übers Wochenende vom College nach Hause gekommen ist, uns dabei geholfen, uns rauszuschleichen. Deswegen haben wir ihre Eltern angelogen. Und Sammi belügt ihre Eltern nie. Deswegen habe ich meinem Vater erzählt, dass ich bei Sammi übernachte und wir nicht vorhaben wegzugehen. Deswegen sind wir auf dieser Party. Weil Sean Nessel gesagt hat, dass wir kommen sollen. Dass ich kommen soll. Na ja, genau genommen hat er erst Raj eingeladen. Und dann hat er sich mir zugewandt, seine Stimme hat in meinem Kopf widergehallt. Sein Finger ist zu mir gewandert und hat auf mich gezeigt.

Du solltest auch kommen.

Das hat Sean Nessel zu mir gesagt. Direkt in mein Gesicht. *Du solltest auch kommen.*

In den Collagen, die ich mache, ist Sean Nessel meine kleine Puppe. Ich verwandle seine Pupillen in winzige Herzchen. Ich tauche ihn in einen rosa Schimmer. Ich verziere ihn mit Regenbogen und Herzen.

Sean Nessel. Mit diesen Wangenknochen und dem blonden Haar, das er locker auf eine Seite geworfen hat. Diese Schultern. Muskulöse Oberarme, die sich unter seinem T-Shirt abzeichnen. Und wie kann ein Typ eigentlich so perfekte Haut haben?

Ich schüttle den Kopf, um wieder von meiner Wolke runterzukommen, als Sean Nessel durch die Tür tritt wie ein verdammtes magisches Einhorn.

BLYTHE

Sean und Dev schlendern nach ihrer Zigarrenrunde lachend durch die Gartentür. *Uhh. Uhh. Uhh.* Das Gejohle im Raum wird noch zwei Dezibel lauter. Ich nippe an meinem Drink und werfe Suki aus den Augenwinkeln einen vielsagenden Blick zu.

Hinter dem ganzen Lärm höre ich Sophie Miller rufen: »Leute, *Leeuutee*!« Fast schon flennend.

»Was hast du denn erwartet, wenn du die ganze Schule zu dir nach Hause einlädst, Süße?«, fragt Donnie lallend.

»Hast du etwa gedacht, wir würden Rücksicht nehmen? Neeeee«, sage ich.

Niemand nimmt Rücksicht auf irgendwen.

ALLY

Die Leute grölen. Alle wollen Sean Nessels Aufmerksamkeit erregen. Ich nehme einen großen Schluck von meinem Bier. Starre ihn an, bis meine Augen tränen.

Ich werde dich hypnotisieren, Sean Nessel. Ich starre ihn an. Starre ihn an, starre ihn an. Bis meine Kräfte ihn dazu bringen, mich anzusehen. Seine Hände. Seine Arme. Sein ausgewaschenes türkises T-Shirt, das sich über seiner Brust spannt. Seine geröteten Wangen, wie ein Sonnenuntergang. Er ist ein Sonnenuntergang. Und ich bin am Strand. Ich schaue weg, weil mir plötzlich so heiß ist und ich kaum noch atmen kann. Ich vergrabe mein Gesicht in Sammis Schulter.

»Du zitterst«, sagt sie.

Ich zittere. Ich muss meinen Kopf wieder heben. Nur noch einmal schauen. Wollte er nicht, dass ich komme? Er wollte, dass ich komme. Also bin ich hier. Ich habe so viel auf mich genommen, um hier zu sein! Schau mich an, Sean Nessel. Schau mich an.

Und dann passiert es. Sean Nessel erwidert meinen Blick. Einmal. Zweimal. Es entsteht eine Art Verbindung zwischen uns, ein enger, verschwitzter Tunnel der Liebe, in dem alle anderen einfach verschwinden.

Tief Luft holen. Wenn ich es denn schaffe. Das Atmen fällt mir schwer.

Mir wird schlecht.

Sammi kneift mich ins Bein und ich schlage ihre Hand weg.

Den Blick noch immer auf mich gerichtet nickt Sean nach links in Richtung einer Tür. Meine unzähligen Jedi-Psychotricks zeigen heute Abend endlich Wirkung. *Ich bin das Mädchen, nach dem du gesucht hast.*

BLYTHE

Ich beobachte, wie Sean sich mit Ally unterhält. Dummes Mädchen. Sie ist so berechenbar, genau wie all die anderen. Es fängt immer ganz unschuldig an. Er geht mit jemandem joggen. Oder er begleitet jemanden zur nächsten Stunde. Oder er macht bei einem Turnier mit einem Mädchen der anderen Mannschaft rum, wie am ersten Abend der State Championships vor ein paar Wochen. Ich erinnere mich an die Nationalen Ausscheidungsspiele in South Carolina letztes Jahr, als Sean Dev erzählt hat, dass er zwei Mädels mit auf sein Hotelzimmer genommen hat. *Zwei?* Klingt wie ein

Porno, habe ich damals zu Dev gesagt. Aber dann ist es mir nicht mehr aus dem Kopf gegangen und jedes Mal, wenn ich daran gedacht habe, war da plötzlich diese Hitze zwischen meinen Schenkeln.

Dev ist ganz anders als Sean. Dev ist betroffen, wenn ich von meiner Mutter erzähle. Dev hört tatsächlich zu. Er gibt mir immer das Gefühl, dass alles, was ich sage, wirklich wichtig ist.

Wenn Dev ein Golden Retriever ist, dann ist Sean ein Sibirischer Husky, unberechenbar und vielleicht ein bisschen zu wild.

Cate versucht mir ein Foto von sich in einem Kleid zu zeigen, das sie beim Schulball tragen will, der erst in zwei Monaten ist. Es ist ein helles, lavendelfarbenes Kleid. Ein Trägeroberteil mit Cut-outs in der Mitte und am Rücken und ein Bleistiftrock. Der untere Teil ist so eng, dass man sie herausschälen müsste. Ich muss an meine eigenen Oberschenkel denken, daran, dass ich ein bisschen Cellulite habe, und daran, wie meine Mutter mir das letzten Sommer am Pool vorgehalten hat. Meine Mutter wird mit mir Kleider für den Ball shoppen gehen wollen. Das ist unser Ding. *Ding* sage ich so leichthin.

»Also, wie findest du das Kleid, B?«

Donni mischt sich ein: »Ich finde, es hat viel zu viel Ausschnitt. Das sieht billig aus.«

Donnie ist die einzige Person, bei der es mir egal ist, dass ich nicht so hübsch bin wie sie.

Ich nehme Cate das Handy aus der Hand. Das Kleid ist total hässlich. Und ich hasse sie dafür, dass sie das Thema angesprochen und mich dazu gebracht hat, an meine Mutter zu denken, mit der ich irgendwann ein Kleid kaufen muss.

»Ich kann doch nichts dafür, dass ich so 'ne Oberweite hab«, sagt Cate mit einem Blick nach unten auf ihre Brust. Ihre Brüste sind schon so groß, seit sie zehn ist. Ihr wunder Punkt.

»Ich dachte, du wolltest mal diesen Body ausprobieren. Um dich flacher zu machen«, meint Suki und reibt mit den Händen über ihre Brust. Suki sieht in ihren schwarzen Leggins und dem weiten T-Shirt aus wie ein Bleistift. Sie bezeichnet sich selbst als stolze jüdisch-chinesische Amerikanerin. Sie feiert dreimal Neujahr: Rosch ha-Schana, das chinesische Neujahrsfest und mit den anderen Idioten am 31. Dezember.

»So ein Kleid sieht doch gar nichts aus mit wenig Oberweite.«

»Probier noch mal diese No-Carb-Diät. Als du die das letzte Mal gemacht hast, ist dein Busen richtig geschrumpft«, schlage ich vor.

»Vielleicht sollte sie einfach wieder Wattebäusche mit Orangensaft essen«, sagt Donnie. Ihre Sticheleien sind immer tödlich.

»Moment mal, du hast echt diese Wattedinger mit Orangensaft gegessen? Ich dachte, das war nur ein Witz. Ich dachte, du hast dir nur diese Videos auf YouTube angeschaut«, sage ich.

»Ihr macht euch gerade darüber lustig, dass ich mal eine Essstörung hatte, ist euch das klar? Das finde ich nicht cool«, erwidert Cate jetzt ernst.

»Moment, Moment. Als du *mal* eine Essstörung hattest?«, fragt Suki.

Donnie und ich sehen uns mit weit aufgerissenen Augen an. Oh, wenn Suki es auf Cate abgesehen hat, wird's richtig heftig. Wir hüpfen auf und ab, strecken die Hände in die Luft.

»Wooaaa! Bitchfight!«

Aber Suki lässt sich nicht darauf ein. »Beruhigt euch mal wieder. Nix *Bitchfight.*« Sie sieht mich bittend an und beißt dann die Zähne zusammen. Sie wendet sich Cate zu. Die beiden sind echt dicke. So wie Donnie und ich. Essstörungen sind eine Grenze, die man nicht überschreitet – den Mist verschweigt man, vergräbt ihn irgendwo ganz tief –, aber Suki hat es getan. »Cate, *du weißt*, dass ich mich nicht streiten will.«

Donnie zieht Suki auf, verdreht ihre Worte, stichelt: »Suki will sich nicht *streeeiiten.*«

»Klar, weit und breit kein Bitchfight zu sehen. Absolut nicht«, sage ich.

Cates Augen werden groß und schimmern feucht. Sie zündet sich eine Zigarette an. Tiefer Atemzug. Cate mit ihrer breitbeinigen Körperhaltung, den goldenen Creolen, in die ihr Name eingestanzt ist – CATE –, das ist alles nur Show. Von uns allen ist sie diejenige, die man am einfachsten aufziehen kann.

»Ich lache nicht«, sagt Cate, obwohl sie lächelt. Sie weiß, dass unsere Sticheleien kein Ende nehmen, wenn sie nicht lacht. Lach es einfach weg, Cate. Einfach weglachen.

»Werd erwachsen. Bulimie ist so was von 1987«, sage ich und gebe ihr das *Hör-auf*-Zeichen – eine knappe Handbewegung vor meiner Kehle.

Cate schnippt ihre Asche nach mir und Donnie, was wir vermutlich verdient haben. Ich drehe den Kopf, um den glühenden Fitzelchen auszuweichen, und sehe deswegen, wie Sean Ally in ein anderes Zimmer führt.

ALLY

»Heyyyyy, Greenleaf«, sagt Sean Nessel gedehnt. Vielleicht ist er betrunken. »Ich will dir was zeigen.« Er führt mich in die Küche. Seine Hand ist weicher, als ich erwartet hatte, und feucht.

»Was ist Greenleaf eigentlich für ein Name?«

Ich erzähle Sean Nessel die ganze Geschichte. Dass mein Großvater aus Deutschland nach Ellis Island gekommen ist und dass der Beamte der Einwanderungsbehörde den Namen Grünblatt nicht aussprechen konnte – das »ü« hat ihm Probleme bereitet. »Greenleaf« ist die englische Übersetzung von Grünblatt. Mein Großvater wollte auf keinen Fall Greenleaf heißen, weil ihm das nicht wie ein echt amerikanischer Name vorkam, aber am Ende musste er sich damit abfinden.

Ich rede viel zu viel. Ich kann nicht aufhören. Halt die Klappe, Ally. Halt die Klappe.

Sean Nessel sieht mich an, als wäre ich verrückt.

»Früher haben sich die Leute auch über meinen Nachnamen lustig gemacht. Du weißt schon, Nessel. Die haben mich Nestlé Kakao genannt. Nesquikhase. Schokogesicht.«

»Moment mal. Jemand hat sich über *dich* lustig gemacht?«

»Klar. Passiert das nicht jedem mal?«

»Ich kann mir nicht vorstellen, dass irgendjemand sich über dich lustig macht«, sage ich. Meine Herzchenaugen sind kurz davor zu explodieren und mir fällt plötzlich ein, dass ich einen BH ohne Polster trage. Meine Brustwarzen werden Sean Nessel gleich wortwörtlich ins Auge springen. Ich verschränke die Arme vor der Brust.

Er reiht drei kleine Wodkaflaschen auf dem Küchentresen auf, diese Fläschchen, die man im Flugzeug bekommt. Ich brauche echt nichts mehr zu trinken. Ich hatte ein Bier und fühle mich jetzt schon dumm und gereizt. Aber er öffnet die erste Flasche, nimmt einen Schluck und reicht sie dann mir.

»Voll süß«, sage ich. »Miniflaschen. Eigentlich alle kleinen Sachen.«

»Trink.«

»Du bist wie der verrückte Hutmacher«, necke ich ihn. »Trink das. Diese Flasche wird dich groß machen.«

»Ist das nicht genau das, was du willst? Groß sein?«

»Ich will mich zudröhnen.«

STOPP.

Habe ich das echt gerade gesagt? Ich bin viel zu direkt. Zu übermütig. Außerdem bin ich schon betrunken. Was tue ich hier eigentlich?

»Äh, also, ich meine natürlich nicht zudröhnen«, sage ich. Aber solche Aussagen lassen sich nicht zurücknehmen.

»He, alles okay«, sagt er und lacht. »Du bist witzig.« Aber ich fühle mich nicht witzig. Ich fühle mich viel zu erwachsen. Meine Haare sind offen und lang, zerzaust vom Herbstwind. Ich schüttle den Kopf, lasse ein paar Strähnen über ein Auge fallen. Und dann tue ich, was jeder vernünftige Mensch in Anwesenheit eines Gottes wie Sean Nessel tun würde. Ich nehme einen großen Schluck.

Mein Mund brennt. Ich ersticke fast an einem unterdrückten Hustenanfall.

»Nimm noch einen. Das nimmt dem ersten die Schärfe«, sagt er.

»Das brennt.«

»Soll es ja auch.«

Ich setzte die Flasche wieder an die Lippen und der Wodka schwappt in meinen Mund. Ich erhasche einen Blick auf Sammi und Raj, die immer noch gemütlich auf der Couch sitzen, mit ihrem Bier und ein paar Freunden. Mein Traum wird endlich wahr, aber ich fühle mich total überfordert, alles geht viel zu schnell, wie in einer dieser komischen Autowerbungen, in der die Lichter über eine dunkle Wüstenstraße rasen.

Er reicht mir eine Flasche Hard Seltzer und sagt mir, dass ich damit nachspülen soll. Einen Schluck nach dem anderen. Ganz simpel, sagt er. Also gehorche ich, weil ich mit Sean Nessel Wodka trinke. Wenn mir dieses Jahr sonst nichts Spannendes mehr passiert, ist dieser Moment, in dem ich Wodka aus kleinen Flugzeugflaschen trinke, völlig ausreichend.

Jetzt legt er eine Hand an meinen Hinterkopf und wuschelt mir durch die Haare. »Du bist richtig süß, Ally«, sagt er. »Mir gefällt es, wie du mich in der Schule anschaust. Du hast schöne Haare. Ich bin echt froh, dass du heute gekommen bist. Ich bin nur deswegen hier, weißt du?«

Meine Augen werden groß und ich lächle. Meine Hände zittern. Ich bekomme keine Luft. Mein Mund ist taub, als er seine Zunge hineinschiebt. Ich will seinen Kuss erwidern, aber mein Kopf ist so heiß und seine Zunge fühlt sich so groß an in meinem Mund, dass ich nicht mehr tun kann, als meinen Hals zu bewegen. Es dauert nicht lange, bis sich mein Mund wund anfühlt und mein Gesicht schweißnass ist. Mir ist schwindelig. Ich sollte mich wohl besser setzen, aber als Sean Nessel mich fragt, ob ich mit nach oben komme, sage ich Ja.

Ich weiß, was »nach oben gehen« bedeutet. Es bedeutet *Klamotten ausziehen.*

BLYTHE

Cherie sitzt direkt hinter mir auf der Sofalehne. Sie bemerkt mich nicht, bis ich sie in die Seite pikse.

»Oh, Blythe. Heyyy«, sagt sie.

Cherie war früher das angesagteste Mädchen der ganzen Schule, bis sie in ihrem letzten Jahr an der Highschool zur radikalen Feministin mutiert ist. Hat einfach ihre ganzen Freundinnen und Freunde sitzen gelassen. Hat mit niemandem mehr gesprochen, außer mit zwei Mädels aus der Theatergruppe, die heute auch auf der Party sind.

»Deine Freundin ist in die düstere Höhle der Sünde verschwunden«, sage ich. Es macht so viel Spaß, Cherie zu quälen.

»Was soll das denn bedeuten?«, fragt sie. »Welche Freundin?«

»Ally Greenleaf. Die gehört doch zu dir, oder?«

»Eher zu meiner Schwester.«

Ich zucke mit den Schultern. Inzwischen trinke ich Whiskey mit Cola, hat Donnie besorgt. Das Zeug brennt, als es meine Kehle runterfließt. Donnie hakt sich bei mir ein.

»Diese Jungs nehmen sich, was sie wollen, das weißt du doch«, meint Donnie zu Cherie.

Cherie wendet sich ab, ihre Stirn in besorgte Falten gelegt.

~

Ich habe das Zeitgefühl total verloren. Mein Whiskey-Cola ist leer. Zeit zu gehen. Ich küsse Dev und streichle seinen Nacken. Ich will zu ihm nach Hause. Seine Mutter macht uns bestimmt gegrillte Käsesandwiches. Denn Devs Mutter ist die Art Mutter, die einem um zwölf Uhr nachts noch ein Sandwich macht, weil Dev für sie das Allerwichtigste ist. Meine Mutter ist unfähig, was das angeht. So ist das eben, wenn man eine bipolare Mutter hat. Man kriegt um Mitternacht kein gegrilltes Sandwich mehr. Stattdessen jede Menge Sorgen.

Ich schüttle den Gedanken ab und denke stattdessen an Devs Mom. Daran, wie sie nachher bei uns in der Küche rumstehen wird. Wie ich auf Devs Schoß sitzen und ein Glas Vollmilch trinken werde, während sie uns über die Party ausfragt. Wie sie mich *Liebes* nennt. Dieser Blick, mit dem Dev mich ansieht. Diese Augen, die mich festhalten. Mich packen. Wir werden auf sein Zimmer gehen und uns nackt in sein Bett legen.

»Lass uns gehen«, flüstere ich und knabbere an seinem Ohrläppchen.

»Nessel«, sagt er. »Wir müssen auf Nessel warten.«

2

ALLY

Sean Nessel drückt eine Schlafzimmertür auf. Er legt seine Hände an meine Hüften und schiebt uns beide hindurch. Es ist so leicht, fast wie Schlittschuhlaufen. Wir setzen uns auf den Boden und küssen uns wieder, aber diesmal sanft, ohne die ganze Spucke überall. Er legt mich auf den Boden, schlüpft aus seiner Jacke, reibt durch das T-Shirt meine Brüste, dann unter dem Shirt, über meinem BH, und dann unter meinem BH.

Ich will etwas flüstern, aber wenn ich den Mund aufmache, kommt bestimmt nur etwas Blödes raus, so was wie »Ich habe das noch nie gemacht«. Und ich will, dass er mich berührt. Ich will genau hier sein, betrunken, und wild mit Sean Nessel rummachen, auch wenn ich nicht die beste Küsserin bin und auch wenn meine Brüste nicht riesig sind und auch wenn mich noch nie wirklich jemand unter meinem BH berührt hat.

Dann sind seine Hände in meiner Jeans und ich lasse auch das zu, weil mir so schön warm ist und weil seine Hände sich so gut auf meinen Oberschenkeln anfühlen. Wir küssen uns eine ganze Weile so. Mein ganzer Körper vibriert. Ich bin so was von betrunken.

Du willst aber etwas anderes hören, nicht wahr? Dass ich Angst habe. Oder dass es sich nicht gut anfühlt. Aber das tut es. Es ist gleichzeitig erschreckend und großartig.

Die Musik von unten dröhnt durch den Boden zu uns hoch – gerade läuft dieser eine Song, nicht wirklich ein langsamer Song, aber gefühlvoll und schwermütig. Mein Körper bewegt sich im Rhythmus mit Sean Nessel und ich spüre ihn. Du weißt, was ich meine. *Spüre ihn.* In Gedanken bin ich an diesem völlig verrückten Ort voller Rosen und Blumen und all den Regenbogen und Federn, mit denen ich sein Gesicht in meinen Collagen schmücke. Ich bin erregt. Ich habe schon andere Jungs geküsst, aber es hat sich noch nie so angefühlt wie jetzt.

Er zieht langsam meine Unterhose runter und ich atme so heftig und dann steht er auf und ich liege auf dem Boden, die Knie zusammen und meine Unterhose hängt an einem Knöchel, und er versucht, seine Schuhe von den Füßen zu kicken, und lacht, weil er es nicht schafft. Er tanzt lustig herum oder vielleicht stolpert er nur. Wie auch immer, ich lache.

Er macht den Reißverschluss an seiner Hose auf. Wieso macht er den Reißverschluss an seiner Hose auf?

Unter uns ist die Party in vollem Gang, noch immer dröhnt dieser Song durch den Fußboden.

»Warte«, sage ich.

Aber er stöhnt nur, irgendwie so: *mh-hm.*

»Warte.«

Und innerhalb von drei Sekunden liegt er auf mir. Sein Körper ist schwer. Der raue Teppich und seine wollene Fußballjacke kratzen über meinen Rücken und meine Schenkel. Mit einer Hand drücke ich heftig gegen seine Schulter, schiebe ihn weg, aber er achtet gar nicht darauf. Mein T-Shirt ist nach oben gerutscht, aber untenrum bin ich vollkommen nackt und sein Penis stößt gegen die Innenseite meiner Schenkel und dann näher an meiner Scheide.

»Sean, ich will nicht …«

»Schhh, entspann dich«, brummt er.

»Du musst aufhören.«

Er zwingt seinen Penis in mich hinein und es fühlt sich an, als würde ich reißen, sprichwörtlich entzweireißen. Es tut so weh und er stöhnt, schiebt sich tiefer. Dann ist da plötzlich etwas Nasses zwischen meinen Beinen. Er presst seine Hüfte gegen mein knochiges Schambein und ich schiebe sein Gesicht mit einer Hand weg.

»Du tust mir weh«, sage ich. Ich kann einfach nicht glauben, dass das passiert. Hört er mich denn nicht?

Mein Körper ist müde vom Alkohol, trotzdem wehre ich mich, drücke gegen seine Brust. Aber der Schmerz ist wie ein krasser Blitz, also schreie ich auf und er legt eine Hand über meinen Mund. Mit der anderen drückt er meine Schulter auf den Boden und rammt sich noch tiefer in mich hinein. Ich schlage mit meiner Faust auf seinen Rücken.

Ich kann mich nicht bewegen.

Ich *kann* mich nicht bewegen.

Wieder schreie ich, doch es ist kaum mehr als ein schwaches Rufen; meine Stimme scheint es nicht über meine Lippen zu schaffen.

Als sein Körper gegen meinen knallt, beginnt es in meinem Kopf leise zu klingeln. Das Klingeln dringt durch meine Ohren in meine Nase und meine Kehle hinab.

Er steht auf und greift nach dem Lichtschalter und ich weine und meine Knie zittern und das Licht geht an. Die Innenseiten meiner Oberschenkel sind voller Blut und seine Jacke auch.

Ich bin hysterisch, kann kaum Luft holen, und Sean Nessel

ist außer sich. »Heilige Scheiße, was zur Hölle ist das? Deine Periode?«

»Nein«, schluchze ich, schockiert von meinem eigenen Blut. Meine Worte holpern. »Ich weiß nicht.« Ich wische mir den Rotz aus dem Gesicht.

Er flucht und läuft im Zimmer auf und ab, sagt mir, dass er sich den Schwanz aufgerissen hat und deswegen jetzt seine Fußballjacke voller Blut ist. »Wie sollen wir diesen ganzen Scheiß denn wieder wegbekommen?«, fragt er. Er läuft weiter auf und ab, noch immer ohne Hose, während ich weine. An seinem Penis ist Blut, bis er endlich ein Taschentuch findet und es abwischt.

Er schmeißt das blutige Taschentuch in den Müll und wirft mir dann die Packung zu, befiehlt mir, mich sauber zu machen. Also tue ich es. Ich tue alles, was er sagt. Ich kann nicht mehr selbst denken. Ich war noch nie in meinem Leben so gelähmt.

»Okay, okay«, murmelt er immer wieder, läuft auf und ab und zieht seine Hose wieder an. »Ich hole deine Freundin, bleib einfach hier und hör auf zu weinen oder so. Es ist alles in Ordnung.«

Ich war noch nie so betrunken. Aber bin ich das überhaupt? Bin ich wirklich so betrunken? Weiß ich nicht ganz genau, was gerade passiert ist? War ich nicht dabei? Er sieht mich noch einmal an, als wäre ich nicht dasselbe Mädchen, mit dem er nach oben gegangen ist. Mein Mund ist taub. Mir ist schwindelig und ich bin zumindest angetrunken und so verwirrt. Ich kann nur noch daran denken, dass mein Vater es herausfinden wird. Die ganze Schule wird es erfahren.

Ich renne hinüber zum Mülleimer, in dem die ganzen blutigen Taschentücher liegen, und übergebe mich. Kotze schießt aus meinem Mund und verbrennt alles.

Mit meinem Sweatshirt wische ich mir die Kotze und den Rotz aus dem Gesicht und drehe mich zu ihm um.

»Ich habe dir gesagt, dass du aufhören sollst.« Wieder breche ich in Tränen aus. Literweise Tränen.

Sein Gesicht ist ausdruckslos, verwirrt. Er fährt sich mit der Hand durch die Haare und beginnt wieder, auf und ab zu laufen. Diese Haare. In meinem ersten Sean-Nessel-Traum habe ich ihn geküsst und ihm über seine Haare gestreichelt wie einem süßen Welpen.

Ich wedle mit den Armen, weil ich aussehe wie eine Ente, wenn ich weine. Im Dunkeln hat sich der Raum groß angefühlt, aber bei Licht betrachtet ist er winzig. Auf dem Boden liegen schmutzige Socken und ich kippe den Rest meines Hard Seltzers auf einen davon und wische damit das letzte Blut von meinen Schenkeln und meinem Knöchel.

Er steht einfach nur da, kopfschüttelnd.

~

Unten. Gesichter flackern im seltsamen Discolicht und ich habe keine Ahnung, wo Sammi ist. Ich schubse mich zur Haustür durch. Gefühlt dauert es Stunden, bis ich dort ankomme, und es drängen immer mehr Leute in den Flur.

Meine Schulter brennt. Ich kann die Tür nicht sehen. Ich will doch nur dir Tür sehen, bevor ich wieder weine. Bevor ich es hier nicht rausschaffe, ohne zu kotzen oder zu schreien oder auf die Knie zu fallen.

Hoffentlich verschwindet jede Spur meines Blutes von Sean Nessels Jacke, wenn er sie wäscht. Hoffentlich schaut mich Sean Nessel am Montag in der Schule nicht einmal an. Ich hoffe, er kann einfach lächeln und weitergehen.

3

BLYTHE

Ich hake meinen kleinen Finger um Sukis und ziehe sie zum Bad in der Nähe der Treppe. Ich kann echt nicht fassen, dass wir auf Nessel warten müssen. Auf Sean. Mr Perfect, der gerade irgendwo eine Elftklässlerin verführt, mit der er danach nie wieder reden wird. Ich brauche etwas, das mich wach hält, und Suki hat ein frisch angefangenes Döschen Ritalin dabei. Wir zermahlen eine Tablette auf dem Rand des Waschbeckens und schnupfen das Pulver. Es wirkt schnell und ein Ruck durchfährt mich. Genau die richtige Menge Energie, damit ich die Jungs noch nach Hause fahren kann. Nur ein kleiner Aufputscher. Aber ich bin zittrig. Suki auch. Wir sehen es uns gegenseitig an. Noch ein paar Schlucke Bier, um den Rausch etwas zu dämpfen. Das ist alles.

»Wo ist Sean?«, fragt Suki.

»Oben, mit irgendeiner Elftklässlerin.«

»Ah, das«, sagt sie. Ihre Augen werden glasig, sie presst die Zähne zusammen.

»Ja, das.«

Suki hat Seans Masche selbst schon mitgemacht. Jedes Mal, wenn ich ihr erzähle, dass Sean gerade was mit irgendeinem Mädchen hat, sieht sie ganz klein aus – und das kommt ziemlich oft vor. Vielleicht lüge ich sie das nächste Mal einfach an, denn das hier kommt mir echt grausam vor.

Es ist mindestens sechs Monate her, dass die beiden zusammen waren. Sie hat sich damals schon seine Babys kriegen sehen – so was macht ein Typ wie Sean Nessel eben mit dir. Und es hat eine Woche lang gehalten, das mit den beiden. Dann habe ich rausgefunden, dass er Sex mit Jen Tucker hatte, in ihrem Auto, und mit Blake Sawyer hinter der Sporthalle. Ich habe nie behauptet, dass sie meine Freundin ist, hat Sean gemeint, als ich ihn darauf angesprochen habe.

Ihre Hände auf dem Waschbeckenrand zittern. »Sukes, deine Hände. Die zittern voll«, sage ich.

Sie zeigt auf meine Hände. Die zittern auch.

Irgendetwas ist heute Abend anders. Irgendetwas stimmt nicht.

~

Als ich aus dem Bad komme, rennt mich Ally fast über den Haufen. Ihr Gesicht ist panisch und verheult. Ihre Augen so groß, dass sie ihr gleich aus dem Kopf fallen. Sie rennt ohne Ziel. Ihr Kopf schnellt hin und her, sucht nach einem Ausweg. Ich stehe direkt vor ihr und sie nimmt mich gar nicht wahr.

Also sage ich irgendwas, einfach, weil ich es wissen will. Ich will ihre Augen sehen.

»Gehst du etwa schon?«, frage ich.

Sie blickt mich an und ihre Augen werden noch größer, sind voller Verzweiflung. Sie wirkt irgendwie gebrochen, leer.

Alter, was hat er mit ihr gemacht?

Am anderen Ende des Raumes sehe ich Sean auf Dev einreden. Er schüttelt den Kopf, erzählt ihm irgendwas. Irgendetwas stimmt nicht. Irgendetwas ist passiert.

Allys Gesicht scheint beinahe zu zerfließen.

Und dann stößt sie diesen grauenhaften Schrei aus. Als wäre jemand gestorben.

»Was ist denn los mit dir?«, sage ich. »Komm mal wieder runter.«

Aber irgendwas ist passiert. Sie murmelt vor sich hin, brabbelt wirres Zeug.

Und irgendwie erinnert sie mich an mich selbst.

Dummes Mädchen. Dummes, dummes Mädchen! Willst mit den großen Jungs spielen. Das kommt dabei raus. Wenn du ganz klein und unwichtig bist. Ich kenne dieses Gefühl. Ich kenne es gut.

Ich dränge mich zu Dev durch, schiebe die Leute zur Seite.

»Nessel hat mir gerade irgendwas von Blut auf seiner Jacke erzählt«, flüstert Dev. »Ich nur so: ›Alter, was redest du da?‹ Er blutet nirgendwo.«

»Er war mit dieser Ally oben«, sage ich.

Dev schaut mich fragend an. Er sieht den Zusammenhang nicht.

»Muss ich es dir erklären, Dev? Echt jetzt?«, fahre ich ihn an. So viel Nessel-Liebe. So viel Mitgefühl für alle. Dafür liebe ich Dev, aber es treibt mich auch in den Wahnsinn. »Er ist mit ihr nach oben gegangen. Suki und ich haben es gesehen.«

»Du und Suki spioniert also hinter Nessel her? Bisschen krass, oder?«

»So hab ich das doch nicht gemeint, Dev …« Ich werfe

einen Blick zur Tür, um zu sehen, wo Ally ist, aber sie ist verschwunden.

»Wir müssen ihn hier rausschaffen«, sagt Dev.

~

Sean, Dev und ich gehen raus; Sean hält den Kopf gesenkt und schweigt, bis wir im Auto sitzen.

»Kannst du fahren, B? Kannst du fahren? Du bist die Einzige, die fahren kann, B. Du bist alles, was wir noch haben«, sagt Sean.

»Mir geht's gut«, erwidere ich. Aber das stimmt nicht. Wir sollten uns ein Uber rufen, aber es ist zu viel passiert. Ich will einfach nur noch weg von hier.

»Die hat meine Jacke ruiniert«, murmelt Sean. Als ich an einem Stoppschild halte, werfe ich einen Blick in den Rückspiegel und sehe, dass er seine Teamjacke zu einem großen Ball zusammengeknäult hat.

»Wieso wiederholst du das so oft?«, fragt Dev. »Das hast du vorhin schon gesagt.«

»Sie hatte ihre Tage, Alter. Sie hat voll geblutet, überall drauf.«

Aber ich frage mich, ob es wirklich ihre Periode war. Ich frage mich, ob es nicht viel eher ihr erstes Mal war.

Sean ist abartig betrunken. Redet teilweise sinnloses Zeug. Er sagt, dass sie geweint hat und dass er das erst danach bemerkt hat.

»Woher soll ich so was denn wissen? Habt ihr eine Ahnung, wie viele Mädels mich angraben? Was hat sie denn erwartet, was da oben passiert? Und sie hat mich die ganze Zeit so sexy angeschaut. Was hat sie denn erwartet?«

»Ohhh, alle Mädchen lieben Nessel und sie heulen dir

halt nach, Alter. Die lieben dich.« Dev lächelt, aber ich kann sehen, dass sein Lächeln nicht echt ist. Er verzieht den Mund, als er spricht. »Sie ist jung. Wahrscheinlich ist sie einfach nur ein bisschen durch den Wind. Die kommt schon klar.«

Ich starre auf die schwarze Straße vor mir und denke darüber nach, wieso ein Mädchen weinen könnte, nachdem sie Sex hatte. Ich glaube nicht, dass es viel mit Liebe zu tun hat. Ich glaube, es hat einiges mit Reue zu tun.

Als ich zehn Minuten später vor Seans Haus halte, spuckt er auf den Bürgersteig und sagt, dass er gleich kotzen muss. Dev ist schon eingeschlafen, seine Haare wirr an die Fensterscheibe gedrückt.

Sean streckt seinen Kopf durch mein Fenster.

»Du musst mir helfen, B.«

»Ich soll dir ins Haus helfen?«

»Nein. Komm schon, B. Denk nach. Denk nach!« Seine Stimme wird lauter. Er bekommt die Worte kaum raus. Ein gefallener Gott. Hast du schon mal einen gefallenen Gott gesehen? Ich will es nicht sehen. Ich kann nicht hinschauen. Ich nicke; das hier ist kaum zu ertragen.

»Wir sind schon so lange befreundet, B. Du weißt, dass ich nie jemandem wehtun würde. Aber ich habe ihr wehgetan. Und vielleicht … Ich weiß nicht. Vielleicht war ich zu heftig. Du weißt, dass ich nie jemandem etwas antun würde.« Sean weint jetzt. Er ist ein Wirbelsturm aus Emotionen. Er zittert. Er murmelt irgendwas von der Schule vor sich hin und dass er rausgeschmissen und dann niemals von einem College angenommen wird.

»Sean. Sean. Du musst dich mal wieder beruhigen.« Ich streichle ihm übers Haar. Es ist reinste Seide. Wie sonst sollte es sich auch anfühlen? Seidig.

»Natürlich hast du niemandem wehgetan.« Die Worte kommen einfach so aus meinem Mund. Irgendwie ist plötzlich alles so klar und ich weiß genau, was ich sagen muss. Vielleicht zeigt das Ritalin doch endlich Wirkung. »Mach dir keine Sorgen. Ich rede mit ihr. Ich sage ihr, dass es okay ist. Sie versteht das schon. Ich bringe das wieder in Ordnung für dich.«

Er kauert in meinem Fenster, den Kopf jetzt auf die Innenseite der Tür gelegt. Ich streichle seine Wange, runter bis zu seinem Kinn. Ich verspreche ihm, dass alles gut wird.

4

ALLY

Ich gehe auf unser Haus zu und seltsamerweise sind alle Lichter aus, bis auf ein Leuchten in der Nähe der Küche. Ich bin nervös, schwitze. Ich frage mich, ob das hier wirklich mein Leben ist. Ob mir das wirklich passiert.

Vielleicht nicht. Vielleicht bin ich tot.

Das plötzliche Vibrieren in meiner Hosentasche lässt mich zusammenzucken. Es ist Sammi, die nach mir sucht. Ich weiß, es ist echt scheiße von mir, aber ich schalte mein Handy aus, schließe sie aus – ich will einfach nur nach Hause. Ich weiß, dass ich irgendwann mit ihr reden muss.

Und dann bin ich drinnen und höre ein leises Summen, eine Frauenstimme. Läuft da Musik? Billie Holiday? Irgendeine Art Jazz. Dann ein Lachen, ein Kichern. Ich gehe weiter und mein Magen zieht sich zusammen, als ich nackte Haut sehe.

Da ist eine Frau in meinem Wohnzimmer. Sie trägt ein T-Shirt und liegt auf dem Rücken. Ich kann ihr Gesicht nicht sehen. Nicht, dass ich sie kennen würde. Unterwäsche. Weiße Omaunterhose.

Das Gesicht des Mannes, der neben ihr liegt, ist wohl …

ist mit absoluter Sicherheit … *mein Vater*. Oben ohne. Die beiden liegen da zusammen, flüstern, küssen sich.

Dann macht die Frau die Augen auf und schreit – und ihre Stimme schlägt über mir zusammen wie eine Welle und ich zucke zurück, weil ich für eine Sekunde denke: *Was jetzt? Ist noch was Schreckliches passiert?* Aber dann begreife ich, nein, sie schreit wegen mir. Weil ich reingekommen bin. Und ich wende den Blick ab, weil, Gott, das ist mein Vater da in dieser merkwürdigen postkoitalen Position.

Mit einer so schnellen Bewegung, wie ich sie noch nie gesehen habe, reißt mein Vater den Kopf herum und sieht in meine Richtung, schiebt die Frau dann von sich und aus meinem Blickfeld.

»Ach, du Scheiße …«, sagt mein Vater und sucht hastig nach seinem T-Shirt. »Du solltest doch heute Nacht gar nicht hier sein!«

Die Frau verschwindet eilig ins Badezimmer, zieht im Gehen ihre Jeans an.

»Wer ist *sie*?«, frage ich mit gepresster Stimme. Ich habe sie noch nie gesehen. Nicht, dass mein Vater mir schon viele Frauen vorgestellt hätte. Aber es gab da mal eine Ex-Freundin, die mich, sagen wir mal, aufgeklärt hat – und das ist nett ausgedrückt. Zumindest wenn man es als Aufklärung bezeichnen will, den Gebrauch von Tampons beigebracht zu bekommen. Meine Mutter war nicht sehr glücklich darüber. »Du hättest doch warten können, bis du mal wieder bei mir bist, dann hätte ich dir das zeigen können«, hat sie tief verletzt zu mir gesagt. »Tja, wenn du nicht abgehauen wärst, um in irgendeinem Hippiedorf zu leben, wärst du vielleicht da gewesen, als irgend so ein Idiot aus der Schule entschieden hat, genau dann eine Poolparty zu schmeißen, wenn ich meine Tage habe. Dann hättest du mir zeigen können, wie man einen Tampon benutzt«, habe ich erwidert und einfach aufgelegt.

Die Frau kommt aus dem Bad, die Jeans jetzt wieder ganz angezogen. Sie wirft ihr langes lockiges, blondes Haar aus dem Gesicht. Ihre Lippen sind pink und sehen wund aus.

»Ally, das ist Sheila.«

»Ich gehe in mein Zimmer. Ich tue einfach so, als wäre das hier nie passiert.«

Ich stürme in Richtung der Treppe, aber meine Oberschenkel tun weh und in meinem Kopf dreht sich alles. Ich bin immer noch betrunken.

»Alistair! Keinen Schritt weiter.« Mein Vater schreit fast nie. Aber jetzt brüllt er regelrecht. »Erklär mir, was hier los ist. Du wolltest doch heute bei Sammi übernachten.«

»Ich wollte einfach heimkommen«, sage ich. »Ist das so schlimm?« Meine Stimme zittert jetzt. Ich fange jeden Moment an zu weinen, alles wird aus mir rausbrechen. Langsam nehme ich wieder mehr wahr. Spüre den Wodka. Meinen dröhnenden Kopf. Das wunde Gefühl zwischen meinen Beinen.

»Wo sind deine Schuhe?«

»Wen interessieren denn meine Schuhe, Dad? Schuhe sind gerade so was von unwichtig. Glaub mir. Schuhe sind echt das Letzte, an das irgendjemand jetzt denken sollte.«

»Hast du dich mit Sammi gestritten oder so?«

»Ich will jetzt nicht mit dir reden. Über gar nichts«, fauche ich und sehe die Wand an, weil es so leicht wäre, in Tränen auszubrechen. Ich könnte sofort darin versinken. Das hier ist die Nacht, in der ich meinen Vater am meisten brauche. Manchmal muss ein Mädchen einfach mit ihrem Vater auf der Couch sitzen und weinen. Aber heute steht das außer Frage, weil Sheila, die Sexbombe, hier ist. Ich ziehe die feuchte

Luft des Treppenhauses durch meine Nase ein und schließe die Augen.

»Ally, bist du betrunken?«

»John, ich kann auch gehen, das ist okay«, höre ich Sheila, die Sexbombe, sagen. Sie hat eine supertiefe Stimme, wie eine alte Kuh.

»Nein, nein. Warte einfach kurz.«

Ich würde mich so gerne umdrehen, um noch einen Blick auf sie zu werfen, aber ich will nicht, dass mein Vater mein Gesicht sieht. Ich bin mir sicher, dass da immer noch Reste von meinem verschmierten Eyeliner sind. Und andere Dinge, die ihm auffallen könnten. Dass ich geweint habe. Dass ich geküsst wurde – heftig geküsst. Dass ein Junge mir den Mund zugehalten hat. Mein Dad ist sehr aufmerksam, was so was angeht. Er kennt mich und meine Gefühle zu gut.

Ich will ihm alles erzählen, aber was soll ich denn sagen?

Hey Dad, ich habe mich betrunken. Oh, und Sean Nessel hat mich entjungfert. Wir haben puren Wodka aus Flugzeugfläschchen getrunken, weil ich absolut bescheuert bin. Wir haben Sammis Eltern angelogen. Und Sammi – die weiß nicht mal, wo ich bin! Ob wir verhütet haben? Ha! Guter Witz!

All die grauenhaften Monologe meines Vaters in den letzten Jahren, darüber, wie wichtig es ist, sich vor HIV, Herpes und einer ungewollten Schwangerschaft zu schützen … alles vergessen, in einer traumatischen Nacht mit Sean Nessel.

Oh, ich fahre so was von direkt zur Hölle, auf einer Achterbahn. Ich sitze sozusagen im Space Mountain Express Richtung Flammen der Unterwelt.

»Kann ich bitte, *bitte*, einfach hoch und ins Bett gehen, wenn ich verspreche, dass wir morgen früh darüber reden?«, frage ich. »Ich hatte einen echt grauenhaften Abend und ich glaube, ich muss mich gleich übergeben.«

Na gut, sagt er. Aber er wird mich nicht so einfach davonkommen lassen, sagt er. Er will wissen, wieso ich rieche wie eine Brauerei. Oh, und er verlangt, dass ich mich bei Sheila, der Sexbombe, entschuldige. Ich gehorche.

~

In meinem Zimmer verkrieche ich mich gleich in meinem Bett. Meine Beine fühlen sich an, als hätte ich Muskelkater, und die Innenseiten meiner Schenkel tun weh, wenn ich die Knie an die Brust ziehe. Sosehr ich mich auch nach einer Dusche sehne, ich bringe es jetzt nicht über mich. Ganz abgesehen davon, dass mein Vater fragen würde, wieso ich um elf Uhr nachts dusche, sind die Hinterlassenschaften an meinem Körper der einzige Beweis dafür, dass dieser Abend tatsächlich passiert ist. Ich will, dass mein Körper diese Erfahrung spürt. Das getrocknete Blut um meine Scheide, meinen wund gescheuerten Rücken, den Abdruck von Sean Nessels Hand auf meiner Schulter. Darum geht es doch, wenn man erwachsen wird, oder? So wird man reifer. Man leidet und macht trotzdem weiter.

Morgen früh werde ich mich bemühen, mir nichts anmerken zu lassen und nicht komisch zu laufen oder so. Denn ich habe vor, das alles nach heute Nacht zu vergessen.

Ich versuche mir meine Mutter vorzustellen, wie sie mit meinen Haaren spielt oder mich am Rücken kitzelt. Aber heute Nacht ist meine Mutter weit weg in New Mexico, unter dem Sternenhimmel, denn dort hat sie entschieden hinzuziehen, als ich zwölf Jahre alt war, um ihr Leben auf die Reihe zu kriegen. Um trocken zu werden. Um in einer kleinen Kommune ohne sozialen Druck zu leben. Um das Leben einen Tag nach dem anderen anzugehen, ihr Lieblingsmotto der Anonymen Alkoholiker, wie sie mich jedes Mal erinnert, bevor sie nach unseren Telefonaten auflegt. Sie hat keine Ahnung, was ihrem kleinen Mädchen heute Nacht passiert ist.

Ich wünschte, sie wäre hier, um den angespannten Knoten aus meinen Schultern zu reiben. Mir etwas auf den Rücken zu malen. Was würde sie wohl sagen?

Nichts. Nichts, was mein Vater nicht auch sagen kann.

Wenn ich ihm überhaupt davon erzähle.

Und ich weiß nicht mal, wo ich anfangen soll.

Also rolle ich mich im Bett zusammen, halte meine Beine fest an die Brust gedrückt, das kühle Lacken zwischen meinen Schenkeln. Allein. Ich weiß, dass ich aufhören werde zu weinen, wenn diese Nacht vorbei ist. Ich weiß, dass ich stärker sein werde, wenn ich mich nur etwas zusammenreiße. Aber jetzt, in diesem Moment, will ich einfach nur meine Mutter.

5

BLYTHE

Nachdem wir Sean abgesetzt haben, nach all den Tränen, die er vergossen hat, während wir ihn quasi bis zu seiner Haustür getragen haben, fahren Dev und ich schweigend nach Hause.

»Glaubst du ihm? Ich denke, er ist einfach nur komplett besoffen«, sage ich, als ich parke.

Und eigentlich will ich es gar nicht wissen.

Dev und Sean sind schon seit dem Kindergarten beste Freunde. Dev war schon immer Seans größter Fan, sein Cheerleader. Der Typ, der Sean besser dastehen lässt, als er ist. Weil Dev in Sean wirklich diesen lieben, verletzlichen Typen sieht, dem trotz seiner ständig wechselnden Mädels das Herz gebrochen werden kann. Ein Typ, der immer noch fragen muss, wie er sich verhalten soll. Manchmal spricht er Dev auch auf das Thema Sex an. Wie es zwischen uns ist.

»Sollen ihre Beine danach so zittern?«, hat Sean ihn erst vor zwei Wochen gefragt.

»Oh mein Gott, was hast du ihm gesagt?«, wollte ich wissen.

»Ich habe ihm die Wahrheit gesagt, weil er zu uns aufsieht, B«, hat Dev erklärt. »Klar, Alter, die sollen zittern.«

Ich fand das süß. Als ob er sich wirklich um ihn sorgen würde.

Ich bin niemandes Cheerleaderin. Ich habe mein eigenes Team, das mich anfeuert. Die Vier. Sie würden alles für mich opfern. Habe ich schon mal für Sean mit irgendwelchen Mädchen gesprochen, sie aufgepäppelt? Klar. Was wäre ich denn bitte für ein Monster, wenn ich diese Mädels einfach rumheulen lassen würde, nachdem Sean entschieden hat, dass sie seine Zeit nicht wert sind? Aber dass Sean mich so anfleht, mit jemandem zu reden, wie heute? Das ist neu.

Dev legt eine Hand auf meinen Oberschenkel, mehr nicht. Er ist genauso benommen wie ich.

Tatsächlich habe ich überhaupt keine Erinnerung an mein Leben, bevor Sean Nessel Teil davon war. Da war mein Vater, der immer wieder Kommentare abgegeben hat, wie gut Sean beim Fußball ist. Wir haben ihn vom anderen Ende der Straße aus beobachtet, als er noch bei uns in der Nähe gewohnt hat, vor der Scheidung seiner Eltern. Mein Vater hat dann so was gesagt wie: »Der Kleine ist echt ein Naturtalent.« Oder: »Der Kleine hat einen tollen Schuss drauf.« Manchmal sind wir dann rübergegangen – da war ich in der vierten Klasse –, damit Dad sich mit Mr Nessel unterhalten konnte. Nur, um ihm Komplimente für das Fußballtalent seines Sohnes zu machen.

Davor war Sean Nessel der Junge, der mich in der Pause über den Spielplatz gejagt hat. Ich habe mich dann völlig außer Atem unter der Rutsche versteckt, aber er hat mich immer gefunden. Die anderen Jungs, Jungs wie Dev, haben lieber Tennisbälle gegen die Schulwand geworfen. Sie wollten Ball spielen. Sean wollte mich jagen. Und ich habe ihn mich mindestens die erste Hälfte der Pause lang jagen lassen. Ich habe es geliebt. Es war aufregend, von ihm gewollt zu werden, auch wenn ich das in meinen kleinen silbernen Leggins, den pinken T-Shirts und den Stiefeln oder Chucks mit Glitzersteinen noch nicht erklären konnte.

»Morgen krieg ich dich, Jensen«, hat Sean mir dann mit einem breiten Grinsen zugerufen, sein Gesicht ganz rot, bevor er zurück zu seinen Freunden gegangen ist.

Donnie habe ich erst in der sechsten Klasse kennengelernt, als wir schon in der Middleschool waren. Damals waren es nur ich, Cate und Suki. Cate hat immer zu mir gesagt: »Ich kann dafür sorgen, dass er aufhört, B. Ich bin größer als er.« Und eine ganze Weile lang *war* sie größer als er – ihr runder Körper ist erst muskulös geworden, als wir auf die Middleschool gekommen sind und sie noch einen Wachstumsschub hatte. Sean war damals eher sehnig, dünn, mit hervortretenden Muskeln, aber kein Monstrum, bis er irgendwann in die Höhe geschossen ist, zu seiner jetzigen absurden Größe.

Wollte ich, dass er aufhört mich zu jagen? Ich habe für diese Jagd *gelebt.* Aber ich wusste nicht, wie ich Cate das erklären sollte. Oder sonst irgendwem. Also bin ich eines Abends nach Hause gegangen und habe von meinem Vater verlangt, dass er mit mir ins Einkaufszentrum geht und mir Laufschuhe kauft.

»Du hast doch schon Turnschuhe«, hat er gesagt und einen Blick auf meine Chucks geworfen. Die mit den goldglitzernden Schnürsenkeln.

»Nicht solche. Ich will Schuhe, mit denen ich ganz schnell rennen kann.«

»Okay, aber gibt es dafür einen bestimmten Grund?«

»Ich muss schneller als jemand anderes sein.«

Mein Vater war besorgt. Er hat mich ernst angeschaut. »Ist jemand gemein zu dir?«

»Gemein? Nein! Sean Nessel versucht mich in der Pause immer zu fangen.«

Das Gesicht meines Vaters – wie ein stolzer Papa. Sean Nessel, der Junge mit dem tollen Fußballtalent, jagt sein kleines Mädchen.

»Du weißt, was es bedeutet, wenn ein Junge einem Mädchen hinterherrennt, oder, Blythe? Es bedeutet, dass er dich mag.«

Als ich am nächsten Tag in die Schule gekommen bin, habe ich meine neuen Laufschuhe in meinem Rucksack versteckt. Wie eine Geheimwaffe. Ich wollte nicht, dass Sean sie sieht. Es sollte eine Überraschung sein. Ein Überraschungsangriff.

Während einer kurzen Pause im Unterricht ist er auf dem Weg zum Wasserspender an meinem Tisch vorbeigekommen. Er hat sich zu mir runtergebeugt und geflüstert: »Heute krieg ich dich, Jensen.«

Ich habe zu ihm aufgesehen. Kein Zögern. »Ich werde auf dich warten«, habe ich geantwortet.

Er hat so breit gegrinst, dass ich dachte, sein Gesicht würde gleich explodieren. Danach konnte ich kaum noch still sitzen, so aufgeregt war ich. Cate hat sich zu mir umgedreht, ihr rundes Gesicht fast schon verzweifelt vor Neugier. »Was ist los?« hat sie lautlos gefragt.

Ich habe nur mit den Schultern gezuckt. Das war mein Ding, meins und Seans. Unser Spiel. Ich wollte weder sie noch sonst jemanden dabeihaben.

Später, als die Pausenglocke geläutet hat, habe ich Suki und Cate gesagt, dass sie nicht auf mich warten sollen, weil ich noch aufs Klo müsse. Ich bin zu den Toiletten gerannt, habe mich in eine Kabine gesetzt und meine neuen Laufschuhe angezogen. Dunkeltürkis und Lila. Meine Stiefel habe ich in den Rucksack gestopft. Den habe ich dann in meinen

Spind gehängt und bin den Gang hinuntergelaufen. Mein Herz hat gerast, mein ganzer Körper pulsiert. Ich habe die Tür geöffnet und bin ganz oben auf der Treppe stehen geblieben, habe mit den Augen nach Sean Ausschau gehalten, bis ich ihn mit den anderen Jungs und dem Tennisball an der Mauer erblickt habe.

Ich bin langsam zu ihnen rübergegangen, schon da völlig außer Atem. Ich wollte seinen Namen schreien, ihn rufen. *Komm und fang mich.* Aber das musste ich gar nicht. Denn er hat mich zwischen all den anderen entdeckt. Sein Gesicht hat gestrahlt. Dann hat er auf meine Füße geschaut und ihm ist sprichwörtlich die Kinnlade runtergefallen. Er hat gelacht, die Hände in die Hüften gestemmt, genickt und ist dann ohne jede Vorwarnung auf mich zugeschossen.

Ich habe mich umgedreht und bin gerannt, schneller als jemals zuvor, bin zwischen den anderen Kindern hindurchgerast, habe nicht für eine Sekunde angehalten. Ich konnte hören, wie er langsam zu mir aufgeschlossen hat, hinter mir lief, keuchend. Dann habe ich ihn plötzlich gespürt, sein Körper, der mich in den Rindenmulch bei der Schaukel geworfen hat. Ich bin mit dem Gesicht über die kleinen Holzstückchen geschlittert und dann sind unsere Körper zusammen aufgeschlagen. Für einen Moment oder zwei hatte ich überhaupt keine Luft zum Atmen und vielleicht ging es Sean genauso, denn er ist von mir runtergerollt und wir lagen beide zappelnd und keuchend auf dem Boden.

Dann kam die Pausenaufsicht angerannt, hat Sean an der Hand gepackt und ihn auf die Füße gezerrt. »Ich habe dich gesehen, Sean«, hat sie gerufen. »Ich habe gesehen, wie du auf Blythe draufgesprungen bist. Ich habe gesehen, wie du sie gejagt hast. Ich habe gesehen, wie du sie angegriffen hast. Was, um alles in der Welt, hast du dir dabei gedacht?«

Ich konnte nicht mal genug Atem holen, um ihn zu verteidigen. Meine Leggins waren am Knie gerissen, mein Gesicht war schmutzig und voller Mulch. Ein paar Mädchen, darunter auch Suki und Cate, haben mir aufgeholfen. Suki hat völlig aufgelöst immer wieder in mein Ohr geflüstert: »Geht es dir gut, B? Geht es dir gut?«

Die Pausenaufsicht, ich kann mich nicht mal mehr an ihren Namen erinnern, hat Sean weggezogen. Er hat mich nicht aus den Augen gelassen, bis sie ihn ins Gebäude gezerrt hat.

Später hat mich die Schuldirektorin gefragt: »War das ein Spiel, das ihr beide gespielt habt, Blythe? Wolltest du, dass Sean dich jagt?«

»Ja«, habe ich ihr gesagt. Ja. Gab es denn eine andere Antwort?

6

ALLY

Kennst du dieses Gefühl, wenn du im Fitnessstudio warst oder ein paar Kilometer gelaufen bist oder zu lange Basketball oder Volleyball oder so gespielt hast? Alles tut weh. Sogar wenn man sich gar nicht bewegt, tut einfach alles weh. Als ob deine Muskeln zwischen zwei Metallklammern eingequetscht gewesen wären. Tja, genauso fühle ich mich jetzt. Meine Vagina – und ich meine tatsächlich meine *Vagina* – tut weh. Als ob jemand ein Stück davon herausgerissen hätte. Da drin sind Muskeln und Gewebe und alles ist zerfetzt.

Ich schiebe den Ausschnitt meines T-Shirts über die Schulter, an der er mich auf den Boden gedrückt hat. Ich kann nicht mal daran denken, ohne zu zittern, ohne dass wieder dieser Blitz durch meinen Brustkorb zuckt. Mich durchbohrt. An meiner Schulter ist ein blauer Fleck, fast schwarz. Groß und rund schimmert er auf meiner Haut. Da wird sich noch viel mehr Lila ausbreiten. Und Gelb. Bis der Fleck unübersehbar ist und mich jeden Tag daran erinnern wird, wie sehr ich mich in Sean Nessel getäuscht habe und wie bescheuert verknallt ich war.

Süßer Pony, hat er gesagt, als er an meinem Spind stand.

Ich schüttle den Kopf. Blöder Pony. Ich hasse diesen Pony. Ich ziehe heftig daran. Will ihn mir am liebsten vom Kopf reißen.

Ich schnappe mir die Schere von meinem Schreibtisch und schneide meinen Pony ab, so kurz, dass ich aussehe wie eine hässliche Version von Bettie Page. Meine Haare sind struppig und fallen mir wie rasiermesserscharfe Zahnarztinstrumente in die Stirn.

Mir ist schlecht. Mein grummelnder, kranker Bauch. Dieser bittere Geschmack in meinem Mund.

Jetzt muss ich mein Sean-Nessel-Collagenbuch zerstören. Es ist einfach nur ein Notizbuch. Auf dem Cover klebt ein Bild von Sean Nessel aus der Schülerzeitung, sein Haar hinter den Ohren, er blickt nach links in die Ferne. Herzchen und Blumen um seine Augen. Rosen und Pfingstrosen und Flieder und Hortensien. Lila Herzen auf seinen Ärmeln, Herzen und Herzen und noch mehr Herzen, als ob sie ihm aus dem Gesicht wachsen wie bei irgendeiner magischen Kreatur. Auf den Innenseiten geht es genauso weiter. Meine Besessenheit mit Sean Nessel zeigt sich in jeder Lage eines rosa- und orangefarbenen Sonnenunterganges, der hinter ihm aufleuchtet, während er einen Ball kickt oder über das Spielfeld läuft oder in die Kamera lächelt. Die Farben verschwimmen um ihn herum, so süß, so ansteckend. So unschuldig.

Was für ein Witz. Ein kranker, abartiger Witz.

Ich würge ein paarmal.

Ich bin so wütend. Ich bin hinter diesem Idioten Sean Nessel die Treppe hochgegangen, in das dunkle Schlafzimmer, und habe meine Jeans ausgezogen. Ich bin so sauer, so wütend auf mich selbst. Vor dieser Party hat er nur ein einziges Mal mit mir geredet. Ein Mal. Während Raj danebenstand und zugeschaut hat. Und irgendwie hat das gereicht, um mich davon zu überzeugen, dass er dasselbe will wie ich. Eine absurde Fantasie. Jetzt weiß Sean Nessel noch viel weniger über mich, nur dass sein Schwanz in mir drin war.

Ich reiße ein paar Seiten heraus – alle, die ich in die Finger bekomme –, meine süßen beklebten Collagen aus kleinen Herzchen und ausgeschnittenen Blumen, all die winzigen Blütenblätter, die ich so sorgsam zusammengesetzt habe, reiße ich aus dem Buch, reiße ich auseinander. Papierfetzen fallen zu Boden.

Mein Vater hämmert an meine Tür wie ein Gefängniswärter. »Ich hoffe, du bist wach. Du musst runterkommen. *Sofort.*« Er stampft davon.

Die Uhr zeigt zehn. Ich vergrabe die Überbleibsel meines Collagenbuches unter dem Bett. Sieh mich bloß an. Wie kindisch ich war mit meinen bescheuerten Herzen und Blumen.

Ich schalte mein Handy an. Eine Million Nachrichten von Sammi. Von Raj. Heute Morgen eine Nachricht von meiner Mutter. Wie würde dieses Gespräch wohl laufen? Ihre Stimme, die mich aus der Ferne bedrängt. *Wie geht es dir, Schatz? Deine Stimme klingt so zittrig. Was ist denn los?* Ich kann sie nicht zurückrufen. Nicht jetzt.

Im Badezimmer starre ich mein Spiegelbild an. Tief Luft holen, Ally. Erst mal tief Luft holen. Ich putze mir die Zähne. Ich wasche mir das Gesicht. Ich will gar nicht wissen, wie ich rieche. Ich will duschen, aber ich denke daran, was gestern Abend passiert ist.

Wurde ich vergewaltigt?

Das ist wahrscheinlich die merkwürdigste Frage, die ich mir jemals stellen musste.

Wenn die Antwort Ja ist, bedeutet das, dass Sean Nessel nicht auf mich gehört hat, als ich Stopp gesagt habe. Es bedeutet, dass ich meine Jungfräulichkeit auf diese Art an Sean Nessel verloren habe.

Ich denke an die Fernsehsendungen über Vergewaltigungsopfer, die ich gesehen habe. Ich weiß, dass ich als Allererstes zur Polizei gehen oder mich untersuchen lassen sollte. Jeder, der ›Law & Order: Special Victims Unit‹ gesehen hat, weiß das. Aber ich will nichts mehr von ihm an meinem Körper spüren. Ich bin schmutzig und ich will, dass es verschwindet.

Also zwinge ich mich unter die Dusche. Das heiße Wasser und die harten Tropfen aus dem Massageduschkopf, den mein Dad gerade erst installiert hat, betäuben meinen Rücken und meine Arme. Meine Schulter. Meine wunde Schulter. Ich kann sie nicht unter das Wasser drehen. Es brennt, wenn ich es versuche. Wie soll ich bloß diese Verletzung an der Schulter verdecken?

Ich halte mein Gesicht unter den Strahl. Das Wasser trommelt auf meine Wangen. Meine Haut tut weh. Es brennt. Und ich drehe das Wasser heißer. Und heißer.

7

BLYTHE

Bei manchen Freundschaften geht es um Loyalität. Manche Freundschaften sind auf Lügen aufgebaut. Manche auf gegenseitiger Bewunderung. Auf Donnie und mich trifft alles drei zu.

Deswegen springe ich am nächsten Morgen unter die Dusche – wasche diese ganze Party ab, diese grauenhaften Gespräche, meine Versprechen, meine ätzenden, ätzenden Versprechen – und schwinge meinen Hintern dann rüber zu Donnies Haus. Ich schaue in den Spiegel, der Dunst trübt meine Sicht. Heute hasse ich mich.

Donnie ist meine zweite Hälfte. Meine emotionale Hälfte. Die Hälfte, die auseinanderfällt. Die Hälfte, die nichts zu verbergen hat. Sie hat die heile Familie. Die Überflieger-Mutter, Wissenschaftlerin. Den Minivan. Das riesige Haus. Die hübschen, arbeitenden Eltern. Die Schwestern und ihre Instagram-Accounts, auf denen sie den ganzen Tag Bilder von sich posten, in Bikinis und freizügigen Lederoutfits (eine ihrer älteren Schwestern ist Modedesignerin), lässig übereinanderliegend, als würden ihre Körper verschmelzen.

Donnie muss sich um niemanden kümmern.

Sie weiß nicht, was Selbstverachtung ist.

Beneidenswert.

Ich bin die harte Seite. Die berechnende Hälfte. Die Hälfte, die alles für sich behält. Die die Kontrolle hat.

Donnie wohnt in einem Viertel voller palastartiger Villen. Sie nennt diese Häuser »Fake-Villen«. Das ist typisch Donnie, sie spielt alles runter.

Ich gehe nach oben und Donnie liegt noch im Bett. Sie trägt eine Schlafmaske und schnarcht. Ihre dunklen Haare liegen ausgebreitet wie ein Fächer auf ihrem Kissen.

Donnies Mutter hat ganz dunkle Haut und ihr Vater ist jüdisch, mit olivfarbenem Teint.

Bei mir kommt die eine Hälfte geradewegs aus dem Schtetl, wie meine Mutter gern sagt. Ihre Familie ist ein Mix aus osteuropäischen Juden. Urgroßeltern aus bettelarmen Dörfern. Polen. Tschechoslowakei (bevor das in zwei Länder aufgeteilt wurde). Litauen. Österreich. Ein bisschen hiervon, ein bisschen davon. Dann die Lower East Side von Manhattan, wo auch all die anderen Juden lebten, nachdem sie vor den Nazis geflohen waren. Die Familie meines Vaters: königlich schwedisches Blut.

Es gibt immer irgendwelche blöden Kommentare, wenn wir zusammen unterwegs sind. Über unsere Hautfarbe. Unsere Haare. Ich, die Blondine. Donnie mit ihren schwarzen Locken. Letztes Jahr auf einer Uniparty, zu der uns Donnies Schwester geschleift hat, hat so ein Arschloch geschrien: »Lasst uns einen Oreo-Dreier machen!« Rassistisch und besoffen.

Ich ziehe meine Stiefel aus und werfe sie Richtung Tür – hoffe, dass sie dagegenpoltern, damit Donnie aufwacht. Aber nein. Sie landen auf ihrem dicken, weißen Plüschteppich, hüpfen regelrecht, als sie aufschlagen.

Ich krabble ins Bett und lege mich neben sie, schlinge einen Arm um ihre Taille. Sie trägt ein weites weißes T-Shirt, ihre dünnen Goldketten liegen verschlungen in der Kuhle an ihrem Hals. Ihr silberner Armreif wie immer an ihrem Handgelenk. Ich flüstere in ihr Ohr. »Doooonnieeee …«

Sie reißt den Kopf herum, wischt sich die Schlafmaske von den Augen.

»Dein Weckruf, meine Liebe«, sage ich.

»Jensen? Was zur Hölle machst du hier?«

Als sie spricht, rieche ich es. Ihr Atem ist widerlich.

»Im Ernst, ey, ich hatte nur zwei Stunden Schlaf. Hab die ganze Nacht gekotzt.«

»Uäh.« Ich drehe mich weg. »Kann ich riechen. Ich flehe dich an: Putz dir die Zähne.«

Sie verzieht das Gesicht, hüpft aus dem Bett und ins Badezimmer, wo ich sie kurz darauf mit der Zahnbürste höre.

Ich strample meine Jeans von den Beinen, damit ich die seidigen Laken auf meinen Schenkeln spüren kann.

Donnie klettert hinter mir wieder ins Bett. Sie streicht über mein Haar, massiert ein bisschen meinen Kopf. Gleitet über meine Haut, wie ich es gern mag.

»Hör auf, mich wie einen Hund zu streicheln, Don.« Ich drücke ein Kissen zwischen meine Knie. »Gestern Abend ist was passiert. Was Großes. Was viel zu Großes.«

»Was *Großes*. Ooooh? Warum so kryptisch, Jensen? So bist du doch sonst nicht.«

Also erzähle ich ihr von Sean. Ich erzähle ihr, dass ich mich gefreut habe, als ich Ally so entsetzt und panisch vor dem Bad in Sophies Haus gesehen habe, weil ich diesen Blick kenne. Ich kenne ihn nur allzu gut.

»Ein Teil von mir wollte, dass sie leidet. Ist das nicht furchtbar? Bin ich nicht furchtbar?«

Sie reibt sich die Augen, kratzt sich am Kopf.

»Nein, du bist nur menschlich. Weil du immer in Sean verliebt sein wirst und immer eifersüchtig auf die, mit der er gerade zusammen ist.«

»So ein Schwachsinn. Ich bin doch nicht in Sean verliebt. Ich verbringe nur wegen Dev so viel Zeit mit ihm.«

Natürlich hat sie recht. Natürlich *mag* ich Sean. Ich mag seine Aura. Natürlich fühle ich mich in seiner Nähe besonders. Ich bin das Mädchen, bei dem er sich Rat holt. Wenn all die anderen Mädels abgeschossen werden, bin ich immer noch da. Ich bin seine beste Freundin, seit Jahren schon, zusammen mit Dev. Und es fühlt sich gut an, diese Macht zu haben. Das hat nichts mit Lust zu tun. Aber Donnie, sie bringt alles Mögliche an die Oberfläche. Und in diese Idee hat sie sich schon seit einer ganzen Weile verbissen. Mein geheimer Schwarm Sean Nessel, sagt sie immer.

»Neues Thema«, meine ich. »Ally tut mir leid. Sie weiß überhaupt nicht, was mit ihr passiert ist. Da bin ich mir sicher.« Ally. Ihr Gesicht wie ein Reh im Scheinwerferlicht.

»Aber du scheinst es ja zu wissen.« Donnie hebt die Augenbrauen.

Ich will nicht zu viel sagen. Erst recht nicht, nachdem Sean gestern Abend so zusammengebrochen ist. Ich bin Sean gegenüber loyal, auch wenn ich weiß, dass Donnie so etwas nie weitererzählen würde.

»Auf der Heimfahrt hat er rumgejammert, dass ich ihm helfen muss.«

»Dann hat er ihr echt wehgetan?«

»Er hatte seine Jacke zusammengeknautscht. Hat behauptet, da wäre überall Blut drauf.« Mir läuft es kalt den Rücken runter.

»Hast du die Jacke gesehen?«

Ich schüttle den Kopf.

»Jungfrau.«

»Tja, so was kann man nicht ungeschehen machen. Das bleibt für immer.«

»Ich kapier wirklich nicht, wieso du dich wegen Sean so schlecht fühlst.« Donnie wendet sich ab. Sie hat nicht unrecht – aber Donnie versteht es einfach nicht.

Ich denke an letzte Nacht und wie er an meiner Schulter geweint hat – ich habe einen Typen noch nie so heulen gesehen. Und ich wollte ihn einfach nur halten und alles wiedergutmachen.

Ich erzähle Donnie von meinem Plan, mich mit Ally Greenleaf anzufreunden. Dass ich diese ganze Sache regeln werde. Sichergehen werde, dass es ihr gut geht.

»Sean will, dass ich mich um sie kümmere. Das musst du ihm zumindest zugutehalten.«

»Ich sehe jetzt schon einen Shitstorm auf uns zukommen«, sagt Donnie und zieht sich die Decke über den Kopf. Dann legt sie einen Arm um meine Schulter und schmiegt sich von hinten an mich, stupst meine Hüfte, bis sie genau in ihre passt. Hier in diesem Kokon aus Donnies Seidenlaken bin ich sicher.

Und ich werde Ally gegenüber Verständnis zeigen. Werde ihr helfen, über diese beschissenen Gefühle hinwegzukommen. Ich weiß, wie es ihr geht. Ich werde ihr sagen, dass es eine Weile lang wehtut. Dass dieselbe Szene immer und immer wieder vor ihrem inneren Auge ablaufen wird.

Zumindest war das bei mir so, nach der Initiation.

Die Initiation ist eine unausgesprochene Tradition an meiner Schule. Jedes Jahr werden ein paar Neuntklässlerinnen auserwählt, die gerade frisch in die Highschool gekommen sind. Und wenn man zu den Auserwählten gehört, wird natürlich erwartet, dass man mitmacht. Ein Mädchen aus der Zwölften erklärt den Neuen, was sie zu erwarten haben. Meine Zwölftklässlerin war Amanda Shire.

»Irgendwann während eurer Zeit an der Highschool werdet ihr mal einen Blowjob geben«, hat sie gesagt. »Vermutlich einem Jungen, von dem ihr denkt, dass er auf euch steht. Aber dann erzählt er es herum. Es breitet sich rasend schnell aus. Ihr fühlt euch benutzt. Ihr werdet als Schlampe abgestempelt. Aber hier, in dieser Situation, seid ihr sicher. Hier gibt es keinen Grund, sich zu schämen. Ihr werdet es tun und es wird vollkommen emotionslos sein. Es geht nicht um Leidenschaft; es geht nicht darum, eine Verbindung aufzubauen. Es geht um eure *Zukunft*. Um eure *Sicherheit*. Die Mädchen, die das hier aufgezogen haben, bevor ihr überhaupt geboren wurdet, bevor ihr eure Mütter um Erlaubnis gefragt habt, euch die ekligen Haare an den Beinen rasieren zu dürfen – sie haben die Initiation ins Leben gerufen, weil Mädchen vergewaltigt wurden. Diesen Mädchen wurde der Sex aufgezwungen und sie hatten keine Kontrolle darüber. Doch jetzt gibt es keine Neugier mehr. Jetzt gibt es keine Scham. Ihr benutzt *sie*. Sie sind euer Übungsmaterial und danach ist es vorbei.«

Das hat uns Amanda Shire damals erklärt.

Ich hätte Nein sagen können. Aber niemand hat Nein gesagt. An diesem Abend sind Donnie und ich also auf die Knie gegangen. Suki und Cate waren nicht auserwählt worden. Am Anfang haben wir uns dabei an den Händen gehalten, was den Jungs gefallen hat. Sie dürfen eigentlich nicht sprechen. Aber unsere haben es trotzdem getan. Sie haben geflüstert. Ich konnte nicht hören, was. Da war leises Stöhnen. Amanda Shire hat uns darauf vorbereitet. »Die sind eben auch nur Menschen«, hat sie gesagt.

Ich habe meine Augen die ganze Zeit zugelassen. Sonst schaut man sich am Ende noch ihre haarigen, fetten Oberschenkel an. Ich habe in Gedanken ein Lied gesungen. Ich kann dieses Lied heute noch nicht hören, ohne mich selbst zu hassen.

Es wird nicht erwartet, dass man schluckt; sie sagen einem, dass man den Kopf zurückziehen soll. Aber ein bisschen was landet immer im Gesicht. Es tropft auf den Boden. In einem hatte Amanda Shire zumindest recht: Das Ganze fühlte sich absolut mechanisch an. Abgesehen von ihren Gesichtern, wenn es vorbei ist. Ihr Grinsen. Wie ich meinen Mund abwischen und dann zu ihm aufsehen musste, den Typ anschauen musste, der mir zugeteilt worden war. Alex Kramer. Danach, noch immer auf diesem kalten Boden sitzend, während die Jungs einer nach dem anderen rausgehen, wollte ich einfach nur heulen. Donnie hat mir meinen Hass angesehen, hat gesehen, dass ich kurz davor war, zu weinen oder zu kotzen oder beides. »Reiß dich zusammen, Jensen. Jetzt nicht aufgeben, Jensen«, hat sie geflüstert.

Nach der Initiation wird man auf all die coolen Partys der älteren Schüler eingeladen. All die Partys, die wichtig sind. Du hast *das* durchgestanden – also lassen die Jungs dich in Ruhe. Sie akzeptieren dich. Zumindest ist das der Plan. Ich weiß nicht mehr, was ich glauben soll.

In meinem ersten Jahr an der Highschool, noch vor der Initiation, hat man immer mal wieder Geschichten über solche Jungs gehört, die Mädchen K.-o.-Tropfen in den Drink mischen. Oder die einen Kumpel dabei filmen, wie er Spaß mit einem Mädchen hat, einem Mädchen, das sturzbetrunken ist, und es dann auf X stellen. Aber man muss nicht mal so etwas Traumatisches erleben, um durch die Hölle zu gehen. Man muss nur einem Typen auf einer Party einen runterholen. Oder mit jemandem hinter dem Poolhaus rummachen. Ich habe schon oft gesehen, wie Mädchen fertiggemacht wurden, und das für die unschuldigsten Dinge, vor allem am Anfang, weil *ich sie fertiggemacht habe*.

Und dann Teil dieser exklusiven Gruppe zu sein, in der dein Ruf immer beschützt wird – wer würde das nicht wollen?

Nur dass ich danach nicht den Eindruck hatte, es für mich getan zu haben. Es hat sich angefühlt, als hätte ich es für sie getan. Diese notgeilen Jungs. Diese Jungs, die immer nur nehmen.

Kurz danach habe ich Dev kennengelernt. Also, eigentlich kannte ich ihn natürlich schon immer, den süßen, schüchternen Jungen aus meiner Klasse. Der Typ, der immer mit Sean Nessel unterwegs war. Wir waren auf einer Party am Strand. Haben Bowle aus einer Mülltonne getrunken. Dev war auch da und Cate wollte was mit ihm anfangen. Ich bin rübergeschickt worden, um ihn anzulocken. Um ihm von Cate vorzuschwärmen. Eine Stunde später haben Dev und ich uns immer noch unterhalten. Cate hat mich aus einer Ecke verächtlich angegrinst. Ich habe nur mit den Schultern gezuckt. Sie hatte sowieso keine Chance bei ihm.

Ich habe mich an Dev festgeklammert und er hat mir ein Gefühl von Sicherheit gegeben. Ich habe ihm von meiner Mutter erzählt. Von meinem Vater. Er hing an meinen Worten und hat mich verstanden. Er wollte keine Spielchen spielen. Und er wollte mich immer bei sich haben. Dann waren wir zu dritt. Er, Sean und ich. Drei Hände, die Finger ineinander verschlungen.

Abgesehen von Donnie ist Dev der Einzige, der weiß, was ich über die Initiation denke. Er hält das Ganze für absoluten Schwachsinn. War es schon immer seiner Meinung nach, bloß ein Ritual, das sich eine verrückte Zwölftklässlerin irgendwann ausgedacht hat. Irgendein Mädchen, das alle anderen demütigen wollte.

»Wie kann es denn Schwachsinn sein, wenn ich es getan habe, Dev?«, habe ich gefragt. »Was bedeutet das denn dann? Bin ich schwachsinnig? Bin ich ausgenutzt worden?«

Das konnte ich nicht glauben. Das kann ich nicht glauben. Vielleicht funktioniert es ja doch. Seit der Initiation gab es keine sexuellen Übergriffe mehr auf Mädchen an meiner Schule, zumindest nicht, soweit ich weiß. Also hat es vielleicht doch funktioniert, bis zu einem gewissen Punkt. Vielleicht erfüllt die Initiation doch ihren Zweck. Wirkt abschreckend.

Das heißt aber nicht, dass es nicht trotzdem Narben hinterlässt. Dass du es niemals vergessen wirst. Dass ich mich nicht benutzt gefühlt habe. Es immer noch tue.

So werde ich auf Ally zugehen. Ich werde ihr erklären, dass wir in der gleichen Situation waren. Dass jeder eine Art Initiation braucht, auch wenn die nicht so organisiert ist, wie meine es war. Ich werde mitfühlend sein, klar. Vielleicht sage ich ihr, dass Sean total betrunken war, dass er ein bisschen zu weit gegangen ist und dass das unangenehm für sie war. Dass sie das natürlich ganz durcheinandergebracht hat. Aber dann erkläre ich ihr, dass Sean ein netter Typ ist. Er konnte … er konnte sich nur nicht bremsen oder so was. Dass er den ganzen Abend nur davon geredet hätte, wie süß sie sei. Dass er so aufgeregt gewesen sei, in ihrer Nähe zu sein. Er konnte nicht anders. Wenn sie gesehen hätte, wie er danach geweint habe. Wie sein seidiges Haar ihm ins Gesicht gefallen sei. Hast du schon mal einen gefallenen Gott gesehen?

8

ALLY

Mein Vater wartet am Esstisch auf mich, er hat sein Phish-T-Shirt an, weil er das immer am Wochenende trägt.

»Was hast du mit deinen Haaren gemacht?«

»Ich …« Ich berühre mit einer Hand meinen Pony. Was sage ich am besten? Dass ich immer noch betrunken bin? Dass ich unter Schock stehe?

»Vergiss es, ich will es gar nicht wissen.« Er schüttelt den Kopf. Angewiderter, als ich es jemals erwartet hätte. »Soll ich Fragen stellen oder dich einfach reden lassen?«, fragt er.

»So wie ich das sehe, hast du selbst auch einiges zu erklären«, sage ich in der Hoffnung, dass sein heißes Date mit Sheila der Sexbombe mitten in unserem Wohnzimmer vielleicht von mir ablenkt.

»Tja, ich bin aber schon erwachsen und muss deswegen überhaupt nichts erklären«, erwidert er. Und dann sieht er mich auffordernd an, nach dem Motto: *Red endlich.*

»Ich habe nicht bei Sammi übernachtet.«

»Ja, das weiß ich.«

Mein Vater durchschaut den ganzen Mist sofort. Der Nachteil daran, einen coolen Dad zu haben, ist nämlich, dass er selbst schon alles Mögliche angestellt hat, und laut ihm sogar mehr, als ich mir überhaupt vorstellen kann. Was auch immer das bedeuten soll. Außerdem habe ich vor Kurzem rausgefunden, was es mit Bands wie Phish auf sich hat – genauer gesagt, *was die Leute tun*, wenn sie auf einem Konzert von Phish sind. Nämlich jede Menge LSD, Pilze und Lachgas nehmen. Mein Vater hat echt schon einiges erlebt.

»Cherie hat uns zu einer Party gefahren. Aber ich werde dir nicht sagen, bei wem die Party war, also brauchst du gar nicht erst zu fragen.«

»Oh. Okay. Dann werde ich auf keinen Fall fragen.« Er verdreht die Augen. »Was noch?«

»Es gab Bier.«

»Und?«

»Und dann … Sean Nessel. Er war auch da.«

»Moment, Moment. Sean Nessel, der aus deinem Collagenbuch? Mit den ganzen Rosen und Herzchen, der Junge, der ständig in der Schülerzeitung ist, der Sean Nessel?«

»Genau der.«

Es vibriert in meiner Hosentasche. Eine Nachricht von Sammi.

Ich will nur wissen, ob du lebst oder tot bist.

Kann jetzt nicht. Rede mit meinem Dad.

»Und was als Nächstes kommt, wird dir nicht gefallen. Überhaupt nicht. Also mach lieber die Augen zu oder so.«

»Ich habe dir doch immer gesagt, dass ich dich nie …«

»*Ich weiß*, Dad … Du wirst mich nie dafür bestrafen, dass ich dir die Wahrheit sage, aber das war davor, als ich sowieso nichts zu beichten hatte. Außer vielleicht, dass ich mir nicht die Zähne geputzt habe oder so was. Aber das, was ich dir jetzt gleich erzähle, ist etwas *ganz* anderes.«

Er reibt sich die Augen, resigniert.

»Du musst die Augen zumachen.«

»Was? Ally ...«

»Bitte, Dad. Ich kann dich dabei nicht anschauen.«

Also macht er sie zu. »Bin bereit.«

Ich erzähle ihm, wie Sean Nessel diese kleinen Wodka-Flugzeugflaschen aufgemacht hat.

»Warte mal kurz ...« Mein Vater räuspert sich und rutscht auf seinem Stuhl herum. »Okay, weiter.«

»Ich dachte, ich kann dir gegenüber immer ehrlich sein ... Wieso ist dir das dann jetzt so unangenehm? Kriege ich doch Ärger?«

»Du kannst mir alles sagen«, versichert er, »aber das heißt ja nicht, dass ich keine Reaktion darauf zeige. Du bekommst keinen Ärger. Was auch immer du mir erzählst, du bekommst deswegen keinen Ärger. Aber Wodka trinken? Du bekommst keinen Ärger – aber es macht mich traurig.«

»Na ja, es geht ja noch weiter«, erwidere ich. Ich konzentriere mich auf die Falte zwischen den Augenbrauen meines Vaters, die dort seit ein paar Jahren ist. Ich kann mich nicht daran erinnern, sie früher schon an ihm bemerkt zu haben – auf alten Bildern ist sie jedenfalls nicht zu sehen. Ist wohl aus den ganzen Sorgen entstanden. Aus der Angst. Erst wegen meiner Mutter. Jetzt wird diese Furche noch tiefer werden, wenn ich ihm alles erzählt habe. Ich knete meine Hände und lege den Kopf erschöpft auf die Tischplatte.

»Du kannst mir alles sagen, Ali«, erklärt er und öffnet seine Augen einen Spaltbreit.

»Ich will es aber nicht aussprechen«, heule ich. »Und ich will, dass du deine Augen zulässt!«

»Willst du es aufschreiben?«, fragt er, sucht in der Schublade nach Papier und zieht schließlich ein pinkes Post-it und einen Bleistift hervor.

Also starre ich den Zettel an. Ich presse meine Hände zusammen.

Ich schreibe:

SEX

Ich schiebe das Post-it zu ihm rüber.

»Kann ich meine Augen jetzt aufmachen?«

Aber wenn er die Augen öffnet, werde ich ein anderes Mädchen sein.

Ich will ihn warnen. Ich bin nicht mehr deine Tochter. Das war ich mal. Bis gestern Nacht.

»Ally … ich mache jetzt die Augen auf.« Und er tut es. Er sieht den Zettel. Seufzt. Reibt sich mit den Händen übers Gesicht. Ganz egal, wie sehr du reibst, Dad, das geht nicht mehr weg. Er tut mir wirklich leid. Ich will ihn umarmen, mich entschuldigen. Es erklären.

Er streicht mit den Fingern über das Papier und dreht es dann um. Das Wort *SEX* ist verschwunden.

»Liebst du diesen Jungen?«

Ich kann jetzt nicht sprechen, weil ich meinem Vater gerade mein allergrößtes Geheimnis verraten habe. Und er ist ein Mann. Ich kann mir nicht mal vorstellen, was er jetzt denkt. Mein Magen verknotet sich.

Ich schüttle den Kopf. Nein.

»Liebt er dich?«

Ich lache, Tränen laufen mir übers Gesicht. Mein Körper bricht in einen Weinkrampf aus und ich vergrabe mein Gesicht in den Händen. Ich schäme mich so sehr. Es war ein riesengroßer Fehler. Ein bescheuerter, bescheuerter Fehler. Und jetzt werde ich auf ewig dafür bezahlen.

Mein Vater kommt um den Tisch herum und kniet sich auf den Boden, schlingt seine starken Arme um meinen Rücken, während ich schluchze und schniefe.

»Hast du deswegen deinen Pony so verunstaltet?«

»Ja, klar«, murmle ich. Ist schließlich ein genauso guter Grund wie jeder andere.

»Es ist alles gut, Schatz. Es ist alles gut.«

»Es ist nicht gut«, schreie ich. Mein Gesicht steht in Flammen, mein ganzer Körper ist voller rasender Hitze. Aber ich kann nicht mehr sagen. Ich bin noch nicht bereit. Denn wenn ich jetzt weiterspreche, würde es so klingen: *Ich wollte keinen Sex mit ihm haben.*

Er legt seine Hand an meine Wange, als wäre ich wieder ein kleines Mädchen, und etwas Grauenhaftes steigt in meiner Kehle auf, erstickt mich fast.

»Schau mich an, Ally«, fordert er. Ich starre seine Stirnfalte an. »Hast du mir wirklich alles erzählt?«

»Er wird mich garantiert nicht anrufen. Er hat mich benutzt«, sage ich stotternd. »Und jetzt werden mich all die anderen Mädchen, die ihn anhimmeln, auf X und Instagram fertigmachen. Sie werden mich als größte Schlampe der ganzen Schule abstempeln und du musst mich dann wahrscheinlich zu Hause unterrichten.«

Im Nebenzimmer läuft der Fernseher. Eine Müsliwerbung. Alle Vitamine, die man braucht, um ein gesundes Leben zu führen.

Sammi schreibt wieder:

Jetzt?

Nein. Später. ♡

Ich bete, dass mein Vater mich jetzt nicht eklig findet.

Noch verarbeitet er das alles. Dann sagt er schließlich: »Wir haben so oft über das Thema Sex gesprochen. Darüber, dass dein erstes Mal mit jemandem sein sollte, den du liebst und der dich auch liebt. Über das Thema Alkohol. Ich bin doch wirklich offen, was das alles angeht. Und dann passiert es so?« Aber das ist keine Frage. Das ist nur eine rhetorische Tirade an die Teenagergötter.

Er sollte den Fernseher ausmachen. Er muss das noch mehr verarbeiten. Er ist nicht sauer auf mich, verspricht er. Ich habe nichts falsch gemacht – auch wenn ich das anders sehe, denn laut den Gesetzen in diesem Land … Ich habe echt viel getrunken. Und auch wenn ich kein Problem damit habe, zuzugeben, dass ich sehr wahrscheinlich noch mal Alkohol trinken werde, bevor ich einundzwanzig bin (allerdings nie wieder mit einem Jungen, nach dem ich verrückt bin), war das ziemlich sicher illegal.

Er sagt mir immer wieder, dass alles gut ist. Doch ich habe meinem Vater das Herz gebrochen.

~

Mein Vater beruhigt sich. Entschuldigt sich dafür, wie er reagiert hat. Aber ich weiß, was los ist. Er hat natürlich nicht erwartet, dass ich mein erstes Mal erst habe, wenn ich verheiratet bin oder irgend so was Lächerliches. Er hat allerdings schon erwartet, dass es mit jemandem sein wird, mit dem ich zumindest eine Beziehung habe. Er hat sich etwas Besseres für mich erhofft als das. Er drückt mich an sich und ich kuschle mich unter seinen Arm. Er ist so weich da.

~

Später liege ich im Bett und Sammi feuert eine Nachricht nach der anderen ab, will Details, will Informationen und bei jeder Nachricht, die von ihr aufpoppt, ist da dieser kleine Teil von mir, der denkt, die Nachricht ist von Sean Nessel. Ist das nicht absurd? Dass ich bei jedem Vibrieren meines Handys denke, dass er es ist, dass er schreibt: »Tut mir leid.« Oder »Ich war echt voll betrunken.« Oder so. Irgendwas.

Ich weiß, dass das nicht gut ist. Ich sollte diese Gedanken nicht haben.

Weil er mich auf den Boden gedrückt hat. Er hat mir den Mund zugehalten. Ich sollte diese Person nicht in meinen Gedanken haben wollen. Regenbogen, Sonnenuntergänge, Rosen. Ich strecke die Arme zum Himmel. Wieso sehe ich noch immer die Worte *Für immer* in seinen bescheuerten Augen? Ich muss Grau sehen. Ich muss Schwarz sehen.

Sammi schreibt schon wieder, denn so ist sie eben: ungeduldig und hartnäckig.

Was zur Hölle? Du machst mir echt Angst.

Komm einfach vorbei.

»Ich fahre zu Sammi«, rufe ich meinem Vater zu und bin schon aus der Tür und auf meinem Fahrrad, bevor er etwas darauf erwidern kann. Fahre mit dem Wind.

~

Sammis Mutter ist gerade dabei, Lasagne zu machen, als ich ankomme, weil heute Sonntag ist und Mütter so was eben tun, wenn sie mit dir in einem Haus leben und keinen Nervenzusammenbruch in der Wüste haben. Apropos Mütter, ich muss meine noch zurückrufen.

Wir sitzen auf Sammis Bett und starren uns an. Keine von

uns sagt etwas. Ihre Augen sind groß. Viel zu groß und voller Angst.

»Was hast du mit deinen Haaren gemacht?«

Ich lege mir die Hände an die Stirn und verziehe das Gesicht. »Ich will nicht darüber sprechen.«

Aber Sammi lässt nicht locker, ihre Augen brennen. Sie will wissen, was mit meinem Pony passiert ist. Will wissen, was gestern Abend passiert ist. Sie ist unerbittlich.

Ich krieche unter ihre Decke. Ziehe sie über meinen Kopf.

»Dich unter meiner Decke zu verstecken, wird mich nicht davon abhalten, dich weiter zu löchern.«

»Ich kann es aber nur so erzählen«, sage ich unter der Decke.

Ich knautsche sie in meiner Faust zusammen. Aber es ist nicht genug. Ich will hier drunter ersticken. Ich drücke mir das Kissen ins Gesicht und schreie.

»Ally? Was zur Hölle?« Sammi klettert quasi auf mich drauf. »Was ist los?«

»Ich hatte irgendwie Sex mit ihm.« Ich bin immer noch unter der Decke.

Wir hatten diesen tollen Plan, dass wir einander erzählen würden, wenn wir unser erstes Mal haben. Dass wir anrufen oder eine Nachricht schreiben würden, auch wenn wir gerade voll romantisch mit dem Typ, dem imaginären Freund, vorm Kamin liegen oder so. Das war der Plan und ich fühle mich richtig mies, weil ich es voll in den Sand gesetzt habe. Weil ich so heiß darauf war, mit Sean Nessel nach oben zu gehen. Weil ich so heiß darauf war, ihm alles zu geben.

»Moment mal – was? Ich weiß, dass du mit ihm nach oben gegangen bist, aber Sex? Richtiger Sex? Bist du deswegen abgehauen?«

Cherie platzt in Sammis Zimmer. Ich kann ihren Schatten in der Tür stehen sehen.

»Wieso schreist du denn so rum?«

»Das war Ally. Sie ist unter der Decke.«

»Ally? Wir können dich da drunter sehen«, sagt Cherie. »Was zum Teufel war denn gestern Abend mit dir los?«

Ich ziehe mir die Decke vom Kopf und wickle sie mir um die Schultern.

»Sie hatte Sex.«

Cherie setzt sich aufs Bett. »Nessel?«

Ich nicke.

»Frag sie jetzt nicht aus, Cherie.«

»Sean Nessel sieht verdammt gut aus, aber der Typ hat einen echt beschissenen Ruf«, sagt Cherie. »Jeder weiß das. Tut mir leid, dass ich dir das nicht gesagt habe. Ich hätte dich warnen sollen.«

»Ich kenne seinen Ruf. Aber gestern Abend hätte nichts und niemand meine Meinung ändern können. Ich bin wie der letzte Idiot mit ihm nach oben gegangen.«

Ich wünschte, ich wäre einfach nur das Mädchen, das Sex mit Sean Nessel hatte. Nicht das Mädchen, das … Ich kann es nicht aussprechen. Ich kann es nicht aussprechen, denn wenn ich es ausspreche, ist es wahr.

»Hör zu, Ally. Du bist ein Mädchen, das die *Entscheidung* getroffen hat, Sex zu haben oder was auch immer. Geht doch niemanden was an, mit wem du schläfst. Außerdem, wenn du erst mal aufs College gehst, ist das sowieso alles egal. Da hat jeder Sex mit jedem.«

Ein Schauer läuft mir über den Rücken, als ich an Seans Hände denke, die mich überall berührt haben. An das Blut auf seiner Jacke.

»Ich habe quasi mit der Hälfte der Jungs in meinem Wohnheim geschlafen«, sagt Cherie.

»Bitte was?«

»War ein Scherz. Aber im Ernst. Wenn ich das will, geht das niemanden was an. Wie auch immer, solange es für dich okay ist, ist das eine Sache zwischen dir und ihm«, sagt sie. »Ist es denn okay für dich?«

Ist es okay für mich?

Cherie war während ihrer gesamten Schulzeit Miss Teamgeist persönlich, Cheerleader und Schülersprecherin. Aber letztes Jahr, kurz vor ihrem Abschluss, hat sich etwas geändert. Sie wollte nichts mehr mit den Cheerleadern zu tun haben. Mit den Toiletten im C-Flügel, in die man nur mit Einladung reinkommt. Sie ist dem Feministinnen-Club beigetreten, hat angefangen uns von Tarana Burke, Liz Phair und Kathleen Hanna vorzubeten. Jetzt studiert sie Frauenforschung. In ihrem letzten Jahr an der Highschool hatte Cherie es ziemlich auf Die Vier abgesehen. Es geht das Gerücht um, dass Cherie Blythe gesagt haben soll, dass Cliquennamen ein Zeichen von Unsicherheit sind.

Als Sammi und ich sie darauf angesprochen haben, ist sie plötzlich ganz still geworden, was echt seltsam war, weil sie uns damals sonst alles gesagt hat. »Ich will nicht über diese Mädchen reden«, hat sie gesagt, bis sie uns schließlich das hier erzählt hat: »Diese Mädchen haben so einiges getan, um in der Schule akzeptiert zu werden. Dinge, die niemand tun müssen sollte.«

Ich mache mich gern über Cherie lustig – nach dem Motto: »Oh Gott, keiner kriegt was von der Bong ab, bis wir nicht irgendein feministisches Manifest aufsagen oder den Text zu ›Rebel Girl‹ von Bikini Kill auswendig können« –, aber ich weiß, dass sie recht hat.

Meine Vagina und mein Körper gehören mir.

Ist es okay für mich?

Es ist überhaupt nicht okay für mich.

Ja, es war *meine* Entscheidung, es mit Sean Nessel zu tun.

Na ja, nicht wirklich.

Na ja, eigentlich überhaupt nicht.

Abendessen mit Sammis Familie. Mom. Dad. Sammi. Cherie. So tun, als wäre alles in Ordnung. Kann ich bitte mal die Chiliflocken haben? Ja, danke, war sehr lecker. Tut mir leid, dass ich nicht aufgegessen habe. Ich war wohl einfach nicht so hungrig. Wie es mir geht? Super. Mir geht's super. Alles bestens.

Zurück in unserer Straße, gerade als ich um die Ecke biege und mein Fahrradlicht auf den gefallenen Blättern reflektiert, sehe ich meinen Dad in der Tür stehen und sich mit Raj unterhalten.

Als ich näher komme, bemerke ich, dass Raj ganz verschwitzt ist. Keine Brille trägt. Sein Gesicht ist rot angelaufen. Und auch wenn ich seine Brille liebe, diese durchdringenden grünen Augen kann man erst ohne richtig erkennen.

Ich habe Raj durchaus mal in Betracht gezogen. Habe in Betracht gezogen, ihn zu küssen. Habe ihn als meinen Freund in Betracht gezogen. Habe hin- und herüberlegt. Habe daran gedacht, wie warm mir manchmal wird, wenn er in meiner Nähe ist. Aber manchmal passiert auch gar nichts. Einmal haben wir es versucht. Auf einer Party. Er hat an einer Wand gelehnt. Voll entspannt.

»Ich finde, wir sollten uns küssen«, habe ich gesagt, ganz sachlich. Breites Grinsen. Er hat die Hand ausgetreckt und in meine Haare gegriffen und ich bin ganz nah an ihn rangegangen. Wir haben uns geküsst und mein Herz hat aufgehört zu schlagen. Ich habe mir auf die Lippe gebissen. Eine Hand vor den Mund gehalten. Meine Hände haben gezittert. Ich habe zu ihm aufgesehen, seine Haare, die ihm immer ins Gesicht fallen, diese Augen.

»Nichts«, habe ich gelogen und einen Schritt zurück gemacht. »Als würde ich eine Wand küssen.«

»Bei mir auch«, hat er gesagt. Diese Augen, die ganze Zeit auf mich gerichtet.

Und dann haben wir nie wieder darüber gesprochen. Ich habe Sammi versprochen, dass es nichts zu bedeuten hatte. Nur ein betrunkenes Experiment.

Raj weiß sowieso, was ich für Sean Nessel empfinde.

Empfunden habe. Scheiße. Empfunden *habe.*

~

Mein Dad riecht nach Gras und Patschuli. Die Sache mit mir und Sean Nessel muss ihn so sehr mitgenommen haben, dass er einen Nachmittagsjoint gebraucht hat. Er konnte nicht mal warten, bis ich im Bett bin, so wie er das normalerweise macht. Wir reden natürlich nie darüber. Das ist einfach etwas, das ich *weiß*. Was soll er auch sagen? »Ich rauche Gras«? Stattdessen habe ich irgendwann rausgefunden, dass *Ich gehe heute mal früh ins Bett* bei ihm so viel heißt wie *Ich bekiffe mich jetzt. Lass deinen alten Herrn mal in Ruhe*.

Raj erzählt, dass er in der Gegend joggen war und nur kurz vorbeischauen wollte.

Mein Vater zieht mich in den Flur, während Raj draußen wartet. Er gibt mir eine weiße Papiertüte. »Tante Marce hat das hier vorbeigebracht«, sagt er mit ernstem Blick.

Ich öffne die Tüte und sehe hinein. Darin ist eine kleine mintgrüne Schachtel, auf der steht: PLAN B. Ich sehe zu ihm auf, vollkommen schockiert. »Dad, oh mein Gott.«

»Spar dir dein *oh mein Gott*, Ally. Du musst die heute Abend noch nehmen.«

Plan B ist eine dieser Pillen, die man schluckt, wenn man nicht schwanger sein will. Schwanger. Allein von dem Wort wird mir schon schlecht. Ich denke an Sean Nessel. Wie er ausgesehen hat. Sein Gesicht. Seine Haare. Ich zwicke mich ins Handgelenk, bis ein scharfer Schmerz in meine Hand schießt.

Mein Vater seufzt tief. Ich kann sehen, wie mitgenommen er ist. Und bekifft. Er leckt sich immer wieder über die Lippen.

»Sie meinte, dass du die Tablette nicht auf leeren Magen nehmen sollst«, sagt er. »Vielleicht mit ein paar Keksen und Milch, bevor du ins Bett gehst. Keine Ahnung.« Und er schlurft davon.

Auf der Schachtel in der Tüte klebt ein Zettel.

Ally, mach dir keine Sorgen, das ist nicht schlimmer als eine leichte Periode. Es kann sein, dass du etwas blutest. Vielleicht ein paar Bauchkrämpfe. Nimm einfach ein bisschen Ibuprofen. Alles wird gut, versprochen.
Ich hab dich lieb.
Tante Marce

Ich verfrachte die Tüte ins Bad, mir steigen schon wieder Tränen in die Augen.

Raj und ich befreien die Loungesessel hinten auf der Terrasse vom Herbstlaub. Sie sind etwas modrig von der ganzen Feuchtigkeit, wurden schon seit einer ganzen Weile nicht mehr sauber gemacht. Ich habe eine schwarze Jogginghose und ein schwarzes Pixies-T-Shirt an, also mache ich mir keine Gedanken um Flecke. Außerdem fühle ich mich sowieso immer noch total schmutzig. In dieser Schmiere zu sitzen, passt da irgendwie ganz gut.

»Du hast deinen Pony geschnitten«, sagt Raj.

Ich zucke mit den Schultern, lege eine Hand an die Stirn.

»Ich wollte nur wissen, wie's dir geht.«

»Mir geht's gut«, antworte ich abweisend.

Mir gefällt es nicht, dass er so was zu mir sagt. Ich will nicht, dass er mich daran erinnert, dass er etwas weiß. Oder daran, dass etwas passiert ist. Ich will nicht, dass etwas passiert ist.

»Okay.« Er schaut weg.

»Wieso fragst du mich das überhaupt?«

»Weil ich gesehen habe, wie du da gestern Abend total verängstigt rausgerannt bist. Ich hab dich nicht mehr eingeholt. Zu viele Leute. Und dann hast du mir nicht auf meine Nachrichten geantwortet. Und Sammi wollte mir auch nichts sagen, als ich heute mit ihr geredet habe.«

»Ich hab gar nicht gesehen, dass du mir geschrieben hast.«

Ich hab's nicht gesehen, weil mein Handy aus war. Weil ich mich entschieden habe, alle zu ignorieren.

»Wie auch immer. Ich habe Sean Nessel heute Morgen beim Fußballtraining gesehen«, erzählt Raj.

»Ach ja?«

»Er meinte, dass ich mal nach dir sehen soll.«

»Oh? Wie *nett* von ihm.« Ich ziehe meine Knie eng an die Brust. Lasse meinen Kopf darüberhängen.

»Hat er sonst noch was gesagt?«

»Dass du ein bisschen durch den Wind warst.«

»Hat er erzählt, *wieso* ich durch den Wind war?«

Ich kann Sean Nessel regelrecht hören, so unschuldig. *Schau mal nach ihr, Mann. Sie war irgendwie ein bisschen durch den Wind.* Und dann überkommt mich plötzlich eine Welle rasender Wut und verwandelt mich in einen menschlichen Vulkan, ich bebe und spucke Feuer. Also platzt es aus mir heraus, weil ich einfach so wütend bin und es nicht zurückhalten kann.

»Wir haben es getan, okay? Wir haben es getan und es war grauenvoll. Das war der schlimmste Abend meines ganzen Lebens. Der allerallerschlimmste. So schlimm, dass ich noch nicht mal drüber reden will, weil ich nicht fassen kann, dass *ich* gerade mit *dir* über etwas rede, das mir so verdammt peinlich ist.«

Ich stampfe mit beiden Füßen ins Gras. Die feuchten Halme piksen durch meine Flip-Flops. Das ist das Erste, das ich seit gestern Abend außer meinen wunden Oberschenkeln und meinem geschundenen Schritt spüren kann. Ich will nicht, dass Raj mich so sieht. Aber er ist hier. In meinem Garten. Und er hört zu.

Ich lasse mir die Haare ins Gesicht fallen, bis ich aussehe wie diese Figur aus der Addams Family, Vetter It. Vielleicht laufe ich ein paar Tage so rum. Ich mal mir aus, dass ich einen Fluchtweg durch meine Haare finde.

Ich will nicht, dass Raj sich Sorgen um mich macht. Ich weiß, dass er nicht weiß, was er jetzt sagen soll. Er weiß, dass ich Jungfrau bin. Dass ich Jungfrau war. Wir kennen uns gut genug, dass er das weiß. Wenn es nur einen Weg gäbe, das alles einfach zu vergraben. Meinen Körper mit Laub zu bedecken, damit mich niemand mehr sehen oder hören oder finden kann. Alles in mir schreit mich an, niemandem von gestern Nacht zu erzählen, es runterzuschlucken, an einen dunklen Ort zu verdrängen, damit es einfach verschwindet.

Raj beugt sich vor und nimmt die Füße von seinem Sessel, rutscht ein Stück rüber, sodass sich unsere Knie berühren.

Aber ich will nicht berührt werden. Also ziehe ich meine Knie weg.

»Worüber denkst du nach?«, fragt Raj.

Ich starre meine alte, verrostete Schaukel an, die noch immer platzraubend im Garten rumsteht.

»Ich denke daran, dass mein Dad echt mal dieses alte Ding wegschaffen muss, weil das eh niemand mehr benutzt außer dem Kind unserer Nachbarn.«

9

BLYTHE

Montagmorgen. Es ist nicht schwer, sie zu finden.

Ich muss nur drei Leute aus der Elften fragen, um herauszufinden, dass Ally Greenleaf in der vierten Stunde ein paar Klassenräume entfernt von mir Unterricht hat. Ich habe meine große Ledertasche schon gepackt – seit der neunten Klasse trage ich keinen Rucksack mehr – und bin deswegen sofort aus der Tür, kaum dass es geläutet hat, laufe den Gang runter und warte dann vor ihrem Klassenzimmer, als hätte ich das schon mein ganzes Leben lang getan. Sie sieht müde und erschöpft aus. Unter ihren Augen sind grünliche Ringe. Und noch etwas. Dieser zu kurze Pony, der sieht anders aus als der sanft über die Augen fallende Pony, den sie Freitagabend noch hatte.

Sie hantiert ungeschickt mit ihren Büchern rum, als sie aus dem Klassenzimmer kommt. Ich kitzle sie von hinten am Arm, um ihre Aufmerksamkeit auf mich zu lenken, und sie dreht sich um. Sie trägt ausgewaschene Jeans, Chucks und ein schwarzes T-Shirt. Ich kann verstehen, wieso Sean sie süß fand. Sie ist eine kleine Rebellin. Ganz anders als ich.

ALLY

Blythe Jensen steht vor mir. Sie lächelt. Blythe ist Sean Nessels beste Freundin. Wenn sie mit mir redet, hat das also auf jeden Fall etwas mit ihm zu tun. Und mit dem, was passiert ist. Ich mache einen Schritt zurück. Mein Herz hört auf zu schlagen, zumindest fast.

BLYTHE

»Ally, richtig? Du bist doch mit Cheries kleiner Schwester befreundet.«

Sie bleibt stehen und nickt. Sagt nichts, ihre Augen sind leer. Ich frage mich, ob sie sich an unseren Zusammenstoß auf der Party erinnert.

»Hal-lo?« Ich lache. Sie starrt mich immer noch an. Als wäre ich ein Gespenst. »Rauchst du?«

»Rauchen … Gras?«

»Witzig – äh, nein, rauchst du Zigaretten?«

Sie sieht mich an. Beobachtet mich. Ihre Augen so grün wie Saphire. Sie schweigt einen Moment.

»Nur die ohne Filter.«

»Ist das ein Scherz?«

»Nein, ich bin einfach so hart drauf. Ich breche den Filter ab, bevor ich rauche«, sagt sie fast ein wenig lallend und sieht mich ausdruckslos an. Dann grinst sie. »Natürlich rauche ich keine filterlosen Zigaretten. Ich bin doch nicht wahnsinnig.«

Ich lache und ich habe echt nicht erwartet, dass sie mich zum Lachen bringt. Vielleicht habe ich sie unterschätzt. Ich frage sie, ob sie mit mir irgendwohin gehen will, wo wir uns unterhalten können. Sie meint: »Klar.«

Ally folgt mir, als ich auf den C-Flügel zusteuere. »Du musst nicht zwei Meter hinter mir laufen. Du bist doch nicht meine Zofe«, sage ich. Also schließt sie zu mir auf, starrt mich immer noch an. Was im Moment noch okay ist. Aber so kann es nicht weitergehen – viel zu nervig. Außerdem wird es den anderen nicht gefallen. Sie werden es als Schwäche sehen.

Ich überlege kurz, ob ich Cate und Suki schreiben soll, um sie wegen Ally vorzuwarnen, aber ein Überraschungsangriff ist die bessere Taktik. Ich muss den beiden eh mal wieder zeigen, wer hier das Sagen hat. Ich kann mitbringen, wen ich will.

ALLY

Bist du schon mal neben jemandem wie Blythe Jensen hergelaufen? Ihr Haar ist wie aus einem Werbespot. Blond, mit einer leichten Welle und völlig ohne Spliss, wie auch immer sie das schafft. Es schwingt hin und her. Ihre Haut ist so glatt, ich sehe keinen einzigen Knubbel. Sie strahlt und ist absolut makellos. Ich reibe meine schuppigen Ellbogen und mache mir eine geistige Notiz: mehr Feuchtigkeitscreme benutzen.

Ich glaube, ich bekomme gleich einen kleinen Nervenzusammenbruch. Sie bringt mich zu den Toiletten im C-Flügel. Diese Toiletten sind eigentlich den Zwölftklässlerinnen vorbehalten. Das ist keine Schulregel. Das ist eine bekannte Tatsache. Wenn man Unterricht im C-Flügel hat, aber nicht in die Zwölfte geht, benutzt man auf keinen Fall diese Toiletten, sonst kann man auch gleich die Schule wechseln. Eine ausgewählte Gruppe Zwölftklässlerinnen raucht da drin. (Alle haben wieder zurück zu echten Zigaretten gewechselt. Denn wenn Vaping einen auch umbringt, kann man ja gleich auf die altmodische Art rauchen.)

Es gibt irgendeinen Code. Man muss ein paarmal klopfen. Aber ich habe noch nie versucht reinzukommen. Ich weiß, das klingt unglaubwürdig – hallo, das hier ist eine Schule –, aber unsere Schule ist echt groß. Mit drei Flügeln! Und jeder Flügel hat drei Stockwerke. Zwei Toiletten auf jedem Stockwerk. Sogar drei verschiedene stellvertretende Schulleiter. Oben im C-Flügel wurde noch nie jemand beim Rauchen erwischt. Die Lehrkräfte haben keine Lust, da hochzugehen, in den dritten Stock, ganz ans Ende des Korridors. Quasi ans Ende der Welt. Sie kommen seit Jahren damit davon. Und ich habe gelernt, diese Toiletten zu fürchten. Einfach Abstand zu halten.

BLYTHE

Auch wenn uns noch nie jemand beim Rauchen erwischt hat, sind wir alle immer ein bisschen nervös, dass doch mal plötzlich jemand reinplatzt. Deswegen soll man »Alles okay« sagen oder ein paarmal an die Wand klopfen, bevor man reingeht, aber ich habe schon ewig niemanden Neues mehr hier gesehen. Die Leute haben Angst. Und das soll mir nur recht sein. Je weniger Leute die Toiletten im C-Flügel benutzen, desto weniger Aufmerksamkeit wird darauf gelenkt. Sie sollen exklusiv sein. Sie sollen schwer zu finden sein.

Vor der Tür zu den Toiletten drehe ich mich zu Ally um und lege meinen Zeigefinger an die Lippen. Ich flüstere: »Sag kein Wort.«

Ich kicke die Tür auf und Suki, Cate und Donnie holen alle erschrocken Luft. Suki verschluckt sich, hustet. Sie verstecken ihre Zigaretten hinter dem Rücken, als ob das irgendwas bringen würde, wenn sie wirklich erwischt worden wären.

ALLY

Es sind Die Vier. Suki Fields. Cate Sandoval. Donnie Alperstein. Blythe Jensen, die vierte.

Ich sehe mich kurz um. Cate trägt diese großen goldenen Kreolen, die ihren Namen eingestanzt haben, von oben nach unten: CATE.

Suki trägt einen Rock mit Blumenmuster, der ihr bis zu den Waden reicht. Dazu ein winziges T-Shirt, auf dem steht: SO TIRED.

Donnie Alperstein in Jeansshorts. Ein Hemd, bis zum Kragen zugeknöpft. Schwarze Chucks. Sie hat die Spitzen ihres lockigen Haares blau gefärbt, und ich habe einen plötzlichen Flashback, sehe sie wieder auf Sophie Millers Party, wie sie umringt ist von einer großen Gruppe und lacht.

Die Party. Dieser Abend.

Sean Nessel auf mir.

Schüttle es ab. Schließ die Augen und mach, dass es verschwindet. Atme, Ally. Atme.

Die Mädels halten alle gleichzeitig den Atem an und verstecken ihre Zigaretten hinter den Rücken. Als sie sehen, dass es nur Blythe ist, atmen sie auf und eine riesige Rauchwolke trifft mein Gesicht. *Nicht husten*, mahne ich mich. *Einfach weiteratmen.*

BLYTHE

»Was geht, Bitches?« Ich habe ein breites Grinsen im Gesicht.

»Was zur Hölle, B?«, fragt Suki.

»Danke für den Herzinfarkt mit siebzehn, Jensen«, sagt Donnie.

Ich stelle den Mädels Ally vor; dabei könnte ich genauso gut sagen: *Hier, das Mädchen, das Sean Nessel gevögelt hat.*

Weiß Ally überhaupt, dass das jetzt ihre Geschichte ist? Dass sie das Mädchen ist, das letztes Wochenende Sean Nessel gevögelt hat?

Ich gebe Ally eine Zigarette und den Mädels etwas Zeit, sie zu begutachten. Suki mustert Ally kurz und wendet sich dann ab, gelangweilt.

»Und? Wieso hast du sie hergebracht?«, fragt Suki. »Will sie uns etwa alle Details erzählen?«

»Jap, Blythe will sie über Sean ausfragen«, sagt Donnie und lacht.

»Na, dann spuck mal aus, was ihr getrieben habt«, fordert Cate lachend. »Ich würde nämlich wetten, ihr habt's so richtig getrieben.«

»Schon mal was von Schweigen und Genießen gehört, ihr Bitches?«, frage ich. »Sie wird euch einen Scheiß von ihrer Beziehung mit Nessel erzählen. Und er würde das auch nicht von ihr erwarten.«

Ich drücke es absichtlich so aus. Beziehung. Ally versteht nicht mal, was ich da tue, was ich ihr damit biete, indem ich es so formuliere. Sie hat keine Ahnung, was diese Mädchen ihr antun könnten. Was ich ihr antun könnte. Ich schenke Ally Greenleaf Ansehen – sie sollte es besser annehmen.

ALLY

Donnie zieht sich hoch, setzt sich auf den Rand des Waschbeckens. Lässt die Beine baumeln und bläst Rauchringe zur Decke. Sie spricht Blythe nur mit ihrem Nachnamen an, Jensen – fast, als würde sie sie verspotten. »Neue Stiefel, du Schuhfreak, Jensen.« Oder: »Oh, Jensen, du bist so süß, wenn du dich als Oberanstandsdame für die ganzen Bitches hier aufspielst.« Aber Blythe lächelt einfach nur über Donnies Spitzen. Es scheint ihr zu gefallen.

Ich starre Donnie an, weil sie so hübsch ist. Ich war noch nie so nah an ihr dran. Ich dachte immer, dass Blythe in dieser Gruppe das Sagen hat, aber jetzt frage ich mich, ob das wirklich so ist. Es scheint eine klare Trennung zu geben. Blythe und Donnie, die Oberschicht. Suki und Cate, die Untergebenen.

»Gefällt dir, was du siehst, Greenleaf?« Donnie überrascht mich mit ihrer Frage und schnippt die Asche ihrer Zigarette in meine Richtung.

Ich blinzle einfach nur.

Cate fängt an, etwas an die Wand zu schreiben. *DIE VIER.* »Der bescheuerte Hausmeister hat mein letztes Design weggeschrubbt.«

»Dieser bescheuerte Hausmeister ist mein Vater«, sage ich.

Ich habe keine Ahnung, wieso. Es fliegt einfach aus meinem Mund und ich will mich automatisch dafür entschuldigen, so was nachschieben wie »War nur 'n Scherz«, aber stattdessen lächle ich bloß und schweige.

Dann fangen sie alle – Die Vier – an zu lachen, sogar Cate. Ein richtiger Lachflash. Sie finden mich lustig.

Und ich kann endlich wieder atmen.

BLYTHE

»Also«, sage ich und drehe mich zu Ally. Mein Knie berührt ihr Knie. Sie zieht es nicht weg und ich flüstere: »Mein Freund, Devon, und Sean sind beste Freunde.« Ich schnalze mit der Zunge und blase einen Rauchring in die Luft. »Kennst du Devon Strong?«

»Ich weiß, wer er ist.«

»Wie auch immer, Sean respektiert dich echt total. Er wartet gerade auf Rückmeldung von der Duke University, ob er vorzeitig angenommen wird, und dann sind da noch die nationalen Meisterschaften, und am Presidents'-Day-Wochenende will er Hütten für Bedürftige in Costa Rica bauen, was bedeutet, dass er in Topform sein muss, um zehn Hütten in drei Tagen zu bauen, er ist schon echt übermenschlich, oder?«

Aber natürlich wissen wir beide, dass er nur menschlich ist. Und Menschen weinen. Und Menschen machen Fehler. Vor allem männliche Menschen.

»Normalerweise trinkt er nicht so viel, Ally. Das ist nicht seine Art.«

Ich habe keine Ahnung, wieso ich das sage. Ich weiß, dass es nicht stimmt. Jeder weiß, dass es nicht stimmt.

Ally starrt mich zornig an. Ihr kommen zwar nicht wirklich die Tränen, aber sie kneift die Augen ein bisschen zusammen. Als ob sie unfassbar wütend wäre. Weil ich etwas so Abartiges gesagt habe. Sie beleidigt habe. Sie zieht scharf die Luft ein. Sie wirft ihre Zigarette in Richtung Toilette und der Stummel schießt an Suki vorbei wie eine Rakete.

»Es ist nichts passiert«, sagt Ally.

Aber es ist etwas passiert. Und das wissen wir beide. Und Sean weiß es. Und Dev weiß es auch. Zu viele Leute wissen davon, um so tun zu können, als wäre nichts passiert. Ich habe die Befürchtung, dass es Vorwürfe geben wird, Heulattacken, wenn sie in einem Monat oder so bereit ist, drüber zu reden. Posttraumatischer Stress oder was auch immer. Außerdem habe ich es Sean versprochen.

Ich kann nicht aufhören, daran zu denken, wie er an meinem Autofenster geweint hat. Und ich weiß, dass ich lieber daran denken sollte, wie traumatisiert Ally aussah, als sie aus Sophie Millers Haus gerannt ist. *Finde Mitgefühl in deinem Herzen.* Aber meine Loyalität liegt bei Sean. Das ist einfach so.

»Hör zu, ich habe auch schon Erfahrungen gemacht«, erkläre ich. »Erfahrungen, über die ich nicht sehr glücklich bin. Weißt du, was ich meine?«

Sie sieht mich ausdruckslos an.

»Ich habe keine Ahnung, wovon du redest«, sagt sie und schaut zu Boden.

»Äh, Ally, du bist von dieser Party geflüchtet wie eine durchgedrehte Todesfee – ich meine, *alle haben dich gesehen.* Aber Sean ist ein netter Typ. Er will nicht – du weißt schon –, er will nicht, dass es *dir* schlecht geht.«

ALLY

Alle haben dich gesehen. Das hat sie gesagt.

Alle haben dich gesehen. Ich will nicht das Mädchen sein, das alle gesehen haben. Ich will einfach nur das süße Mädchen sein. Oder das sexy Mädchen. Oder das coole Mädchen. Oder das was auch immer Mädchen. Nicht das Mädchen, das alle mit Blutflecken auf ihrer Hose gesehen haben.

Was meint Blythe damit, wenn sie sagt: »Ich habe auch schon Erfahrungen gemacht«? Was soll das überhaupt bedeuten? Ist das, was mir passiert ist, eine *Erfahrung*? Definieren sie das etwa so?

Ich spüre, wie meine Beine anfangen zu kribbeln und mein Magen nach unten sackt. Ich stütze mich mit einer Hand an der kalten Wand des Toilettenraumes ab, um nicht hier und jetzt in Ohnmacht zu fallen.

»Alles okay bei dir?«, fragt Blythe.

Oh ja, klar. Alles super.

Nicht.

Und dann läutet es zur nächsten Stunde.

10

ALLY

Ich renne den Flur runter zum Physikunterricht und mein Lehrer, Mr Chui, gibt mir eine Verwarnung wegen Zuspätkommens, meine dritte diesen Monat. Ich rutsche auf meinen Hocker neben Sammi.

Auf meiner anderen Seite sitzt Terrance Carter von der Schülerzeitung.

»Du riechst nach Rauch«, sagt er.

»Wow, Mr Enthüllungsjournalist höchstpersönlich,« erwidere ich höhnisch. »Du solltest dir 'nen Hut besorgen, auf dem *sensationsgeil* oder so was steht.«

Er wendet sich ab. Terrance und ich kennen uns schon ewig. In der dritten Klasse waren wir zusammen im Lesekurs für Fortgeschrittene. Jetzt läuft er immer in diesem Trenchcoat rum, als würde ihm die ganze Schule gehören, nur weil er Redakteur bei der Schülerzeitung ist. Meine Beziehung zur Schülerzeitung besteht einzig und allein darin, dass ich deren Berichterstattung über Sean Nessel verfolge. Wenn Sean Nessel in der aktuellen Ausgabe war, habe ich sie gekauft. Habe den Artikel ausgeschnitten. Ihn in mein Collagenbuch geklebt.

Sammi klappt ihren Block auf und kritzelt eine Nachricht für mich aufs Papier.

Wo zur Hölle warst du?

C-Flügel Toiletten.

Wie???

Blythe Jensen.

»Bitte was?«, flüstert sie.

Ich zucke mit den Schultern, weil ich es wirklich nicht weiß. Ich reibe mir den Bauch und stöhne.

»Findest du es auch so heiß hier drin?«, frage ich Sammi und binde mir die Haare zu einem Knoten auf dem Kopf zusammen. Mein Nacken ist mittlerweile schon schweißnass.

Sie greift wieder zum Block.

Ich mach mir Sorgen um dich.

Ich weiß.
Wir reden nach dem Unterricht.
VERSPROCHEN.

Mr Chui zeichnet eine Rakete an die Tafel. Er sagt, dass diese Rakete mit hoher Geschwindigkeit ein Projektil abschießen wird.

Mein Körper wird noch heißer. So richtig mit kaltem Schweiß und ich kann nichts dagegen tun.

Dann schieße ich mein eigenes Projektil ab …

Ich kotze.

~

Ich überzeuge die Schulkrankenschwester davon, dass es mir gut geht. Nur ein sensibler Magen. Ich tätschle mir die Wangen. Sehen Sie, alles super.

»Deinen Vater muss ich trotzdem anrufen. Und wenn dir noch mal übel wird, dann komm bitte sofort wieder her, verstanden?«

»Jaja«, sage ich. Alles ist besser, als nach Hause geschickt zu werden. Ich will nicht den ganzen Nachmittag von meinem Vater beobachtet werden.

~

Mensa. Sammi sagt kein Wort zu mir, während wir an der Essenstheke anstehen. Sie wartet, bis wir an einem kleinen Tisch ganz hinten in der Ecke sitzen. Nur sie und ich. Sie kommt ganz nah an mich ran und flüstert dann laut: »Was zur Hölle ist hier los? Du hast vorhin nach Rauch gerochen. Der C-Flügel? Und dann kotzt du?«

»Schhhh.«

»Ally, was ist wirklich zwischen dir und ihm passiert?«

»Das will ich nicht mal vor mir selbst zugeben.«

Sie verschluckt sich fast an ihrer Krokette. »Was soll das denn bitte heißen?«

Sammi ist schon seit der zweiten Klasse meine beste Freundin und es ihr zu gestehen, ist dasselbe, wie es mir selbst einzugestehen. So eng sind wir befreundet. Deswegen will ich es nicht laut aussprechen. Ich ziehe ihren Kopf zu mir heran, bis meine Lippen direkt an ihrem Ohr sind.

»Wieso atmest du mir ins Ohr?«

»Schhh. Hör einfach zu.« Von ihrem Ohrläppchen hallt mein Atem wie ein Echo wider. Vor und zurück. Einatmen.

Ausatmen. »Du weißt noch, was ich dir erzählt habe? Was mit Nessel passiert ist?«

Sie nickt. Ihre Miene versteinert. Die Augen fallen ihr fast aus dem Kopf.

»Er hat mich dazu gezwungen.«

Sammi zieht ihren Kopf zurück. Verengt die Augen zu Schlitzen, wie damals, als meine Mutter gerade ausgezogen war und ich ihr immer neue erfundene Geschichten erzählt habe, wo sie hingegangen ist. *Meine Mutter erkundet den Mond. Doch, ehrlich! Meine Mutter hat sich entschlossen, Bergsteigerin zu werden.* Alles klang besser als: *Meine Mutter war in einer Entzugsklinik, weil sie Alkoholikerin ist, und jetzt ist sie in so ein komisches Dorf in New Mexico gezogen.*

Er hat mir den Mund zugehalten, das würde ich ihr gern sagen. Aber ich kann es einfach nicht aussprechen. Ich kann nichts davon aussprechen. Wenn ich es Sammi erzähle, wird es niemals aufhören. Die Stimme in meinem Kopf wird dann immer weiterreden. Ich werde diesen Abend in einer Endlosschleife wieder und wieder durchleben müssen. Und ich will das alles doch einfach nur vergessen.

Also ziehe ich mein T-Shirt an der Schulter ein Stück runter. Weil wir in der Mensa sind, halte ich meine Tränen zurück. Ich ersticke fast daran.

Ich höre, wie sie scharf die Luft einsaugt. Ich weiß, dass sie ihn sieht, den blauen Fleck über meinem Schlüsselbein, an meiner Schulter.

Schnell ziehe ich das T-Shirt wieder hoch. Niemand wird den Fleck je wieder sehen. Sammi streicht sich mit den Fingern um die Augen, reibt dann darüber.

Sie flüstert: »Bist du deswegen weggelaufen?«

Ich nicke.

»Und gestern, als du bei mir warst, hast du den Teil der Geschichte einfach ausgelassen?«

Ihre Augen werden feucht. Ihr Gesicht läuft rot an. Sie versteckt es hinter ihren Händen. Tränen fließen über ihre Fingerknöchel.

»Wir können das niemandem erzählen«, flüstere ich atemlos. »Absolut niemandem.«

»Cherie? Kann ich es wenigstens ihr sagen?«

»Oh mein Gott, Sammi, vor allem nicht ihr. Sie würde mich zwingen, auf irgendeine Demo zu gehen, mit einem Uterus auf dem Kopf oder so.«

»Aber du hast einen blauen Fleck an der Schulter. Er hat dich *gezwungen*. Ich meine. Das ist nicht okay, Ally.«

»Ich habe diese Mini-Wodkaflaschen getrunken. Und was ist mit meinen Collagen?« Das laut auszusprechen, raubt mir den Atem. Ich beiße die Zähne zusammen. »Ich habe es drauf angelegt. Das haben alle gesehen.«

»Aber Ally …«

»Du hast mich auch gesehen, Sammi. Das hast du doch gesagt. Du hast gesehen, wie ich mit ihm getrunken habe. Alle haben das.«

»Na und? Das haben die uns doch Millionen – Zillionen – Mal eingetrichtert. Nur weil du betrunken bist, heißt das noch lange nicht, dass du einverstanden bist.«

»Du verstehst es einfach nicht. *Alle* haben uns gesehen. Und … ich wollte es ja.« Ich denke daran, wie mein Rücken über seine Fußballjacke gescheuert ist. Seine Hand über meinem Mund. Ich reibe mir die Augen. Frage mich, wie lange ich das wohl noch tun muss, um diese Bilder loszuwerden. Wenn ich dann noch allen möglichen Leuten davon erzählen muss. Und wenn sie mir nicht glauben? Es ist ja schön und gut, dass unsere Lehrer immer wieder stupide über das

Thema Einverständnis reden, weil das eben im Lehrplan steht, weil das eben von ihnen erwartet wird. Immer wieder wird uns von sexuellem Einverständnis vorgepredigt, von #MeToo und #GirlsToo. Aber ich habe einfach zu viele Geschichten in den Nachrichten gesehen, zu viele Artikel gelesen. Ich weiß, dass Mädchen im echten Leben oft gar nicht die Chance bekommen, sich zu verteidigen. Vor allem nicht, wenn der Kapitän des Fußballteams involviert ist.

Ich versuche Sammi das zu erklären. Dass hier gerade mein ganzes Leben auf dem Spiel steht, dass sie mit niemandem darüber sprechen darf, denn wenn sie auch nur einer einzigen Person davon erzählt, wird mein ganzes Leben explodieren. Dass Sean Nessel mein Leben ruinieren wird. Aber sie lässt nicht locker. Sie hört nicht auf. Also schüttle ich einfach nur den Kopf, mache die Augen zu und tue so, als würde ich nicht existieren. Als würde das alles jemand anderem passieren.

»Und dann?«

Doch ich sage nichts.

»Und was passiert dann? Kommt er einfach damit davon?«

Ich schüttle wieder den Kopf. Kein Laut kommt aus meinem Mund. Ich bin nichts. Ich bin nicht mal hier.

»Wenn du Nein gesagt hast. Wenn du einen blauen Fleck an der Schulter hast. Ally …« Sie schaut sich um, schirmt mich ab, nimmt meine Hände, zieht mich näher zu sich heran, ihre Stimme ruhig und leise. »… du musst mit jemandem reden.«

»Ach ja? Und mit wem?«

»Mit jemand anderem als Blythe Jensen.«

Ich habe vergessen, dass ich gerade erst mit Blythe Jensen unterwegs war und Sammi alles andere als begeistert darüber war.

»Blythe weiß überhaupt nichts davon.« Sie sieht mich an, als hätte ich den Verstand verloren. »Ja, sie hat mich in den C-Flügel mitgenommen, aber sie weiß nichts. Ich habe kein Wort zu ihr gesagt.«

»Komm schon, Ally. Er hat sie bestimmt gebeten, sich mit dir anzufreunden. Damit du die Klappe hältst.« Sie will nur auf mich aufpassen, doch es fühlt sich irgendwie herablassend an, also lehne ich mich zurück und ziehe meinen Hoodie aus dem Rucksack. Mir ist plötzlich kalt. Vielleicht noch eine Nebenwirkung von der Pille danach. Oder vielleicht doch irgendein Magen-Darm-Virus. Nein, natürlich nicht. Es liegt an mir. Einfach nur an mir.

»Klar weiß ich, wieso Blythe mich in den C-Flügel mitgenommen hat. Ich bin ja nicht doof.«

Und natürlich hat sie recht. Es war mehr als nur das. Wem mache ich denn was vor? Mir bestimmt nicht. Ich weiß, dass es total offensichtlich ist. Ich weiß, dass Blythes Auftauchen und unser Ausflug in den C-Flügel etwas mit Sean zu tun haben. In Blythes Leben gibt es nur wenige Personen, denen gegenüber sie absolut loyal ist: Die Vier, Devon Strong und Sean Nessel. Als wir nach dem Pausengong aus dem Toilettenraum gegangen sind, hat sie mir erzählt, dass sie, Dev – so hat sie ihn genannt, »Dev« – und Sean *so* eng sind. Dazu hat sie drei ihrer Finger ineinander verschlungen.

Aber es hat mir gefallen. Es hat mir gefallen, mit Blythe in den C-Flügel zu gehen. Es hat mir gefallen, in ihrer Nähe zu sein. Ihre offensichtliche Macht über die anderen Mädchen in diesen bescheuerten Toiletten hat in mir irgendwie das Bedürfnis geweckt, Teil ihrer Follower zu werden. Die Art, wie sie ihre Haare über die Schulter wirft, als könnte nichts und niemand ihr etwas anhaben.

So würde ich mich jetzt auch gern fühlen. Wie eine gläserne Wand. So als ob niemand mich berühren kann, ohne sich an meinen scharfen Kanten zu schneiden.

Das kann ich Sammi unmöglich erklären. In ihren Augen tobt ein wütender Wirbelsturm und die Art, wie sie den Ketchup mit ihrem Strohhalm in die Serviette drückt, verrät mir, dass er sich gerade zu einem wahren Tornado aufbläht.

~

Später gehen wir zusammen den Flur entlang, beide zu spät dran für die nächste Stunde. Wir schweigen. Dann sagt sie, dass sie mich nicht gehen lassen will. Sammi hat Angst um mich, meint sie.

»Du kannst nicht einfach so tun, als wäre das nicht passiert, Ally.«

»Ich glaube, so zu tun, funktioniert eigentlich ziemlich gut.«

»Das funktioniert nur so lange, bis du Panikattacken bekommst und das Haus nicht mehr verlassen kannst und dann einen Nervenzusammenbruch bekommst und sie dich in die Psychiatrie bringen müssen, wo du nur noch was von Bananen und Lobotomien vor dich hin brabbelst. Das klingt nach einem tollen Leben.«

Sie greift nach meiner Hand. Ihre ungefeilten Nägel kratzen über meine Finger.

»Du musst mir versprechen, dass du mich nicht zwingst, darüber zu sprechen.«

»Nie? Ich meine …«

»Du kannst mich nicht zwingen.«

Mein Gesicht wird wieder hieß. Vielleicht muss ich noch mal kotzen. Ihr Blick ist ruhelos und ängstlich.

Eine Aufsichtslehrerin tritt in den Gang. »Ihr beiden, ab in den Unterricht!« Fauchen.

»Sie musste sich übergeben, deswegen bringe ich sie zu ihrem Klassenzimmer«, sagt Sammi.

»Ah ja? Wo ist denn dann die Bestätigung der Krankenschwester?«

Die gibt es natürlich nicht. Und die Aufsichtslehrerin weiß das ganz genau.

Sammi wendet sich mir zu. Sie hat Angst. Beißt sich auf die rosigen Lippen. Sie fleht mich an, dass ich sie ein Bild von meinem blauen Fleck machen lasse, später, bei ihr zu Hause. Nur zur Sicherheit. Ich sage Ja. Alles, um sie glücklich zu machen. Alles, damit sie aufhört, mir Fragen zu stellen. Sie hält meine Hand fest umschlungen. Dann fängt sie an zu singen. Unser Lied, das wir so sehr hassen, dass es zu unserer Titelmelodie geworden ist. Journey, ›Open Arms‹.

»›So now I come … to you … with open arms …‹«

»›Nothing to hide … believe what I say …‹«

Ich gebe mir wirklich Mühe, *wir* zu sein. Ich gebe mir wirklich Mühe, *ich* zu sein.

Ich mache mich als Erste los, aber das haben wir beide erwartet.

11

BLYTHE

Nach der Schule. Sean trifft sich vor seinem Training mit mir bei den Sporthallen.

»Also? Was hat sie gesagt?«

Ich habe so viele Erwiderungen auf diese Frage. Zum Beispiel: Wieso interessiert es dich, was sie sagt?

Wir reden hier von einem Mädchen, dessen Namen ich bis vor drei Tagen nicht mal kannte, und jetzt soll ich sie in mein Allerheiligstes bringen, den C-Flügel, der quasi unser Äquivalent einer »Höhle der Löwinnen« ist? Ein kleiner Teil von mir würde ihm am liebsten sagen, dass er mich mal kann.

Was hat sie gesagt? Sie war witzig. Sie war klug. Sie hat das hier nicht verdient.

Aber hier geht es schließlich um Sean Nessel. Sean hat seine Schwachstellen und er hat sicher Fehler gemacht, wie damals bei der Sache mit Suki, und, ja, auch mit all den anderen Mädchen. Aber heißt es nicht immer, dass niemand perfekt ist? Ich versuche nicht, Entschuldigungen für ihn zu finden. Ich habe einfach nur Mitgefühl. Oder? Hat nicht jeder einen Anspruch auf Vergebung? Sieh doch nur, wie viele Gedanken er sich um Allys Gefühle macht. Zeigt das nicht, dass er sich ändern will?

»Sie hat nicht viel gesagt. Sie ist eher zurückhaltend. Aber sie hat mich regelrecht angefaucht, als ich sie gefragt habe.«

»Na ja, das ist doch dann gut, oder?«

»Nur weil sie jetzt noch behauptet, dass nichts passiert ist, heißt das nicht, dass sie später nicht doch was erzählen wird.«

»Aber kannst du denn nicht einfach mit ihr reden?«

»Sean, so einfach ist das nicht. Ich meine, ich rede ja mit ihr. Aber das braucht eben Zeit.«

»Das hier ist alles, was ich habe.« Er fährt sich mit den Händen durch die Haare, besorgt, aber es wirkt gleichzeitig supercool, irgendwie gestellt. Für eine Sekunde denke ich: Wie soll ich ihm helfen? Wie kann ich mich um so etwas Perverses, Seltsames kümmern? Wie bitte soll ich das so hindrehen, dass es nicht mehr nach etwas Schrecklichem aussieht?

Und dann starrt Sean mich an, seine Lider halb gesenkt. Seine Wimpern so lang und dicht.

»Ich muss die ganze Zeit daran denken, B. Ich muss die ganze Zeit daran denken, wie übel das alles enden kann.«

Er hustet, ein nervöses Husten, und kommt einen Schritt näher. So nah.

»Ich brauche dich jetzt. Ich brauche deine Hilfe, um da rauszukommen. Ich will ihr noch nicht mal auf dem Flur über den Weg laufen, weil ich immer denke, dass sie mich dann vielleicht anspuckt oder so. Und dabei hab ich doch gar nichts getan. Es war ein Unfall. Die ganze Sache ist einfach aus dem Ruder gelaufen.«

Ich schaue mich um und sehe, dass ein paar Leute uns anstarren. Normalerweise stehen Sean und ich nicht so zusammen, so nah, Gesicht an Gesicht. Dev, Sean und ich? Klar. Aber nur Sean und ich? Nein.

Ich ziehe ihn um die Ecke, damit uns nicht so viele Leute sehen.

»Schhh. Hör zu. Wir haben einen Plan und wir halten uns an diesen Plan. Alles wird gut.«

Er nickt, seine Miene ist leer. Ich lege meine Hand sanft auf seine – seine Hand, schwielig und rau, fast schuppig – und fahre mit den Fingern über seine Knöchel.

In der Sporthalle kann ich das Volleyballteam trainieren hören. Mädchen in knappen Shorts. Sie schmettern einen Ball nach dem anderen über das Netz. Klick-Wusch. Schmetter. Klick-Wusch. Schmetter. Ihre Turnschuhe quietschen auf dem Hallenboden.

Sean legt seine Hände auf meine Schultern und schiebt mich mit dem Rücken gegen die Wand.

»Was machst du da, Sean?«

Er ist unruhig. Bringt mich mit einem Laut zum Schweigen. »Manchmal … wenn ich in deiner Nähe bin … Ich …«

Mein Gesicht wird heiß. Ich kann ihm kaum in die Augen sehen.

»Was?« Ich flüstere. »Was?« Weil ich Angst davor habe, was er sagen könnte. So außer Atem, so angespannt.

»Ich brauche jemanden, der mich wieder geradebiegt. Ich glaube, dass du mir dabei helfen kannst, B.«

Ich atme auf, als wäre das die beste Neuigkeit überhaupt. Was hätte er auch sonst sagen sollen? Dass er mich liebt? *Manchmal … wenn ich in deiner Nähe bin …* Seine sanfte Stimme pulsiert in mir. Danach hätte doch alles kommen können, oder? Eine Liebeserklärung. Sogar ein Kuss.

Und ich weiß nicht, was ich dann getan hätte. Ich weiß nicht, ob ich ihn abgewiesen hätte. Ob ich das überhaupt gewollt hätte.

12

ALLY

»Ich möchte, dass du mir alle Fragen stellst, die dir einfallen, bevor wir dort ankommen«, sagt meine Tante Marce.

Es ist Dienstagmorgen. Wir sind auf dem Weg zu einem Notfalltermin bei Tante Marce' Gynäkologin in Jersey City. Marce hat ihr erzählt, dass ich ungeschützten Sex hatte und deswegen jetzt einen Test für sexuell übertragbare Krankheiten brauche. Es ist mein erster Besuch bei einer Gynäkologin und ich weiß, ich sollte mir im Moment über so viele andere Dinge Gedanken machen, aber irgendwie kann ich an nichts anderes denken als an die ganzen Frauen, die schon in der Praxis waren. Die ganzen Mütter und Babys. Die ganzen Vaginen.

»Sieht eine erwachsene Scheide anders aus als die einer Teenagerin?«

Marce lacht, wirft mir einen kurzen Blick zu.

»Weniger Schamhaare«, sagt sie. »Schamhaare vermehren sich extrem, je älter man wird. Sie werden sogar grau.«

»Nein, das kann nicht sein.«

»Meine Liebe, ich kann dir aus eigener Erfahrung sagen, dass es so ist. Büschelweise grau.«

Ich habe urplötzlich ein Bild aus meiner frühen Kindheit

vor Augen. Von der gigantischen Schambehaarung meiner Mutter. Sie war die Art Mutter, die gerne mal nackt rumläuft. Das war einfach ihr Ding.

Ich habe ihre Behaarung jahrelang »Gorilla« genannt, was sie immer zum Lachen gebracht hat. Sie hat oft stundenlange Bäder genommen und dabei sind ihre Schamhaare immer richtig voluminös geworden. Und ich saß dann auf dem Badezimmerboden, habe mir meine Fingernägel angemalt – und den Lack natürlich über meine ganzen Hände verteilt – und habe darauf gewartet, dass sie aus der Wanne kam. Ihr »Gorilla« mit all diesen dunklen lockigen Schamhaaren hing dann triefend nach unten und hat den ganzen Fußboden nass getropft. Ihre Scheide hat quasi ein eigenes Handtuch gebraucht.

Als ich älter war, hab ich ihr gesagt, dass sie die Haare doch mal ein bisschen zurückschneiden soll, und sie hat mir vorgeworfen, ich sei eine Bikinizonen-Faschistin. »Frauen *sollen* da unten Haare haben, Ally«, hat sie erklärt.

Wir sind gerade auf einer Straße in der Nähe der Autobahn unterwegs, die am Marschland entlangführt, und Tante Marce hält am Straßenrand an. Überall stehen diese riesigen fedrigen Gräser. In der Ferne spannt sich eine Stahlbrücke über Eisenbahnschienen. Trucks rasen mit voller Geschwindigkeit über die Brücke. Schienen laufen parallel zum Wasser. Diesen Teil von New Jersey habe ich noch nie verstanden.

»Ally, ich habe dich lieb und ich will, dass du mir jetzt zuhörst«, sagt sie.

»Sprich es einfach aus.«

»Was soll ich aussprechen?«

»Na, dass ich eine Hure bin. Oder eine Schlampe. Oder dumm.«

»Ich wollte nichts in der Art sagen, Ally. So etwas würde ich niemals tun.«

»Wieso beginnst du deine Ansprache dann mit einem Aber? ›Ich habe dich lieb, aber …‹«

»Genau genommen habe ich gesagt ›Ich habe dich lieb *und* ich will, dass du mir jetzt zuhörst‹. In dem Satz war kein einziges Aber.« Sie lässt die Hände am Lenkrad auf- und abgleiten. »Was ist an diesem Abend passiert? Ich versuche mir nur einen Reim darauf zu machen, was geschehen ist.«

»Was meinst du?«

»Wieso bist du mit ihm hoch ins Schlafzimmer gegangen?«

»Ich kann echt nicht fassen, dass du mich das fragst. Gibst du jetzt etwa mir die Schuld?«

»Nein …« Ihre Stimme wird höher, abwehrend. »Ich will nur herausfinden, was wirklich los ist.«

»Dann solltest du doch wissen, wieso ich mit ihm nach oben gegangen bin!« Ich öffne das Fenster. Die trockene Luft fährt mir durch die Haare. »Ich wollte Sex haben.« Ich lasse die ganze Szene noch mal vor meinem inneren Auge ablaufen. Wie ich zur Party gegangen bin, nur um Sean Nessel zu sehen. Der Alkohol. Wie ich die Treppe hochgegangen bin. Ein Teil von mir will ihr alles erzählen.

»Schatz, Sean Nessel – lassen wir den Teil, der im Schlafzimmer stattgefunden hat, erst mal außer Acht – war immer unerreichbar. Jemand, von dem du nur fantasiert hast.«

»So habe ich das aber nicht gesehen. Ich habe mir eingebildet, dass ich ihn ziemlich gut kenne.«

Nur dass ich das überhaupt nicht getan habe.

»Aber das ist ja nicht alles. Dein erstes Mal willst du doch mit jemandem haben, den du liebst und der dir etwas bedeutet. Nicht mit einem One-Night-Stand auf einer Party. Wenn du betrunken bist.«

»Wer sagt denn, dass es mein erstes Mal war?«

»Ally.«

»Okay, schon gut. Schon gut.«

Ich lasse mich tiefer in meinen Sitz sinken. Starre ein Einkaufszentrum am Horizont an. Ein Riesending. Noch mehr Marschland dafür beseitigt. Noch mehr Vögel vertrieben.

»Vielleicht ist da eine Leere in dir? Vielleicht versuchst du diese Leere in dir mit etwas zu füllen?«

Sie spricht von meiner Mutter, das ist mir klar. Sie will, dass ich in Tränen ausbreche, so richtig heule. Aber das werde ich nicht. Ich kann das jetzt nicht.

»Manchmal, wenn wir so eine große Leere in uns spüren, versuchen wir eben, sie irgendwie zu füllen, zu stopfen. Und ich glaube, genau das hast du versucht, indem du mit diesem Sean Nessel geschlafen hast.«

Ich muss mich extrem beherrschen, nicht zu erwidern: Ja, ich habe sie *gestopft* – mit Sean Nessels Schwanz.

Gott, ich bin widerlich. Ich bin einfach widerlich.

»Ich kann das jetzt nicht«, sage ich. Ich kann es nicht, weil sie nicht die ganze Geschichte kennt. Sie weiß nicht, was er getan hat. Dass er mich auf den Boden gedrückt hat.

Ich spüre, wie mir die Tränen kommen, und beuge mich nach vorn, lege dir Stirn auf meine Knie. Tante Marce reibt mir über den Rücken. »Ich weiß, es tut weh, wenn man jemanden so sehr mag. Ich weiß, wie sehr es wehtut.«

Aber sie weiß es nicht. Sie kennt nicht die ganze Wahrheit, aber das ist nicht ihre Schuld. Es ist meine.

~

Dr. Diaz sagt meiner Tante, dass sie nicht mit reinkommen muss und dass auch noch eine Arzthelferin im Raum sein wird. Ist das okay für mich? Ich nicke. Ich will Tante Marce bei dieser Untersuchung auf keinen Fall dabeihaben.

Ich sitze auf der Liege und versuche mich so gut es geht mit dem Papierkrankenhaushemd zu bedecken. Die wächserne Oberfläche der Liege raschelt unter meinen Beinen. Zu laut. Ich bin viel zu laut.

Dr. Diaz klopft an die Tür und kommt dann rein, gefolgt von der Arzthelferin, die mir eines dieser rührseligen Lächeln zuwirft. Ich frage mich, wie viele Vaginen sie heute wohl schon gesehen hat. Es ist ja noch recht früh. Also vielleicht eine andere? Zwei?

»Hast du schon mit jemandem über die Verwendung von Kondomen gesprochen, Ally?«, fragt Dr. Diaz.

»Ja, ich weiß, dass ich die eigentlich benutzen sollte.«

»Aber was ist dieses Mal passiert? Im Eifer des Gefechtes vergessen?«

Ich winde mich. »Könnte man so sagen.«

Sie fragt nach der Pille danach. Wie geht es mir? Gut. Alles ist gut. Sie wird mir jetzt das Spekulum zeigen, ist das okay? Klar, ich nicke. Das Wort *Spekulum* klingt wie der Name einer Elektro-Band. Als sie es mir vors Gesicht hält, wird mir bewusst, dass es eine Art Metallklemme ist. Ein Werkzeug.

»Das soll *da rein?*«

Sie erklärt mir, dass ich einen leichten Druck spüren werde. Dass sie ein Gel auftragen wird, damit es ganz leicht reingleitet. Dass sie eine Wärmelampe benutzt. Sie sagt, dass es nur ein leichter Druck ist.

»Ist das Ärztesprache für ›Es wird wehtun‹?«

Nicht wehtun. Es wird absolut nicht wehtun. Manche Frauen spüren auch überhaupt nichts, schwört sie. Ich überkreuze die Beine und ziehe das Krankenhaushemd über die Knie. In meinem Bauch brodelt Panik hoch und ich schaue zur Tür.

»Ally, wenn du dich unwohl fühlst, können wir diese Untersuchung auch auf mehrere Termine aufteilen. Und wann immer du dich unwohl fühlst, können wir sofort aufhören.«

»Was meinen Sie mit ›aufhören‹?«

»Ich meine damit, dass wir auch mitten in der Untersuchung aufhören können. Ich werde das Spekulum sofort entfernen und wir können es entweder nach einer kurzen Pause noch mal versuchen oder einen neuen Termin ausmachen.«

Das ist schwer zu glauben.

»Und Sie hören dann einfach auf?«

»Ich höre sofort auf«, versichert sie. »Das verspreche ich dir. Und dieses Versprechen werde ich niemals brechen.« Sie sieht mich aus ihren dunkelbraunen Augen an. Wahrscheinlich hatte sie schon immer diesen ernsten, vertrauenswürdigen Blick. Vielleicht ist sie deswegen Ärztin geworden, weil die Leute sich gerne von ihr versorgen lassen.

»Drehen andere Mädchen auch so durch wie ich?«

»Na ja, das kommt immer auf das jeweilige Mädchen an. Jedes erlebt es anders«, sagt sie. »Und ich finde, du drehst überhaupt nicht durch. Ich denke, du bist einfach nur ein bisschen nervös. Du hast Fragen. Und ich liebe Fragen.«

Aber sie lügt. Ich drehe total durch und mache mich lächerlich. Ich denke an all die anderen Mädchen und frage mich, ob die bei ihrer ersten Untersuchung einfach still sitzen konnten. Ob deren Termine ganz entspannt waren, weil ihre Mütter die ganze Zeit bei ihnen waren.

Ich will hier weg, aber ich fühle mich gefangen zwischen Gleitgel, Wärmelampen, Spekula und Vaginen.

Ich verschränke die Arme über meinem Papierhemd. Ich wünschte, ich hätte wenigstens mein T-Shirt an.

Ich wünschte, ich hätte jetzt meine Schlafanzughose an, die mit den Katzenbabys drauf.

Ich wünschte, ich hätte so einen Ganzkörperschlafanzug, wie den, den ich letzte Woche im Einkaufszentrum gesehen habe. So einen mit Füßen. Einen, der bis oben hin zu ist, damit niemand mehr zu mir reinkommen kann.

Ich senke den Blick und starre meine Fingernägel an. Die haben in den letzten Tagen ganz schön gelitten.

Dr. Diaz sieht mich einen langen Moment aus ihren großen braunen, vertrauenswürdigen Augen an und rollt dann auf ihrem Hocker rüber zum Tisch. Die Bewegung erzeugt ein surrendes Geräusch in der feuchten Luft.

»Wie wäre es damit? Wie wäre es, wenn wir die Untersuchung heute gar nicht machen? Ich nehme nur den Abstrich für den Test auf sexuell übertragbare Krankheiten. Das ist alles.« Sie zeigt mir ein langes Wattestäbchen mit hölzernem Griff. Es sieht genauso aus wie die Stäbchen, mit denen der Hausarzt einen Abstrich im Hals macht, wenn man erkältet ist. »Kein Spekulum. Wirklich, ich will, dass du dich wohlfühlst«, sagt sie. »Wir wollen schließlich alle die Kontrolle über unseren Körper haben, stimmt's? Also kommst du einfach wieder, wenn es sich für dich richtig anfühlt.«

Kontrolle ist kein Wort, mit dem ich mich gerade identifizieren kann. Momentan habe ich gefühlt so wenig Kontrolle wie noch nie in meinem Leben. Warum ist das so? Wegen Samstagabend? Wegen Sean Nessel? Ihre Worte hüpfen durch meine Gedanken – wie eine merkwürdige Sprache, die ich nicht verstehe. *Kontrolle. Aufhören. Versprochen. Spekulum.*

Ich überzeuge sie davon, dass ich einfach nur sehr nervös bin. Es fällt mir leicht, Leute glauben zu lassen, dass es mir gut geht. Das tue ich schließlich schon, seit ich zwölf bin.

Ich stelle mir vor, wie es wäre, ihr alles zu sagen. Gleich jetzt, einfach so.

Ich will ihr von diesem Abend erzählen. Davon, wie ich

meine Jungfräulichkeit an den Jungen verloren habe, den ich liebe.

Entschuldigung. Geliebt habe.

Von dem ich besessen war.

Den ich verfolgt habe.

Einen Jungen, dessen Gesicht ich mit Blumen und Herzen verziert habe. Einen Jungen, mit dem ich von einer rostigen Brücke gesprungen wäre. Selbst wenn er mich dann in einem vollkommen zugemüllten Teich zurücklässt. Was er ja im übertragenen Sinne irgendwie auch getan hat, oder?

Ich schüttle den Kopf. Wenn ich jetzt rede, fange ich an zu weinen. Ich werde so sehr weinen, dass ich vielleicht nie wieder aufhören kann.

Meine Augen werden feucht. Ich lege einen Arm über mein Gesicht. Ich schlucke mein Schluchzen hinunter und meine Kehle brennt. Die Tränen kann ich nicht aufhalten. Das ist körperlich unmöglich. Wenn Tränen aus dir rausbrechen wollen, bleibt dir nichts anderes übrig, als ihnen Platz zu machen. Ich atme heftig in meine Armbeuge, es klingt wie Schluckauf.

»Ally, was ist denn los?« Ihre Stimme ist jetzt leise, besorgt. Ich kann sie nicht sehen, weil ich mich noch immer hinter meinem Arm verstecke.

»Ich weiß nicht, wieso ich weine.« Und das ist die Wahrheit. Ich weiß es nicht. Das hier sollte wirklich nicht so schlimm sein. Vielleicht etwas seltsam. Aber doch nicht traumatisch.

»Es ist alles in Ordnung«, sage ich. »Ich bin nur ein bisschen durch den Wind und sterbe gerade an einem gebrochenen Herz, so wie Ophelia, das ist alles.« Ich lächle. Alles ist gut. Alles ist gut. Wenn ich es immer wieder sage, wird es irgendwann wahr, oder?

Sie bittet mich, mich auf der Liege zurückzulegen, weil sie jetzt den Abstrich machen muss, nicht mehr. Ich tue es, aber ich presse die Knie zusammen und ziehe das Papierhemd über meine Oberschenkel. Sie hat jetzt eine schmale Brille auf der Nase und gleitet auf ihrem Hocker zum Fußende der Liege. Sie stellt meine Füße in die Bügel und sagt mir, dass sie meine Beine jetzt öffnen wird. Ich fühle mich so bescheuert und seltsam wie schon sehr lange nicht mehr.

Dr. Diaz schiebt mit ihren Händen meine Beine auseinander. Sanft. Sie ist sehr sanft. Sie sagt mir immer, wann sie mich berühren wird. Ich starre hoch zu dem türkisen Papageienmobile, das sich in perfekten Kreisen über meinem Kopf dreht.

Ich schließe die Augen und mir wird schwindlig von den ganzen seltsamen Bildern von Leuten, die sich verbiegen und die Beine spreizen wie im ›Kamasutra‹, und von Sean Nessel, wie er seine Jeans aufmacht.

Es ist durchaus möglich, dass ich ihm ein falsches Bild von mir vermittelt habe. Dass ich Sean Nessel weisgemacht habe, dass ich schon Erfahrung habe. Dass ich mit dem einverstanden war, was mit mir passiert ist. Dass ich bereit war Wodka zu trinken und nach oben zu gehen. Dass ich bereit war mich auszuziehen. Vielleicht ist es meine Schuld.

»Okay, schon fertig«, sagt sie, schiebt meine Knie wieder zusammen und reicht der Arzthelferin dann zwei schmale Röhrchen, mit denen die den Raum verlässt. Dr. Diaz zieht das Krankenhaushemd wieder über meine Beine und hilft mir mich zum Sitzen aufzurichten.

»Manchmal glaubt man, dass man jemanden liebt, bis er einem sein wahres Gesicht zeigt«, meint sie. Und ich nicke, ihre Stimme wird lauter und leiser, *bla-bla-bla*, wie bei den Erwachsenen in ›Die Peanuts‹, die nie im Bild sind. »Du hast denselben Anspruch auf die ärztliche Schweigepflicht wie Erwachsene. Alles, was du mir sagst, bleibt in diesem Raum, okay?«

Ich nicke wieder, weil ich nicht sprechen kann, und sie lächelt dieses warme Lächeln, sagt mir, dass ich mich anziehen kann, und schließt dann die Tür hinter sich.

Ich springe von der Liege, stoße dabei gegen einen der Bügel. Die Metallstangen klirren gegeneinander, als sie vor- und zurückschwingen. Ich reiße meine Jeans von der Stuhllehne. Ich ziehe nicht mal Unterwäsche an. Steige einfach nur in meine Jeans, stecke einen Fuß in jedes Bein und hüpfe dann ein paarmal auf und ab.

Reißverschluss hoch.

Knopf zu.

Alles dicht.

~

Auf der Heimfahrt bin ich wie betäubt.

Ich bringe kaum ein Wort über die Lippen. Mir ist etwas passiert. Das will ich meiner Tante Marce sagen, die mir versichert, dass es in Ordnung ist, meinen Termin zu verschieben. Dass es ganz vielen Mädchen so geht wie mir, dass viele Mädchen Angst vor der ersten Untersuchung beim Frauenarzt haben. Dass das vollkommen normal ist. Dass wir es in ein paar Wochen noch mal versuchen.

Sie erinnert mich daran, dass ich ihr alles sagen kann.

Dass ich niemals Ärger dafür bekommen werde, wenn ich die Wahrheit sage. Dass Dr. Diaz eine Therapie empfohlen hat. Dass da vielleicht noch mehr los ist bei mir.

Mir ist etwas passiert?

Mir ist etwas passiert.

13

BLYTHE

Komm vorbei, schreibe ich Dev. Wir gehen joggen. Mitten in der Nacht. Mit ihm fühlt sich alles sicher an. Nicht verrückt. Im gleichen Tempo. Er sieht mich an. Sein Lächeln. Sein warmes Lächeln. Am alten Friedhof halten wir an, sind beide außer Atem.

»Sean dreht total durch«, sage ich. Es sprudelt einfach aus meinem Mund.

»Komm her«, sagt Dev.

»Ich bin ganz verschwitzt.«

»Umso besser.«

»Dev, eklig.«

Er macht sich über mich lustig, winselt: »Dev, eeeeeklig.«

Sein Nacken schmeckt nach Salz und Schweiß. Sein Körper ist warm. Ich lehne mich mit dem Rücken an das eiserne Friedhofstor und er presst sich an mich.

»Nessel bringt sich immer wieder in diese blöden Situationen und du bist einfach so eine gute Zuhörerin. Du bist so gut darin, ihn wieder zu beruhigen. Und du bist so nett zu den ganzen Mädels. Aber du musst dich nicht immer um ihn kümmern.«

In den Sommerferien gab es diese Neuntklässlerin. Sean hat geschworen, dass sie keinen Sex hatten, aber Dev hat mich gebeten, nach ihr zu sehen. Sie sah verwirrt aus, desorientiert, als ob sie eigentlich gar nicht da sein sollte. Und was habe ich zu ihr gesagt? Ich habe sie gefragt, ob es ihr gut geht. Ich habe ihr gesagt, dass sie mich anrufen kann. Ich habe ihre Hand genommen. Habe ihr einen mitfühlenden Blick geschenkt. Sie hat sich nie bei mir gemeldet, nicht dass ich das erwartet hätte.

~

Wir gehen langsam zurück zu meinem Haus. Meine Mutter ist in ihrem Zimmer und sieht fern. Mein Vater ist auch zu Hause, sitzt in der Küche, trinkt Whiskey und liest. Er winkt und wendet sich dann wieder seinem Buch zu.

Dev ist hinter mir, reibt meine Hüfte, als wir hoch in mein Zimmer gehen. Schweiß und feuchte Lippen. Ich schließe die Tür ab, ziehe ihn zu mir, auf mich. Dev gräbt seine starken Finger in meine Haut. Normalerweise muss ich ihm sagen, langsamer zu machen, sich zu beruhigen. Aber diesmal will ich es härter. Mein Körper wird zu einer mächtigen Flutwelle. Alles leuchtet.

Meine Augen sind die ganze Zeit geschlossen und ich denke an Sean. Sean. Sean. Ich wünschte, ich könnte ihn aus dem Kopf bekommen. Tut er all das mit den anderen Mädchen, weil er insgeheim unsterblich in mich verliebt ist? Das ist lächerlich. Ich mache mich hier lächerlich. Aber sein Gesicht. Ich kann nicht aufhören, mir sein Gesicht vorzustellen. Ich will ihn in meine Arme ziehen und alles verschwinden lassen.

~

Dev fährt mit den Fingern durch meine Haare.

»All diese Strähnen. Die kommen einfach so aus deinem Kopf. Und deine Lippen. Wo kommen die her?«

»Wissenschaft.«

Er drängt sich näher an mich, ohne T-Shirt, und ich streiche mit einer Hand über sein Schlüsselbein. Seine Haare hängen ihm in die Augen. Das erinnert mich an unseren ersten Kuss, nur ein paar Tage nach der Party am Strand. Wir waren bei Cate. Er und ich auf Cates Bett. Haben nur geredet und uns geküsst. Einfach so. Er wollte sonst nichts. Er hat nichts versucht. In dieser Nacht habe ich ihm von der Initiation erzählt. »Du weißt davon, oder?«, habe ich gefragt.

Er hat genickt.

»Verurteilst du mich dafür, dass ich es getan habe?«

»Dich verurteilen? Natürlich nicht«, hat er gesagt. Dann hat er die Stirn gerunzelt. »Ein Glück, dass diese Typen nicht mehr an der Schule sind. Nein, ich hasse diesen Scheiß. Ich verspreche dir, dass ich dabei niemals mitmachen werde. Ich werde nie einer dieser Typen sein. Es ist mir egal, wie viele Jungs da mitmachen – ich gehöre nicht dazu.«

»Was, wenn die Mädchen es tun *wollen*? Was ist dann? Um es hinter sich zu bringen. Um die Macht zu haben, wie Amanda Shire es uns erklärt hat.« Ich weiß nicht, wieso ich das gesagt habe. Vielleicht wollte ich ihn testen. Vielleicht wollte ich wissen, ob er mich dann auch so sieht. So wie die Typen bei der Initiation. Ob er so auf mich herabsehen würde.

Nach der Initiation hatte ich das Gefühl, dass die Leute mich angestarrt haben. Nicht nur weil wir auf einmal zur High Society gehörten. Sondern weil die gesamte Schule wusste, was ich getan hatte – zumindest hat es sich so angefühlt. Als ob sie wüssten, was ich mit diesen Typen tun musste.

Während der neunten und zehnten Klasse war ich ständig so wütend und durcheinander. Habe mit älteren Jungs rumgemacht. Habe Neuntklässlerinnen fertiggemacht. Die Beziehung mit Dev hat mich verändert. Sie hat die Scham, die ich empfunden habe, etwas gedämpft. Nicht komplett, aber einiges davon.

Diese Gefühle, die ich in letzter Zeit für Sean habe – ich muss sie auslöschen. Ich schäme mich, dass ich überhaupt an ihn denke. Ich muss diese Gedanken vernichten, selbst wenn es nur Dev zuliebe ist.

~

Sean und ich sind in meinem Zimmer. Zwischen uns ist ein weißes Leuchten. Ein warmes Licht. Wie der Frühling. Wie die warme Sonne, die auf eine Lichtung fällt. Aber dann fühlt es sich plötzlich gefährlich an und ich kann nicht atmen. Sean sitzt auf mir und ich sage: *Sean, Sean, ich kann nicht atmen. Ich kann nicht aufstehen.* Jemand zieht von hinten an meinen Haaren und Leute lachen. Sean lacht. *Wieso lachst du?* Ich schreie. Ich schaue zur Seite und sehe Donnie auf ihren Knien, sie weint.

Ich mache die Augen auf.

Ich bin in meinem Zimmer.

Die Uhr zeigt drei Uhr morgens. Ich höre meine Mutter im Flur schniefen. Ich springe aus dem Bett und renne zu ihr.

Ihr Gesicht sieht schlimm aus. Weiß und verquollen. Als ob sie schon sehr lange da sitzen würde.

»Wo ist Daddy?«, frage ich.

»Er hat eine Schlaftablette genommen. Ich habe ihn geschüttelt und geschüttelt, aber er kann nicht aufstehen. Und vorher hat er getrunken. Er sollte das nicht beides tun.«

»Mom! Mein Gott! Atmet er noch?«

»Natürlich atmet er noch, Blythe. Sonst hätte ich doch einen Krankenwagen gerufen.«

»Was ist mit dir, Mom? Hast du deine Medikamente genommen?«

»Habe ich, aber die wirken nicht.« Sie reibt sich mit den Händen durch die Haare, aber dann bleiben die Hände einfach oben auf ihrem Kopf liegen, als wären sie festgeklebt und sie könnte sie nicht mehr bewegen. »Die Chemie meines Körpers ändert sich schon wieder, Blythe. Keines der Medikamente wirkt noch. Alles geht wieder den Bach runter.«

Ich setze mich neben sie, auch wenn ich das eigentlich nicht will. Ich will sie nicht berühren. Ich will sie nicht küssen. Aber sie weint und sie kann nicht aufhören. Ich kann nichts tun, außer ihr zu helfen. Ich kann nichts tun, außer ihr zu sagen, dass alles in Ordnung ist. Ich habe das Gefühl, dass das in letzter Zeit zu meinem Motto geworden ist. Ich sage allen genau dasselbe. Meiner Mom. Ally Greenleaf. Sean. Allen.

Aber wer sagt es mir?

Bevor sie Medikamente bekommen hat, war meine Mutter total unberechenbar. Als Kind war das noch aufregend, auch wenn es immer einer Achterbahnfahrt glich, mit ihr zusammen zu sein. Ich fand es damals cool, wenn sie mich um ein Uhr nachts geweckt hat, um einen Nachtspaziergang zu machen. Denn in Upstate New York, wo wir gewohnt haben, ist das die einzige Zeit, zu der man dort die Sterne sehen kann, mitten in der Nacht, wenn alle Lichter wirklich komplett aus sind. Es war egal, dass ich nur meinen Schlafanzug anhatte und keine Schuhe. Oder dass der Boden kalt war und ich auf spitze Steine getreten bin. Geh weiter, Blythe. Geh weiter. Geh immer weiter.

Dann gab es noch die Geschichte mit dem Freizeitpark in

South Jersey, als ich elf war. Sie hat mich hingebracht und einfach dort zurückgelassen.

»Es ist Zeit, dass du etwas über Materialismus lernst. Siehst du diese ganzen Leute hier, mit ihren kurzen Hosen und ihrer Zuckerwatte und ihren SpongeBob-Karussells? Die sind alle Opfer von etwas, das man Konsumverhalten nennt. Die einzige Möglichkeit, wie du damit umgehen kannst, ist, dich damit zu umgeben, aber ohne mich. Ich will, dass du Angst davor hast, Blythe. Ich will, dass du dich davor fürchtest, weil niemand so leben sollte.«

Ich bin eine Weile durch den Park gelaufen, habe mir Popcorn und Saft gekauft, und nachdem ich fünfmal etwas gefahren bin, das sich *Dare Devil Dive* nannte, habe ich mich schließlich direkt neben einer jungen Mutter und ihrer Tochter übergeben.

»Mit wem bist du denn hier?«, hat sie gefragt und mir den Mund abgewischt. Da habe ich gesagt: »Meine Mutter hat mich allein hiergelassen.« Also hat sie die Polizei gerufen und dann ist mein Vater gekommen.

Es war atemberaubend, wie besorgt alle waren. Anscheinend kann man seine Tochter nicht einfach allein in einem Freizeitpark lassen. Mein Vater und meine Oma haben sich unzählige Entschuldigungen ausgedacht, aber so handhabt die Polizei solche Fälle nicht. Sie haben meine Mutter angezeigt. Das war das erste Mal, dass meine Mutter zwangseingewiesen wurde. Bipolar.

Danach ist mein Vater mit mir zur Therapie gegangen. Zur selben Therapeutin, zu der ich auch jetzt noch gehe.

»Es ist okay, dass du dich schlecht fühlst, weil deine Mutter im Krankenhaus ist, Blythe. Aber ganz egal, was du denkst, es ist nicht deine Schuld«, hat meine Therapeutin mir damals versichert.

Ich habe übrigens nie gedacht, dass es meine Schuld ist. Aber die sagen das gerne zu Kindern. *Es ist nicht deine Schuld.*

»Ich denke überhaupt nicht, dass es meine Schuld ist«, habe ich erwidert.

»Oh? Okay. Gut.«

»Ich war froh, dass sie nicht da war«, habe ich gesagt. Vermutlich habe ich auf irgendeine Reaktion gehofft, aber sie hat nur kurz gezuckt. »Ich hatte die paar Stunden im Park ganz für mich allein, ohne dass sie sich verrückt verhalten oder Streit mit jemandem angefangen hat, weil sie dachte, dass der sie über den Tisch ziehen will. Wissen Sie, wie oft sie Streits mit allen möglichen Leuten anfängt? Wissen Sie, wie peinlich es ist, mit ihr unterwegs zu sein?«

Dann habe ich angefangen zu schreien und zu weinen. Ich habe alle meine Puppen quer durch den Raum geworfen. Ich habe die Keramiklampe in ihrem Büro umgeworfen. Sie ist in lauter dreieckige Scherben zerbrochen, die dann auf ihrem schwarz-weiß gemusterten Teppich lagen.

Mein Vater kam aus dem Wartezimmer zu uns reingestürmt. »Ich habe Lärm gehört«, hat er gesagt. »Ich habe was zerbrechen gehört.« Seine Miene war panisch. Damals sah er oft so aus.

Meine Therapeutin kniete auf dem Boden, hat die Bruchstücke ihrer Lampe eingesammelt und gesagt: »Alles in Ordnung. Wirklich, es ist alles in Ordnung.«

»Ach, jetzt kommst du rein?«, habe ich geschrien. »Jetzt findest du also, dass es Zeit ist, etwas zu tun? Du bist echt der Vater des Jahres!«

»Blythe, so ist das nicht, Liebling. Diese Situation ist für uns alle sehr schwer.«

»Ich wünschte, ich könnte einfach gehen. Ich wünschte, ich könnte einfach von euch allen weggehen«, habe ich geschluchzt. Ich habe mich aufs Sofa geworfen und geweint und geweint.

Ich habe gehört, wie meine Therapeutin meinem Vater Ratschläge gegeben hat.

»Sagen Sie ihr, dass Sie Ihr Bestes geben werden, um sie zu beschützen.«

Also ist er zu mir gekommen. Ich konnte seine Schritte durch den Raum knarzen hören, so leise und beherrscht. Er war so besorgt. Ich bin mir nicht sicher, ob um mich oder darum, wie er mit dieser Situation umgehen sollte. Mit dieser Elfjährigen, die gerade völlig auseinanderbrach.

Ich habe mich aufgesetzt. Mir die Tränen aus dem Gesicht gewischt. Meine Wangen brannten.

»Mach dir keine Sorgen, Daddy. Ich komme schon klar.«

Ich habe ihn vom Haken gelassen. Und das war vermutlich das Ende meiner Kindheit, genau dieser Moment.

»Blythe, du musst nicht sagen, dass es in Ordnung ist.«

Und sie haben geredet und geredet. Aber ich bin immer weiter abgeschweift. Ich hatte das Gefühl, dass alle Erinnerungen an meine Mutter davonfliegen wie Fussel, die man vom Kissen pickt. Manchmal muss man auf diese Art mit schlechten Dingen umgehen. Wie mit Fusseln. Und so habe ich gelernt, wie ich mit vielen schmerzhaften Erlebnissen umgehen kann. Wie mit Fusseln.

14

ALLY

Ich gehe jetzt seit ungefähr einer Woche jeden Tag mit Blythe Jensen in den C-Flügel, was zu Problemen zwischen mir und Sammi führt.

Sammi will wissen, ob ich noch mal zum Frauenarzt gehe. Sammi will wissen, ob ich das Ergebnis vom Abstrich schon bekommen habe. (Habe ich. Es war negativ.) Sammi will wissen, ob ich genug schlafe. Ob ich genug esse. Ob wir nach der Schule zusammen ins Diner gehen wollen. Ob ich mit jemandem über das, was passiert ist, geredet habe, denn wir können das, was passiert ist, nicht beim Namen nennen. Das lasse ich nicht zu. Ich lasse auch nicht zu, dass sie es Raj erzählt. Ich lasse nicht zu, dass sie es irgendwem erzählt. Und ich will keine einzige von Sammis Fragen beantworten, weil ich nicht über diesen Abend nachdenken will. Ich will über gar nichts nachdenken.

Ich komme aus dem Klassenzimmer, in dem ich in der dritten Stunde Unterricht hatte, und Blythe wartet im Flur auf mich, wie sie es versprochen hat. Zwischen den Stunden herrscht in den Gängen immer das totale Chaos – so viele Schülerinnen und Schüler und schmuddelige Lehrkräfte, die sich alle gegenseitig anrempeln, und dann ist da Blythe, diese Erscheinung, wie sie ganz allein unter den »MUSTANG PRIDE«-Bannern steht und mich beobachtet. Ich spüre, wie ich rot anlaufe. Mir hat noch nie ein anderes Mädchen so viel Beachtung geschenkt. Nicht so. Nicht wie Blythe.

Sie stupst mich mit dem Ellbogen an. Nimmt meine Hand in ihre.

»Stell dich mit dem Rücken an den Spind«, sagt sie.

»Hä?«

»Du hast mich schon verstanden. Stell dich an den Spind – ich will dir deine Haltung zeigen. Du stehst ja total schief, Greenleaf.«

Blythe zieht die Eliza-Doolittle-Nummer mit mir ab, wie in ›My Fair Lady‹. Sie wird mich in ihre Marionette verwandeln. Ihre kleine Modeprinzessin. Als Nächstes zieht sie mich wahrscheinlich an wie eine Puppe und macht mir Locken. Ich stelle mich mit dem Rücken an den Spind und versuche mich gerade aufzurichten. Blythe drückt meine Schultern zurück.

»Entspann dich«, sagt sie. »Lass die Schultern locker.«

Ich tue es. Aber ich habe letzte Nacht schlecht geschlafen. Eigentlich jede Nacht seit der Party. Ich dehne meinen Nacken nach links. Dann nach rechts.

»Ähm, was tust du da?«

»Ich lockere meinen Nacken.«

»Alles, was du davon bekommst, ist bloß ein verdammtes Schleudertrauma, Greenleaf.«

»Ich glaube, man kann im Stehen kein Schleudertrauma bekommen.«

Ihre Miene wird weicher, ihre perfekten Zähne so weiß und strahlend, als ob sie auf alles eine Antwort hätte, und vielleicht hat sie das ja. »Wir werden daran arbeiten. Daran, deine Schultern nach unten zu bekommen«, sagt sie und nimmt dann meinen Bizeps unter die Lupe. Blythe trägt heute pinke French Nails. Ihre Nägel sind mit Klarlack lackiert und die Halbmonde an der Spitze in Neonpink. Sie fährt mit den Nägeln über meinen Arm. Es kitzelt. »Danach arbeiten wir an diesen Pickeln auf deinen Armen.«

Meine Haut ist uneben, hat ein paar Sommersprossen, aber keine Pickel. Ich glaube nicht, dass ich welche habe. Zumindest war ich bis zu diesem Moment der Meinung, dass ich keine Pickel habe.

»Fass mal meinen Bizeps an.« Blythe winkelt einen Arm an, den Ellbogen auf mich gerichtet, und spannt die Muskeln an. Ich lache, ein nervöses Lachen, weil das so seltsam klingt, als würde sie angeben. »Ich beiße nicht, Greenleaf.«

Also berühre ich ihre Haut. Und sie ist so glatt. So strahlend. So viel weicher als meine. Ihre Arme versetzen mich regelrecht in Trance. Und ich starre meine Arme an. Wie sind die so rau geworden? Wieso habe ich sie nur so vernachlässigt?

»Siehst du, wie glatt meine Haut ist, Ally? Wie sie strahlt?«

Ich berühre sie, weil sie mir gesagt hat, dass ich es tun soll, und ich will es, um ihr noch näher zu sein und weil Blythes Haut genauso leuchtet wie alles andere an ihr. Nichts davon scheint real zu sein, doch das ist es.

»Wie kriegst du es hin, dass deine Ellbogen so hell sind? Und wie bekommst du diese ganzen Knubbel weg?«

»Peeling. Du musst diesen ganzen Mist mit einem Luffaschwamm wegrubbeln. Dann Alkohol drauf. Dann Mandelöl.«

»Aber … brennt der Alkohol nicht?«

»Natürlich brennt der. Was bist du, ein Weichei?«

»Quatsch.«

»Machst du Yoga, Greenleaf?«

»Nicht wirklich.«

»Du solltest mal mit zu meinem Kurs kommen. Das ist wirklich gut für deine Körperhaltung – und für den Kopf auch.«

»Ich weiß, was Yoga ist, Blythe. Ich lebe ja nicht hinterm Mond.«

Blythes Gesicht bröckelt, es nimmt einen merkwürdigen Ausdruck an. Sie ist nicht daran gewöhnt, dass jemand genervt von ihr ist oder ihr eine bissige Antwort gibt. Die anderen sind alle nur Jasager. Und ich soll auch eine Jasagerin werden. Ein Fangirl. Sie weiß nicht, dass ich sie seit Jahren beobachte. Und damit bin ich nicht allein. Wer beobachtet Blythe Jensen nicht? Wie kann man sie nicht anstarren?

»Ich habe nur einmal mit Yoga aufgehört, als ich mir den Knöchel verletzt habe. Ich musste ein paar Tage mit einer Krücke rumlaufen …«

»Ja, ich erinnere mich daran«, sage ich viel zu schnell. Ich sollte mich nicht daran erinnern. Ich hätte nicht zugeben sollen, dass ich mich an ihre Krücke erinnere. Es war eher ein Gehstock, so ein richtig alter, aus dunklem Holz geschnitzt. Sie ist mindestens einen Monat damit rumgelaufen.

»Du *erinnerst* dich daran?«

»Ich meine, das war ein ziemlich ausgefallener Gehstock.« Ich versuche es mit einem Schulterzucken abzutun.

»Mein Dad hat mir den aus Afrika mitgebracht.«

»Reist er viel? Dein Dad?«

»Ja … er ist viel unterwegs. Ich bin so was wie der hauseigene Babysitter.« Sie schnaubt.

»Oh, hast du jüngere Geschwister?«

Sie schaut weg. Ich will sie fragen, wo sie hinschaut, aber vielleicht weiß ich es schon. Es ist dieser Überall-nur-nicht-hier-Blick.

»Meiner Mutter geht es nicht gut. Sie hat eine Krankheit. Ich sollte nicht Babysitter sagen. Ich werde nur einfach zu Hause gebraucht.«

»Was für eine Art Krankheit?«

»Sie ist verrückt, echt krass verrückt«, erklärt Blythe. »Nein. Das sollte ich auch nicht sagen. Das ist gemein. Sie ist bipolar.« Sie verlangsamt ihre Schritte, bis wir nur noch schlendern. Jetzt hat sie mir etwas erzählt, das sie nicht zurücknehmen kann. Sie erwartet, dass ich ihr im Ausgleich auch was Privates und Geheimes über mich verrate.

»Tja, meine Mutter ist auch echt krass verrückt«, sage ich.

»Alle Mütter sind verrückt«, erwidert sie. »Aber wenn du keine verrückte Mutter hast, eine richtig, ehrlich, klinisch verrückte Mutter, dann verstehst du einfach nicht, wie das ist.«

Und dann geraten wir irgendwie ins Stocken und ich wünschte, ich könnte einen Witz machen. Irgendwas, um dieses Schweigen zu brechen.

»Bist du etwa auf einen Wessen-Mom-ist-verrückter-Wettkampf aus? Ist es das, was du mir sagen willst?«, frage ich und grinse. Ich hebe die Fäuste, als würde ich sie gleich angreifen. Wippe auf den Fußballen leicht vor und zurück. Hüpfe auf und ab. »Na, dann los! Crazy-Mom-Battle!«

Sie bleibt stehen. Also bleibe ich auch stehen. Und alle, die hinter uns gehen, fallen fast über die eigenen Füße, denn wenn Blythe Jensen stehen bleibt, bleiben alle stehen.

»Greenleaf.«

»Ich meine das ernst.«

Sie packt mich am Arm und zieht mich näher zu sich heran, ganz eng an ihre Hüfte. Wir sind in unserem eigenen kleinen Kokon.

»Hast du gerade ernsthaft *Crazy-Mom-Battle* zu mir gesagt?«

»Ja, Mann. Los geht's. Ich verspreche dir, meine Mom ist noch viel verrückter als deine Mom.«

»Wie bist du nur so geworden?«

»Jahrelange Übung in Selbstschutz.« Was stimmt. Man kann sich von seinem Leben entweder total deprimieren lassen oder man kann diese Depression ganz tief in sich vergraben und sie hinter Sarkasmus verstecken. Ich behaupte nicht, dass die zweite Variante gesund ist. Ich bin mir sicher, dass ich mit sechsundvierzig an einem Magengeschwür sterben werde. Es ist nur das, was ich getan habe.

»Also, spielst du mit?«, frage ich.

Blythe nickt. Holt tief Luft. Ich kann ihr ansehen, dass diese Situation ungewohnt für sie ist. Sie ist es nicht gewohnt, über private Dinge zu reden. Über Dinge, für die man sich schämen sollte.

»Ich fange an«, sage ich. »Als ich zwölf war, hat meine Mutter entschieden, dass sie nicht mehr meine Mutter sein will, und ist nach Truth or Consequences in New Mexico gezogen, um ihr ganzes Leben hinter sich zu lassen.« Ich beuge mich noch näher zu Blythe. Die Leute machen inzwischen einfach einen Bogen um uns, beeilen sich, zum Unterricht zu kommen. Ich senke die Stimme. »Mein Vater hat sie mit einem anderen Mann im Bett erwischt. In unserem Haus. Hm, was noch …? Sie ist Alkoholikerin. Inzwischen seit drei Jahren trocken.«

»Und jetzt? Kifft sie jetzt einfach den ganzen Tag, wenn sie nicht mehr trinken kann?«

»Keine Ahnung, wahrscheinlich. Wenn ich sie besuche, schlafe ich auf dem Sofa. Sie wohnt in einem pfirsichfarbenen Haus in der Wüste.«

»Redest du noch mit ihr?«

»Mit ihr reden? Ja, klar. Ich meine, sie ist ja trotzdem meine Mom.«

»Das heißt nichts«, sagt sie, ihre Stimme bricht. »Ich wohne bei meiner Mutter und ich rede trotzdem kaum mit ihr. Ich versuche ihr so weit wie möglich aus dem Weg zu gehen.«

Ich hätte dieses Spiel mit Blythe nicht anfangen sollen. Ja, meine Mutter ist verrückt, aber sie tut damit eigentlich niemandem wirklich weh. Früher war es schlimm. Als ich klein war, war es richtig schlimm. Aber jetzt nicht mehr.

Blythe starrt mich an, dann hakt sie sich bei mir unter, klemmt meinen Arm unter ihrem ein, sodass ich nicht wegkann. Sie beugt sich zu mir, als wir langsam weitergehen, ihr Atem in meinem Ohr.

»Meine Mutter hat früher als Designerin bei Óscar de la Renta gearbeitet, als sie Anfang zwanzig war. Danach war sie jahrelang bei Louis Vuitton. Und wenn sie mal keinen Bademantel anhat, sind alle ihre Klamotten maßgeschneidert oder aus Seide. In so einer kreativen Branche war es gut, etwas manisch zu sein und diese größenwahnsinnigen Episoden zu haben, früher, bevor sie mich hatte«, sagt sie bitter. »Als ich elf war, wurde sie verhaftet, weil sie mich absichtlich in einem Freizeitpark alleingelassen hat, und wurde dann vom Staat zwangseingewiesen. Jetzt ist sie quasi zu Hause eingesperrt und nimmt Medikamente, natürlich nur, wenn ihr danach ist. Es gibt gute und schlechte Phasen. Meistens bleibt es an mir hängen, sie zu ihren Arztterminen zu fahren, weil ihre Medikamente fast alle eine beruhigende Wirkung haben und weil mein Vater immer unterwegs ist.«

Sie sieht mich nüchtern an, ihre Augen sind riesig.

»VERDAMMT.«

»Top das mal, Bitch.«

»Ich glaube, du hast gewonnen«, sage ich.

»Ich glaube, meine verrückte Mutter schlägt deine verrückte Mutter um Längen.«

Ich hänge an ihr wie die Schnalle an einem Gürtel. Wir starren uns an, ganz ernst, und dann – ich kann es nicht zurückhalten. Die Anspannung. Der Nervenkitzel, es laut auszusprechen: *Meine Mutter ist verrückt.* Und von einer Sekunde auf die andere sind wir hysterisch. Lachen so heftig, dass wir uns fast in die Hosen machen. Wir gehen weiter. Ein Teil von mir würde sie gern umarmen, weil … In einem Freizeitpark ausgesetzt zu werden? Das klingt schrecklich. Meine Mutter hat mich auch alleingelassen – aber nicht in einem Freizeitpark. Ich kann mir nicht mal vorstellen, wie es ist, einfach so zurückgelassen zu werden.

Blythe und ich können den ganzen schmerzhaften Mist runterschlucken. Und Tränen lachen, bis wir explodieren. Sieh uns an. Nach außen hin so fröhlich, im Inneren das quälende Gefühl der Vernachlässigung durch die Frauen in unseren Leben. Das ist etwas, das wir gemeinsam haben.

Ich sage Blythe, dass ich nach der fünften Stunde vor der Mensa auf sie warte, und renne dann zu meiner nächsten Stunde. Ich drehe mich noch einmal um, um einen letzten Blick auf sie zu werfen, aber sie ist schon verschwunden.

15

BLYTHE

Am Morgen. Ich schaue mich in der Küche um. Meine Mutter in ihrem Bademantel. Schlurft in ihren Pantoffeln rum. Das Abendessen von gestern steht noch auf dem Tisch. Schachteln vom mexikanischen Lieferdienst.

»Wo ist Dad?«

»Er musste heute Morgen schon ganz früh los.«

»Kommt Rosita noch?«

»Nein, Rosita kommt nicht – merkst du überhaupt, dass du dich wie ein verzogenes Gör anhörst?«

»Ich frage nicht, ob Rosita kommt, weil ich will, dass sie aufräumt.«

Ich will wissen, ob Rosita kommt, weil ich das Haus verlassen will, und ich kann meine Mutter nicht hierlassen, wenn sonst niemand da ist. Das habe ich meinem Vater versprochen. Vor ein paar Tagen ist sie aus ihrer Therapiegruppe geflogen. Sie mag ihre Medikamente nicht. Die machen sie paranoid. Sie hat jemanden in der Gruppe beschuldigt, ihr Handy gestohlen zu haben, dabei hatte sie es einfach nur zu Hause vergessen. Sie ist der Frau auf die Pelle gerückt. Hat sie bedroht. Ich mag sie lieber, wenn sie auf Klonopin ist.

Ihr Blick schweift ab, vielleicht zum Chaos in der Küche, vielleicht sieht sie aber auch nur das Chaos, das ihr Leben ist.

»Rosita kommt bald. In zwanzig Minuten sollte sie hier sein. Sie verspätet sich etwas.«

Zwanzig Minuten kann ich sie allein lassen. Was kann sie in zwanzig Minuten schon groß anstellen? Ich räume also auf, bis Donnie kommt. Stelle die Teller ins Spülbecken. Eine leere Popcorntüte liegt rum. Benutzte Taschentücher neben dem Mülleimer, die ihr Ziel verfehlt haben. Ich fange einfach schon mal an, das ist alles. Diese ganze angespannte Energie brodelt in mir, wenn ich in der Nähe meiner Mutter bin. Meine Therapeutin würde sagen: *Gib dir selbst gesunde Ratschläge. Ziehe Energie aus dem Unbehagen.* Also nutze ich diese Energie für den Abwasch. Hier bin ich, eine gute Tochter, die den Abwasch macht.

»Blythe, fang jetzt nicht an, Teller durch die Gegend zu werfen.«

»Ich räume nur auf …«

»Ich mache das schon. Hör auf …«, sagt sie und greift nach dem Teller in meiner Hand. Keine von uns hält ihn fest. Der Teller zerbricht. Weiße Porzellanscherben spritzen über den Holzboden.

Mit ihr wird es immer so schnell hektisch und verrückt. Ich will einfach nur, dass alles wieder langsamer läuft. Also höre ich auf. Ich atme, wie meine Therapeutin es mir gezeigt hat. Dann mache ich einen Schritt über die Scherben.

»Mom, ich muss jetzt in die Schule.«

»Ist schon gut. Geh. Ich räume das auf.«

Ich schnappe mir meine Tasche und schaue sie nicht an, obwohl ich so kurz davor bin, auf irgendetwas einzuschlagen oder einen Stuhl umzustoßen.

»Ich weiß, dass du mir für alles die Schuld geben willst, Blythe. Aber ich hätte auch gern jemanden, dem ich die Schuld geben kann. Aber das verstehst du nicht, oder?«

Ich will ihr alles Mögliche an den Kopf werfen: dass sie mir meine Kindheit genommen hat, dass ich schon mit sechs Jahren wusste, dass »etwas mit Mommy nicht stimmt«, und dass »Mommy manchmal nicht zurechnungsfähig ist« und dass es »nicht meine Schuld ist, dass Mommy krank ist«.

Aber ich sage nichts. Auf gewisse Art und Weise macht meine Mutter mir Angst. Ich will mich vor ihr nicht zu verletzlich zeigen, weil ich nicht glaube, dass sie damit umgehen kann. Und wenn ich anfange zu weinen, ihr erkläre, wie ich mich wirklich fühle, alles rauslasse, wird sie komplett zusammenbrechen. Sie wird mich anflehen, ihre Sicht der Dinge zu verstehen. Sie wird mir ewig von ihrer Mutter und ihrem Vater erzählen. Von ihrer Schwester, die vor zehn Jahren gestorben ist. Ich will ihre Sicht der Dinge aber nicht immer verstehen. Ich will einfach nur jemand sein, der sich nicht um seine Mutter kümmern muss, sich keine Sorgen um seine Mutter machen muss – aber die Option habe ich nicht.

Ich möchte Ally anrufen. Ist das nicht seltsam? Dass ich mich ihr so nah fühle? Plötzlich ist da diese Verbindung zwischen uns. Weil Ally das hier verstehen würde, und niemand sonst. Nicht einmal Donnie, die sonst immer für mich da ist. Ihre Eltern sind noch zusammen. Ihre Mutter ist Wissenschaftlerin! Dr. Alperstein, die berühmte Forscherin.

In dem Moment stehen Donnie, Cate und Suki vor meiner Tür. Ich schließe hinter mir ab und schicke Rosita eine Nachricht: *Sag mir Bescheid, wenn du da bist.*

Und schon bin ich draußen. Da ist Donnie mit einer Zigarette, ihre Hand hängt lässig aus dem Autofenster, ihr silberner Armreif glitzert in der Sonne. Ich quetsche mich neben

Suki auf die Rückbank. Cate sitzt vorne und normalerweise würde ich ihr den Platz streitig machen, sie zwingen, nach hinten zu gehen. Heute ist es mir egal. Ich kann gar nicht schnell genug von hier, von meiner Mutter wegkommen.

Donnie reicht mir die Zigarette. Tiefer Zug. Rauch in meiner Lunge. Als ich ausatme, forme ich Ringe.

»Wo ist deine kleine Freundin?«, fragt Donnie. »Ich dachte, du läufst jetzt jeden Tag mit ihr zur Schule. Trägst ihr vielleicht den Rucksack.«

»Du klingst eifersüchtig.«

»Also, mir ist es ja völlig egal, mit wem du befreundet bist, aber ich bin schon ein bisschen neugierig«, sagt Suki. »Ist das eine echte Freundschaft? Ich dachte, das hat was mit Sean zu tun.«

»Es hat auch was mit Sean zu tun. Zumindest hat es so angefangen. Aber ich mag Ally.«

Cate dreht sich auf dem Beifahrersitz um, wirft Suki einen Blick zu und sie lachen.

»Was ist so witzig?«

Sie lachen noch mehr. Hier ist nichts witzig. Das ist nur ein Spiel, das die beiden spielen wollen. Sie haben Angst, dass sie mir durch die Finger gleiten und sie nichts haben, an dem sie sich festklammern können. Dass ich sie vielleicht durch Ally ersetze.

»Wer mit Feuer spielt, verbrennt sich die Finger«, trällert Suki.

»Ally? Sie ist harmlos. Was soll die mir denn anhaben können?«

»Nicht sie«, sagt Suki. »Sean.«

»Er ist ein Baby«, erwidere ich. »Ihr habt ihn an dem Abend nicht weinen gesehen. Ihr versteht einfach nicht, dass ich ihn jedes Mal wieder neu zusammensetzen muss. Dass das Teil unserer Freundschaft ist. Euch braucht er nicht so, wie er mich braucht.«

Vor allem in letzter Zeit. Das war eigentlich ein Job, den Dev und ich uns geteilt haben. Aber jetzt scheint es nur noch meine Aufgabe zu sein. Vor ein paar Tagen bei den Sporthallen. *Ich brauche jemanden, der mich wieder geradebiegt.* Und dann: *Manchmal, wenn ich in deiner Nähe bin.* Davon habe ich niemandem erzählt. Habe es versteckt, ganz tief drin.

»Wieso hat er denn geweint, B? Weil er mal wieder einem Mädchen das Herz gebrochen hat? Das ist doch sein Ding«, sagt Cate.

»Ach ja? Welcher Typ ist denn bitte kein Player?«

»Dev ist kein Player.«

»Vielleicht ist Sean deswegen ja mit Dev befreundet und sieht zu ihm auf. Weil er so sein will wie er.«

Ich habe keine Ahnung, ob das stimmt. Es könnte schon sein.

»Ihr habt ihn noch nie so weinen gesehen wie ich. Euch hat er noch nie sein Herz so ausgeschüttet wie mir.«

»Was will er denn da ausschütten? Sorgen um seine Frisur?«, sagt Suki.

»Oder um die Abschlussprüfung?«, fragt Donnie. *»Er hat eine sensible Seite. Ihr versteht das nicht.«* Donnie äfft mich nach.

»Diese sensible Seite ist sein hübsches Gesicht«, sagt Suki.

Ich lasse mich zurück in die Polster sinken, die Knie gegen den Beifahrersitz gedrückt, mache die Augen zu. Ich kann sein Gesicht vor mir sehen. Seinen Blick an diesem Abend. *Ich würde doch nie jemandem wehtun.*

Würde er nicht, oder? Nicht absichtlich. Oder?

16

ALLY

Es ist jetzt zwei Wochen her, dass ich Sheila, die Sexbombe, kennengelernt habe. Zwei Wochen seit diesem Abend.

Mein Dad will, dass ich sie noch mal treffe. Aber diesmal richtig.

»Du meinst, wenn sie gerade keinen nackten Hintern hat?«

Ich versuche, nicht zu lachen. Ich liebe es, meinen Vater zu ärgern.

»Alistair.«

»Dad.«

»Du musst wirklich mal deine große Klappe unter Kontrolle kriegen.«

Sheila kommt heute also zum Abendessen zu uns. Mein Vater kocht. Was bedeutet, dass er ein Brathähnchen besorgt hat und tiefgefrorenen Brokkoli in der Mikrowelle auftaut. Wenn er sie wirklich beeindrucken will, macht er vielleicht sogar noch eine Dose Bohnen auf und hackt ein bisschen Koriander.

Sheila bringt mir Blumen mit. Ein Dutzend orangefarbene Rosen, was tatsächlich ganz nett ist.

»Die sind von einer Biogärtnerei in West Jersey«, sagt sie.

»Ich dachte, Rosen kommen vom Floristen«, erwidere ich trocken.

»Meine Güte, Ally. Lass mal gut sein!«, ruft mein Vater aus der Küche.

»Dein Vater hat mir schon erzählt, dass du einen tollen Sinn für Humor hast«, sagt Sheila lächelnd. Sie ist nicht beleidigt.

~

Beim Essen fragt Sheila nach meinen Interessen.

»Jungs.«

Das war immer ein guter Witz in meiner Familie, bevor das mit Sean Nessel passiert ist. Bevor mich mein Vater für eine Schlampe gehalten hat. Bevor ich zum Frauenarzt musste. Bevor meine Tante mir die Pille danach gebracht hat. Es ist zu schnell aus meinem Mund geploppt. Mein Vater starrt mich an, als würde er mich gleich über den Tisch hinweg ohrfeigen.

»Neue Antwort«, sagt er hinter zusammengebissenen Zähnen.

Ich richte mich auf meinem Stuhl auf. Bin jetzt ernst. »Ich schreibe ein bisschen. Und ich mache Collagen. Ich glaube, ich mache viel Verschiedenes.«

Sheila erzählt mir, dass sie auch schreibt. Dass sie früher Journalistin war. Inzwischen unterrichtet sie mehr, als dass sie selbst schreibt.

»Was hat dich dazu gebracht, Journalistin zu werden?«, frage ich.

Sie horcht auf. Überrascht, dass sie mein Interesse geweckt hat.

»Ich habe einen Film über Woodward und Bernstein gesehen. Hast du schon mal von denen gehört?«

Ich schüttle den Kopf.

»Das sind die Journalisten, die den Watergate-Skandal aufgedeckt haben. Die Reporter, die herausgefunden haben, dass Präsident Nixon seine Leute beauftragt hat, in die Büros der demokratischen Partei im Watergate-Gebäude einzubrechen und Informationen zu stehlen. Dass er das ganze Land angelogen hat. Daraufhin musste er zurücktreten. Am Ende haben sie haufenweise Geheimnisse über den Präsidenten aufgedeckt, über die in Washington sonst niemand sprechen wollte.«

»Ein wichtiges historisches Ereignis«, sagt mein Dad.

Natürlich weiß ich über Watergate Bescheid, aber ich habe keine Lust, mich zu verteidigen. Zu anstrengend. Also nicke ich. Beobachte sie. Frage mich, was sie wohl für Artikel geschrieben hat. Wieso sie angefangen hat zu unterrichten.

»Die einzigen Journalisten, die ich mag, sind Comedians«, sage ich. »Die bringen einen wenigstens zum Lachen, wenn sie darüber reden, wie deprimierend alles ist.«

»Verdrossenheit«, sagt mein Dad.

»Hey! Genau, Politikverdrossenheit! Das kam in meiner letzten Klausur vor.«

Er schüttelt den Kopf.

»Habt ihr eine Schülerzeitung oder so etwas? Gibt es Schülerzeitungen überhaupt noch?«, fragt Sheila.

»Sie haben tatsächlich eine Schülerzeitung. Hat die nicht letztes Jahr sogar eine Auszeichnung bekommen?«, fragt mein Dad.

»Ja, wir haben eine tolle Schülerzeitung. Und ich kenne mich total gut damit aus, weil der Junge, in den ich verliebt war, ständig in der Zeitung war. Ich habe immer sein Gesicht ausgeschnitten.«

Mehr von meinem trockenen Humor. Mein Vater starrt auf seinen Teller.

»Interessierst du dich denn für Journalismus, Ally?«, fragt Sheila. Sie lässt nicht locker. Sie besteht auf einer ernsthaften Unterhaltung.

»Ich weiß momentan nicht wirklich, was ich machen will.« Das stimmt, so erbärmlich es auch ist.

»Okay«, sagt sie unbehaglich. »Aber wenn du dich doch mal näher damit auseinandersetzen willst, könntest du dir online ein paar Sachen ansehen. Es gibt da draußen einige Journalistinnen, die wirklich großartige Artikel schreiben über Themen wie Vergewaltigungen auf dem Unicampus, Essstörungen, Abtreibungsgesetze …«

Ich bleibe an dem ersten Punkt ihrer Aufzählung hängen: Vergewaltigungen auf dem Unicampus. Vergewaltigung. In meinem Kopf surrt es, während ich Essen in meinen Mund schaufle und nicke, *Ja klar, schick mir mal was*, sage ich wohl, den Mund voller Essen, denn da ist noch nicht genug Essen, nicht genug von irgendwas, um mich zu füllen und dieses Gefühl aufzuhalten, das Gefühl, dass ich mich auflöse.

~

Später an diesem Abend schaue ich auf YouTube unendlich viele Videos von Babys an, die nicht sehen können. Ein Arzt schiebt ihnen Brillen auf die kleinen, verwirrten Gesichter und plötzlich wird ihre Welt klar. Stell dir mal vor, deine Welt wäre immer unscharf. Dass du nicht richtig sehen kannst. Dass du nicht weißt, dass dieses unscharfe grüne Ding, das da am Baum hängt, eigentlich etwas anderes ist. Dann wird dir urplötzlich klar: das unscharfe grüne Ding ist ein Blatt.

Blythe schreibt mir:

Was treibst du?

Schaue mir auf YouTube sehbehinderte Babys an, die das erste Mal in ihrem Leben scharf sehen.

ALLY

JA

Kann ich vorbeikommen?

Ich schaue mich in meinem Zimmer um. Stellenweise sieht es noch so kleinkindmäßig aus. Ich wette, Blythes Zimmer ist total glamourös. Wahrscheinlich hat sie eine silberne Tapete oder so was. Ein Himmelbett mit langen weißen Seidenvorhängen. In der Ecke irgendeinen stylischen weißen Sessel mit schwarzen Fellkissen.

Mein Zimmer dagegen … Mein Schreibtisch ist türkis angemalt, mein Dad und ich haben ihn gemeinsam gestrichen. Mein Spiegel ist aus den Siebzigern, rundum mit winzig kleinen Gänseblümchen verziert, nur die Mitte ist frei. Meine Mutter hat ihn vor Jahren von einem Flohmarkt mitgebracht. »Wenn du dich in diesem Spiegel ansiehst«, hat sie gesagt, »bist du immer von Blumen umgeben.« In der einen Ecke klebt ein Nirvana-Sticker, der schon drauf war, als ich den Spiegel bekommen habe, sonst wäre er vermutlich richtig was wert gewesen. Gott. Müssen wir eigentlich so verdammt altmodisch sein?

Meine Mutter treibt mich in den Wahnsinn.

Klar, komm vorbei.

Blythe ist in zehn Minuten da. Das ist nicht mal ansatzweise genug Zeit, um hier aufzuräumen. Was sieht am schlimmsten aus? Mein Bett. Mein Bett muss gemacht werden. Aber, oh mein Gott, wieso habe ich denn die ›Dora‹-Bettwäsche drauf? Wie alt bin ich denn bitte – zwei? Ich sage ihr einfach, dass alles andere in der Wäsche war. Das ist die Wahrheit! Ich habe die Bettwäsche ganz hinten im Schrank gefunden. Alles andere *war* schmutzig! Aber ›Dora‹-Bettwäsche? Wie konnte ich so tief sinken?

»Dad! Wo ist dieser weiße Bettbezug, den du mir von Target mitgebracht hast?«

Er ist unten, ruft etwas, das ich nicht verstehe. Ich bin oben an der Treppe.

»Die weiße Bettwäsche von Target! Wo ist die? Die neue!«

»Noch in der Tüte. Neben der Waschmaschine.«

»Ah! Die ist nicht gewaschen?«

»Wenn du sie gewaschen hättest, Ally …«

»Wieso muss alles immer so anstrengend sein?«

Ich renne die Treppe runter und er ruft mir nach: »Es ist nur anstrengend, wenn du es anstrengend werden lässt.«

Ich packe die Bettwäsche aus. Alles muss weiß sein, wenn man ein normales Bett und kein Loser-Bett haben will. Kein Babybett. Alles weiß.

Ich kicke die Verpackung zur Seite und renne die Treppe wieder hoch.

Mein Dad folgt mir, die Stufen knarren hinter mir. »Wieso machst du das ausgerechnet jetzt?«

»Blythe kommt gleich vorbei.«

»Moment mal … jetzt?«

»Ja, und mein Zimmer sieht aus wie sonst was …«

»Und was machst du mit der da?« Er deutet auf die ›Dora‹-Bettwäsche auf dem Boden.

»Die schmeiße ich weg.« Ich stehe auf meinem Bett und versuche meine rosa Decke in den weißen Bettbezug zu stopfen.

»Ich möchte die aber aufheben, Ally.«

»Was? Warum? Selbst wenn ich irgendwann mal ein Kind habe, was nicht der Fall sein wird, werde ich es bestimmt nicht ›Dora‹ anschauen lassen, weil Doras Kopf viel zu groß für ihren Körper ist und sie nicht mal wie ein echter Mensch aussieht.«

»Wann hast du denn die Entscheidung getroffen, dass du keine Kinder haben willst? Ich bin so verwirrt …«

»Dad, ernsthaft. Sei einfach cool, wenn Blythe kommt. Es geht ihr gerade nicht so gut, wegen ihrer Mom. Und ich will sie nicht verschrecken. Sie ist eine neue Freundin.«

Plötzlich ist mein Bett weiß und strahlend. Und ich bin so stolz auf mich. Ich werfe alle meine Schuhe und Klamotten in meinen Wäschekorb – stopfe ihn in meinen Kleiderschrank. Alles. Boxen. Bücher. Alles kommt in den Schrank. Ich staple zwei Schüsseln mit Salzbrezelkrümeln und drei leere Gläser ineinander und drücke sie meinem Vater in die Hand.

»Kannst du die bitte für mich runterbringen?«

»Was ist denn mit ihrer Mutter?«

»Bipolar.«

»Oh.«

Seine Miene ist besorgt. Ich kann die Falte zwischen seinen Brauen sehen.

»Jeder hat Probleme, Dad.«

Es klingelt an der Tür. Blythe ist hier.

»Dad?«

Er sieht sich in meinem Zimmer um. »Sieht super aus. Keine Sorge, ich werde cool sein.«

Ich stehe auf der Treppe und sehe zu, wie mein Vater Blythe reinlässt. Ich glaube, sogar er ist überrascht, wie gepflegt und hübsch sie ist. Ihre Haare fallen ihr heute offen über eine Schulter. Gewellt. Glänzend. Sie trägt ein absichtlich verwaschenes Sweatshirt und enge schwarze Jeans mit Löchern an den Knien. Sie spielt für meinen Dad die ganze Es-ist-so-schön-Sie-kennenzulernen-Leier ab. Ich winke ihr zu, komme runter, nehme sie an der Hand und ziehe sie die Treppe hoch.

»Ohhh, dein Zimmer ist ja süß«, sagt Blythe.

»Kannst du mal aufhören, alles, was ich tue, süß zu nennen?«

»Du *bist* süß, Ally. Machst du eine Führung für mich? Zeig mir alles. Ich will absolut alles sehen.«

Ich schaue sie kurz verwirrt an, weil ich nicht genau weiß, was das heißen soll, aber dann lache ich und zeige ihr alle Highlights meines Lebens. Die Siegerschleife für den dritten Platz, die ich damals im Schwimmteam gewonnen habe. Das alte Puppenhaus mit der übertrieben klischeehaften Puppenfamilie.

»Und was hast du da drin?« Sie blickt zu den schwarzen Kisten unter meinem Bett. Die sind bis oben hin voll mit meinen bescheuerten Bildern von Sean Nessel. Ich bin noch nicht dazu gekommen, sie alle zu zerstören.

»Da ist nichts drin.«

»Unter dem Bett ist immer irgendwas. Niemand versteckt gar nichts unter seinem Bett. Und du hast sogar schwarze Kisten.«

Blythe beugt sich nach unten und mustert die Kisten. Sie sieht mit Dackelblick zu mir auf und grinst schief. »Ally. In den Kisten sind Geheimnisse versteckt, oder?«

»Da ist wirklich nichts.«

»Oh mein Gott, jetzt will ich es erst recht sehen.«

Sie zieht an einer der Kisten, lacht. Sie denkt, es ist irgendwas Peinliches aus meiner Kindheit, und weil Blythe Jensen es nicht gewohnt ist, von irgendjemandem ein Nein zu hören, wird sie mein Nein auch nicht akzeptieren. Ich sage ihr, dass sie das lassen soll. Sie hört nicht auf mich.

»Du hast doch gesagt, dass du über deine Mutter reden willst!« Meine Stimme zittert. Ich schiebe Blythe mit dem Fuß ein Stück zurück und versuche ihr dann mit meinem Oberschenkel den Weg zu versperren. Ich knie total verdreht vor ihr, zwischen ihr und den schwarzen Kisten voller Fotos von Sean Nessel.

Sie krabbelt ein Stück weg, hustet, weil ich sie wohl im Bauch erwischt habe.

»Ehrlich mal, Ally, was soll der Scheiß?«

»Gute Frage. Was soll der Scheiß? Ich habe dir gesagt, dass du nicht in die Kisten schauen sollst – du kannst einfach nie aufhören.«

»Ich wusste ja nicht, dass du es so ernst meinst. Ich dachte, das ist nur wieder deine bissige Art.«

»Da drin sind Bilder von Sean Nessel, wenn du es unbedingt wissen willst. Ich war in ihn verliebt. Total bescheuert. Richtig verliebt in ihn. Ich habe früher alle Fotos von ihm aus der Schülerzeitung ausgeschnitten. Ich hab alles ausgeschnitten, was irgendwie mit ihm zu tun hatte.«

Muss ich es überhaupt noch verstecken? Es lässt mich doch nur noch verrückter wirken, als ich es ohnehin schon tue. Was versuche ich denn überhaupt noch zu schützen? Mich? Ich habe doch schon alles verloren. Ich ziehe eine der Kisten unter dem Bett hervor und kippe sie vor Blythe aus. All die ausgeschnittenen Herzchen und ausgeschnittenen Sternchen und das schwarze Papier und der Glitzer und die Filzstifte und die Zeitungsausschnitte und die Ausdrucke. Die Federn und das Goldband, mit dem ich die Seiten zusammengebunden habe.

»Hier. Mein Leben vor dieser grauenvollen Nacht. Das war alles. Alles, wovon ich geträumt habe, ist hier in dieser Kiste und jetzt ist es nur noch ein riesiges Nichts.« Ich fange an, Collagen und Bilder zu zerreißen. Werfe sie zur Seite.

Ich kann sehen, wie entgeistert Blythe ist. Ich weine und sie hockt einfach da, auf ihren Knien, hat keine Ahnung, was sie da mit mir und den schwarzen Kisten angerichtet hat. Sie wird gehen. Sie wird gehen und wir werden nie wieder ein Wort miteinander reden.

Doch stattdessen holt sie tief Luft und sieht mich an. Sie lacht jetzt nicht mehr.

BLYTHE

Ich will ihr alles erzählen. Ich will ihr erzählen, wie Sean geweint hat. Dass ich verstehen kann, weshalb sie eine ganze Kiste voller Fotos hat, die mit bescheuerten Herzchen beklebt sind. Ich will zugeben, dass ich ihm gegenüber diese seltsame Loyalität empfinde, die ich selbst nicht wirklich verstehe. Die meine Freundinnen nicht wirklich verstehen. Der beste Freund meines Freundes. Dass ich seine Vertraute geworden bin. Ich erkenne mich in den Collagen wieder und weiß, wie es ist, so besessen von jemandem zu sein. Ich verstehe es. Etwas an Ally erinnert mich in gewisser Weise an Dev. So ehrlich und gutherzig. Ihr Gesicht, zerknirscht und so verwirrt. Das erinnert mich daran, wie frustriert Dev manchmal angesichts all der Ungerechtigkeiten dieser Welt ist. Es bringt mich dazu, ihr alles Mögliche erzählen zu wollen.

Sie weint und ich fühle mich schlecht. Es ist ein leises Weinen. Ihr Vater ist unten und ich weiß, dass sie nicht von ihm gehört werden will.

»Hast du schon mal was von der Initiation gehört?«

»Ein bisschen. Ich dachte immer, das ist nur ein Gerücht.«

»Kein Gerücht. Das passiert, wenn man in der neunten Klasse ist. Und man muss echt sexy sein, um ausgewählt zu werden.«

Sie lacht, schnaubt ihre Tränen weg. »Oh, dann war ich wohl nicht sexy genug.«

»Nicht sexy. Man muss nur … man muss nur schon gut entwickelt sein. Man muss älter wirken. Man muss so wirken, als würde man alles mitmachen.«

Ally lehnt sich zurück, schlingt die Arme um ihre Knie.

»Ich wurde für die Initiation ausgewählt. Ein Mädchen aus der Zwölften hat mich angesprochen. Und dann stand ich mit einer ganzen Gruppe Jungs – auch aus der Zwölften – in einem Raum. Donnie und ich. Wir … wir haben uns auf den Boden gehockt. Auf unsere Knie. Und wir … Du weißt schon.«

Aber Ally starrt mich nur an. Sie kann die Lücke nicht füllen.

»Was? Was weiß ich? Was habt ihr getan?«

»Du hast das echt noch nie gehört, Ally?«

»Ich habe nur gehört, dass ein paar Mädchen ausgewählt werden und dann mit irgendwelchen Jungs rummachen.«

»Es ist mehr als das. Es ist … Wir kommen in diesen Raum. Und die ganzen Jungs sitzen auf Stühlen. Sie grinsen alle, obwohl sie das nicht sollen. Meine Initiationsleiterin, Amanda Shire, brüllt sie an. Wie eine Domina oder so. ›Lasst mich bloß euer Grinsen nicht sehen. Sonst schlag ich es euch aus dem Gesicht, ihr Perverslinge.‹«

Und es ist wahr, was ich ihr erzähle, alles ist wahr. Ich weiß noch, als ich da reingegangen bin – wir alle ordentlich hintereinander aufgereiht –, dachte ich, dass es vielleicht gar nicht so schlimm wird, weil Amanda Shire alles unter Kontrolle hat. Vielleicht ist es sogar nur ein Witz, habe ich gedacht. Vielleicht passiert es gar nicht.

»Und dann liest sie diese ganzen Regeln vor. Sie sagt: ›Kein Anfassen. Behaltet eure Hände im Schoß. Köpfe werden nicht angefasst. Haare werden nicht angefasst. Kein Stöhnen. Der Mund bleibt zu. Wir wollen kein einziges Wort hören. Kein einziges verdammtes Wort.‹«

»Und du … bist einfach dageblieben?«

»Was hätte ich denn tun sollen? Weglaufen? Ich dachte, das wäre so ein Empowerment-Ding. Ich dachte, wir hätten die Kontrolle darüber. Amanda Shire hat mich kleine Schwester genannt. Hat mir gesagt, dass ich danach die volle Kontrolle über meinen Körper habe. Es gab einige Mädchen an der Schule, die von irgendwelchen Typen angegriffen wurden. Da wurde viel vertuscht. Und das war eben ihr Gegenmittel. Sie hat gesagt, dass die Initiation uns die Macht gibt. Indem wir das Ganze quasi offiziell machen, nehmen wir der Sache den Reiz. Aber ich wusste, dass das eine Lüge war. Das wusste ich in dem Moment, als ich vor Kramer stand, diesem Typen aus der Zwölften. Er hat gegrinst. War aufgeregt. Seine Fingernägel waren komplett abgekaut, wie bei so einem hyperaktiven, manischen Freak. ›Hör auf zu grinsen, Kramer‹, hat Amanda Shire gezischt. ›Sonst sage ich ihr, dass sie ihn abschneiden soll.‹ Das hat sie alle nur noch mehr zum Lachen gebracht. Sie fanden es toll. Die Herausforderung der ganzen Situation. Amanda Shire hat sich aufgeführt wie irgendein Militäroffizier. ›Auf die Knie, Mädels. Jungs, macht die Reißverschlüsse auf. Zieht die Hosen nicht runter. Wenn einer von euch seine Hose runterlässt, fliegt er sofort raus.‹ Ich habe mich hingekniet und zu Donnie rübergeschaut, die auch auf ihren Knien saß und mich ansah, mit so einem

Blick: *Was tun wir hier?* Ihr Gesicht war vollkommen ausdruckslos, als der Typ vor ihr sein Ding rausgezogen hat. Jason irgendwas. Ich kann mich nicht mal mehr an seinen Nachnamen erinnern. Ist es nicht komisch, dass man solche Details manchmal komplett vergisst? Das war das erste Mal, dass ich einen Penis gesehen habe, zumindest bei Tageslicht. Hart und lang, als ob er überhaupt nicht dahin gehört. Wie groteske Tiere mit Masken, gespannter Haut und hervortretenden Venen. Das ekligste Teil des menschlichen Körpers. Ich habe meine Augen fest zugemacht. ›Mädels, ihr richtet euch jetzt auf und nehmt ihn in den Mund. Diese Perverslinge werden nicht in eurem Mund kommen. Das lasse ich nicht zu. Ihr saugt ein paarmal daran und ich verspreche euch, ein paarmal reicht völlig aus, um diese hormongesteuerten Arschlöcher kommen zu lassen. Macht die Augen zu, ihr verdammten Perverslinge. Ihr macht gefälligst die Augen zu, weil ihr jetzt das beste Erlebnis eures ganzen Lebens haben werdet. Jungfräuliche Münder. Junge Münder.‹«

Ally starrt mich an. »Das ist verrückt, Blythe. Und das hast du nie jemandem erzählt?«

»Ich weiß, dass Mädchen vor mir und nach mir dasselbe mitgemacht haben. Und jetzt soll ausgerechnet ich die nächste Initiation leiten. Letztes Jahr hat eine Zwölftklässlerin an mich übergeben. An mich. *Mich.* ›Viel Glück‹, hat sie nur gesagt. Wie heuchlerisch das alles ist. Achtzehnjährige Jungs anzuschreien: ›Nicht anfassen! Nicht anfassen!‹, während wir unsere Lippen um ihre Penisse legen. Am helllichten Tag!«

Ich weiß nicht, wie ich das alles verarbeiten soll. Ich weiß es nicht. Wusste es noch nie. Aber jetzt habe ich es Ally gestanden. Dieses Geheimnis, das ich sonst noch niemandem verraten habe. Dev habe ich nur die oberflächlichsten Details erzählt. Nicht alles. Ich habe nie erwähnt, wie die

Jungs gelacht und sich abgeklatscht haben, als wir rausgegangen sind. Wie sie auf uns gezeigt haben, als wären wir Vieh. Zwei Mädchen haben geweint. Das habe ich noch nie jemandem erzählt. Wie Amanda Shire die beiden angeschrien hat, weil sie geweint haben. *Das hier macht euch stärker. Ihr seid nicht schwach. Hört auf, euch wie jämmerliche, schwache Bitches zu benehmen. Wollt ihr vergewaltigt werden? Wollt ihr, dass die denken, dass sie euch haben können? Ihr hattet gerade sie. Ihr habt die Macht.*

»Donnie und ich sind an dem Abend nach Hause gelaufen und haben immer wieder auf den Boden gespuckt. Haben versucht alle Spuren wegzuwischen. Kramer hat mit seinem Wagen neben uns gehalten. Irgendein anderer Typ saß auf dem Beifahrersitz. ›Ihr Mädels solltet nicht allein nach Hause laufen. Springt rein, ich nehm euch mit.‹ Wir hatten solche Angst, dass sie uns entführen oder so was – keine Ahnung, was wir dachten. Verrücktes Zeug. Ich habe mir Donnies Hand geschnappt und wir sind in die entgegengesetzte Richtung gerannt, mitten durch jemandes Garten. ›*Das* sollte uns das Gefühl geben, mehr Macht zu haben?‹ Das hat Donnie nach diesem Abend immer wieder gesagt.«

»Wie war es am nächsten Tag in der Schule?«

»Es war, als wären Donnie und ich über Nacht zu Königinnen der neunten Klasse geworden. Alle wollten es uns recht machen, egal was wir getan haben. Es war der absolute Wahnsinn. Die ganze Aufmerksamkeit, die wir bekommen haben«, sage ich. »Also habe ich mitgemacht – das war so bescheuert. Aber was hätte ich sonst tun sollen? Es jemandem *erzählen*? Rumheulen? Das hätte mich nur verletzlich und schwach aussehen lassen. Und wenn ich es jemandem erzählt hätte? Kannst du dir die Reaktion nicht vorstellen? *Es hat dich doch niemand dazu gezwungen, oder?* Die Jungs haben uns am nächsten Tag gesehen und uns unterstützt, uns gepusht, weil sie ein schlechtes Gewissen hatten, und so sind wir zu den Königinnen unseres Jahrgangs geworden. Ich bin rumgelaufen und habe so getan, als wäre ich glücklich, weil sie das von mir erwartet haben. ›Seht ihr? Ich bin nicht kaputt. Ich bin nicht traurig.‹«

Ally setzt sich neben mich und unsere Arme berühren sich. Ich lehne meinen Kopf an ihre Schulter, weil wir auf gewisse Art und Weise ein und dieselbe Person sind.

Wir haben beide Geheimnisse, die wir vor allen verbergen.

Und wir verbergen sie gut, auch das haben wir gemeinsam. Und wir werden unsere Geheimnisse weiter hüten, vielleicht für immer.

»Manchmal machen Jungs Fehler, Ally. Das weißt du, oder? Sogar bei der Initiation. Ich weiß, dass es welche gab, die es später bereut haben. Es gab welche, die haben sich gewünscht, sie hätten nicht mitgemacht.«

Sie nickt. Und ich glaube, dass ich sie langsam dazu bringe zu verstehen.

Ich greife nach ihrer Hand. »Sean ist einer von diesen Jungs«, sage ich. »Er ist nicht perfekt, Ally. Aber er hat danach geweint. Er hat vor mir geweint wie ein kleines verschrecktes Kind. Sagt das nicht einiges über ihn aus? Dass er Schuldgefühle hat?«

Aber sie antwortet nicht. Nicht ein Wort.

17

ALLY

Wir sind jetzt seit drei Wochen befreundet und ich verstehe inzwischen, dass Blythe einfach anders ist als der Rest der Welt.

Sie ist das aquamarinblaue Meer. Sie ist der Strand voller Muscheln. Der Wind, auf den du gewartet hast. Blythe ist alles, was gut ist. Alles, was ruhig ist. Alles, was harmonisch ist. Die melodische Musik. Alle anderen sind die Unordnung.

Blythe und ich kommen aus den Toiletten im C-Flügel, gehen runter in den ersten Stock und durch den Neuntklässlertunnel rüber in den B-Flügel. »Du musst nicht zu jedem Hi sagen, den du siehst«, erklärt Blythe. Der Flur ist ihr Laufsteg und sie ist ein verdammtes Chanel-Model, stolziert mit ihren Büchern fest an die Brust gedrückt und dem blonden Haar ungebändigt hinter ihr wehend, als wäre ständig ein Ventilator auf sie gerichtet. »Mach ein Peace-Zeichen. Oder nick einfach nur.«

Wir schlendern durch den ersten Stock des B-Flügels und ich entdecke Sammi an ihrem Spind. Sie hat ein breites Grinsen im Gesicht und ich will schon ihren Namen rufen, als ich daran denke, was Blythe gerade gesagt hat, und stattdessen nur ein Peace-Zeichen in ihre Richtung mache. Ich meine es als Witz und erwarte, dass Sammi die Geste erwidert.

Aber sie knallt ihren Spind zu. Für sie ist es kein Witz. »Ich kann auch Handzeichen machen«, sagt sie laut. Sie zeigt mir den Mittelfinger.

»Ehekrach«, meint Blythe grinsend. Sie kichert und beschleunigt ihre Schritte.

Sammi stürmt den Gang runter in die entgegengesetzte Richtung. Wir haben in letzter Zeit kaum noch was gemeinsam, sie und ich. Ich will sie schon gehen lassen, aber Blythe sieht mich mit einem Blick an, als wäre ich eine Aussätzige, weil ich Sammi nicht nachlaufe. Was bin ich bloß für eine Freundin?

Aber ich bin einfach zu müde für dieses ganze Drama. Ich müsste ihr hinterherlaufen, bis sie irgendwann endlich mit mir reden würde, mich dann rechtfertigen und entschuldigen. Ich weiß, das klingt schrecklich – es ist schrecklich. Ich will Sammi nicht wehtun. Sammi wehzutun, ist das absolut Letzte, was ich will. Aber ich stecke so tief in meinem eigenen Loch, dass ich kaum etwas anderes sehen kann.

»Eine echte Freundin würde sich so was nicht gefallen lassen«, sagt Blythe. »Wenn ich Donnie jemals ein Peace-Zeichen zuwerfen würde – vergiss es. Sie würde mir die Finger abhacken.«

Ich verabschiede mich von Blythe und renne Sammi hinterher. Da bemerke ich das Schlimmste überhaupt: Ihr klebt Klopapier am Schuh. So kann ich sie nicht rumlaufen lassen.

»Sammi!«

»Verpiss dich.«

»Sammi, du hast Klopapier am Schuh.«

Sie schaut runter, genervt, reißt das Papier von ihrem Stiefel und presst die Lippen zusammen.

»Deswegen läufst du mir nach? Um mir das zu sagen – nachdem du mir ein *Peace-Zeichen* zugeworfen hast? Mit Blythe Jensen?«

Ich sehe mich um, bitte Sammi, leiser zu sprechen.

»Wieso? Ist das jetzt etwa ein Geheimnis? Darf man über eure Freundschaft nicht sprechen, oder was? Vielleicht gibt es dafür auch ein Passwort? Oder ist es wie bei einem Tagebuch, das du abschließt und zu dem du nur einer Person den Schlüssel gibst?«

Ich bin zu müde, um mich zu streiten. Ich löse mich auf. Ehrlich. Wenn sie bloß wüsste, dass ich mich gerade auflöse.

»Es tut mir leid. Mehr kann ich dazu jetzt nicht sagen.«

»So läuft unsere Freundschaft nicht.«

»Ich weiß.«

Aber das passiert eben, wenn man sich nichts zu sagen hat. Wenn sich alles anfühlt wie Staub.

»Ich muss zum Unterricht.«

»Ich weiß … Sammi, das mit dem Peace-Zeichen tut mir echt leid.«

»Du brauchst Hilfe, Ally«, sagt sie. »Ich wünschte, du würdest mit mir reden.«

Ich nicke und lasse sie gehen.

~

Später schickt Sammi mir eine Nachricht.

Was ist los mit dir?

Nichts, schreibe ich.

Nichts ist die schlechteste Antwort überhaupt.

Ich antworte nicht.

Du kannst nicht einfach ewig so tun, als wäre nichts.

Warum nicht? Das ist so viel einfacher.

Am nächsten Tag schreibt mir Sammi wieder, als ich nicht beim Mittagessen auftauche. Ich sitze in Blythes Auto. Donnie und Blythe sitzen vorn. Ich bin auf der Rückbank. In der Blythe-Seifenblase, esse Hummus mit Pitachips, während die beiden vorne zur Musik mitheulen, ein Song von irgendeinem Schnulzensänger mit tiefer, schmerzerfüllter Stimme. In dem Song geht es darum, dass es in Ordnung wäre – eine Ehre sogar –, von einem Bus oder einer Eisenbahn überfahren zu werden, solange das Liebespaar nur zusammen stirbt.

Sammis Nachricht pingt durch das Gegröle.

Wo bist du?

»Wer schreibt dir da? Deine Mutter?«, fragt Donnie.

Blythe gibt Donnie einen Klaps auf den Oberarm.

»Was?«, fragt Donnie und hält sich den Arm. »Was habe ich denn gesagt?«

»Ihre Mutter lebt in New Mexico.«

»Oh. Tja, woher hätte ich das denn wissen sollen?« Donnie sieht zu mir rüber, verwirrt. »Sorry, Ally.«

»Schon okay.«

»Trotzdem, willst du nicht nachschauen? Ernsthaft. Du hast einen Stalker. Mach zumindest mal ’nen anderen Klingelton an.«

Sammis Nachrichten schreien mich an:

ALISTAIR

Wieso antwortest du mir nicht?

»Es ist Sammi.«

»Scheiße, du musst das mit ihr wieder geradebiegen, Ally«, sagt Blythe, den Mund voller Chips.

»Ist sie nicht deine beste Freundin?«, fragt Donnie.

»Ja.« Ich schreibe Sammi zurück.

Sorry. Hab's jetzt erst gesehen.

Schwachsinn

»Du kannst nicht einfach deine beste Freundin abschießen, Ally«, meint Blythe.

Aber dann grölen sie schon weiter, ihre Gesichter dicht zusammen, die Finger im T-Shirt der jeweils anderen vergraben. So wie Sammi und ich früher waren, so eng.

»Ich schieße sie nicht ab«, erwidere ich, aber sie hören mich gar nicht. Ich will nur einfach nicht reden. Ich will keine Fragen beantworten. Ich will nicht, dass sie sich erkundigt, wie es mir geht. Was wäre denn die Antwort? *Ich löse mich auf, Sammi. Ich verschwinde.*

»Wie oft hat sie dir schon geschrieben?«, fragt Blythe.

Ich werfe einen Blick auf mein Handy. Zu oft.

»Ich schwöre, wenn du mich jemals so ignorierst, B …«, droht Donnie und schüttelt den Kopf. »Genickbruch.«

»Genau das habe ich auch gesagt, als sie so was das erste Mal gemacht hat«, meint Blythe und schlägt mir spielerisch aufs Knie. »Hab ich nicht genau das gesagt?«

»Ja. Hast du.« Aber ich bin weit weg. Irgendwo anders.

Blythe redet immer weiter, scherzt, dass Donnie mit einem Flammenwerfer vor ihrer Tür stehen würde oder so was. Mehr Chips in ihrem Mund. Lautes Kauen, als hätte sie auf alles eine Antwort. Hat sie das nicht?

»Wirklich, Ally. Wieso antwortest du ihr nicht einfach?«

Weil ich dann mit ihr reden müsste. Mich erklären müsste. Und das ist das Letzte, was ich will. Darüber reden, wie ich mich fühle. Wenn ich es auch nur einmal laut ausspreche, ist es real.

~

Raj und ich stehen an meinem Spind.

»Wieso ignorierst du Sammi?«

»Ich lasse sie für Blythe sitzen.«

Aber er verengt die Augen zu einem besorgten Blick.

»Ich mache nur Witze, Raj.« Ich seufze. Einer dieser tiefen Seufzer, als ob man das Gewicht der ganzen Welt auf den Schultern trägt und nicht mehr aufrecht gehen kann. Er bemerkt es und lacht.

»So kryptisch, Greenleaf.«

»Darf man jetzt nicht mal mehr seufzen?«

Er seufzt übertrieben, macht sich über mich lustig, sinkt langsam zu Boden.

»Soll das etwa ich sein?«

»Das bist du, wenn ich versuche mit dir zu reden. Diese Sache zwischen euch ist echt seltsam. Normalerweise ist Sammi die Ally-Expertin. Aber jetzt hat sie keine Ahnung mehr, was sie noch zu dir sagen soll.«

Ich bin sicher, dass Sammi Raj nicht erzählt hat, was wirklich passiert ist. Sammi würde es nie jemandem erzählen. Das weiß ich.

»Sie hat gesagt, dass du wegen der Sache mit Nessel immer noch ziemlich durch den Wind bist.«

»Mehr hat sie nicht gesagt?«

»Dass du dich abschottest.«

»Ich schotte mich nicht ab.«

»Oh, stimmt. Du hängst jetzt mit Blythe Jensen ab. Das schottet dich natürlich überhaupt nicht ab.«

So ist Raj. Er macht sich aufrichtige Sorgen. Ich kann ihn nicht einfach abwürgen. »Ich mach das gerade mit allen so. Es liegt nicht an ihr. Es liegt nicht an dir.«

»Das ist mir klar.«

»Macht es das nicht besser?«

»Nein. Eher schlimmer.«

»Wieso?«

Er schaut weg, tatsächlich eher genervt als besorgt. »Weil du in letzter Zeit einfach woanders bist. Das ist so untypisch für dich. Das alles – ich habe das Gefühl, als würde ich mit einer anderen Person reden.«

Ich würde ihm so gern alles erzählen. Wie Blythe mich aufgesammelt hat und dass es sich einfach so gut anfühlt, von ihr gewollt zu werden. Geheimnisse von ihr zu hören, die sie noch niemandem sonst verraten hat. Dinge über diese Schule zu erfahren, verborgene Dinge.

Ich wünschte, ich könnte ihm all das erklären, aber ich kriege die richtigen Worte einfach nicht über die Lippen, weil ich ihm dann alles erzählen müsste, und ich weiß nicht mal, wo ich anfangen sollte.

»Kennst du das, wenn man sich manchmal einfach nur verloren fühlt?«, frage ich.

»Als meine Eltern sich haben scheiden lassen …«, sagt er. »Am Anfang, als ich alle drei Tage zwischen meiner Mom und meinem Dad hin- und hergewechselt bin – das war die

Hölle. Ich habe es gehasst. Ich war so verloren. Nirgendwo so richtig zu Hause. Also habe ich diese kleine Höhle mit meinen Superhelden gebaut. Und ich habe meinen Eltern gesagt, dass ich der Superheld bin. Und dass die Höhle jetzt mein Zuhause ist. Da drin habe ich mich einfach sicher gefühlt.«

Eine Höhle hätte ich jetzt auch gern.

»Ich verstehe es, Ally. Ich verstehe, wie es sich anfühlt, wenn man einfach nur verschwinden will«, sagt er. »Ich rede mit Sammi.«

Ich breite die Arme aus und umarme ihn, was ihn überrascht. Aber ich halte ihn ganz fest, denn wenn ich loslasse, muss ich weinen. Und dann spüre ich seine Hände auf meinem Rücken, er erwidert die Umarmung. Meine Brust an seiner. Sein Atem in meinem Ohr. Ich will nicht loslassen. Ich will meinen Kopf in die Kuhle an seinem Hals legen und ihm noch näher sein. Da ist dieses Summen in mir, das meinen ganzen Körper wärmt, und das überrascht mich. Also löse ich mich ein Stück von ihm und starre ihn an. Dieser Flaum um seinen Mund. Die Haare, die ihm ins Gesicht fallen. Frage mich, ob er das Summen auch spürt.

18

BLYTHE

Es ist nicht so, als würde es den Leuten auffallen, wenn wir zusammenstehen, Sean und ich. Sie denken dann nicht: »Oh, die beiden sind verliebt.« Niemand tuschelt, wenn wir eng zusammenstehen, weil wir drei – Dev, Sean und ich – einfach immer zusammen sind. Aber heute fühlt es sich so an, als würde ich etwas verbergen. Wie sehr er mich braucht und wie sehr er sich mir anvertraut, was Ally angeht. Es fühlt sich an, als würde ich etwas vor Dev verheimlichen. Und vielleicht tue ich das ja wirklich.

»Also, was hat Ally gesagt, als du bei ihr warst?«, fragt Sean. »Hattest du ein aufschlussreiches Gespräch mit ihr?«

»Sie hat mir ein Buch voller Collagen von dir gezeigt.« Ich fühle mich schrecklich, kaum dass ich es ausgesprochen habe. Gott. Warum habe ich das gesagt?

»Ein was?«

»Ich meine, es ist süß, Sean. Darüber sollte man sich nicht lustig machen.«

»Was für Collagen?«

»Fotos von dir. Du weißt schon. Mit Herzen und Gänseblümchen.«

Er fängt an zu lachen, so heftig zu lachen, als wäre das ein Witz. Aber das ist es nicht.

»Es ist echt süß, Sean. So was macht man eben, wenn man …«

»… eine Stalkerin ist. So ist das. So was macht man, wenn man eine Stalkerin ist.«

»Nein, so was macht man, wenn man ein unreifes Mädchen ist. Ein unerfahrenes Mädchen. Eigentlich ist das sogar ziemlich normal.«

»Wie kannst du das normal finden, B? Sie hat ein ganzes Buch gemacht? Sie hat Fotos von mir gesammelt? Herzen und verdammte Gänseblümchen? Und ich laufe die ganze Zeit rum und fühle mich schuldig?«, sagt er. »Sie hatte also einen Plan, als ich sie auf dieser Party getroffen habe. Sie hat geplant, dass wir was miteinander anfangen …«

»Tja, vielleicht ist der Plan nicht ganz so verlaufen, wie sie sich das vorgestellt hat, Sean.«

»Quatsch. Sie ist doch mit mir hochgegangen. Sie hat ihre verdammten Klamotten ausgezogen, und als ich ihr danach kein Liebesgeständnis gemacht habe, ist sie eben ausgeflippt. So war das. Ich habe sie am nächsten Tag nicht angerufen. Geht es etwa darum?«

Ich sage ihm, dass er sich beruhigen soll. Er ist viel zu aufgeregt. Zu manisch. »Sean, erinnerst du dich nicht mehr, im Auto, nach der Party? Was du zu mir gesagt hast? Dass etwas passiert ist?«

»Natürlich weiß ich das noch. Ich dachte, ich hätte sie vielleicht verletzt oder so.« Er lacht grunzend. »Aber das habe ich nicht, B. Ich habe ihr nicht wehgetan. Verstehst du das nicht, B? Sie war Jungfrau. Deswegen hat sie …«

»Ich weiß. Das hab ich schon kapiert.«

Er meint das Blut. Ich will nicht, dass er es ausspricht.

»Hätte ich ein bisschen fürsorglicher sein können? Klar. Aber ich war total dicht. Es war eine gute Party. Und ich war auch ein bisschen durch den Wind. Aber, B, du musst mir glauben, wir wollten das beide. Sie war total in mich verknallt oder so. Genau, wie du gesagt hast. Wir beide haben uns da einfach mitreißen lassen.«

Ich will mich gegen die Wand sinken lassen. Ich will, dass diese Sache einfach nur verschwindet. Wie kann ich sie verschwinden lassen?

»Okay, wenn sie wirklich so verknallt in dich war, dann bist du es ihr aber schuldig – wirklich schuldig –, das alles auf eine Weise enden zu lassen, die nicht ganz so demütigend oder herzzerreißend oder was auch immer ist.«

Er nimmt meine Hand. »Und wie soll ich das machen, B? Sag mir, wie.«

»Du bist manchmal echt wie ein Wirbelwind, Sean, weißt du das? Du wirbelst von einer Emotion zur nächsten.«

Er kommt meinem Gesicht ganz nah, sein Atem so sanft und süß. Die Leute verstehen einfach nicht, wie vielschichtig er ist. Das ist alles. Sie verstehen ihn nicht. Suki. Donnie. Sogar Dev.

»Es gibt so viel, was ich dir sagen will.«

Mein Herz hämmert und ich kann kaum atmen. Sean. Sean, der wie ein Bruder für mich ist. Sean, der beste Freund meines Freundes. Sean, den ich schon seit Ewigkeiten kenne. Seine Wange streift meine. Er küsst mich dort. Und ich zittere.

Ich zittere?

Ich erstarre.

»Sean.«

»Danke für alles, B. Wirklich.« Gesenkter Blick, hängende Schultern.

»Kein Problem«, sage ich, mein Körper zittert noch immer. »Kein Problem.«

~

Später, bei Dev zu Hause. Wir drei. Trinken draußen auf Devs Terrasse Bier. Dev hat seine Mutter überredet, uns ein paar Bier zu besorgen, weil die Prüfungen für das erste Quartal endlich vorbei sind. Sie hat die Feuerschale für uns angemacht. Ich kuschle mich an Dev. Sie erzählen sich gegenseitig Witze. Ich höre nicht zu. Über die Flammen hinweg starre ich Sean an, spüre alles durch meinen Körper fließen. Das warme Feuer. Das Bier. Wie es wohl wäre, ihm auf diese Art so nah zu sein?

19

ALLY

»Wenn du eine Liste von Jungs hättest, von denen du dir einen aussuchen kannst, nach welchem Kriterium würdest du wählen?«, fragt Blythe.

Wir sind im C-Flügel. Bevor der Rest der Vier dazukommt. Bevor sie uns ihre Meinungen reinwürgen können, sagt Blythe.

»Ich nehm gerade eine Auszeit von Jungs.«

»Verstehe ich.«

»Wie kannst du das verstehen? Du bist doch schon seit Ewigkeiten mit Devon zusammen.«

»Dev ist nicht perfekt«, erwidert sie und quetscht sich zwischen die Fensterbank und die Wand. Sie starrt hoch in die Wolken oder vielleicht starrt sie auch irgendein unperfektes Ding auf diesem Planeten an, das sie als Nächstes mit ihrem magischen Zauberstab bearbeiten will.

Dev. Wie sie das sagt. Sein Name gleitet von ihrer Zunge. Alles, was sie sagt, klingt so leicht.

Sonnengebleichte Strähnen durchziehen Blythes Haare. Es scheint fast so, als könnte man einfach durch diese Strähnen hindurchsehen. Transparent. Das Wort hat Sammi benutzt.

»Ich habe noch nie erlebt, dass Sean wegen irgendwas so ein schlechtes Gewissen hat wie jetzt. Und er und ich sind echt eng befreundet. Supereng.« Sie verschränkt wieder drei Finger miteinander. Als hätte ich das vergessen.

Ich lehne mich an die Wand des Toilettenraumes, an die Seite mit der Tür. Sie quietscht, erschreckt mich. Ich weiß nicht, was ich sagen soll. Alles in meinem Körper zieht sich zusammen.

»Er will diese Sache mit dir wieder geradebiegen, Ally. Also sei offen dafür. Ich weiß, dass du angepisst bist – das wäre ich auch, wenn Dev und ich Sex gehabt hätten und er sich danach nie wieder gemeldet hätte. Aber du musst das verstehen – Sean, na ja, er ist eben ein Player. Es gibt da diese Surferin aus Long Beach Island, die er schon seit Jahren immer mal wieder datet. Und die Softballspielerin aus Morristown. Und dann seine ganzen Auswärtsspiele – die Championships von New Jersey. Ich meine, es gibt einfach so viele Mädels. Schau ihn dir doch an. Er ist ein Gott. Verstehst du, was ich sagen will? Sogar ich würde mit Sean ausgehen, wenn er nicht so ein Player wäre.

Blythe benutzt das Wort *Gott.* Nicht, dass ich religiös bin oder so, aber in meinen Augen waren Blythe und Sean Nessel immer ebenbürtig.

Aber anscheinend betet sie ihn auch an. So wie ich es tue. Getan habe.

»Du würdest mit ihm ausgehen?«

»Nicht, dass ich wirklich auf so jemanden wie Sean stehen würde. Er ist nicht der Typ Junge, mit dem man eine feste Beziehung führen kann.«

»Ich dachte nur, du und Devon …«

»Na ja, aber ich bin ja nicht blind. Du bist nicht die Einzige, die Sean heiß findet.« Sie verzieht die Lippen zu einem albernen Grinsen und gibt mir mit dem Handrücken einen spielerischen Klaps auf die Schulter. »Er ist wohl einfach der ewig Unerreichbare. War er schon immer.«

Blythe und Sean. Über diese Kombination habe ich noch nie nachgedacht. Darüber, dass sie irgendetwas anderes von ihm wollen könnte als bloß Freundschaft. Aber natürlich tut sie das. Wir werden alle von ihm angezogen. Blythe ist nicht immun.

»Läuft da eigentlich was zwischen dir und Rerun?«, fragt Blythe. »Geht es darum?«

Das ist Seans Spitzname für Raj: Rerun. Der Name kommt aus einer Fernsehserie aus den Siebzigern: ›What's Happening!!‹. Der Hauptcharakter heißt Raj, sein Freund Rerun. Sean hat die Serie auf YouTube gesehen. Jetzt nennt das ganze Fußballteam Raj so.

»Nein, nein. Raj ist einer meiner besten Freunde.«

»Beste Freunde? Ist das das Codewort für Sex-Buddys? Das glaubt Suki zumindest.«

Ich weiß nicht, wieso mich das so wütend macht, aber das tut es. Es stört mich extrem. Ich bin niemandes Sex-Buddy, und zwar aus einem simplen Grund: Ich habe keinen Sex. Jemanden als meinen Sex-Buddy zu bezeichnen, würde ja bedeuten, dass ich ein Sexleben habe und dass ich ein Sexleben haben *will.* Ich wollte aber kein Sexleben haben. Ich wollte keinen Sex haben. Es wurde mir aufgezwungen.

»Was genau hat Sean dir eigentlich erzählt?«, platze ich heraus.

»Es tut ihm echt leid, was an dem Abend passiert ist. Er findet dich nett. Das habe ich dir doch schon gesagt.«

»Wow, ich freue mich ja so, dass ich seine Anerkennung habe.« Meine Haut fühlt sich feucht und kalt an. Mir ist nur allzu bewusst, dass ich gerade ganz kurz davor bin, eine Grenze zu überschreiten.

BLYTHE

»Ooookay. Wieso entspannst du dich nicht mal?«

Die Mädels kommen rein. Donnie, Cate, Suki. Sie strahlen Aggression aus. Sie entdecken Ally und fauchen quasi im Einklang. So sehr hassen sie sie.

»Oh, unser kleines Maskottchen hatte ich ja fast vergessen«, ätzt Donnie.

»Vielleicht sollten wir eine Initiation für sie durchführen«, sagt Cate. Doch das Wort *Initiation* ist kaum über ihre Lippen, als sie auch schon zurückrudert. »Ich meine nicht die Art von Initiation. Ich meinte so eine Geheimer-Mädchenclub-Initiation, wie früher. Ihr wisst schon, als wir noch klein waren.«

»Ally braucht keine Initiation«, entscheide ich. »Sie hat schon alle Tests bestanden, die sie braucht.«

20

ALLY

Am nächsten Tag in der Schule stehen Blythe und Sean dicht zusammengedrängt im A-Flügel in der Nähe der Bibliothek. Ihre Haare hängen ihr halb übers Gesicht und sie flüstert in sein Ohr.

Was sagt sie zu ihm? Mein Kopf schaltet automatisch auf Paranoia. Ich bin mir absolut sicher, dass die beiden über mich tuscheln.

Sie bemerkt mich nicht mal, als ich an ihnen vorbeigehe – wild mit den Armen gestikulierend und in Sean Nessels Gesellschaft – warum sollte sie auch?

Sie bemerkt mich vielleicht nicht. Aber er schon. Seine Miene ist aufgesetzt und reglos, als würde er ins Nichts schauen. Als wäre ich aus Glas.

Meine Collagen drängen sich in meine Gedanken, mit den ganzen Zeitungsauschnitten und Herzen und voll von meiner bescheuerten Schwärmerei. Ich hätte sie alle verbrennen sollen.

~

Nach der Schule wartet Raj auf dem Parkplatz auf mich. Er fährt mich nach Hause. Sammi sitzt schon auf dem Beifahrersitz. Ich steige hinten ein.

»Was machst du überhaupt hier, Sammi?«, frage ich, sobald ich im Auto bin. »Ich dachte, du hasst mich.«

»Ich bin hier, weil ich dich vermisse und weil ich glaube, dass du im Moment einfach ein bisschen fehlgeleitet bist und emotionale Unterstützung brauchst.«

»Oh, ist das alles?«, erwidere ich. »Dann sind wir uns ja zumindest einig.«

»Du warst echt eine beschissene beste Freundin, Ally.«

Raj wirft mir im Rückspiegel einen Blick zu. Er hat diese Konfrontation eingefädelt.

»Ich weiß. Tut mir leid.« Und ich habe sie ja wirklich lieb. Aber meine Entschuldigung klingt hohl und defensiv, weil ich nichts fühle. Ich bin wie betäubt.

Eine Weile lang sind wir still, alle drei. Schließlich platze ich einfach raus: »Blythe denkt, dass Raj und ich Sex-Buddys sind.« Ich habe keine Ahnung, wieso ich ihnen das erzähle. Aber jetzt ist es raus und ich kann es nicht zurücknehmen.

»Wieso lässt du überhaupt zu, dass Blythe uns irgendein Label verpasst?«, fragt Raj.

»Seit wann hasst du Blythe denn?«

»Seit sie angefangen hat dir hinterherzulaufen. Das gefällt mir nicht. Ich finde, es wirkt aufgesetzt, falsch. Sie ist falsch.«

Sammi gibt auf dem Beifahrersitz komische Grunzgeräusche von sich. Ihre Art der Zustimmung.

»Was macht das für einen Unterschied?«, frage ich. Meine Gedanken schweifen ab. Täuscht nicht jeder irgendwas vor?

»Es macht einen Unterschied, weil ich auf dich aufpassen will, okay?«, sagt Raj.

Mein Gesicht strahlt. Ich spüre, wie meine Wangen warm werden. Ich laufe rot an. Ich habe nicht erwartet, dass er so etwas sagt. Normalerweise ist Sammi die große Beschützerin. Die, vor der man sich in Acht nehmen muss. Nicht Raj.

»Was ist das denn jetzt? Irgendeine Ritter-in-strahlender-Rüstung-Situation, von der ich noch nichts mitbekommen habe?«, fragt Sammi.

»Entspann dich, Sammi«, erwidert er. »Ich habe nicht vor, dir dein Revier streitig zu machen.«

Ich weiß, dass ich es nicht so toll finden sollte, dass Raj mich beschützen will. Ich weiß, dass ich auf mich selbst aufpassen kann. Ich weiß, dass mein Vater mir das beigebracht hat, seit, na ja, seit meine Mutter weg ist. Ich weiß auch, dass Raj mich wahrscheinlich nicht mal aus einem brennenden Gebäude retten könnte, wahrscheinlich könnte er überhaupt nichts retten, aber ich finde es trotzdem toll. Ich finde es schön, dass er das gesagt hat.

~

Blythe schreibt mir spätabends noch eine Nachricht. Sie ist wie eine Meerjungfrau. Taucht immer dann auf, wenn niemand damit rechnet.

Willst du heute Abend mit mir rumfahren?

»Wer schreibt denn?«, fragt mein Dad, versucht einen Blick auf mein Handy zu werfen. Ich verdecke den Bildschirm mit meiner Hand. »Sammi?«

»Nein, nicht Sammi.«

»Ich habe sie schon eine ganze Weile nicht mehr gesehen.«

»Ich war heute erst mit ihr unterwegs, Dad.«

»Also ist nichts passiert zwischen euch beiden?«

»Nein, alles gut.« Was nicht die ganze Wahrheit ist. Aber es ist gut genug.

»Ally … es ist okay, wenn ihr euch gestritten habt. Das passiert eben manchmal in einer Freundschaft«, sagt er. »Ich hatte auch mal einen guten Freund. Arthur.«

Ich lache. »Dad. Hör auf.«

»Nein, im Ernst, er hieß wirklich Arthur.«

»Der hieß nie und nimmer Arthur.«

»Wir haben ihn Arty genannt. Ich schwöre!«

Noch eine Nachricht von Blythe.

Antworte mir, Bitch. Ich stehe in 5 Minuten vor deinem Haus und mache zweimal das Fernlicht an. Bat-Signal.

Ich stehe auf. Mein Stuhl quietscht über den Boden. »Meine Hausaufgaben sind alle erledigt. Blythe holt mich in fünf Minuten ab. Du kannst mir ja ein anderes Mal von Arty erzählen.«

»Es ist schon nach acht.«

»Ich bin in ’ner Dreiviertelstunde oder so wieder da.«

Ich gehe in den Flur und schlüpfe in meine Chucks. Ich warte nicht mal seine Erlaubnis ab. Die bekomme ich sowieso. Ich hoffe, wir treffen uns nicht mit irgendwem. Meine Haare sind zu einem unordentlichen Dutt zusammengefasst. Ich trage ein verschlissenes Sweatshirt. Keinen BH.

»Wir reden, wenn ich wieder da bin, Dad«, sage ich. »Versprochen.«

Ich weiß natürlich, dass das niemals passieren wird.

~

Ich steige zu Blythe ins Auto und sie rast unsere Straße hinunter. Hinter ihr wirbelt trockenes Laub auf.

»Also, Ally. Gehst du zum Ball?«

Das kommt für mich völlig überraschend. Ich habe sie noch kein einziges Mal über den Schulball reden hören. Die Turnhalle, dunkel und voller Schatten. Blinkende Lichter. Alle schwitzen, hüpfen auf und ab. Die Musik dröhnt. Das ist das absolut Letzte, woran ich jetzt denken will.

»Fahren wir deswegen durch die Gegend? Damit du mich fragen kannst, ob ich zum Ball gehe?«

»Hab ich dir schon erzählt, dass ich demnächst mit meiner Mom Kleider shoppen gehe?«

»Nein. Ich wusste nicht, dass du überhaupt Zeit mit ihr verbringst.«

»Sie war schließlich mal Modedesignerin. Das ist also das einzige Thema, über das wir uns unterhalten können. Mode ist unser *Ding*. Wir gehen zusammen einkaufen. Außerdem müssen wir kein ernsthaftes Gespräch führen, wenn es nur um Mode geht. Ist das nicht toll?«, sagt sie gereizt. »So ein Schwachsinn.«

Ich erwidere nichts.

»Außerdem bin ich im Komitee, das den Ball organisiert«, fügt sie hinzu. »Das wusstest du wahrscheinlich auch noch nicht.«

»Du? Ich hätte ehrlich gesagt nicht gedacht, dass du in irgendeinem Komitee bist.«

»Im Grunde heißt das auch nur, dass ich ›Vorsitzende des Schulballkomitees‹ auf meine Liste der außerschulischen Aktivitäten schreiben kann und nichts dafür tun muss. Außer anwesend sein. Und ich muss Leute mitbringen«, sagt sie. »Ich weiß, das klingt total eingebildet, aber wenn die Leute hören: ›Oh, Blythe Jensen ist die Vorsitzende‹, dann kommen eben mehr.«

»Dann ist das also so was wie ein bezahlter Auftritt? Und

du bist der arbeitslose Reality-Star, der im neuen Club auftaucht?«

»Genau«, sie lächelt, so viel Aufregung in ihren Augen. »Also musst du auch kommen.«

»Wieso willst du, dass ich komme?«

»Weil du meine neue Bitch bist.« Sie grinst.

Aber es geht um mehr. Das weiß ich. »Sag es einfach … Es hat was mit Sean Nessel zu tun.«

»Nicht alles dreht sich um ihn, Ally. Ist unsere Freundschaft nicht schon längst darüber hinweg?«

Unsere Freundschaft.

Ich habe vergessen, dass ich mit Blythe hier bin, mit ihr ziellos durch die Nachbarschaft fahre, weil wir Freundinnen sind. Weil sie die Wahl getroffen hat, ihre Zeit lieber mit mir statt mit Donnie, Cate oder Suki zu verbringen. Oder Devon. Ist natürlich auch möglich, dass die alle beschäftigt waren. Aber niemand ist zu beschäftigt für Blythe. Man nimmt sich die Zeit.

»Cates Mutter schmeißt vor dem Ball eine Party. Im Prinzip wird also den ganzen Abend nur gefeiert. Überleg doch mal. Was könnte unschuldiger sein als eine Party in der Schulsporthalle? Irgendwie mag ich ja, wie kitschig das alles ist.«

Ich sinke tiefer in meinen Sitz. Lasse das Fenster runter. Meine Hand schwirrt leblos durch die Luft.

»Wird Sean auch da sein?«, fährt sie fort. »Ja. Aber wen interessiert's? Wobei ich sagen muss … Er will diese Sache zwischen euch echt wieder geradebiegen, Ally. Er will nicht, dass da irgendwas zwischen euch steht.«

Ich weiß, das klingt jetzt total abartig. Und ich hasse mich selbst für diesen Gedanken. Aber ein Teil von mir will auf den Ball gehen, ein umwerfendes Kleid anziehen. Ich will, dass Sean Nessel mich attraktiv findet.

Wieso will ich das?

Ich will ihn nicht in meiner Nähe haben. Ich will nur, dass er mich begehrt. Dass er mich mit seinen Blicken verfolgt.

Dann könnte ich mir zumindest ausmalen, wie es wäre, ihm zu sagen: *Das hier kannst du nicht haben. Das gehört mir.*

»Klar, ich komme«, sage ich. Die Häuser am Straßenrand fliegen vorbei. Mein Blick verschwimmt im Licht der Straßenlaternen.

Zu der Party bei Cate komme ich aber nicht, erkläre ich. Wir treffen uns in der Turnhalle. Mit Raj und Sammi. Meine Bedingungen.

21

BLYTHE

Heute gehe ich mit meiner Mutter shoppen. Ich beobachte sie, während sie im Bad ihre Medikamente nimmt. Das Badezimmer meiner Eltern sieht aus wie eine Apotheke. Meine Mutter hat schachtelweise Medikamente von ihren Ärzten, alle möglichen Proben und Sorten. Wegen ihrer Angstzustände. Wegen ihrer bipolaren Störung. Wegen ihres Asthmas. Ihres Blutdruckes. Ihrer Schlaflosigkeit. Und für ihren Rücken, wenn sie mal wieder was braucht, um ihre Muskeln zu entspannen.

Natürlich kann sie mit diesen ganzen Medikamenten nicht Auto fahren. Von mir wird erwartet, dass ich das verstehe und Mitgefühl habe angesichts dieses großen Opfers, das sie bringt. Verständnis dafür habe, dass sie ihre Medikamente nimmt, weil sie zu unserer Familie steht. Zu mir. Aber ich hasse es. Sie lallt, als wir im Auto sitzen. Ich verziehe das Gesicht.

»Ich freue mich wirklich, dass du mich dabeihaben willst, Blythe.«

»Wirklich? Das überrascht mich jetzt.«

»Na ja, ich weiß, dass du meine Meinung in Sachen Mode zu schätzen weißt. Zumindest dabei kann ich dich unterstützen.« Sie schiebt ihre Sonnenbrille nach oben auf den Kopf. Ihre Haare sehen in der Sonne wunderschön aus. Ihre schlanken Arme. Ihr enges schwarzes Top und ihre weite Leinenhose. Sie sieht aus wie ein Filmstar. »Ich möchte, dass du mit mir redest, Blythe. Ich möchte, dass du mit mir redest wie früher. Erinnerst du dich noch daran, als du in der vierten Klasse warst und es dieses ganze Drama mit den anderen Mädchen gab und wir jeden Abend darüber gesprochen haben, wie du am besten damit umgehst? Jetzt erzählst du mir gar nichts mehr von deinen Freundinnen.«

Meine Mutter bedauert nur sehr selten etwas. Also komme ich ihr ein bisschen entgegen. »Ich habe seit Kurzem eine neue Freundin. Sie heißt Ally.«

»Und wie hat es Ally in deinen Freundeskreis geschafft? Ihr seid so eine enge, kleine Gruppe.«

»Sie ist über Sean zu uns gekommen.«

»Ist sie eine von Seans Freundinnen? Ich dachte, er hat jeden Tag eine andere.«

»Hat er auch.«

»Oh, ich verstehe. Du sollst also hinter ihm aufräumen. Das hat er natürlich geschickt eingefädelt.«

»Was? Nein. Ich bin einfach nur eine gute Freundin.«

»Hmm. Ich nehme an, das hast du von mir gelernt. Emotionales Chaos aufräumen«, sagt sie. »Was sagt denn deine Therapeutin dazu?«

»Zu Ally?«

»Nein, Blythe. Zu mir.«

»Die sagen alle dasselbe, Mom. ›Tritt in einen Dialog mit deinen Gefühlen, Blythe.‹ Das sagt sie.«

»Meine Therapeutin sagt das auch.«

»Warum soll ich mich denn mit meinen Gefühlen *unterhalten*?«

Meine Mutter lacht. Es ist schön, sie mal wieder lachen zu hören.

»Zum einen, weil man so endet wie ich, wenn man es nicht tut, wenn man seine Emotionen nicht aktiv wahrnimmt und analysiert, sondern einfach handelt.«

Wir stehen an einer roten Ampel und sie dreht sich zu mir und lächelt. In ihren Augen sehe ich Tränen. Sie setzt die Sonnenbrille wieder auf. Ich denke daran, was meine Therapeutin immer wieder betont: dass ich nichts tun kann. Nichts tun kann, damit es ihr besser geht. Dass ich es gar nicht *versuchen* soll. Wenn meine Mom solche Dinge über sich selbst sagt – verletzliche, ehrliche, selbstironische Dinge –, dann soll ich sie einfach reden lassen. Und dann soll ich meine Emotionen wahrnehmen. Ich würde nichts lieber tun, als ihr sagen, dass alles okay ist. Ich will ihr sagen, dass sie sich nicht die Schuld geben soll. Dass sie sich selbst nicht so niedermachen soll. Aber ich tue es nicht.

»Bist du sicher, dass du im Einkaufszentrum nach einem Kleid suchen willst?«, fragt sie.

»Wo denn sonst?«

»Ich denke da an Bergdorf Goodman in der Stadt. Was Edleres. Ein bisschen Avantgarde. Das Einkaufszentrum ist für Herdentiere. Für die breite Masse. Das Vieh. Mädchen wie Cate Sandoval. Mädchen, die der Herde folgen.«

Ich werfe ihr einen überraschten Blick zu. Augen wieder auf die Straße. Ihre Manie ist immer noch da. Der Größenwahn noch nicht komplett ausgelöscht.

»Weißt du, Süße, Cate hat noch nie ihre eigenen Entscheidungen getroffen. Früher hat mich ihre Mutter wirklich in den Wahnsinn getrieben. Jedes neue Top, das du anhattest … Eine Woche später ist Cate mit dem gleichen Top bei uns aufgetaucht. Mit der gleichen Haarspange. Den gleichen

Turnschuhen. Ohne Ausnahme. Ich glaube, ich habe dir das nie erzählt, aber irgendwann habe ich Lucy Sandoval darauf angesprochen, am Schuljahresende. Ich meine, es war dasselbe merkwürdige Jahr. Vierte Klasse.«

»Moment mal ... Was?«

»Cate ist ein *Roboter*. Man kann sie programmieren wie so ein altes Aufziehspielzeug. Sie ist dir hinterhergelaufen wie ein kleines Schoßhündchen, Blythe. Tut sie immer noch. Das ist doch kein Geheimnis. Und es hat mich geärgert, dass die Leute denken könnten, du ziehst dich absichtlich wie ihre Zwillingsschwester an. Es hat mich genervt.«

»Was hast du denn zu Lucy gesagt?«

»Ich habe ihr gesagt, dass ihre Tochter sich um mehr Individualität bemühen sollte.«

Deswegen hat Cate also aufgehört, immer das Gleiche anzuziehen wie ich, als wir in die fünfte Klasse gekommen sind. Einmal habe ich sie morgens vor der Schule angerufen, um mit ihr abzustimmen, welches T-Shirt wir anziehen – ich fand es damals toll, dass wir immer im Partnerlook gehen konnten –, und sie hat mir gesagt, dass ihre Mutter das T-Shirt, das ich im Kopf hatte, weggegeben hat – und auch alle anderen T-Shirts, die wir beide hatten. So eine komische Antwort. Ich war damals zu jung, um den Zusammenhang zu verstehen; dass Lucy Sandoval die ganzen Klamotten aussortiert hat, weil meine Mutter ihr befohlen hat, ihre Tochter nicht genauso anzuziehen wie mich.

Ich biege auf den Parkplatz von Bloomingdale's. Meine Mutter wendet sich mir zu und legt einen Arm auf die Lehne des Fahrersitzes. »Willst du jemand sein, der anderen hinterherläuft, oder willst du eine wahre Anführerin sein?«

Das ist eine Aufforderung, die ich nicht ignorieren kann. Ich will nicht mit meiner Mutter nach New York City fahren.

Das hier sollte ein simpler, vorhersehbarer Shoppingtrip werden. Kein Abenteuer mit meiner labilen Mom. Sie hat so einfühlsam angefangen. Jetzt stachelt sie mich an. Sie wartet nur darauf, dass ich sage: *Mom, das ist wirklich keine gute Idee. Das ist zu viel für dich.* Aber da ist dieses Leuchten in ihren Augen, das mich hypnotisiert. Ich mag es, wenn sie ein bisschen manisch ist. In den Momenten ist sie zumindest lebendig.

Und dann fällt mir plötzlich ein, dass Sean heute seine Oma in der Stadt besucht. Alle sagen, dass er ein furchtbarer Mensch ist und Mädchen ausnutzt. Aber in Wahrheit ist er der Typ Junge, der nach dem Fußballtraining noch zu seiner Großmutter fährt, um den Nachmittag mit ihr zu verbringen. Sie hat ein Stadthaus in Chelsea. Vier Stockwerke. Sechs Schlafzimmer. Es ist wie ein Herrenhaus, nur mitten in New York. In den Achtzigern und Neunzigern war sie eine bekannte Kunstsammlerin. Jetzt verkauft sie alle paar Jahre ein Bild oder zwei und lebt von den Gewinnen. Sean hat Dev und mich zweimal mitgenommen in dieses majestätische Haus voller seltsamer Statuen und Bücher und Gemälden, die keinen Sinn ergeben. Von unserem Haus in New Jersey braucht man nur eine Dreiviertelstunde dorthin, aber es fühlt sich an wie eine vollkommen andere Welt.

Ich könnte ihm schreiben, dass er sich mit uns treffen soll. Das wäre schon ein kleines Abenteuer. Mom, Sean und ich. Und Seans Großmutter. Und vielleicht ein Ballkleid.

Und so fahre ich wieder vom Parkplatz, wie ihre brave kleine Prinzessin.

22

ALLY

Ich erzähle Sammi nicht, dass Blythe mich drängt, zum Schulball zu gehen. Ich lüge nicht direkt, aber ich sage ihr auch nicht die Wahrheit. Lass uns zu *Black Cat Vintage* gehen, schlage ich vor. Wir können uns abgefahrene Kleider kaufen und uns damit auf dem Ball lächerlich machen. Das wird lustig. Ihr gefällt die Idee.

Sie geht die Reihe mit den Samtkleidern durch, auf der Suche nach etwas Grünem. Schließlich zieht sie drei Exemplare hervor, die glitzern und funkeln wie die Smaragdstadt. Ich rede von wirklich knalligem Grün. Wie in Oz. Die Kleider sehen aus, als wären sie aus den Siebzigern.

»Sag mir die Wahrheit. Wieso willst du zu diesem Ball gehen?«, fragt Sammi.

»Wir reden doch schon seit Jahren darüber. Ich bin nicht die Einzige, die gehen will.«

»Ich habe das gesagt, als wir in der neunten Klasse waren, Ally. Meine Meinung hat sich da ziemlich geändert.«

Ich ziehe ein Chiffonkleid von der Stange, so ein Teil mit breiten Rüschen an den Ärmeln. Ich halte es mir an den Körper, pose wie ein Model.

»Ich glaube, das will ich anziehen, mit roten Strumpfhosen.«

Es ist das erste Mal, dass ich mein Spiegelbild sehe und mich nicht abstoßend finde. Es ist fast, als würde ich ein Kostüm tragen. Es ist ein Spiel. Ich kann das.

»Ich weiß, dass Blythe Jensen irgendwas damit zu tun hat.«

»Vielleicht.«

Sie peitscht ihre grünen Kleider gegen die Kleiderstange. »Gott, Ally, wann bist du eigentlich so durchschaubar geworden?«

»Du hast es doch selbst gesagt! Und sie ist nicht der einzige Grund«, entgegne ich. »Ich will einfach wieder normal sein und normale Sachen machen, so wie alle anderen. Zum Beispiel mit meiner besten Freundin auf den Schulball gehen. Oder willst du mich dafür auch bestrafen?«

Ich kann Sammi nicht erklären, dass dieser Ball – dieser Ball, der voll sein wird mit denselben Leuten, die auch auf der schrecklichen Party waren – mir die Möglichkeit gibt, über meine Demütigung hinwegzukommen, über das, was passiert ist. Dass ich diese Nacht auf gewisse Weise noch einmal durchleben kann, wenn ich auf den Ball gehe, auf dem er auch sein wird, wo all diese Leute sein werden. Dass ich allen zeigen kann, dass ich nicht wie ein Freak und völlig dicht von einer Party fliehe.

»Ich verstehe einfach nicht, was du in ihr siehst«, sagt Sammi. »Schließlich ist sie trotz allem immer noch seine beste Freundin. Die beste Freundin von dem Typen, der dir das angetan hat.«

Ich schnappe mir mein schwarzes Kleid und gehe in Richtung Umkleidekabine, knalle die Tür hinter mir zu. Ich will nicht über das nachdenken, was sie gesagt hat. Ich halte mir die Ohren zu und kneife die Augen fest zusammen.

Sammi steht vor der Tür und entschuldigt sich. Und ich weiß, dass sie recht hat, denn sie hat nur das ausgesprochen, was ich selbst denke. Aber es sind auch genau die Dinge, die ich mir nicht eingestehen will.

»Komm raus, wenn du das Kleid anhast«, sagt sie und ruft dann noch, dass sie in einer Kabine ein paar Türen weiter ist.

Ich hasse es, mich so im Spiegel zu sehen. Mein lila BH, so kaputt und beschmutzt. Es ist der BH, den ich an diesem Abend anhatte, und ich habe es so lange vermieden, ihn zu tragen. Jetzt wünschte ich, ich hätte ihn heute nicht angezogen. Ich streife ihn ab und stopfe ihn unter die Bank. Ich frage mich, ob andere Leute in meiner Situation auch das Gefühl haben, all ihr Klamotten austauschen zu müssen.

Sammis Kopf erscheint unter der Tür zu meiner Kabine.

»Du siehst aus wie eine zauberhafte Hexe«, sagt sie. Ihre Augen funkeln.

»Steh schon auf, du Quatschkopf.«

Ich öffne die Tür und sie steht auf. Sie trägt ein petrolfarbenes knielanges Kleid mit kurzem Cape. Die Fäuste in die Hüften gestemmt. Zum Himmel blickend.

»Du bist Captain Marvel!«

Sie schüttelt ihr Haar. Sie ist so hübsch. Eine andere Art hübsch, als Blythe es ist. Anders als Donnie. Die beiden sind perfekt hübsch – die Art Mädchen, die unverwundbar scheint. Die Art Mädchen, die all ihre Geheimnisse tief in sich vergraben kann. All ihren Schmerz.

Ich ziehe mein Handy aus der Tasche. Sage ihr, dass sie vor der Tür posieren soll.

»Stell das ja nicht online, Ally. Ich schwöre dir … das würdest du bereuen.«

»Keine Sorge, ich habe nur schon seit einer Weile keine Collage mehr gemacht. Und ich will mal ein paar andere

Bilder machen. Bilder von Leuten, die ich – du weißt schon –, die ich liebe. Und die, ähm … mich auch lieben.«

Sammi kommt ganz nah zu mir. »Darf ich dir eine *Hand Hug* geben?«

»Oh mein Gott, Sammi.«

»Was? Ich wollte dir halt nicht einfach so total kitschig um den Hals fallen.«

»Hand Hug ist okay.«

Sie nimmt meine Hand und wir umschließen die Finger der jeweils anderen. Wir sehen uns überhaupt nicht ähnlich, aber manchmal, wenn ich sie so anstarre wie jetzt, habe ich das Gefühl, als wären wir ein und dieselbe Person.

»Hand Hug vorbei«, sagt sie. »Jetzt wird verkleidet.«

Wie früher, als wir noch klein waren. Bis ich all meine glitzernden Prinzessinnenkleider weggegeben habe. Ich habe meinem Dad gesagt, dass er sie den Babys nebenan geben soll. Er war am Boden zerstört. Es ist seltsam, sich danach zu sehnen, wieder klein zu sein, aber ich wünschte, ich könnte die Zeit zurückdrehen.

Sammi hebt ihr Cape und stürmt aus der Umkleidekabine, fliegt den Gang zwischen den Kleiderständern entlang.

Die Frau hinter dem Tresen starrt uns an. Sie hat silberne Haare, zu einem kurzen Pferdeschwanz streng nach hinten gekämmt. Rote Lippen. Kaktus- und Vogel-Tattoos auf ihren Armen.

»Das Capekleid ist mein absolutes Lieblingsstück. Für welche Gelegenheit willst du es haben?«, fragt sie.

»Schulball.«

»Das sind wirklich coole Kleider für einen Schulball«, erwidert sie.

Sammi und ich grinsen uns an. Sie nimmt meine Hand

und wirbelt mich im Kreis. Mein schwarzes Chiffonkleid, ihr pinkes Cape.

Die Frau wählt über ihr Handy einen anderen Song aus. »Hier. Probiert es mal dazu«, sagt sie. »Die B-52s.«

Der Song beginnt damit, dass jemand immer wieder auf eine hohe Klaviertaste hämmert. Eine Frau singt mit atemlosem Schmerz in der Stimme, redet mit ihrem Ex. Sie fleht ihn an: Erinnere dich daran, wie wir miteinander geredet haben, als wir verliebt waren, bevor du mir das Herz gebrochen hast.

Dann schreit sie die nächste Zeile heraus, mit der Art Herzschmerz, der von ganz tief drinnen kommt. So etwas habe ich noch nie gehört. Oder doch, habe ich. Ich habe es gehört, weil es klingt wie ich.

Why don't you dance with me?

I'm not no Limburger.

Ich weiß nicht, was ein Limburger ist, aber ich glaube, sie schreit: »Nein. Das kannst du nicht mit mir machen. Wie kommst du darauf, dass du das mit mir machen kannst?«

23

BLYTHE

Meine Mutter dirigiert mich durch das Erdgeschoss von Bergdorf Goodman. An den weißen Wänden reihen sich Glasvitrinen voller bunter Handtaschen aneinander. Die hohe Decke, der Marmorboden und die gigantischen Kristallkronleuchter lassen das Kaufhaus wirken wie eine edle Pariser Wohnung. Nein, eher wie den riesigen begehbaren Kleiderschrank *in* einer edlen Pariser Wohnung.

Mit dem Aufzug fahren wir in das Stockwerk für Abendmode. Die Kleider hier scheinen weniger verkauft als viel mehr ausgestellt zu werden. Das hier ist ein Modemuseum, kein Laden. Und es gibt Läden *im* Laden, winzige Nischen und Gänge mit Samtsofas und reihenweise goldenen Schuhen und Masken und Gemälden. Ich gehe zu einer verspiegelten Ecke, vor der ein paar Kleider hängen, und mustere mich eingehend, denn wenn man in einem Laden wie diesem nicht ständig sein Spiegelbild anstarrt, wieso ist man dann überhaupt hier?

Ich nehme ein Kleid im Nude-Look vom Haken. Mit Pailletten und Perlen in Form von Blumen verziert.

»Such dir etwas Selbstbewusstes aus. Etwas, das auffällt, heraussticht. Du musst dich nicht der Masse anpassen, Blythe.«

»Ich habe mehr als genug Selbstbewusstsein.«

»Ach, wirklich? Dieses Kleid schreit nämlich geradezu Unsicherheit.«

»Gott, Mom.«

»Ich bin nur ehrlich«, sagt sie.

Bevor ich flüchten kann, schlingt schon eine Verkäuferin namens Blanche ihre Arme um meine Taille, bewundert meine Haare und meine Größe. »Ist das Kleid für den Bal Des Debutantes? Wir haben absolut umwerfende Ballkleider, die keinem einzigen von diesen zu kurz geratenen Mädchen passen, die hierherkommen und sich wünschen, sie wären Gisele. Oh, meine Liebe, du bist der Traum einer jeden Modeverkäuferin. Atemberaubend. Absolut atemberaubend. Ich will dich in blasses Grünblau hüllen und dich damit auf den Laufsteg schicken.«

»Ich suche ein Kleid für den Schulball.«

»Ein Ball? In Manhattan?«

»Nein. New Jersey.«

Ihr Gesicht fällt in sich zusammen. Wie sehr ich sie enttäuscht habe. Weil ich keine Debütantin bin. Nur ein Schulmädchen aus New Jersey, das auf einen Ball in der Turnhalle geht. *Ich weiß*, würde ich am liebsten zu ihr sagen, um sie zu trösten. *Mir geht es ganz genauso.*

»Ich lasse mich nur inspirieren«, sage ich.

»Okay, denn wenn der Preis problematisch ist …«

»Die Preise hier sind kein Problem«, fährt meine Mutter die arme Frau an. Denn Gott bewahre, dass jemand denken könnte, wir hätten kein Geld. Es geht immer nur um das Image. Keine psychischen Probleme. Keine Kreditkarten, die dreißigtausend Dollar im Minus sind. Kein Entzug, keine Klinik. Keine antipsychotischen Medikamente. Keine genetische Vorbelastung. Kein lebensmüder Großvater, der von der Golden Gate Bridge gesprungen ist, als meine Mutter zwölf war. Alles verstecken. Alles verdrängen. Das sind Familiengeheimnisse. Die gehen niemanden etwas an.

»Ich habe vielleicht an etwas aus Leder gedacht«, sage ich.

»Leder. Entschuldigung, aber ihr Mädchen müsst endlich anfangen, euch eurem Alter entsprechend zu kleiden und nicht wie verzweifelte postmenopausale vierfache Mütter mittleren Alters«, erwidert Blanche.

Sie zieht zielsicher ein trägerloses rosa Korsettkleid von der Stange. So helles Rosa, dass es fast verwaschen wirkt. Fast durchsichtig. Der Saum vorne kurz und hinten lang. Bis zum Boden. Rückenfrei.

»Liebes, dieses Kleid ist wie für dich gemacht. Befrei deine Haare aus diesem Pferdeschwanz und zieh es an.« Sie schiebt mich in Richtung der Umkleidekabinen. Weiße Samtvorhänge.

Blanche hat nicht unrecht. Das Korsett passt mir wie angegossen. So ein Kleid hatte ich noch nie an. Am Saum spitzt Chiffon hervor und umspielt meine Beine. Ich schüttle mein Haar aus. Alle anderen Mädchen werden sich ihre Kleider im Einkaufszentrum besorgen. Und dann sieh mich an. Eine verdammte Königin.

Oohhs und Ahhs, als ich aus der Kabine komme. Blanche schubst ihre Assistentin auf mich zu. Eine weitere Verkäuferin aus der Handtaschenabteilung kommt auch noch dazu. Sie lachen. »Du hast so ein Glück. Keine überquellenden Brüste, die dein Profil ruinieren.«

»Ich bin gerade magersüchtig genug, dass mir das Kleid perfekt passt, nicht wahr?«

Blanche zuckt nicht mal mit der Wimper.

»War nur ein Scherz. Ich bin nicht magersüchtig.«

Aber Blanche interessiert sich überhaupt nicht dafür. Sie will mich einfach nur in den Traum eines jeden Teenagermädchens verwandeln. Sie drückt mir ein paar rote Riemchensandalen mit hohem Absatz in die Hand. Sagt mir, dass ich keine Accessoires tragen werde. Keine Kette. Keine Armbänder. Ein klein wenig roséfarbenes Rouge. Mehr nicht. Ich genieße es, so von Blanche umsorgt zu werden. Es ist fast so, als wüsste sie, dass meine Mutter dazu nicht in der Lage ist, und deswegen die Kontrolle übernimmt. Ich starre mein Spiegelbild an; es ist lange her, dass ich mich so hübsch gefühlt habe, so weich. Nicht so hart. Ich schenke sogar meiner Mutter ein Lächeln. Sie hatte recht. Das hier ist so viel besser als das Einkaufszentrum.

Und dann sehe ich ihn.

Na ja, ich sehe eigentlich nur seine Haare. Diese unverwechselbaren schulterlangen blonden Haare.

Als ob er mit den Fingern durch Seide fahren würde. Sean. Und seine Kunst sammelnde Großmutter mit ihrem weißen Haar, der übergroßen Brille und dem schwarzen Kaftan.

»Schnell, ich brauche Mascara«, sage ich.

Es gibt so viel, was ich dir sagen will.

Ich kann meinen Blick nicht von ihm losreißen. Wie erklärt man so etwas? Diese Anziehungskraft einer Person. Aber wieso jetzt? Wieso zittere ich gerade jetzt? Wieso kribbelt gerade jetzt mein ganzer Körper? Liegt es an dem Kleid? Den roten Sandalen? Er hat mich schon oft in schicken Kleidern gesehen. Noch nie in einem wie diesem, klar. Aber jetzt ist es anders. Weil er mich so sehr *braucht.*

Sieh ihn dir nur an, wie er dasteht. Mit seiner Großmutter! Seiner stylischen Großmutter. Hat irgendjemand wirklich eine Oma, die so aussieht? Und er ist hier, zwischen den Kleidern. Sucht mit den Augen den Laden nach mir ab. Sein Blick ist überall. Er ist hier. Er ist gekommen.

»Oooh, sie sieht jemanden.« Blanche schnippt der Visagistin zu, die sofort schwarze Wimperntusche hervorzaubert und mir rosa Rouge auf die Wangen schmiert.

Ich starre ihn durch den Spiegel hindurch an. *Dreh dich um und entdeck mein Spiegelbild, Sean. Dreh dich um, Sean.* Mein Herz rast. Hämmert. *Sieh mich an.* Meine rosa Wangen glühen. Meine blauen Augen leuchten unter der Mascara. Das Kleid, ein Softporno, ein viktorianischer Traum. Und ich vergesse alles, was ich über Sean weiß. Alles, was die anderen über ihn sagen. Donnie. Suki. Ally. Dev. Vergesse alles, was er getan hat. Weil es keinen Sinn ergibt, nicht mal für mich. Ich will, dass er mich in diesem Kleid sieht, und nicht nur sieht. Ich will, dass er in mir versinkt. Ich will in dem Blick ertrinken, mit dem er mich in letzter Zeit ansieht. Das will ich wirklich. Ich will darin ertrinken. Nichts davon ergibt Sinn.

»Gib mir mein Handy, Mom«, fordere ich.

»Wo ist es denn? Was ist los?«

»Gib mir einfach mein Handy.«

Sie schiebt es über den Boden zu mir.

Ich schaue in den Spiegel und sehe Seans Spiegelbild. Er hält für seine Großmutter verschiedene Hüte hoch. Präsentiert sie wie ein königlicher Hofnarr.

Ich schreibe ihm:

Dreh dich um.

Eine Nachricht kommt zurück.

B? Wo steckst du?

Ich schreibe wieder:

Dreh dich einfach um.

»Sean Nessel?«, fragt meine Mutter. »Ist das dein Ernst?« Aber ich ignoriere sie.

Sean wendet sich am anderen Ende des Ladens zu mir um. Unsere Blicke treffen sich.

Er sieht mich. Meine hellen, nackten Schultern. Er sieht das Kleid. Das Korsett. Alles. Seine Augen funkeln. Er lächelt. Hebt die Hand langsam über seinen Kopf, fährt sich dann nervös übers Gesicht.

Ich schließe die Augen. Eine Hand in die Hüfte gestemmt. Werfe meine Haare auf eine Seite, weil ich nicht weiß, was ich tun soll. Meinen Körper auf einen goldgerahmten Tisch drapieren? Mit den Fingern berühre ich meine Lippen. Ich lächle, strecke die Zunge raus. Drehe mich.

Er flüstert seiner Großmutter etwas ins Ohr. Deutet auf mich.

»Wer ist das, Liebes? Dein Freund?«, fragt Blanche.

»Der Freund meiner Tochter würde niemals den Weg nach New York City finden«, erwidert meine Mutter, und auch wenn es mich ärgert, dass sie über Dev herzieht, hat sie nicht ganz unrecht. »Das da ist der *beste Freund* ihres Freundes.«

»Skandalös«, sagt Blanche.

Ich ignoriere sie alle. Gleite hinüber zu Sean. Schwirre durch die Kleider. Vorbei an einem Tisch voller pastellfarbener Schals. Die Rosa-, Blau- und Lilatöne verschwimmen miteinander.

Er starrt noch immer durch mich hindurch. Mitten in mich hinein. Ich bringe kein Wort raus. Ich stupse ihn gegen die Brust. Er macht einen Schritt zurück. Leuchtende Augen. Er sagt nichts.

»Was. Was?«

»Du.«

Ich sehe runter auf mein Kleid. Mein ganzer Körper ist errötet. »Ach, das ist doch nichts Besonderes. Hab ich eben aus dem Müll gezogen.«

Er grinst. Schüttelt den Kopf, starrt mich immer noch an. Sein Blick ist so eindringlich.

Und für einen Moment fühlt es sich an, als ob wir irgendwo anders wären. Inmitten eines hellen Lichts, umgeben von ruhelosen Schatten.

Er nimmt meine Hand und seine Hand fühlt sich in meiner schweißfeucht und groß an. Und absolut normal. Obwohl ich mir sicher bin, dass ich noch nie Seans Hand gehalten habe. Und so stehen wir da, direkt vor den Augen seiner Oma.

»Das ist kein Kleid, das man auf einen Schulball anzieht, meine Liebe«, sagt sie. Bunte Armreifen klimpern an ihrem Unterarm. Sie haucht mir einen angedeuteten Kuss auf die Wange. »Ich konnte Sean heute nicht dazu überreden, mit mir irgendwohin zu gehen. Aber dann hast du ihm geschrieben. Und urplötzlich will er bummeln gehen. Ist das nicht kurios?« Sie streicht über seine Wange. Wie verträumt sie ihn ansieht. Voller Stolz.

»Wenn wir zusammen unterwegs sind, erzähle ich den Leuten, dass ich ihr Freund bin«, sagt Sean. »Ihr junger Liebhaber.«

»Oh, Sean. So ein Charmeur. Genau wie sein Vater«, meint seine Großmutter. »Erzählt immer von irgendwelchen neuen Damen. Er ist der einzige meiner Enkel, der das tut, weißt du? Der Einzige, der mich besuchen kommt und mit mir Zeit verbringen will. Und ich habe acht Enkel. Er wird später mal einen hervorragenden Ehemann abgeben.« Sie streichelt wieder seine Wange. Ich spüre, dass ich rot anlaufe. Ich bin mir nicht sicher, ob sie das direkt an mich gerichtet hat oder sich einfach nur unterhält.

»Blythe«, höre ich meine Mutter auf der anderen Seite des Verkaufsraumes zischen. Ignoriert, zurückgelassen in einer Ecke mit der Verkäuferin. Das lässt sie nicht gut dastehen. Wie konnte ich sie nur so vernachlässigen, denkt sie jetzt bestimmt.

»Ich muss zurück zu meiner Mutter«, erkläre ich. Die Verlegenheit hörbar in meinen Worten.

»Ich bring dich rüber«, bietet er an und führt mich durch die Reihen ausladender Abendkleider, unter einem schwarzen Kronleuchter hindurch. Ich will, dass er mich auf diese grüngelbe Samtcouch drückt. Meinen Nacken küsst. Ich stelle mir vor, wie sich seine Hände auf meinem Körper anfühlen.

»Das ist einfach zu verrückt«, sage ich atemlos.

»Es ist überhaupt nicht verrückt. Eigentlich ergibt das alles sogar extrem viel Sinn. Endlich etwas, das Sinn ergibt.« Sein Gesicht so nah an meinem. »Ich habe keine Angst, B.«

Ich kann kaum sprechen.

Ich flüstere, dass ich gehen muss, wirble herum und lasse ihn da zwischen all den Kleidern stehen.

~

Ich renne zurück zu meiner Mutter. »Wir müssen hier raus«, sage ich, weil mir heiß ist, ich viel zu aufgeregt bin. Ich drücke ihre Hand. Doch das ist mein erster Fehler, ihr zu vertrauen. Sie schüttelt mich ab.

»Sean Nessel? Willst du mich auf den Arm nehmen?« Meine Mutter lässt ihre Augenbrauen tanzen. Ihre Sammlung von Masken. »Du siehst aus wie ein Flittchen, Blythe. Verknallt in den besten Freund deines Freundes? Ich habe doch gesehen, wie er dich in diesem Kleid angestarrt hat. Glaubst du wirklich, das war nicht für jeden offensichtlich, außer vielleicht für seine Großmutter, die schon fünfundneunzig ist? Hast du hinter den ganzen Kleidern etwa auch noch mit ihm rumgemacht?«

»Mom … meine Güte. Was machst du denn? Mir aus einer dunklen Ladenecke nachspionieren oder was?«

»Du hast mich alleingelassen – ich stand hier rum wie eine Idiotin. Was hätte ich denn tun sollen? Mich die ganze Zeit mit den Verkäuferinnen unterhalten?«

Da haben wir es. Ich habe sie alleingelassen. Es geht immer nur darum, dass sie alleingelassen wird.

»Das sollte doch unser Shoppingtrip sein. Unsere Zeit«, sagt sie. »Das Einzige, was wir gemeinsam haben. Das Einzige, was *ich* habe. Und was tust du? Du verabredest dich hier mit Sean Nessel? Du willst mir ja wohl nicht erzählen, dass das ein Zufall war.«

Die Wut in ihrem Gesicht. Der Neid. Weil ich alles habe und sie nichts. Wie Sean mich angestarrt hat, das hat sie gesehen. Und was hat sie? Meinen Vater, der seine gesamte Zeit damit verbringt, vor ihr davonzulaufen. Sie bei mir abzuladen. Bei Therapeuten und Ärztinnen. Er verschwindet, um sein eigenes Leben zu leben.

Ich schlüpfe in die Umkleidekabine und ziehe das Kleid aus.

»Ich habe gehört, dass seine Großmutter einen echten Chagall hat, oder vielleicht war es auch ein Cézanne«, sagt meine Mutter vor dem Vorhang, schlägt jetzt wieder einen ganz anderen Ton an. »Vielleicht kannst du uns wenigstens eine Einladung besorgen? Vielleicht dürfen wir ja mal bei ihr vorbeikommen und sie zeigt uns ihre Kunstsammlung. Wir können auf ihrer Terrasse die kühle Luft genießen.«

»Das ist jetzt nicht der beste Zeitpunkt für deine Verrücktheiten, Mutter.«

Sie zieht den Vorhang zur Seite. Drückt meinen Arm. »Jetzt nicht patzig werden, mein liebes Töchterlein, denn ich weiß *ganz genau*, was hier vor sich geht. Ich kann es dir im Gesicht ablesen und vor allem an deinen Brustwarzen.«

Ich sehe nach unten. Meine Burstwarzen sind steif aufgerichtet, drücken durch den Chiffon. Ich lege einen Arm über meine Brust.

Dieser brodelnde Ausbruch meiner Mutter ist nichts Neues für mich. Die Hälfte davon manisch vor sich hin gemurmelt und gegrummelt. So laufen unsere Unterhaltungen eben ab, wenn ihre Medikamente nicht so hoch dosiert sind. Sie rastet aus, sagt gemeine Dinge. Ich antworte genauso böse. Sie weint. Sie vergräbt sich tagelang in ihrem Schlafzimmer. Ich entschuldige mich. Wir fangen von vorne an.

Ich trete aus der Umkleidekabine und reiche Blanche das Kleid. Drücke ihr Küsschen auf beide Wangen.

»Nimmst du es denn, Liebes?«

»Natürlich nehmen wir es«, sage ich. »Ist das wirklich eine Frage?«

24

BLYTHE

Sean ruft mich gegen neun an.

Ich sehe seinen Namen auf dem Display und habe Angst dranzugehen. Wie seine Stimme wohl klingt? Was will ich ihm nach unserer Begegnung bei Bergdorf Goodman heute überhaupt sagen? Dass wir uns da zu sehr haben mitreißen lassen? Ich in diesem Kleid. Er mit seiner Großmutter. Wie er meine Hand gehalten hat.

»Wo bist du?«, frage ich.

»Joggen. Ich laufe gern nachts. Hilft mir beim Denken«, sagt er.

»Wo?«

Ich höre seine Stimme nicht mehr. Ein paar Sekunden lang glaube ich, dass er vielleicht einfach aufgelegt hat. Dass es das war. Dass es hier zu Ende ist.

»In deiner Straße.«

Ein Blitz fährt durch meinen Körper. Schlägt hart in meinem Bauch ein. Schießt dann weiter. Ich kann nicht atmen.

»Ich komm zum hinteren Zaun. Ich lass dich rein. Aber mach nicht das Tor auf.«

»Wieso?«

»Es quietscht.«

~

Wir hocken uns hinter dem Gartenschuppen ins Gras, die Rücken an die Holzwand gelehnt. Unsere Oberschenkel berühren sich. Er ist immer noch außer Atem, verschwitzt und feucht. Es ist mir egal. Es ist mir vollkommen egal.

»Du hast hübsche Knie, B«, sagt Sean und berührt mein Knie. Nur eine kleine Bewegung. Mit seinen Fingern. Seine Hand bleibt dort liegen. »Wieso trägst du eigentlich so selten Röcke? Oder Kleider, so wie das heute Nachmittag.«

Ich lehne mich noch weiter zurück, sinke ins kühle Gras.

»Du sahst heute wunderschön aus, B.«

»Es ist süß, dass du mit deiner Oma shoppen gehst.«

»Sie ist echt verrückt, meine Oma. Auf der Straße macht immer irgendjemand Fotos von ihr. Wusstest du das? Die denken, sie wäre berühmt. Das liebt sie natürlich.«

»Sie sieht auch aus wie jemand, der berühmt ist.«

»Bist du nervös, B?«

»Ja.«

Er lässt seine Hand an meinem Bein nach oben wandern und dreht sich zu mir. Seine weichen Lippen auf meinen.

Er presst seine Lippen härter auf meinen Mund, vertieft den Kuss. Seine Hände an meinem Hinterkopf, in meinem Nacken, ziehen mich näher, drängen mich so fest an ihn, dass ich zurückweichen will. Ich versuche nur, wieder zu Atem zu kommen. Wir beide, Stirn an Stirn. All dieses Verlangen. Ich weiß nicht, wie ich damit umgehen soll.

»Ich habe den ganzen Tag an dich gedacht ... Deswegen

bin ich auch laufen gegangen. Um mich abzureagieren. Um dich aus meinem Kopf zu bekommen«, sagt er. »Was sollen wir jetzt tun, B?«

~

An diesem Abend gehe ich voller Schuldgefühle ins Bett. Ich habe Sean geküsst. Ich fühle mich ihm so nah. So viel näher als jemals zuvor und dabei denke ich nicht nur an den Kuss. Die Ereignisse dieses Tages lassen meinen Körper beben. Seine Worte in meinem Kopf. Wie er seine Stirn gegen meine gelehnt hat. Ich ziehe meinen Slip runter und berühre mich zwischen den Beinen, weil das alles einfach viel zu viel ist und ich diese ganze Anspannung irgendwie loswerden muss. Ich stelle mir vor, er wäre hier bei mir.

Aber dann sehe ich Allys Gesicht. Diesen kurzen Pony. Ally, die mit ihrem flammenden Blick zu mir aufsieht. Und Dev. Der mir vertraut und der mir treu ist. Ich verziehe das Gesicht. Ich bin ein schrecklicher, abscheulicher Mensch und ich habe niemanden verdient. Ich ziehe mein Höschen wieder hoch. Ich muss das alles beenden. Was zur Hölle tue ich hier eigentlich?

Ich schreibe Donnie eine Nachricht, weil ich nicht weiß, an wen ich mich sonst wenden soll, und weil ich mich hasse.

Ich habe Sean geküsst.

Natürlich hast du das, B.

Was soll das denn heißen?

Das soll heißen, dass alle außer dir das haben kommen sehen.

Nicht alle.

Nein, nicht alle ... aber ich.

Am Montag in der Schule weiß ich nicht, wie ich Dev in die Augen blicken soll. Er hat den Arm um mich gelegt, als wäre alles beim Alten, aber das ist es nicht. Es wird nie wieder so sein, wie es war. Sean und ich tun so, als wäre nichts passiert. Ich kann ihn nicht mal ansehen, wenn wir uns auf dem Gang begegnen.

~

Im C-Flügel. Nur Donnie und ich. Eine Rauchwolke umgibt uns. Irgendwann werden wir hier drinnen noch ersticken. Das oder wir lösen den Feueralarm aus.

»Wie fühlt es sich an?«, fragt sie.

»Wie fühlt sich was an?« Ich atme aus.

»Betrug?« Sie lacht, verdreht die Augen. »Du bist echt furchtbar, B. Aber das ist ja nichts Neues.«

»Ich habe doch nichts falsch gemacht, Donnie. Es war nur ein Kuss.«

»Ich habe nicht gesagt, dass du irgendwas falsch gemacht hast. Genau genommen habe ich dich doch immer dazu angetrieben, endlich aus diesem monogamen Käfig mit Dev auszubrechen.«

Donnie schnippt ihre Zigarette auf den Boden. Asche spritzt auf. Ein glühendes Teilchen verbrennt das restliche Papier.

»Er ist anders, wenn er mit mir zusammen ist. Sanfter.«

»Natürlich ist er das, Süße. Natürlich ist er das.«

25

ALLY

Sammi kommt als Erste an. Ihre Mom hat sie hergefahren und ich beobachte, wie sie sich im Auto umarmen. Sie trägt das Kleid aus dem Laden. Das mit dem Cape. Es bläht sich hinter ihr im Wind, als sie die Auffahrt hochläuft. Hier kommt sie, um den Tag zu retten. Meine Augen werden feucht.

»Du weinst?«, fragt sie. »Du sollst dich doch freuen, dass ich da bin.«

»Ich freue mich ja.«

»Was ist denn dann?«

»Du siehst einfach so hübsch aus«, sage ich. »Wirklich hübsch.« Ich nehme sie in den Arm, ganz fest.

~

Raj fährt im Kombi seiner Eltern vor. Schwarzes Hemd. Schwarze Krawatte. Schwarze Jeans. Sein Haar zu einer voluminösen Tolle zurückgekämmt.

»Coole Limo«, sagt Sammi.

»Meine Eltern sind essen gegangen. Sie haben den Mini genommen.«

»Tolle Frisur«, meine ich. »Wie hast du das hingekriegt?«

»Haarspray«, erklärt er, offensichtlich stolz auf sich.

Raj lächelt nervös, weicht meinem Blick aus. Er kommt näher, tritt auf die Veranda, sagt aber nichts weiter. Er ist es nicht gewohnt, mich in einem Kleid zu sehen. Er ist es nicht gewohnt, dass ich schwarzen Eyeliner trage. Silbernen Glitzer auf meinen Augenlidern. Ich merke es ihm an, erkenne es daran, wie er immer wieder wegschaut.

»Wieso guckst du ständig irgendwo anders hin?«, frage ich.

»Du siehst sehr hübsch aus.«

Ich lache. Es ist schön. Mir gefällt seine Aufmerksamkeit. Das erste Mal seit Langem fühle ich mich tatsächlich wieder sicher. Ein Hauch von Normalität. Nach all diesen Wochen voller Schmerz kann ich vielleicht wenigstens für einen Augenblick wieder etwas Gutes fühlen.

Eine Nachricht von Blythe.

Bin auf dem Weg zu Cate. Kommst du?

Ich denke mir irgendeine Ausrede aus.

Dad lässt mich nicht. Zu streng.

Tja, kann ich von meinem nicht behaupten.

»Mit wem schreibst du?«, fragt Sammi. »Mit deiner neuen Freundin?«

»Sie will, dass wir zu Cates Party kommen.«

»Da würde ich mir lieber ein Bein abhacken und auf dem anderen Hip-Hop tanzen«, sagt Sammi.

»Willst du das denn, Ally? Da hingehen?«, fragt Raj.

»Wir können sie ja auf dem Weg zum Ball dort abladen, wenn sie sich unbedingt selbst quälen will«, schlägt Sammi vor.

»So ist das überhaupt nicht.«

»Oh, wieso erzählst du uns dann nicht, wie es wirklich ist?«

»Ich will da doch überhaupt nicht hin, ihr könnt also beide mal wieder runterkommen.«

Aber wenn ich nicht gehe, was passiert dann? Nachrichten von Blythe? Sean Nessel, der denkt, dass er stärker ist als ich. Nicht, dass er überhaupt einen Gedanken an mich verschwenden würde.

Nicht, dass er schon jemals einen Gedanken an mich verschwendet hätte.

Nicht, dass er schon jemals einen Gedanken mich verschwendet hätte, außer als ich dieses süße Mädchen war, das er so leicht haben konnte.

»Wir müssen nicht gehen«, sagt Raj. Dieser besorgte Ausdruck auf seinem Gesicht. Seine Stimme, ganz ruhig und gesenkt. »Ganz einfach. Wir müssen nichts tun, was du nicht tun willst. Wir müssen überhaupt nichts tun. Wir müssen auch nicht auf den Ball gehen.«

»Nein. Darum geht es nicht. Ich will hin«, erwidere ich. »Und zwar mit euch beiden.«

Sammi musste das aus meinem Mund hören. Ich sehe es in ihren Augen.

»Dann lasst uns fahren«, sagt sie, ihre Stimme jetzt entspannter als vorher. Sie greift nach meiner Hand und drückt sie. »Wir gehen auf den Ball. Und es wird absolut super.«

Ich drücke ihr einen Kuss auf die Hand. Den hat sie verdient. Nach all dem, was ich ihr angetan habe, sollte ich ihr die Füße küssen.

Sie verschwindet kurz im Haus, um aufs Klo zu gehen.

Ich denke auch an das, was Raj gesagt hat. *Wir müssen nichts tun, was du nicht tun willst.* Dieser Satz reißt mich aus dem Hier und Jetzt. Ich habe das Gefühl schmutzig zu sein, zu stinken. Ich habe das Gefühl, dass er es riechen kann.

Ich komme ihm noch näher und boxe ihn in den Arm. Und dann noch mal – er stolpert einen Schritt zurück. Ich will ihn noch viel weiter wegschubsen. Ich will ihn abstoßen. Von mir wegbekommen. Er sollte vor mir davonlaufen. Mir entkommen. Ich bin voller schrecklicher Dinge, Dinge, die er sich nicht mal vorstellen kann.

»Wofür war das denn?«, fragt er, hält sich den Arm.

Ich wende den Blick ab, weil ich nicht weinen will. »Dafür, dass du so ein netter Kerl bist.«

26

BLYTHE

Lichter funkeln in den Bäumen vor Cates Haus. Dev gibt mir einen Kuss und wir gehen rein. Cates Mutter verteilt unter einem Baldachin im Garten Champagner. Alle sind hier. Dev. Sean. Suki. Außerdem Ray Pilcher, Chase Goldberg und Harrison Cohen. Ich hüpfe im Gras auf und ab, die Hände in der Luft. Die Jungs machen mit, denn wer kann da schon widerstehen? Ich in meinem puderrosanen, fast durchsichtigen Kleid und die Jungs in Jackett und Krawatte.

Nach und nach bilden die Jungs ihren eigenen Kreis. Die Mädchen einen weiteren. Ich schwanke auf dem Rasen, in meinen roten Sandalen. Cate in diesem lilafarbenen Kleid. Große weiße Sonnenbrille, obwohl die Sonne nicht scheint. Suki in einem eisblauen Maxikleid.

Donnie legt einen dramatischen Auftritt hin. Sie trägt dieses schwarze fließende Teil aus den Siebzigern. Der Ausschnitt entblößt ihre kaum existente Oberweite und hinten ist das Kleid fast bis zum Po ausgeschnitten. Die Arme stecken in durchscheinend schwarzen Flügelärmeln, die bis zum Boden fallen. Donnie sieht aus wie eine geflügelte

Zigarette. Ihre Locken lang und wilder, als ich sie jemals gesehen habe. Das Blau ist inzwischen verblichen. Sie bedeckt ihre Brust mit den Flügelärmeln, als ob die lebendig wären.

»Lass mal sehen, was du da drunter hast, Prinzessin. Wir wollen eine Show.«

Sie wirbelt im Kreis wie Stevie Nicks, hebt die Arme hoch in die Luft. Seitlich entblößt das Kleid etwas, das ich nicht sehen will: ihre Rippen. Sie ist so dünn. Sie dreht sich und dreht sich und stolpert dann. Ich ignoriere es. Lasse mich mitreißen. Ich nehme ihre Hand und drehe sie weiter, wir sind total aufgeputscht.

Wir hüpfen im Gras auf und ab, während unsere Eltern Fotos machen. Mein rosa Kleid im sanften Abendwind.

Sean, Dev und Chase springen auf eine lange Holzbank und fangen an zu tanzen. Sean bewegt sich selbstbewusster als sonst. Die Art, wie er seine Hüfte bewegt. Seine Schultern. Die Art, wie er auf dieser Bank steht, als wäre er der König der Welt.

Alles auf Anfang. Zurück zu Dev. Bei Ally entschuldigen. Der Champagner lässt meine Haut kribbeln. Ich kann meine Sichtweise doch ändern, oder? War das nicht der Sinn der ganzen Sache? Der Grund, wieso ich mich überhaupt mit Ally angefreundet habe? Damit sie Sean verzeiht und erkennt, wie er wirklich ist? Kann ich das nicht immer noch schaffen? Bin ich nicht dafür gemacht? Ich bringe Menschen zusammen. Ja. Natürlich kann ich das.

Vielleicht spricht da nur der Champagner aus mir, aber ich kann es schaffen. Vielleicht sogar heute Abend.

Irgendjemand reicht mir ein zweites Glas Champagner und ich stürze es runter, weil der Champagner so rosa ist wie mein Kleid und nicht zu süß. Ich schließe die Augen. Denke an Sean. Sein Blick, als wir bei Bergdorf Goodman waren. Wie er mich durch all diese Kleider geführt hat. Dass er zu mir rennen musste, nach diesem Treffen, und wie er mich geküsst hat, als würde er mich nie wieder loslassen. Es bricht alles über mich herein.

Dev steht plötzlich hinter mir, streicht mein Haar zur Seite und küsst meinen Nacken.

»Hey, Schönheit.«

Ich lasse mich gegen ihn sinken.

~

Ich steige hinter Dev in die Limousine. Er zieht meine Beine unter dem Kleid hervor und mich neben sich, küsst meinen Hals. Ich lasse ihn machen, lasse seine Hände an meinem Körper auf- und abwandern, wie es ihm gefällt. Ich bin so high, dass es mir egal ist.

Sean wirft mir einen Blick zu, als er in die Limo klettert. Meine Gedanken schweifen ab, ich stelle mir vor, auf seinem Schoß zu sitzen. Mich an ihn zu kuscheln. Ich muss wegsehen, also drehe ich mich zu Dev. »Du«, sage ich und fahre mit dem Finger über seine Lippen. Er lächelt.

»Du auch, B. Du auch.«

Ich muss dafür sorgen, dass es so bleibt. Das mit Sean ist nur eine kurze Schwärmerei, die ich verdrängen kann. Ich weiß, dass ich das kann.

Donnie steigt ein und setzt sich neben mich. Sie ist total betrunken, drückt auf alle möglichen Knöpfe und tanzt im Sitzen, mit geschlossenen Augen. Wir sind alle betrunken. Das passiert eben, wenn man Champagner auf leeren Magen trinkt.

Sukis Eltern und Cates Eltern, Devs Mutter, Seans Eltern –

sie winken uns allen hinterher, als die Limousine sich in Bewegung setzt.

Ich höre jemanden rufen: »Passt auf euch auf!«

~

Wir schreien zum Fahrer nach vorn, dass er das Schiebedach aufmachen soll. Ich will im Wind davonfliegen. Mache meine Haare auf und wirble sie durch die Luft.

Eine Flasche Rosé macht die Runde. »Passt zu Bs Kleid«, kreischt Donnie und der Fahrer ruft, dass er gleich anhält, wenn wir uns nicht verdammt noch mal beruhigen.

Er schreit uns richtig an. Dieser dicke, schwitzende weiße Typ. »BERUHIGT EUCH, VERDAMMT NOCH MAL!«

Wir fangen alle an zu singen: »Beruhigt euch, verdammt noch mal, beruhigt euch, verdammt noch mal! Der fette Fahrer ruft: Beruhigt euch, verdammt noch mal!«

Jedes Mal, wenn er sagt: »Ich meine das verdammt ernst, ihr verzogenen Scheißgören«, schreien wir das Gleiche zurück, äffen ihn nach.

»Der Typ ist wie ein Bösewicht aus Scooby-Doo«, meint Suki.

»Wenn sich bloß diese verdammten Kinder nicht eingemischt hätten!«, rufe ich in meiner besten Bösewichtstimme.

Cate und Chase knutschen wild rum. Jetzt ist alles egal. Alle feuern sie an. »Zunge, Zunge, Zunge.« Und sie hat immer noch nicht diese weiße Sonnenbrille abgenommen.

Sean kriecht zu uns rüber, setzt sich neben Dev, lehnt sich über ihn, um mit mir zu reden. Er weiß nicht mehr, was er tut. Ich schüttle den Kopf. Mein Herz hämmert. Das ist jetzt nicht der richtige Zeitpunkt. Nicht hier. Nicht jetzt.

»Es geht um Ally.«

»Oh«, sage ich. »Was ist mit ihr? Ihr geht's gut. Super. Alles ist super.«

»Nessel, du musst dich echt mal wieder entspannen wegen dieses Mädchens, Mann«, meint Dev.

»Sie starrt mich in der Schule immer so böse an«, erwidert er lallend.

»Nessel. Du wirst echt paranoid. Sie macht doch überhaupt nichts«, sagt Dev immer wieder. Es ist, als würden wir gegen eine Wand reden.

Ich strecke meine Hand aus und streiche über seine Wange. »Ich bringe alles wieder in Ordnung. Pass auf, alles wird wieder gut. Wir suchen sie, wenn wir auf dem Ball sind. Du triffst dich heute Abend mit ihr und dann wird alles gut. Das wird super. Versprochen. Ich habe alles unter Kontrolle.«

»Ja, sie würde nichts Dummes tun, oder?«, fragt Sean, starrt ins Leere. »Das würde sie mir nicht antun, oder?«

27

BLYTHE

Wir betreten die Turnhalle und die Musik explodiert. Das Kribbeln in meinen Knochen. Diese Flucht ins Unscharfe. Ich bin nicht so träge wie sonst, wenn ich Champagner getrunken habe, sondern wach und frei. Ich sehe Ally reinkommen und ich liebe sie so sehr. Ich werde alles wieder geradebiegen. Wenn ich fertig bin, wird alles sein wie im Märchen. Ich kann ihn nicht haben, aber – mein kleines Wunderkind, meine kleine Ally Greenleaf – *sie* kann ihn haben.

Und selbst wenn sie ihn nicht will, sollte ich zumindest versuchen, alles wieder in Ordnung zu bringen. Bin ich das den beiden nicht schuldig? Dass sie seine sanfte Seite sieht? Die Seite, die ich sehe?

ALLY

»Rote Strumpfhosen? Krasser Scheiß! Du bist ja eine echte Modegöttin«, ruft Blythe aus, überfällt mich, kaum dass ich einen Fuß in die dunkle Turnhalle gesetzt habe. Sie schreit meinen Namen. *Ally Greenleaf!*

Stroboskoplichter flackern lila und blau an den Wänden. Plötzlich sieht es aus, als würde ich Neonfarben tragen, und die Musik pulsiert in einem ohrenbetäubenden Beat.

Blythe, Suki und Donnie kreisen mich ein.

Blythe trägt ein langes hellrosafarbenes, beinahe durchsichtiges, trägerloses Kleid mit knallroten Riemchensandalen. Ihr Haar ist offen und wild. Sie ist wie ein zartrosa Abendhimmel über dem Ozean. Eine Pfingstrose im Frühling. Überwältigend und süß duftend. Ich habe Angst, dass ich niemals aufhören kann, sie zu vergöttern. Ich habe Angst, dass ich immer denken werde, sie ist besser als ich.

BLYTHE

Dev und Sean recken in der Mitte der Turnhalle tanzend die Fäuste in die Luft. Chase und Cate sind schon ein gutes Stück vorausgegangen.

Ich gleite ganz dicht an Ally heran. Süße, unschuldige Ally. Ich hasse es, sie so verwirrt zu sehen, in ihrem Kopf bringt sie einfach alles durcheinander. Ich will mit ihr reden, *wirklich* mit ihr reden. Sie führen, ihr helfen. Ihr zeigen, wie es sein könnte. Wie sie und Sean das alles einfach hinter sich lassen könnten. Ich will ihr so viel sagen – die Wahrheit. Dass ich Sean liebe. Dass ihm das alles nicht egal ist, nicht ganz tief drin. Dass es nur ein riesiger Fehler gewesen ist, er betrunken war. Dass er ihr nicht wehtun wollte. Wenn sie ihn nur mit seiner Großmutter gesehen hätte. Wenn sie nur gesehen hätte, wie besorgt er nach der Party bei Sophie Miller war. Dass er nur ein lieber Junge ist, der Hilfe braucht. Müssen wir Jungs wie ihm nicht verzeihen? Ich weiß, es sollte eigentlich nicht so sein, aber ich schwebe. Ich schwebe – der

Champagner, die Musik, dieses Kleid – und ich kann nicht aufhören. Also greife ich nach ihren Händen, einfach um mich festzuhalten; sonst bin ich wie einer dieser Regenbogenluftballons am Himmel, die langsam davonfliegen.

ALLY

Blythe ist so betrunken, dass sie nicht einmal bemerkt, wie ich vor ihr zurückweiche. Sie greift nach mir. Ich bin es nicht gewohnt, Blythe so aufgedreht zu sehen. Sonst ist sie immer so beherrscht und perfekt. Ich fühle mich unwohl. Ich will hier weg. Donnie steht neben Blythe, in einem langen schwarzen Kleid mit durchscheinenden Flügelärmeln. Ihr dünner Körper wirkt fast durchsichtig – das Ganze sieht aus wie ein Skelettkostüm. Sie schwankt vor und zurück, scheinbar ohne es zu merken.

Ich sehe mich nach Sammi um. Ihr wird das nicht gefallen. Wie sie mich einkreisen. So betrunken. So außer Kontrolle. Sie steht weit hinter mir. Außerhalb der Gruppe. Der Blick in ihr Handy vertieft.

»Wo warst du denn heute Abend, Jensen?«, fragt Raj.

»Bei Cate«, sagt sie. Mehr Lallen. »Ihr Bitches hättet auch kommen sollen.«

Wir schauen rüber zu Devon und Sean Nessel, die mit einer Gruppe Fußballspieler wild zur Musik herumhüpfen. Sie springen auf und ab wie Wahnsinnige. Wilde Tiere, jederzeit bereit dich anzufallen.

Dann dreht Sean Nessel sich um und blickt in unsere Richtung. Er hält in der Bewegung inne und stößt Devon an. Sie deuten auf mich und Raj.

Devon winkt Raj zu, ruft ihn. »Re-run! Re-run!«

Raj schaut mich an. Seine Stimme ganz leise. »Wir müssen nicht mit diesen Typen abhängen.«

Ich sehe mich wieder nach Sammi um. Unsere Blicke treffen sich. Sie tritt neben mich.

»Was ist los? Wir können jederzeit verschwinden.«

Aber ich fühle mich wie gelähmt, als würde viel zu viel auf einmal passieren, und ich bin in dieser Zelle gefangen, aus der ich nicht entkommen kann. Und die Lichter. Und Blythe, die mich viel zu energisch anschreit.

Suki wühlt in ihrer Handtasche, zieht einen Joint raus. In der Schule. Wo jeder sie sehen kann.

»Sie wird bestimmt erwischt«, sagt Sammi.

»Pack das weg, du Vollidiotin«, fährt Blythe sie an.

»Bald ist das doch eh überall legal, kümmert doch keinen«, lallt Suki.

Diese Mädchen sind viel zu betrunken und viel zu sichtbar. Ich dachte, ich will das. Will, dass Sean Nessel mich hier sieht. Will stark sein. Ich habe keine Ahnung, was ich eigentlich vorhatte – ihn konfrontieren? Ihn dazu bringen, sich unsterblich in mich zu verlieben? Ihn umbringen? Ich weiß nicht, was ich hier wollte. Ich weiß nicht, was ich jetzt will, außer dass ich nicht hier sein will. Ich will nicht hier stehen und darauf warten, dass Sean Nessel angeschlendert kommt. *Du bist richtig süß, Ally.* Ich werde jeden Moment schreien oder mich übergeben und ich will einfach nur weg, aber ich kann mich nicht bewegen. Meine Beine fühlen sich an wie schwere Gewichte. Ich sehe ihn auf mir liegen. Mich auf den Boden drücken.

Ich schaue rüber zu Sean, der immer noch tanzt. Wie traumhaft gut er aussieht. Lichter zucken über sein Gesicht.

Ally. Ally. Ich muss mich auf Ally konzentrieren. Alles wiedergutmachen für sie.

»Wenn du nicht mit mir tanzen willst, Ally, dann tanz mit *ihm*«, sage ich.

»Mit wem?«

Ich ziehe ihre Hände ganz nah an meine Brust. »Tu so, als wären wir auf einem Yoga-Retreat.«

Sie verdreht die Augen, aber Ally verdreht immer die Augen. Ist mir egal.

»Ich werde dich nicht loslassen, Greenleaf. Ich werde alles wieder in Ordnung bringen, siehst du das nicht? Im Leben geht es ums Verzeihen. Du musst doch verstehen, dass Menschen nicht immer das Richtige tun. Du und ich, wir wissen das beide. Oder etwa nicht? Ich will, dass du glücklich bist, Ally. Und er wünscht sich so sehr, dass du ihm vergibst. Er kann an nichts anderes mehr denken. Wenn du nur wüsstest, wie sehr er sich wünscht, dass du ihm verzeihst.«

Ich kann seinen Blick auf mir spüren. Er beobachtet unser Gespräch. Und ich muss ihm jetzt helfen. Genau jetzt. Ich will ihm helfen. Und ich will ihr helfen. Wenn sie bloß auf mich hören würde. Wenn sie dieser ganzen Sache doch bloß eine Chance geben würde. Ich werde das nämlich tun. Ich mache alles wieder gut.

»Er hat an dem Abend geweint, Ally. Habe ich dir das schon erzählt? Dass er geweint hat? Richtige Tränen, nach dem, was zwischen euch beiden passiert ist.«

ALLY

»Blythe, ich bin mit Raj und Sammi hier. Ich will nicht …«

Aber Blythe redet einfach weiter. Ich versuche immer wieder, sie zu unterbrechen, aber sie lässt es nicht zu. Sie überrollt mich regelrecht mit ihrem Redeschwall.

Sie erzählt irgendwas davon, dass Sean Nessel geweint hat. Sean hat geweint. Sie reitet immer weiter darauf herum, dass Sean geweint hat.

BLYTHE

»Oh, Sammi. Ich kenne Sammi«, sage ich und winke sie zu uns rüber. »Cheries kleine Schwester. Wow, Cherie hat sich echt verändert, seit sie letztes Jahr aufs College gegangen ist. Seht euch mal mein Kleid an. Ist das nicht zum Niederknien? Findet ihr mein Kleid nicht auch wunderschön?« Ich beuge mich zu Ally vor. Lege meine Hände an ihre Wangen. »Ich habe keinen BH an. Ich habe so Klebedinger auf den Nippeln. Kannst du das glauben? Das Oberteil ist ein echtes Korsett. Ich bin Marie-Antoinette!«

Ich drehe mich für sie. Wippe zum Takt der Musik auf und ab. Ich fühle mich so großartig und ich will, dass heute Abend etwas Großartiges passiert. So großartig, dass ich auch etwas davon abbekomme. Ist das denn zu viel verlangt? Ist es naiv, das einfach so zu sagen?

ALLY

»Ich bekomme davon echt Kopfschmerzen«, meint Sammi. »Wir sehen uns später.«

»Du lässt mich jetzt nicht hier stehen«, erwidere ich.

»Wieso nicht? Ich kann dir jetzt schon sagen, was passieren wird.«

Ich kann Sammi ansehen, wie verletzt sie ist. Ich war so distanziert und wortkarg und jetzt fühlt sie sich hier bei mir unwohl. Die Arme vor der Brust verschränkt, in ihrem Superheldenkleid. Ich will, dass sie mich rettet. Aber ich weiß nicht, wie ich sie darum bitten kann. Ich weiß nicht, wo ich anfangen soll.

»Ich gehe. Jetzt. Nicht nach Hause. Ich gehe nicht ohne dich nach Hause. Du kannst mich ja suchen, wenn das alles hier vorbei ist.«

Und ich lasse Sammi gehen. Ich bin zu benommen, um nach ihrer Hand zu greifen, zu gelähmt, um mich zu bewegen. Ich lasse es geschehen. Blythe steht vor mir, hat wie immer die Kontrolle.

Raj sieht mich an. »Lass uns verschwinden.«

Aber ich kann nicht sprechen. Ich kann mich keinen Millimeter bewegen. Bin wie festgewachsen, erstarrt. Wenn ich mich bewege, werde ich weinen. Ich werde schreien. Vielleicht breche ich zusammen. Ich weiß es nicht. Es ist sicherer, einfach still zu stehen.

BLYTHE

Ich gleite zu Sean rüber. »Es ist so weit«, flüstere ich. »Jetzt ist dein Moment gekommen. Du musst dich entschuldigen. Sagen, dass es dir leidtut, und es auch so meinen. Es muss tief aus deiner Seele kommen. Verstehst du das?«

Er nickt.

Ich nehme seine Hand, seine große Hand, und er schlingt seine Finger um meine. Dev ist auch hier, genau hinter ihm, nur drei Meter entfernt. Aber darum geht es jetzt nicht. Es geht um Ally. Sean. Darum, dass zwischen den beiden alles wieder gut wird. Mehr tue ich doch gar nicht. Ich helfe ihnen nur.

ALLY

Ich sehe in vier Richtungen gleichzeitig. Alles um mich herum dreht sich. Da ist ein Echo, als wäre die Musik zu laut, aber das kann nicht sein, weil nirgendwo ein Lautsprecher in der Nähe ist.

Sean Nessel. Die zehn verschiedenen Gesichter von Sean Nessel. Er auf mir. Wenn ich den Wodka nicht getrunken hätte. Wenn ich vor der Party in der Schule nicht mit ihm gesprochen hätte. Wenn ich diese bescheuerten Collagen nicht gemacht hätte.

Ich starre den Boden an. Nur so schaffe ich es gerade noch, mich zusammenzureißen. Indem ich mich auf diesen grauen Boden konzentriere.

Raj redet mit mir, aber ich kann ihn nicht hören. Ich schüttle nur den Kopf. »Nein«, sage ich. Aber ich weiß nicht mal, wozu ich Nein sage.

BLYTHE

Seans Hand in meiner. Alles fühlt sich so richtig an. Ich werde alles wieder in Ordnung bringen. Ich werde Allys Schmerz ausradieren.

ALLY

Ich suche nach einer Lücke in der Menge, aber es drängen sich immer mehr Leute um uns, weil Blythe der Polarstern ist. Die Leute werden regelrecht von ihr angezogen.

Hinter mir höre ich Donnie und Suki gackern.

Blythe kommt auf mich zugestürmt. »Ich habe die Antwort auf alles!«

BLYTHE

Ich lasse Sean los, um nach Ally zu greifen, aber meine Finger rutschen ab, als wäre ihre Haut zu glatt. Also halte ich ihren Arm mit beiden Händen fest wie eine Klemmzange. Ich werde sie nicht loslassen. Ich werde alles wieder in Ordnung bringen.

ALLY

Sean Nessel sieht mich direkt an. Ich schaue nach unten. Wieder auf den grauen Boden.

Ich will hier weg. Aber Blythe hält mich wie an einer kurzen Leine.

Ich zerre an ihrem Kleid, auch wenn es da kaum etwas zum Festhalten gibt, nur den Rock. Er fühlt sich an wie dünne Taschentücher. Wie Luft.

»Lass mich los, Blythe.«

BLYTHE

Irgendetwas zerrt an meinem Kleid wie ein kleines Kind, und als ich den Kopf wende, sehe ich Ally. Sie hat mein Kleid gepackt und zieht mich näher zu sich. Oder versucht sie mich wegzustoßen? Ihr Blick ist wild. Sie ist so wütend.

»Blythe, lass mich los!« Sie spuckt die Worte regelrecht aus. Ein Monster bricht aus ihr hervor. Ihre Schultern gebeugt. Ihre Wangen zittern. Ich sehe nach unten und ich denke: *Mein Kleid. Sie wird das Kleid zerreißen.* Die Worte bleiben auf meiner Zunge kleben, weil alles viel zu schnell passiert.

»Lass sofort meine Hand los oder ich bringe dich um«, sagt Ally.

Ich schaue runter auf meine Hände, die um Allys Handgelenk geschlungen sind. Ich habe gar nicht gemerkt, dass ich sie festhalte.

Ich ziehe meine Finger zurück, als hätte ihre Haut mich verbrannt.

Ihr verzerrtes Gesicht starrt mich an.

ALLY

Ich bringe dich um, das kommt einfach so aus meinem Mund. Ein Rasen in meiner Brust.

Ich werde sie eigenhändig erwürgen, wenn es sein muss. Das spüre ich.

Blythe sieht mich an, holt scharf Luft, und wenn sie wieder ausatmet, wird sie Feuer spucken, das ist mir klar, aber ich weiche nicht zurück. Sie kommt ganz langsam auf mich zu, so nah, dass unsere Gesichter sich fast berühren, dann schält sie meine Finger von ihrem Kleid.

BLYTHE

»Du willst mich *umbringen?*«

»Was? Sie will dich umbringen?«, fragt Donnie.

Suki kichert. »Wer will dich umbringen, B?«

»Ally. Greenleaf. Ich habe sie gerade sagen hören, dass sie Blythe umbringen will«, erklärt Donnie und ihr Gesicht leuchtet.

»Ganz schön ehrgeizig, Kleine«, sagt Suki.

Sie warten seit Monaten auf eine Gelegenheit, Ally anzugreifen. Allys Miene fällt in sich zusammen. Ich will sie beschützen. Sie vor alldem abschirmen. Aber das kann ich nicht. Ich verstehe ja nicht einmal, wie es so weit gekommen ist.

»Wieso sagst du mir, dass du mich umbringen willst?«, kreische ich. »Und wieso reißt du so an meinem Kleid? Hast du deinen verdammten Verstand verloren?«

»Du hast meine Hand festgehalten.«

»Lass sie einfach in Ruhe, Blythe«, sagt Raj.

»Nein, ich glaube, deine kleine Freundin Ally hat heute Abend zu viel getrunken. Und wir wissen doch alle, was passiert, wenn Baby Ally zu viel trinkt, nicht wahr?«, erwidert Donnie höhnisch.

»Ich habe doch nur versucht dir zu helfen.« Jedes Wort knapp. Klar, schneidend. »Ich will dir helfen – und dann das? Dann behandelst du mich *so*?«

»Wie oft habe ich dir gesagt, dass du deine Zeit nicht mit der verschwenden sollst?«, fragt Donnie. Das wird jetzt eine ihrer Predigten. Sie redet nur noch sinnloses Zeug. »So sind sie eben, undankbar, diese Kinder.«

Sie starren mich alle an.

Dev, Sean, Suki, Donnie. Sie erwarten, dass ich etwas sage. Ich muss etwas erwidern.

Ich suche Allys Blick und schließlich sieht auch sie mir in die Augen.

»Was hast du dir dabei gedacht?«

ALLY

Aber ich weiß nicht, wie ich es ihr erklären soll. Je näher Sean gekommen ist – er ist jetzt so nah –, desto eingeengter habe ich mich gefühlt. Hatte Angst, dass er mich vielleicht küssen würde. Oder mich wieder abfüllt. Oder versucht sich zu entschuldigen. Irgendwas Verlogenes und Belangloses. Und ich würde es wieder tun. Weil ich mir selbst nicht traue. Bin ich nicht genau deswegen hierhergekommen? Wegen dieser blöden Idee, ihm irgendwas zu beweisen? Um ihm zu zeigen, dass es mir gut geht? Es geht mir nicht gut.

Er ist immer noch hier. Steht einfach da, hinter ihnen, während sie immer näher kommen. Während sie den Freak einkreisen. Er wartet nur darauf, mich anzufallen.

»Ich kann dir nicht erklären, was passiert ist. Ich ...«

Ich will nicht weinen. Ich will nicht weinen.

BLYTHE

Wenn man einem Mädchen wie mir sagt, dass man es *umbringen* will, hat das immer ein Nachspiel.

So was kann man einfach nicht machen. Nicht vor meinen Mädels. Suki, Cate und Donnie würden das niemals zulassen. Ich würde das niemals zulassen. Alles, was ich habe, hängt einzig von meinem Image ab.

Wenn ich jetzt Mitgefühl zeige, werden sie mich fertigmachen. Wenn ich Ausreden für Ally finde, werden sie mich fertigmachen.

Es würde mich schwach aussehen lassen.

Und niemand hat mich je schwach gesehen.

Ich gebe ihr noch eine Sekunde. Irgendwas, Ally. Einfach irgendwas, Greenleaf. Sag einfach irgendwas.

Aber sie ist gar nicht mehr hier. Als würde sie nicht existieren. Fast wie damals, als sie aus Sophie Millers Haus gerannt ist. Also beschließe ich, sie vor sich selbst zu schützen.

»Verschwinde«, sage ich in dieser übertrieben mädchenhaften Babystimme, wie Cinderellas gute Fee.

28

ALLY

Ich kann nicht atmen. Kann mich kaum aufrecht halten. Ich drehe mich um und da ist er. Löst sich aus der Menge, schwebt auf mich zu. Also renne ich in die entgegengesetzte Richtung, den Flur hinunter, schaue nicht zurück.

Ich stolpere um eine Ecke auf eine Reihe Spinde zu. Raj folgt mir, ruft meinen Namen.

»Ally … sprich mit mir!«

Ich laufe auf und ab. Mein Körper gehorcht mir nicht mehr. Wie konnte das passieren? Wie bin ich hier gelandet? Wie habe ich mich in diese Lage gebracht? Wie konnte ich mich so verlieren und wie bekomme ich mich zurück?

Ich gehe in die Hocke, kauere mich zusammen. Jetzt habe ich Angst.

»Sag mir, dass es dir gut geht.«

»Aber es geht mir nicht gut, Raj. Hier gibt es weit und breit überhaupt nichts Gutes.« Meine Stimme bricht. Ich kriege die Worte kaum raus.

»Du hast dich gegen sie behauptet. Ist dir das überhaupt klar? Du hast Blythe vor all ihren Freunden die Stirn geboten.«

»Es ging aber nicht um sie. Ich wollte nicht ihr die Stirn bieten.«

»Wie meinst du das?«

Ich trete mit einem meiner armseligen Pumps gegen einen Spind und der bescheuerte winzige Absatz bleibt in einem der Lüftungsschlitze stecken. Ich bekomme ihn nicht mehr raus. Ich ziehe den anderen Schuh vom Fuß und werfe ihn gegen den eingeklemmten. Er kracht gegen den Spind, laut wie eine Explosion. Dann sinke ich auf die Knie, setze mich auf meine Füße, meine rote Strumpfhose wirkt grell und wild. Das sind Strumpfhosen für selbstbewusste Mädchen. Nicht für ein Mädchen wie mich. Ein total fertiges, kaputtes Mädchen wie mich.

»Ich glaube, ich habe mir den Zeh gebrochen.«

Raj kniet sich neben mich.

»Rede mit mir, Greenleaf.«

»Es geht um ihn, verstehst du das wirklich nicht?«

Raj ist so lieb. Er sagt immer das Richtige. Aber auf das hier hat selbst er keine Antwort. Wer weiß, ob er überhaupt noch was mit mir zu tun haben will, nachdem er die ganze Geschichte gehört hat.

»Es geht um ihn. Um Sean Nessel. Er hat mir das angetan. Ich habe überhaupt keine Kontrolle mehr und ich weiß nicht, wie ich sie zurückbekommen kann. Es fühlt sich an, als hätte ich keinen eigenen Verstand mehr. Als ob jemand anderes mich kontrollieren würde, mich besitzen würde. Es fühlt sich an, als würde ich gleich einen Nervenzusammenbruch haben.«

Ich lege vorsichtig eine Hand um meinen Fuß. Mein schwarzer Eyeliner tropft wie ein Schwarm schwarzer Ameisen von meinem Gesicht. Verschmierter Glitzer auf meiner Wange. Ich kann es spüren.

Ich wünschte, ich hätte einen fetten schwarzen Filzstift und könnte damit über die ganze Reihe Spinde schmieren, so groß, dass es jeder sehen könnte.

Mir ist etwas passiert.

Niemand würde wissen, was damit gemeint ist. Aber ich wüsste, dass es da ist.

Mir ist etwas passiert.

Ich weiß, was es ist, aber ich konnte es bislang noch nicht aussprechen.

Ich wurde vergewaltigt.

Ich kann es nicht laut sagen. Ich will nicht. Wo sollte ich überhaupt anfangen? Zwischen Raj und mir ist es still, mindestens zehn Minuten lang. Im Hintergrund läuft Electronica. Die Musik vom Ball dröhnt zu uns herüber.

»Ich weiß nicht, wie wir hier rauskommen sollen«, sage ich.

»Wir gehen einfach.«

»Alle werden mich anstarren.«

»Nicht, wenn ich dich mit meinem unsichtbaren Schild beschütze.«

»Was, wenn Blythe mir nachkommt?«

»Dafür habe ich ein spezielles unsichtbares Spray, das sie auf mindestens drei Meter Abstand hält. Und ein goldenes Lasso.«

Mein Gesicht in den Händen vergraben. Atmen. Versuch zu atmen.

»Habe ich dir nie von meiner Schwester erzählt?«, fragt er.

Ich schüttle den Kopf. Raj hat immer eine Geschichte parat.

»Letztes Jahr am College. Sie wurde auf einer Party vergewaltigt.«

Ich sehe ihn nicht an, als er das sagt. Dieses Wort. Dieses Wort. Ich will, dass es hoch in den Himmel steigt und zwischen den Wolken verschwindet. Ich will es in einen der Spinde sperren und für immer dort verrotten lassen. Es niemals wiedersehen. Aber ich atme. Starre geradeaus. Er fragt mich: »Soll ich weitererzählen?«

»Ja.«

»Sie musste ihr Studium abbrechen und zur Polizei gehen. Sie hat die Uni gewechselt. Deswegen geht sie jetzt an die NYU und wohnt wieder zu Hause.«

Ich schaue ihn mit einem wilden Blick an. »Wurde deine Schwester *vergewaltigt* vergewaltigt?«

»Was ist denn *vergewaltigt* vergewaltigt? Es gibt nur Vergewaltigung, Ally. Das ist nicht so wie bei ›Magst du mich?‹ oder ›*Magst* du mich?‹.«

Ich denke an all die verschiedenen Szenarien, in denen eine Vergewaltigung passieren kann. Ich denke an Frauen, die in der Subway in Manhattan gepackt oder in eine dunkle Gasse gezogen werden. An Mädchen, die in ihrem Vorgarten abgeladen werden. Ohne Erinnerung an die letzte Nacht außer in Form von blauen Flecken und einem Video im Internet. Ist das keine Vergewaltigung? Ist das dieselbe Art Vergewaltigung, die mir passiert ist?

»Es war ein Typ, den sie aus der Studentenverbindung kannte«, sagt Raj. »Sie war total betrunken. Sie konnte sich an nichts erinnern. Und ein paar Jungs haben zugeschaut, bis endlich jemand den Typen von ihr runtergezogen hat, weil sie quasi bewusstlos war. Inzwischen geht es ihr wieder gut. Aber es hat sie verändert. Es hat mich verändert. Am Anfang wollte ich dahin fahren und den Kerl umbringen. Aber ich allein gegen hundert Collegetypen?«

Ich stelle mir Rajs Reaktion vor, als er das erste Mal gehört hat, was seiner Schwester passiert ist. Wie hilflos er sich gefühlt haben muss. So hilflos, dass er das alles für sich behalten hat.

Dass ich diese Geschichte jetzt zum ersten Mal höre. Ich denke daran, wie seine Schwester sich gefühlt haben muss, dass Leute ihr zugesehen haben. Sich nicht gerührt haben, während irgendein Typ Sex mit ihr hatte. Niemand hat eingegriffen.

»Als du an diesem Abend von der Party geflohen bist …« Seine Stimme stockt. »Ist dir da dasselbe passiert, was meiner Schwester passiert ist?«

Ich streiche die durchscheinenden Rüschen meines schwarzen Kleides glatt. Es ist ein Gletscher. Ich bin Eis, schwarz und kalt. Meine rote Strumpfhose ist Feuer. Ich werde dich einfrieren oder zu Asche verbrennen.

Ich nicke. Sehe ihm ins Gesicht. Direkt in die Augen.

Ja.

Er knallt den Hinterkopf gegen den Spind. Dreht sich dann zur Seite und schlägt mit der Faust dagegen. Das Geräusch seiner Faust auf Metall hallt durch den leeren Flur. In all den Jahren, die ich Raj kenne, habe ich ihn nie so gesehen und es löst etwas in mir aus. Es macht mich auch wütend. Ein Gefühl, das ich bisher noch nicht hatte. Wut bohrt sich wie ein Messer in meine Brust.

29

BLYTHE

Donnie schlingt ihren Arm um meinen, hängt sich an mich.

»Tja, da hattest du wohl einen kleinen Streit mit deinem Minion, was, Jensen? Hält sie sich etwa nicht an die Regeln?«

»Ich will jetzt nicht darüber reden.«

»Oh, wir werden aber darüber reden.«

»Ach ja? Bring mich nicht dazu, hier eine Szene zu machen, Bitch. Heute Abend ist schon zu viel passiert. Ich brauche jemanden, der meine Probleme löst. Nicht jemanden, der noch mehr Probleme macht.«

»Leck mich doch. Sehe ich aus wie Mutter Theresa, oder was?«

»Hör auf«, sage ich. Ich habe jetzt echt keine Lust auf ›Heathers‹-Zitate.

Donnie schmiegt ihren Kopf an meine Schulter. Sie versucht es auf die süße Tour. Ich spüre sie heftig gegen mein Ohr atmen.

»Ist er das wirklich wert?«

»*Ist er das wert?* Was soll das denn heißen?«

»Du weißt, was das heißen soll.«

Ich sehe mich kurz um. Alle möglichen Leute könnten sie hören, wenn sie es jetzt sagt. Wenn sie jetzt den Mund aufmacht. Wenn sie noch mehr außer Kontrolle gerät.

»Geht es denn hier nicht um *ihn*? Wenn du Ally dazu bringst, ihm zu verzeihen. Wenn du sie dazu bringst, zu vergessen, was auch immer zwischen den beiden passiert ist. Dann bekommst du seine Liebe. Geht es etwa nicht darum? Warum sonst solltest du deine Zeit mit dieser *Anfängerin* verschwenden? Mit diesem Baby. Ally. Was weiß die denn schon? Was weiß sie denn schon darüber, wie *wir* uns unsere Position erarbeitet haben?«

Ich will einfach nur, dass sie die Klappe hält. Ich bin ernsthaft versucht, ihr eine runterzuhauen. Sie erinnert mich gerade an meine Mutter, daran, wie sie ist, wenn sie ihre Medikamente nicht nimmt, wie sie dann wirr vor sich hin schimpft.

»Lass uns einfach gehen.«

»Wohin?«

»Irgendwohin. Ich muss mich hinsetzen.«

Suki kommt uns nachgerannt.

»Ihr seid einfach verschwunden.«

»Was hätte ich denn tun sollen? Weiter da rumstehen?«, frage ich.

»Als dein kleines Maskottchen abgehauen ist, hat Sean übrigens drei Zehntklässlerinnen abgeschleppt und verkündet, dass er mit denen jetzt seine private Initiation durchführt.«

»Was?«, frage ich. »Er ist total dicht. Er weiß nicht mehr, was er sagt.«

Donnie gackert, wirft den Kopf in den Nacken. Streckt die Arme aus, bleich und hexenhaft. »Stellt euch mal vor, Sean wäre der Star einer Fernsehshow: *Boys Most Wanted. Alle wollen ihn, aber niemand weiß, wiiiesooo … denn seine Seele ist ein schwarzes Loch.*«

Ich trete hinter sie. Schubse sie vorwärts, in Richtung der Toiletten. Sie redet wirres Zeug und ich will weg von Donnie, von diesen schwarzen eingesunkenen Augen. Diesen Augen, die ich nicht mehr erkenne.

~

Mädchenklo. Es sind schon einige Mädels drin. Ein paar stehen Schlange, aber wir sind Die Vier. Na ja, im Moment nur Die Drei, weil Cate mit Chase Goldberg irgendwohin verschwunden ist. Wir gehen an der Schlange vorbei, weil wir *wir* sind. Donnie zuerst. Ich als zweite. Suki als Letzte. Wir quetschen uns in die Behindertentoilette. Alle anderen müssen warten.

»Was genau hat er gesagt, Suki? Ich will jedes Wort wissen.«

»Ich habe gehört, wie er irgendwas darüber gesagt hat, dass er drei Mädels gefunden hat, die ganz scharf drauf sind. Dass er dieses ganze Drama mit Ally nicht braucht. Dass ihm das alles zu viel geworden ist. Er kann ganz allein drei Mädels auftreiben« – sie malt mit den Fingern Anführungszeichen in die Luft – »›die es ihm besorgen‹.«

»Mir geht's echt nicht gut«, jammert Donnie, aber ich ignoriere sie, weil ich versuche zu entschlüsseln, was Suki da sagt.

»Wörtliches Zitat«, meint Suki.

»Du kannst ihr erzählen, was du willst«, sagt Donnie. »Sie sieht ihn nicht so wie wir. Sie sieht nur die sanfte Seite. Stimmt's, Jensen? Süßer, lieber Sean, der mit seiner Kunst sammelnden Oma in der Stadt shoppen geht. Ha! Sag das zehnmal schnell hintereinander.«

Sukis Gesicht, verwirrt. »Wann hast du ihn denn mit seiner Oma gesehen?«

»Vergiss es einfach. Donnie weiß nicht, was sie da redet.«

Sie wedelt tadelnd mit dem Zeigefinger. »Oh doch, das weiiiiß ich.«

Suki ignoriert Donnie und redet weiter. »Sean hat es allen erzählt. Chase und Cate. Harrison. Dev. Du kannst Dev ja selbst fragen. Er stand direkt daneben.«

So ist Sean eben. Er wickelt die Mädels um den kleinen Finger. Und ich räume am Ende hinter ihm auf.

»Im Ernst, Leute. Ich muss gleich kotzen«, sagt Donnie und versucht, sich auf den Boden zu knien.

Absätze klackern im Vorraum auf und ab. Alle können sehen, was los ist, wenn sie jetzt auf den Boden sinkt.

»Wir müssen uns hinsetzen. Dir ein bisschen Wasser besorgen, das ist alles.«

Ich sehe Suki an und forme wortlos mit den Lippen: »Hoch.« Wir hieven Donnie auf den Toilettendeckel. Sie nickt.

Mein Körper versteift sich. Dieses Kleid. Ich schaue daran hinab. Wenn Donnie sich jetzt übergibt, ist es voller Kotze.

»Moment, Moment, Moment.« Sie breitet die Arme aus wie ein Vogel. »Ich muss euch erst noch ein Geheimnis verraten.«

Ihr Kopf ruckt vor und zurück. Ihre Lippen beben und dann bricht sie in unseren Armen zusammen. Gibt keinen Ton von sich. Kein Anzeichen von Schmerz. In der einen Sekunde sitzt sie noch aufrecht da – und in der nächsten, *wuuusch*. Total leblos.

Lehrer werden sie sehen. Die Erwachsenen werden sehen, dass ihr Gesicht kein Gesicht mehr ist. Sie ist völlig in sich zusammengefallen.

»Was hast du heute genommen? Rede mit mir. Was hast du genommen?« Ich gebe ihr eine Ohrfeige und sie sieht unter all ihren Haaren zu mir auf, ihre Knochen scharfkantig und furchterregend. Ich richte sie so gut es geht auf, aber ihr Körper hängt schlaff über meinem Kleid.

»Es ist alles in Ordnung«, sagt Suki übertrieben laut. »Es ist alles in Ordnung. Du bist nur ein bisschen dehydriert. Wir müssen dir nur ein bisschen Wasser besorgen.«

Ich nicke. Sie wimmelt die Mädchen draußen vor der Tür ab, die aufgehört haben, in ihren klackernden High Heels hin und her zu laufen, um Donnies Sturz von ihrem Thron zu beobachten.

Ich habe keine Ahnung, wie wir hier rauskommen sollen. All diese Mädchen, die sich wünschen, sie wären wie wir – Donnie Alperstein und Blythe Jensen –, die sich wünschen, sie hätten eine Freundschaft wie unsere.

Mit Mühe gelingt es Suki und mir, Donnie aufzurichten. Mein Körper würde am liebsten über ihr zusammenbrechen. Dieser Abend. Dieser Abend macht mich fix und fertig.

Dann reicht mir jemand – irgendein süßes kleines Vöglein – einen Becher Wasser unter der Kabinentür durch. Ich gebe es an Donnie weiter.

Donnie öffnet die Augen einen Spaltbreit. Sie zieht an meinen Haaren. »Jensen, ich weiß nicht, ob ich das überlebe. Ich habe zu viel Vicodin genommen. Zu viel Vikes und dann noch der Champagner.«

»Ich lasse dich jetzt los. Fall ja nicht auf deinen Kopf, Bitch«, sagt Suki und Donnie nickt. Sie kann also noch Anweisungen befolgen. Ich atme tief durch. Suki greift in ihre Handtasche und holt ein Fläschchen von ihrem pulverisierten Ritalin raus. Sie klopft etwas davon auf ihre Hand. Donnie macht den Mund auf. Sabbert auf Sukis Handfläche, versucht das Pulver abzulecken. »Nein, du musst es schnupfen«, erklärt Suki mit fester Stimme. »Jetzt einatmen. Zieh es in deine Nase hoch.«

Ich sehe Suki an. Sie hat immer diesen irren Blick, wenn sie eine Aufgabe hat. Erinnert mich an früher, als wir noch zusammen Fußball gespielt haben. Kick den Ball, Sukes. SCHIESS.

»Zieh's in deine Nase.« Donnie lacht.

»Sie muss hier raus«, sagt Suki.

»Sie muss 'nen Entzug machen«, erwidere ich.

»Ich kann euch hören, ihr Bitches«, zischt Donnie. *»I say they try to make me go to rehab and I said no, no, no.«* Jetzt singt sie Amy-Winehouse-Songs.

Wir sitzen da und warten. Donnie döst weg. Ich flöße ihr kleine Schlucke Wasser ein. Suki und ich drücken sie gegen die Wand, damit sie aufrecht sitzt. Und dann passiert es. Donnies Gesicht bekommt langsam wieder Farbe. Sie ist wieder lebendig. Wach. Eine Erscheinung. Ein Mensch. Die Musik vibriert bis in unsere Toilettenkabine. BUM, BUM, BUM, BUM. BUM, BUM, BUM, BUM.

»Ihr beide seid meine besten Freundinnen«, sagt Donnie. »Das wisst ihr, oder? Cate nicht. Cate ist eine Bitch.«

Suki bricht in schallendes Gelächter aus. Ich fange auch an zu lachen. Erleichterung. Es hat funktioniert.

Donnie hört auf zu lachen und steht auf, ohne unsere Hilfe. Wir gehen schnell aus der Kabine, werfen nicht mal einen Blick in den Spiegel oder zu den ganzen Idioten, die das hier morgen wie ein Lauffeuer in der ganzen Schule verbreiten werden.

In Gedanken hake ich diesen Notfall ab. Einer erledigt, einer noch offen. Als nächster Sean.

Immer Sean.

30

ALLY

Raj bringt mich nach Hause. Nur wir beide in diesem alten Kombi. Ich schicke Sammi eine Nachricht, entschuldige mich zum tausendsten Mal. Sie verzeiht mir, weil sie mir immer verzeiht. Wie viele Entschuldigungen nimmt sie wohl hin? Anscheinend eine ganze Menge.

Ich weiß, dass Raj mir gleich erklären wird, dass ich mit jemandem reden muss. Oder noch schlimmer, dass ich es der Polizei melden muss.

Er erwähnt nichts davon. Er sitzt einfach nur da. Geduldig. Geduldiger Raj. Wo nimmt er nur all die Geduld her?

»Ich gehe ja manchmal zu diesem Jiu-Jitsu-Kurs.«

»Okay. Willst du, dass ich mit dir zum Jiu Jitsu gehe und Leute verprügle?« Ich lache laut auf. »Du musst nicht auf alles eine Antwort haben, Raj.«

»Das behaupte ich ja auch gar nicht.«

»Aber es stimmt doch … oder? Du weißt immer ganz genau, was du sagen musst.«

»Irgendwann werde ich etwas extrem Dummes zu dir sagen, Ally.«

»Zwei plus zwei ist zehn? So was in der Art?«

»Jap. Genau. Und du wirst so enttäuscht von mir sein.«

»Du könntest mich nie enttäuschen«, versichere ich ihm.

Wir sehen einander an. Ein langer Blick, fast so ein Blick wie kurz vor einem Kuss. Also schaue ich zuerst weg. Ich schlucke dieses Gefühl hinunter. Lass es nicht zu. Lass es dir nicht anmerken. Vergrab es ganz tief in dir drinnen, bis du es nicht mehr fühlen kannst. Bis du kaum noch da bist.

»Raj«, sage ich. »Habe ich dir zu viel erzählt?«

»Niemals«, antwortet er. »Du könntest mir niemals zu viel erzählen.«

Später am Abend schreibe ich Blythe eine Nachricht.

Es tut mir leid, dass ich das gesagt habe –
ich weiß nicht, was mit mir los war.

Das ist eine Lüge. Aber ich muss diese Entschuldigung loswerden.

Ich warte auf ihre Antwort. Sitze da und starre mein Handy an. Warte auf ihre Vergebung. Auf ihr Verständnis.

Aber sie lässt mich einen ganzen Tag lang zappeln. Lässt mich für das bezahlen, was ich getan habe. Dann schreibt sie: Schon vergessen.

31

BLYTHE

Als ich nach Hause komme, liegt meine Mutter schon oben in ihrem Bett. Ihre Pillen leisten ganze Arbeit. Sie ist nicht wach zu kriegen.

Mein Vater ist nicht zu Hause. Ist er ja nie.

Ich ziehe mein Kleid aus. Der bodenlange Saum ist voller Dreck. Komplett eingesaut, weil er die ganze Zeit über den schmutzigen Boden geschleift ist. Es sieht aus, als wäre ich durch ein Matschfeld gelaufen. Ist mir egal.

Ich ziehe Sweatpants und ein T-Shirt an. In meinem Kopf höre ich immer wieder, was Suki über Sean gesagt hat. *Er hat drei Mädels gefunden, die ganz scharf drauf sind.*

Ich sehe alles leicht verschwommen – Nachwirkung dieses Abends –, aber ich starre trotzdem auf mein Handy. Das einzige Licht im Zimmer kommt von dem kleinen Bildschirm. Dieses grelle Licht, das mich blendet. Ich scrolle durch die Instagram-Accounts aller dummen Mädchen an unserer Schule, die mir einfallen, durch die Feeds von jedem, der Sean kennt oder mit ihm befreundet ist. Meine Pupillen schmoren vor sich hin. Ich suche nach all den bescheuerten Bitches, die ein Foto von Sean Nessel posten würden, als

Beweis ihrer großartigen Eroberung. Es muss doch jemanden geben, der blöd genug ist. Jemanden, der damit angeben will.

Und dann finde ich es.

Ein Foto von Seans Mund. Ich erkenne ihn an seinem Zahn. Er hat einen schiefen Zahn, weil er nie seine Zahnspange getragen hat. Unmöglich zu übersehen. Eine Zehntklässlerin. Hunter irgendwas. *SN,* hat sie daruntergeschrieben, als ob das nicht jeder verstehen würde. Die Initialen SN sind ein untrüglicher Hinweis. Wenn jemand mit einem Nessel-One-Night-Stand angibt, ist das das Erste, wonach man Ausschau halten muss.

Müder Hase, steht auch noch darunter.

Ich bin mir sicher, dass es spätestens morgen früh verschwunden ist. Sean wird das konfiszieren. Er mag es nicht, wenn seine nächtlichen Abenteuer veröffentlicht werden.

Ich bin so bescheuert. So absolut dämlich. Hab ernsthaft gedacht, dass ich irgendeine Verbindung zu ihm hätte. Dass da etwas zwischen uns ist. Etwas Echtes.

~

Das Wohnzimmer ist plötzlich erfüllt von grellem Licht. Die Scheinwerfer von Devs Jeep.

Ich öffne die Tür. Dev kommt rein, seine Haare nass. Er ist frisch geduscht.

»Musstest den Gestank abwaschen, oder was?«, frage ich.

»Was? Nein«, sagt er. »Ich war eine einzige Schweißpfütze.«

»Du hast also nicht Sean durch die Gegend kutschiert, damit er sich mit seinen süßen kleinen Eroberungen treffen kann? Hast nicht den Zuhälter gespielt? Ich dachte, ihr seid nach Hause gefahren.«

Er erzählt mir, dass er und Sean mit einer Gruppe Neunt- oder Zehntklässlerinnen abgehauen seien, während ich mich um Donnie gekümmert habe. Sie seien zu einem der Mädchen gefahren, weil sie einen Pool hat. Vermutlich dieselbe, die das Foto gepostet hat.

»Jemand hat mich reingeschubst. Überall Chlor und dann diese bescheuerten, sturzbesoffenen Mädchen. Irgendwann wird mal jemand ertrinken. Sie haben diesen einen Typen auf eine Luftmatratze verfrachtet und er war echt weggetreten. Es war grauenhaft, B. Du hättest es gehasst. Ich habe gehört, dass Cate und Chase in der Limo Sex hatten, deswegen wollte ich da nicht mehr rein. Ich bin nach Hause gelaufen. Und das war eigentlich ganz schön. Einfach den Mond anschauen. Der war so groß und dann ist er einfach immer tiefer gesunken und verschwunden. Ich verstehe immer noch nicht so ganz, wie das funktioniert«, sagt er, sein Gesicht voller Staunen. »Muss ich eigentlich wirklich vor deiner Tür stehen und dir das alles erzählen?«

Dev hat eine Freundin wie mich nicht verdient. Dev hat einen Freund wie Sean nicht verdient.

Ich trete zur Seite, lasse ihn rein. Durcheinander. Betrunken. High. Was auch immer er ist, ich weiß, dass Dev die Wahrheit sagt. Ich weiß, dass er nichts mit Seans Plänen zu tun haben wollte. Dass er nur versucht hat, ein guter Freund zu sein, ein Bro, ein Super-Bro oder was auch immer die beiden sind. Und dann ist er zu mir zurückgekommen.

Ich erzähle ihm von Donnie. Von der Szene in der Toilette. Erzähle ihm, was ich gehört habe. Dass Sean Neuntklässlerinnen um sich scharen und mit ihnen seine eigene Initiation abziehen will. Ein paar Blowjobs von mehreren Vierzehn- und Fünfzehnjährigen auf einmal.

»Bevor du Nessel jetzt in der Luft zerreißt, weil er die Initiation erwähnt hat … Glaub mir, er war längst völlig hinüber, als wir bei dieser Poolparty angekommen sind. Er hatte keine Ahnung mehr, was er sagt.«

»Wir finden immer irgendwelche Ausreden für ihn, Dev. Oder?«

Dev reibt sich die Augen. Sie sind gerötet und müde, mit dunklen Ringen.

»Ich würde es eher so formulieren, dass wir seine Fehler akzeptieren.«

»Diese ganzen One-Night-Stands. All die Mädchen, die er einfach wegwirft, ein ganzes Schlachtfeld voller Mädchen …«

»Ein Schlachtfeld? Die sind doch nicht tot, B. Die wollen da sein. Diese Mädels heute Abend haben ihn regelrecht in ihre Limo gezerrt. Er hat mich mitgezogen, weil er nicht allein mit einer ganzen Gruppe Minderjähriger erwischt werden wollte. Nessel passt auf sich auf. Das ist etwas, das mich immer wieder an ihm überrascht. Er erkennt eine heikle Situation schon von Weitem, völlig egal wie fertig er ist. Er denkt immer zehn Schritte voraus.«

Ich drifte zwischen Erinnerungen hin und her, Seans und mein Kuss hinter dem Gartenschuppen, dieser Abend nach der Party, wie er an meinem Autofenster geweint hat, mich gebeten hat, ihm zu helfen. Dann noch eine andere Erinnerung daran, wie er in der Schule meine Hand gehalten hat. Mich so sehr braucht.

Zehn Schritte voraus.

Wusste er, was er damit für Gefühle in mir wecken würde? Dass ich gebraucht werden will? Dass ich das Gefühl haben will, alles in Ordnung bringen zu können? Wusste er das von Anfang an? Die ganze Zeit?

»Es war ein langer Abend, B. Lass uns einfach ein bisschen kuscheln.« Er schlingt seine Arme um meine Taille. Schiebt die Hände in meine Sweatpants, dann weiter hoch. Er massiert mir die Schultern, fährt mit den Fingern meinen Rücken hoch und runter. Streichelt mich einfach nur.

Er ist so sanft und gut.

Und ich bin ein Monster.

~

Am nächsten Morgen klicke ich noch einmal auf die Instagram-Story dieser Zehntklässlerin, dem Mädchen, mit dem Sean geschlafen hat, und das Foto ist verschwunden.

~

Am Montag warte ich vor Allys Klassenzimmer, wie immer. Ich erwähne den Ball mit keinem Wort. Sie wartet darauf, dass ich etwas sage, das ist mir klar. Sie ist still, stiller, als ich sie bisher erlebt habe.

»Wirst du mich jetzt für immer hassen? Weil … Ich weiß nicht, ob ich das ertrage«, sagt sie.

»Ich werde dich nur eine Weile lang hassen«, erwidere ich.

32

ALLY

Jeder in der Schule nennt unsere Sozialarbeiterin Miss Wandteppich, weil ihr Büro mit diesen ganzen »Tepps« – ihr Wort, nicht meins – zutapeziert ist. Mit Tepps meine ich riesige lila gemusterte Stoffe mit bizarrem psychodelischem Flair. Wenn ich mehr Probleme hätte und sie früher kennengelernt hätte, und wenn sie ein paar Jahre älter wäre, hätte ich sie meinem Dad vorstellen können. Miss Wandteppich mit ihren langen weiten Röcken und ihrer Sammlung pinker Buddhas wäre genau sein Typ.

Das hier war die Idee meines Vaters. Dass ich mit jemandem rede. Ich habe sie ausgesucht, weil ich gehört habe, dass sie einen nicht zum Weinen bringt. Andere Therapeuten sehen das quasi als Teil ihres Jobs. Die Tränen rauszukitzeln.

»Also, was ist los bei dir, Alistair?«

Ich habe eine ganze Liste von Themen, über die ich mit ihr reden könnte, aber ich weiß nicht, womit ich anfangen soll.

»Willst du darüber reden, wieso dein Vater wollte, dass wir uns treffen?«

»Ich war in letzter Zeit einfach etwas abwesend. Ich glaube, er überreagiert nur etwas.«

»Manchmal ist Abwesendsein ein Symptom für etwas anderes, Größeres.«

»Wie eine Manifestation?«

Sie notiert etwas auf ihrem gelben Block. Ein Ring in Form eines Drachen windet sich um ihren Zeigefinger. »Ja. So in der Art«, sagt sie. »Also, erzähl mir doch mal von dir. Dein Dad hat mir schon ein paar Dinge verraten. Aber ich wüsste gerne, wieso du deiner Meinung nach hier bist.«

Also fange ich an zu lügen. Na ja, nicht direkt zu lügen, aber ich erzähle ihr Dinge, die sie wahrscheinlich hören will. Dinge, die nichts mit Sean Nessel zu tun haben. »Meine Mutter wohnt seit vier Jahren nicht mehr bei uns zu Hause.«

»Okay. Das hat dein Vater gar nicht erwähnt. Das muss dein Leben ganz schön aus der Bahn geworfen haben.«

Sie sieht von ihren Notizen auf und blättert durch ihren Ordner.

»So schlimm war es eigentlich gar nicht«, sage ich, was natürlich nicht stimmt.

»Ach nein?«, fragt sie. »Kannst du das näher erklären?«

»Mein Vater … Er ist ein toller Typ. Er und meine Tante unterstützen mich in allem.« Ich denke daran, wie Tante Marce mir die Pille danach gebracht hat. Mich zum Frauenarzt geschleift hat. »Außerdem reden meine Mutter und ich viel. Auch wenn sie nicht bei uns wohnt.«

»Siehst du sie in den Ferien? Im Sommer?«

»Genau.«

»Das ist gut. Du hast also Menschen, auf die du dich verlassen kannst.«

»Ja, und Freundinnen und Freunde und jede Menge Leute, mit denen ich reden kann. Nur …«

»Nur was?«

»Meine Freundin Sammi. In letzter Zeit ist unsere Freundschaft etwas … angespannt.«

»Woran, denkst du, könnte das liegen?«

»Daran, dass ich mich mit jemandem angefreundet habe, den sie nicht mag.«

»Wieso mag sie die Person denn nicht?«

»Ich weiß nicht. Vielleicht weil sie nicht wirklich gut für mich ist.«

Blythe Jensen ist wie eine Droge. Das würde ich ihr am liebsten sagen. Eine Droge, mit der ich nicht aufhören will.

»Glaubst du, dass dein Dad deswegen wollte, dass du mit mir redest? Wegen dieser neuen Freundschaft?«

Ich schüttle mein Bein. Wippe damit auf und ab, unkontrolliert. Ich könnte ihr unzählige Gründe nennen, wieso ich hier bin. Ich bin mir sicher, sie hat sie alle schon gehört.

»Na ja, vielleicht gibt's da ein paar Themen, über die man reden sollte. Ich will nur nicht unbedingt genau jetzt darüber reden«, sage ich, einigermaßen zufrieden mit dieser Antwort.

»Ich bin gern langsam unterwegs«, erwidert sie. »Wir können uns Zeit lassen.«

»Okay. Tun Sie mir nur einen Gefallen?«, frage ich.

»Na klar.«

»Sagen Sie mir bitte nicht, dass ich zu streng mit mir bin.«

»Fühlt es sich denn manchmal so an? Dass du zu streng mit dir bist?«

»Es fühlt sich ziemlich oft so an«, bestätige ich. »Manchmal würde ich einfach gern mein Gehirn ausschalten.«

»Das Gefühl kenne ich.«

Sie verspricht, mir nicht zu sagen, dass ich zu streng mit

mir bin, will aber, dass ich ein paar Dinge tue, die meinem Gehirn dabei helfen sollen »runterzukommen«.

Sie will, dass ich Tagebuch schreibe. Mein Herz ausschütte.

~

Später am Abend schlage ich zu Hause ein neues Notizbuch auf und schreibe: *Sean Nessel.*

Ich hasse diese zwei Worte. Und ich will sie nie wieder sehen. Ich kritzle so heftig darüber, dass die Seite reißt, und schmeiße das bescheuerte Buch quer durch den Raum.

Ich presse mein Kissen vor mein Gesicht und schreie. Mein Körper ist heiß und von kaltem Schweiß bedeckt. *Ich hasse dich!,* schreie ich, das Gesicht im Kissen vergraben. *Ich hasse dich!*

~

Eine Stunde später. Ich versuche es noch mal. Tue so, als würde es um jemand anderen gehen. Eine Fremde. Ich ziehe mich aus dem Geschehen. *Wie geht es dir?* Schreibe ich der Fremden.

Nicht so toll. Ich wurde vergewaltigt.

Ich klappe das Tagebuch zu.

Das reicht für heute Abend.

33

BLYTHE

Ich bitte Sean, sich mit mir auf dem Parkplatz zu treffen.

Donnie wäre sauer, wenn sie das wüsste. Sie würde sagen, dass ich unter seinem dunklen Bann stehe. Ja, Sean hat diese drei Mädchen abgeschleppt für seine private Initiation, aber er war sturzbetrunken. Wir waren auf dem Ball alle total dicht. Donnie im Drogenrausch. Cate hatte Sex in der Limo. Niemand von uns war bei klarem Verstand. Sean schleppt Mädels ab. Das ist eben sein Ding. Was habe ich denn erwartet? Dass er mir *treu* ist? Dem Mädchen, die einen Freund hat, den sie liebt? Der sein bester Freund ist? Wir haben uns da nur in was verrannt. Das ist alles. Sean und ich sind Freunde. Gute Freunde. Mehr nicht.

»Hast du dich schon von dem Ball erholt?« Er lehnt sich durch das Fenster meines Autos. Wenn Sean lächelt, ist es praktisch unmöglich, nicht zurückzulächeln. Ich will die goldenen Härchen auf seinem Arm berühren. Seine Wangen sind von der kalten Luft gerötet.

»Na ja. Hab immer noch ein paar Lücken.«

»Ich wollte mit dir reden. Deswegen hab ich mich gefreut, als du mich gebeten hast, dich hier zu treffen.«

Er rutscht auf den Beifahrersitz, so nah, dass ich seinen Atem spüren kann.

»Ich wollte auch mit dir reden.«

»Über den Ball?«

»Über den Ball … über so einiges. Du zuerst.«

Er schiebt sich die Haare hinters Ohr, lehnt seinen Kopf an meine Rückenlehne. Diese Unschuld. Verletzlicher Sean. Das ist der echte Sean. Das muss er sein.

»Ich habe da noch nie wirklich mit dir drüber geredet.«

»Worum geht es denn? Du kannst mit mir über alles reden«, sage ich.

Er fährt sich nervös mit der Zunge über die Lippen. »Es gibt da eine Sache, die … Gefühle in mir auslöst. Ein Thema. Ich denke viel darüber nach.«

Mein Herz schlägt schneller. Für einen kurzen Moment glaube ich, dass er mir gleich gestehen wird, dass er mich liebt. Für diesen einen kurzen Moment. Meine Gedanken schwirren zu unserem Kuss in meinem Garten. Hinter dem Schuppen.

»Es geht um die Initiation.«

»Moment. Was? Die Initiation?«

»Ja.«

»Die Initiation?«

»Ja, wieso sagst du das so komisch?«, fragt er.

Noch vor ein paar Minuten habe ich mir selbst eingeredet, dass wir alle betrunken waren. Dass ich mich wie eine eifersüchtige Freundin benommen habe. Dass wir alle nicht mehr klar denken konnten auf diesem Ball, Donnie ist ja sogar im Klo umgekippt. Ich war mir so sicher. Und jetzt höre ich wieder Sukis lallende Stimme: *Er kann ganz allein drei Mädels auftreiben, die es ihm besorgen.* Und hier ist er und spricht das selbst mit total ernster Miene an.

»Das überrascht mich nur.«

»Ich komme mir komisch vor, mit dir darüber zu reden, weil ich ja weiß, dass die Mädchen das alles organisieren«, sagt er.

»Tatsächlich soll ich in diesem Jahr die Initiation organisieren.«

»Oh, du? Das wusste ich nicht.«

Schwachsinn. Natürlich wusste er es. Mein Magen fühlt sich an wie eine tiefe, abscheuliche Grube. Wie kann er das behaupten? Wie? Alle wissen, dass ich dieses Jahr für die Initiation zuständig bin

»Ich weiß, dass sie immer kurz vor Weihnachten stattfindet. Ein paar der Jungs haben es früher ihr Weihnachtsgeschenk genannt …«

»Was? Moment mal. Ein Weihnachtsgeschenk?«

»Okay, okay, schon gut. Wenn man jüdisch ist, dann eben ein Chanukkageschenk.«

»Das soll doch keinen Spaß machen, Sean. Das Ganze wurde ins Leben gerufen, um ältere Jungs davon abzuhalten, die jüngeren Schülerinnen anzugreifen.«

Ich muss plötzlich an meine Mutter denken, wenn sie eine ihrer Tiraden ablässt. Ich klinge wie sie. Was ich sage, ergibt keinen Sinn. *Das soll keinen Spaß machen.* Hör mich nur an, was ich mir selbst schon alles eingeredet habe. Die reinste Gehirnwäsche. Ich habe mich selbst belogen. Habe ernsthaft geglaubt, dass es eine *echte* Vereinbarung gibt. Dass die Jungs irgendwie zu Robotern werden und alle Gefühle ausschalten können. Seit fünf Jahren machen sie das schon. Seit fünf Jahren laufen all diese Mädchen – oder vielleicht nicht alle von ihnen? – vollkommen traumatisiert rum und glauben ernsthaft, dass wir sexuelle Übergriffe verhindern könnten. Dass wir irgendwie die Kontrolle übernehmen könnten.

Und dieser Typ. Sean. Direkt vor mir.

Was er Ally angetan hat.

Es war alles völlig umsonst. Es ist trotzdem passiert.

»Ich weiß, es ist komisch, dich darum zu bitten. Oder überhaupt darüber zu reden. Aber auf dem Ball haben mich ein paar Mädels darauf angesprochen. Ein paar Zehntklässlerinnen, die nicht mitmachen durften.«

»Nicht mitmachen durften?«

»Wieso wiederholst du alles, was ich sage?«, fragt er, sein Ton giftig. »Diese Mädchen, *die* haben davon angefangen. Und ich dachte immer, dass sie dazu gezwungen werden. Dass das etwas ist, das sie gar nicht tun wollen. Das hat Dev zumindest gesagt. Weil du ihm das so erzählt hast. Aber diese Mädels haben mich danach gefragt. Die wollten wissen, wann die Initiation ist.«

Ich sollte nicht so schockiert sein. Als ich in der neunten Klasse war, habe ich auch danach gefragt. Ich wusste, dass es im Jahr davor stattgefunden hat. Ich hätte alles dafür getan, dass die älteren Jungs mich beachten und ernst nehmen. Ich hätte alles dafür getan, die Kontrolle zu haben. Und genau das haben sie mir versprochen. Das bekommt man dafür, wenn man mitmacht. Man hat die Kontrolle. Man hat sich *entschieden*, es zu tun.

Nur dass ich jetzt ganz allein bin und am liebsten irgendetwas durch die Gegend werfen, um mich schlagen und heulen würde, bis da nur noch ein leeres Loch ist, schwarz und voller Narben.

Gedanken rollen wie Donner durch meinen Kopf. Die Woche vor dem Ball und wie Sean plötzlich meine Nähe gesucht hat, mich berührt und mir Dinge zugeflüstert hat. *Es gibt so viel, was ich dir sagen will.* Wie wir uns bei Bergdorf Goodman getroffen haben, wie verrückt es sich angefühlt hat, als er meine Hand genommen und gesagt hat: *Ich habe keine Angst, B.* Jetzt frage ich mich, ob er all das nur getan hat, um zu diesem Moment zu gelangen. Ob er wusste, dass er mich auf seine Seite ziehen muss, nicht nur, damit ich Ally zum Schweigen bringe, sondern auch um sicherzugehen, dass die Initiation stattfindet. Damit er sein Weihnachtsgeschenk bekommt, so abartig und abscheulich das auch klingt.

»Alles, was du zu mir gesagt hast, darüber … was du für mich empfindest. Das war alles gelogen.«

»Nein! Ich konnte mich kaum bremsen, als wir uns geküsst haben. An dem Abend, als ich zu deinem Haus gejoggt bin«, sagt er, schiebt sich näher zu mir. »B, du musst das verstehen. Diese Initiation. Das ist doch nur *natürliche* Neugier. Verstehst du das?« Er kommt noch näher. Ich kann seinen Atem riechen. Das italienische Sandwich, das er zu Mittag gegessen hat. »Und wenn ich dich nicht haben kann. Verstehst du nicht, was das mit mir macht? Wie sehr mich das fertigmacht? Und wenn dann diese Mädchen auftauchen, bin ich eben so: Ihr wollte eine Initiation? Klar, da bin ich dabei.«

Sean. Diese Kreatur. Er hat immer alles auf dem Silbertablett serviert bekommen. Er verdient es. Er erwartet es. Er sitzt auf einem Thron. Nimmt und nimmt. Und erwartet. Er geht davon aus, dass alle Mädchen vor ihm niederknien. Ally Greenleaf. Ich habe mich seinetwegen mit ihr angefreundet. *Seinetwegen.*

»Die Initiation ist nicht für dich, Sean.« Ich schreie jetzt, schiebe ihn von mir weg.

Er rutscht auf seinem Sitz zurück. Sein Körper ist so groß, er passt kaum in meinen winzigen Wagen. Wenn er sich bewegt, wackelt das ganze Auto. Das hat man davon, wenn man einen gigantischen Fußballspieler in sein Auto lässt. Der die größte Bedrohung an dieser Schule ist. Mit seinen dicken muskulösen Beinen, seiner breiten Brust, seiner Geschwindigkeit. Wir sollten ihn alle fürchten. Aber das tue ich nicht. Ich richte mich in meinem Sitz auf. Ich kann ihn ganz genauso konfrontieren.

»Das ist doch keine große Sache. Blas das jetzt nicht so unnötig auf, B.«

»Es ist eine RIESENSACHE! Du willst, dass irgendwelche Mädchen Jungs Gruppen-Blowjobs geben, die drei Jahre älter sind als sie. Manche von den Typen sind schon achtzehn. Da liegen Welten dazwischen. Und was kriegen sie dafür? Ein Versprechen von Sicherheit? Wir müssen uns euch also *ausliefern*, um sicher zu sein?«

Ich kann sie vor mir sehen. Aufblitzende Bilder. Haare auf den Oberschenkeln. Muskeln und Knie. Grinsen. Amanda Shire, die sie für ihr Lachen zusammenstaucht. Donnie, die zu Boden starrt, beschämt.

»Moment, Moment. Alles noch mal zurück. Geht es hier um dich und mich? Darum, dass du mich nicht mit diesen anderen Mädchen teilen willst?«

»Ich weiß, dass du nach dem Ball bei dieser Zehntklässlerin geschlafen hast. Ich habe ihr Foto von dir bei Instagram gesehen. Ich weiß, dass du ständig was mit anderen Mädchen hast …«

»Und du bist mit Dev zusammen! Was soll ich denn bitte tun?«

»Mein Gott, Sean … Du kannst von jedem Mädchen an dieser Schule einen Blowjob bekommen, ohne dass es demütigend für sie ist. Ohne dass sie in einem Raum voller Jungs knien muss. Ohne dass ich danebenstehe. Dich anschreie, nicht hinzusehen. Und ihnen sage, wie sie ihre jungfräulichen kleinen Münder um deinen Schwanz legen sollen.«

Aber für ihn ist das ein Spiel. Es ist genau diese Demütigung, die ihn anmacht.

Für eine Sekunde, nur eine kurze Sekunde, weil ich es nicht länger aushalte, denke ich an Ally an jenem Abend auf der Party. Wie sie die Treppe runtergestürmt kam. Ich erinnere mich an die Panik in ihrem Blick.

»Dann ändere die Initiation doch, B. Du hast die Kontrolle. Also scheiß drauf. Du hast recht. Es ist bescheuert. Krank.« Sein Mund ist wutverzerrt. Er stößt die Autotür heftig auf. Schmeißt sie hinter sich zu. Da steht er, sein Großer-Mann-Körper, seine Großer-Mann-Muskeln, seine sexy Großer-Mann-Haare und seine Großer-Mann-Wangenknochen. Er ist hypnotisierend. Böse.

»Das werde ich«, sage ich.

Gott bewahre, eines von diesen vierzehnjährigen Mädchen erzählt ihren Eltern, dass sie einem Achtzehnjährigen einen Blowjob geben musste. Und dass *ich* sie dazu angestiftet habe. Dass ich etwas mit Vergewaltigung zu tun habe oder etwas noch Schlimmerem. Es ist ein verdammtes Wunder, dass diese ganze Sache in den letzten fünf Jahren noch nicht aufgeflogen ist.

Ich muss meine gesamte Kraft zusammennehmen, jedes Fitzelchen Willenskraft, um mich abzuwenden und wegzufahren. Ich sehe nicht mal in den Rückspiegel. Aber ich kenne Sean gut genug, ich weiß auch so, dass er mir nicht hinterherblickt.

34

ALLY

Ich hole dich in 5 Minuten ab. Sei bereit.

Eine Nachricht von Blythe. Im Befehlston.

Wir treffen uns an der Ecke, nicht vor meinem Haus.

Wieso? Bin ich dir peinlich? Haha.

Ich antworte nicht. Mein Dad und meine Tante Marce sitzen draußen an der Feuerschale, als ich ihnen sage, dass ich noch weggehe.

»Es ist wirklich Zeit, dass du wieder anfängst zu leben«, sagt er.

»Ich treffe mich mit Freunden, Dad. Das ist doch leben. Oder etwa nicht?«

»Lass sie gehen. Wir können uns ja ein anderes Mal unterhalten«, meint Marce. Seit unserem Ausflug zur Gynäkologin haben wir nicht mehr wirklich Zeit miteinander verbracht. Sie hat immer wieder versucht mich zu einem gemeinsamen Mittagessen zu überreden, aber ich habe sie jedes Mal abgewimmelt. Auf meinem Handy sind viel zu viele ungelesene Nachrichten von ihr. Zu viele verpasste Anrufe, als dass sie noch glauben könnte, ich hätte einfach nur viel zu tun.

Ich erwähne Blythe mit keinem Wort. Ich will nicht, dass mein Vater weiß, dass ich mich mit Blythe treffe. Er stellt zu viele Fragen, wenn ich mit ihr unterwegs bin. In letzter Zeit lüge ich so viel, dass ich kaum noch weiß, wo die Lügen anfangen und wo sie aufhören.

Blythe raucht eine Zigarette, als ich zu ihr ins Auto steige; sobald sie mich sieht, wirft sie sie aus dem Fenster.

»Ich werde noch zur Kettenraucherin. Ich brauche einfach eine nach der anderen. Ich habe heute schon eine ganze Schachtel geraucht. Eine ganze Schachtel. Ich musste allen Ernstes das Haus verlassen, um mir mehr Zigaretten zu besorgen. Kannst du dir das vorstellen?«

»Denk einfach an die ganzen alten Leute in dieser Werbung, die sich so kleine Kästen an den Hals halten müssen, um sprechen zu können.«

»Ich denke lieber an Winona Ryder in ›Heathers‹, wie ihr die Zigarette aus dem Mund hängt, als sie dasteht und begreift, dass sie gerade diese zwei Typen umgebracht hat. Wie stoisch und trotzdem deprimiert sie da aussieht.«

Sie fährt los und wir schweigen eine Weile. Irgendjemand von uns sollte endlich was sagen.

»Du weißt, wieso ich dich sehen wollte, oder? Du hast bestimmt schon davon gehört.«

»Ehrlich gesagt habe ich keine Ahnung.«

»Sean. Es geht um Sean.«

Alles dreht sich immer nur um Sean Nessel. Es ist immer Sean Nessel.

»Ich habe die Schnauze voll davon, irgendwas über ihn zu hören. Ich will seinen Namen nie wieder hören, Blythe.«

Blythe reibt sich die Augen. Streicht sich das lange blonde Haar hinter die Ohren.

»Ich weiß, was er mit dir gemacht hat.«

Ich spüre Hitze in mir aufsteigen. Als säße ich im kleinsten Auto der Welt und das Metall rückte immer näher.

»Ich weiß, was passiert ist, weil er mir an dem Abend alles erzählt hat. Er hat mir von dem Blut erzählt. Er hat mir erzählt, dass du geweint hast. Er hatte echt Angst und ich war so fertig, deswegen saß ich einfach nur da und habe ihm zugehört. Damals kannte ich dich noch nicht. Du musst solche Angst gehabt haben. Ich erinnere mich noch an deinen Gesichtsausdruck. Ich habe dich gesehen, als ich aus dem Bad gekommen bin. Wie verstört du ausgesehen hast. Ich stand schon einer ganzen Menge Mädchen gegenüber, die Sean abgeschleppt hat. Ich habe schon viele seiner Nachwirkungen gesehen.«

Ich erwidere nichts. Starre bloß geradeaus. Ein kleiner Fleck auf ihrem Armaturenbrett. Ein kleiner weißer Klecks. Wer weiß, wie er dorthin gekommen ist. Aber ich starre ihn an, als wäre er das Universum, und ich wünschte, ich könnte darin verschwinden.

»Ally?«

Sie sagt meinen Namen. Und ich muss antworten. Ich muss.

»Er hat mich nicht einfach nur abgeschleppt, Blythe.«

Ich weiß nicht, was Blythe jetzt von mir will. Ich weiß nicht, was sie von mir hören will, was ich tun soll. Ob sie will, dass ich klein beigebe. Oder dass ich Mitleid mit ihr habe. Sie verstehe. Aber es ist mir inzwischen egal.

»Wieso hast du dich überhaupt mit mir angefreundet? Um Sean Nessel zu beschützen?«

»Du musst das verstehen, Ally. Es ist viel komplizierter, man kann nicht einfach nur sagen, dass ich Sean beschützen wollte. Man hat keine Ahnung, was auf einen zukommt, wenn man so was anfängt. Es ist ja nicht so, als wäre ich Teil einer ausgefeilten Vertuschungsaktion gewesen oder so. Aber Sean … Er hat einfach diese magnetische Anziehung …«

»Oh, das ist mir bewusst, Blythe. Das ist mir mehr als bewusst.«

»Doch dann hat sich etwas geändert. Wir sind Freundinnen geworden. Das weißt du«, verteidigt sie sich. »Und Freundschaften sind nicht perfekt, Ally. Ich würde jetzt nicht mit dir hier sitzen, nach dem Scheiß, den du auf dem Ball abgezogen hast, wenn wir nicht echte Freundinnen wären.«

»Der Scheiß, den *ich* abgezogen habe? Du bist doch diejenige, die mich dazu bringen wollte, mit dem Typen was anzufangen, der mich … der mich vergewaltigt hat.«

Jetzt habe ich es gesagt. Keine von uns kann noch so tun, als wäre es nicht da.

Blythes Gesicht hat einen Ausdruck angenommen, als wäre die Welt stehen geblieben. Als würde sich alles um sie herum drehen und sie kann es nicht wieder einfangen.

Aber für mich ist es das erste Mal seit Langem, dass sich wieder etwas zusammenfügt. Dass ich wieder anfange, mich selbst zu verstehen.

»Ich habe versucht dir zu helfen, Ally. Ich habe nie versucht dir wehzutun«, sagt sie. »Das musst du mir glauben.«

Ich zeige keinerlei Reaktion. Denn es fühlt sich an, als würde sie mich nie wieder aus diesem Auto lassen, wenn ich ihr nicht recht gebe. Zumindest für den Moment.

~

Als ich wieder zu Hause bin, rufe ich Sammi an. Das erste Mal, dass wir wirklich miteinander reden, seit ich ihr nach dem Ball geschrieben habe. Ich habe ihr noch nicht mal erzählt, dass ich Raj alles gebeichtet habe.

»Ich muss mich für so vieles entschuldigen. Ich weiß gar nicht, wo ich anfangen soll.«

Ich höre sie schwer atmen. Sie sagt nichts.

»Sammi? Kann ich mit dir reden? Richtig reden?«

»Ja, Ally. Ich habe doch die ganze Zeit mit dir geredet. Hast du das nicht mitbekommen?« Sie ist genervt. Und ich verstehe es.

»Ich habe es Raj erzählt. Alles. Und Blythe auch. Jetzt ist es raus.«

Sie schnappt hörbar nach Luft und gibt dann ein lautes, grauenerregendes Geräusch von sich.

»Sammi? Bist du in Ordnung?«

»Ich weine, du Idiotin. Kannst du nicht hören, dass ich weine?«

»Ich dachte, du erstickst. Tut mir leid. Ich bin so neben der Spur. Ich bin die weltschlechteste Freundin.«

»Du hast dich in letzter Zeit nur mit den falschen Leuten abgegeben. Das ist alles. Das muss sich eben ändern.«

Auch nach all dem, was Blythe getan hat, wird Sammi die Verbindung, die wir haben, nie verstehen. Ich kann sie nicht verteidigen, das ist mir klar. Nach allem, was sie getan hat. Aber Blythe hat dieselbe Art Schmerz erlebt wie ich. Mit ihrer Mutter. Mit der Initiation. Sammi hat so etwas nie erlebt. Nicht mit einem Jungen. Nicht mit einem Elternteil.

»Es gibt einiges, was du über Blythe nicht weißt. Sie ist kein Roboter. Sie ist eine echte Person. Sie besteht aus mehreren Schichten, weißt du? Und manchmal muss man diese Schichten eben nach und nach freilegen.«

»Ich bin mir sicher, dass sie eine grauenhafte Familie hat. Ich bin mir sicher, sie ist wahnsinnig kompliziert und geht vermutlich täglich zu einem überteuerten Therapeuten. Ich bin mir sicher, sie muss immer eine ganze Packung Taschentücher greifbar haben. Ich finde es toll, wie mitfühlend du bist, ehrlich. Das ist ehrenhaft oder so was. Aber glaub mir, Ally, wenn man Blythes Schichten freilegt, findet man nur einen scharfen Dolch. Sie rammt dir ein Messer in den Rücken, wenn sie das muss. Wenn sie das nicht sogar schon getan hat.«

So sehe ich es nicht. Wenn wir in der Metapher bleiben wollen, dann legt Blythe nur die Hände um den Dolch, um sich selbst zu schützen.

35

BLYTHE

Nachdem ich Ally zu Hause abgesetzt habe, fahre ich noch zu Dev. Am liebsten würde ich mich in der Dunkelheit verstecken und in sein Zimmer schleichen. Die Zeit zurückdrehen. Aber ich muss erst an seinen Eltern vorbei und ich bin eine schreckliche Freundin. Ich muss mir wieder in Erinnerung rufen, dass sie nichts erwarten. Das bin nur ich, an einem Abend unter der Woche, die Augen geschwollen vom Weinen. Ein normaler Abend.

Absolut normal.

Seine Mutter macht mir die Tür auf und ich gehe die Treppen hoch, denke an das, was Sean gesagt hat. Ein Weihnachtsgeschenk. Ein Chanukkageschenk. So viele Lügen.

»Dein Gesicht sieht ganz verquollen aus. Als ob du geweint hättest«, meint Dev. Aber es scheint ihn nicht groß zu kümmern. Er ist kalt, abweisend. Starrt mich einfach nur an, als ich mir die Tränen wegwische.

»Ist es dir egal, dass ich weine?«

»Ich hab gerade andere Dinge im Kopf.«

Ich setze mich auf den Rand seines Bettes, dicht neben ihn, aber er rutscht von mir weg.

»Dev, was zur Hölle ist los?«

»Nessel hat mir erzählt, dass du die Initiation absagst. Freut mich für dich.«

»Sie absage?« Mir wird schlecht. Was hat ihm Sean sonst noch erzählt? »Dev, ich kann das nicht *einfach so* absagen. Ich habe ihm nur erklärt, dass ich da nicht mehr mitmachen werde. Dass ich nicht dafür verantwortlich sein will.«

Er steht auf, läuft in seinem Zimmer hin und her und ich weiß nicht, wo ich hinschauen soll. Ich weiß nicht, wie ich reagieren soll. Normalerweise wird Dev wütend, weil mich jemand schlecht behandelt hat. Meine Mutter. Mein Vater. Jetzt richtet er seine Wut auf mich. Er weiß etwas über Sean und mich. Das muss es sein.

»Und ich habe auch genug davon, Sean mit Ally Greenleaf zu helfen«, sage ich.

»Was soll das heißen?«

»Das soll heißen, dass Sean nicht mein Freund ist. Er ist auch nicht dein Freund. Er benutzt uns alle nur.«

Es fühlt sich so gut an, das auszusprechen. Auch wenn es erst vor ein paar Wochen angefangen hat, hat es sich damals so anders angefühlt. Sean, atemlos, wie er mich in der Schule zur Seite zieht, versucht mich davon zu überzeugen, dass ich die Einzige bin. Sean bei mir im Garten, unser Kuss. Wie er mich glauben lässt, dass da etwas zwischen uns ist. Alles Lügen. Damit ich tue, was er will. Damit ich Ally zum Schweigen bringe. Damit ich mich auf seine Seite stelle.

»Ich muss dich etwas fragen«, sagt Dev und bleibt neben dem Bett stehen. Dicht bei mir. Seine Brust hebt sich. »Liebst du Nessel?«

Da ist es. Sean hat es ihm gesagt. Muss es ihm gesagt haben.

»Dev …« Ich strecke den Arm aus, um seine Hand zu berühren, aber er weicht ruckartig zurück.

»Nessel hat mir erzählt, dass ihr euch gestritten habt.«

»So kann man das sagen.«

»Und dass du mir vielleicht etwas erzählen wirst … etwas Schlimmes. Etwas, das ich nicht hören will. Und ich dachte: *Wow, was kann das denn sein? Was könnte B mir bloß erzählen?* Und dann bin ich ein bisschen paranoid geworden. Weil ihr beide immer so verdammt geheimnistuerisch getan habt, wegen Ally Greenleaf. Dann dachte ich: *Moment mal, vielleicht haben sie gar nicht immer nur über Ally Greenleaf geredet. Vielleicht geht da noch was anderes zwischen ihnen.* Und scheiße, Mann, wie verdammt bescheuert bin ich eigentlich? Vielleicht bist du deswegen hier. Nicht wegen deiner Mom. Nicht wegen deines Dads. Vielleicht bist du aus einem anderen Grund hier. Um mir etwas über dich und Nessel zu erzählen.«

»Dev, hör mir zu, deswegen bin ich nicht hier.«

Aber er lässt den Kopf hängen, stampft mit dem Fuß auf.

»Sag mir einfach die Wahrheit, Blythe!«

Devs Mutter ruft zu uns hoch. Will wissen, ob alles okay ist.

»Schrei nicht so. Deine Eltern können uns hören.«

»Na und? Ich habe es ihnen schon gesagt. Du hast nicht erwartet, dass ich das tun würde, oder? Ich erzähle ihnen alles. Sie sind nicht wie deine Eltern, B.«

Das tut weh, auch wenn ich weiß, dass er recht hat. So ist das eben, wenn man jemanden auf seiner Seite hat. Wenn die Erwachsenen auf einen aufpassen. »Die Wahrheit ist, dass ich dich liebe, aber ich habe mich zu sehr in mein Mitleid für ihn verstrickt. Weil sein Leben so außer Kontrolle geraten ist. Und er hat mich so sehr gebraucht. Hat mich immer wieder gefragt, was er tun soll. Wie ich ihm helfen kann. Er hat mich gebraucht, verstehst du das nicht? Und ich wollte das so sehr, ihm helfen.«

»Hast du den Verstand verloren? Nessel bekommt doch alles auf einem Silbertablett serviert. Er braucht keine verdammte Hilfe. Und wenn es nicht du gewesen wärst, dann eben irgendjemand anderes.« Er starrt mich wütend an. Natürlich wäre da jemand anderes gewesen.

»Wieso hast du mich dann nicht aufgehalten, als er an dem Abend im Auto geweint hat? Wieso hast du mich nicht aufgehalten?«

»Oh, jetzt ist es also meine Schuld, ja? Großer Gott, Blythe. Hörst du dich überhaupt reden?«

Ich schweige. Was soll ich auch darauf erwidern?

»Sag mir einfach die Wahrheit. Ist da etwas zwischen euch beiden?«

Ja. Ja. Ich nicke. *Ja.* Weil es jetzt auch schon egal ist. Mein Gesicht in den Händen vergraben, Tränen, die mir über die Wangen laufen, brennen. Ich werde hier rausrollen wie ein Knäul vertrockneter Zweige. Mehr bin ich nicht.

»Wieso, B? Wie konntest du das tun?« Sein Gesicht. Ihm steigen Tränen in die Augen.

»Ich schwöre dir, Dev. Es ist nichts passiert.«

Aber das ist nicht die Wahrheit. Er spukt schon seit Jahren in meinem Kopf herum. Hat er schon immer. Lange bevor das mit Ally passiert ist.

Devs Mom klopft an die Tür. Dev streckt den Kopf raus. »Es ist alles okay, Mom. Versprochen. Sie geht sowieso gleich.«

Ich gehe gleich. Nirgendwohin. Werde in meiner eigenen Widerlichkeit versinken.

~

Wieder in meinem Auto. Vor Devs Haus. Meine Hände zittern. Ich rufe Suki an, weil Donnie nicht rangeht.

»Ich habe möglicherweise einen Riesenfehler begangen.«

»Moment … Blythe Jensen begeht Fehler?« Sie macht dramatische Gurgelgeräusche. »Sorry, ich bin nur eben ohnmächtig geworden. Was für ein Schock! Ich glaube, meine Leber hat gerade versagt.«

»Halt die Klappe, Suki.«

»Was hast du denn für einen Fehler gemacht, B?«

»Alles. Es war alles ein Fehler.«

»Du meinst das mit Sean?«

»Ja. Das. Das und alles andere«, sage ich. Die Straßenlaterne zuckt höhnisch über mein Auto. Meine Kehle zieht sich zusammen. Ich bringe die Worte kaum heraus. »Ich und Dev. Zwischen uns ist Schluss.«

36

ALLY

Ich schreibe jetzt schon seit einigen Tagen in das Tagebuch. Irgendwelche willkürlichen Ideen. Nichts, das Sinn ergibt, aber ich klammere mich daran, als ich mich auf Miss Wandteppichs großes Sofa fallen lasse.

»Alles ist scheiße.«

»Kannst du das etwas konkreter formulieren?«

Ich denke an all die Dinge in meinem Leben, die scheiße sind.

»Ich habe angefangen, Tagebuch zu schreiben, wie Sie wollten. Und mein Vater fragt mich alle fünf Sekunden irgendwas.«

»Klingt so, als wäre er sehr interessiert an deinem Leben ...«

»Zu interessiert.«

»Aber das Tagebuchschreiben tut dir gut?«

Ich zucke mit den Schultern. Ich habe keine Lust mehr zu lügen. Keine Lust mehr Fragen zu beantworten. Keine Lust mehr die Wahrheit zu sagen. Ich starre aus dem Fenster, rüber zum Fußballfeld, die Jungs trainieren gerade. Ich kann keine Gesichter erkennen, nur rot-weiße Shirts, die mit dem Rasen verschwimmen. Sie rennen vor und zurück.

»Gibt's da draußen was Interessantes?«

»Nichts Interessantes. Nur Arschlöcher.« Dann denke ich an Raj. »Na ja, abgesehen von einer Person.«

»Wieso sind das denn Arschlöcher?«

Ich schaue wieder rüber zum Spielfeld. Er ist die 22. Die Zweien schlingen sich um seine Schulterblätter. Sean Nessel ist einfach überall, wo ich hinschaue. Ich kann ihm nicht entkommen.

Miss Wandteppichs Gesicht ist völlig ausdruckslos.

»Woran denken Sie, wenn Leute mit Ihnen reden?«, frage ich.

»Im Moment denke ich eigentlich gar nicht. Ich höre nur zu.«

»Wie schaffen Sie es, die Leute nicht zu verurteilen? Wir verurteilen uns doch alle gegenseitig.«

»Aber Therapeuten tun das nicht. Therapeuten sind viel mehr Zuhörer als Richter.«

»Also, wenn ich Ihnen etwas erzähle, finden Sie mich danach nicht merkwürdig?«

»Was würdest du mir denn erzählen, das in deinen Augen merkwürdig ist? Ich habe nämlich eine sehr, sehr hohe Toleranzgrenze für ›merkwürdig‹. Ich bin selbst ziemlich merkwürdig.«

Ich überlege, was das Schlimmste wäre, das ich sagen kann. Irgendwas, das sofort sämtliche Alarmglocken schrillen lässt.

»Zum Beispiel, wenn ich sagen würde, dass ich mit jedem Jungen an der Schule geschlafen habe.«

Sie atmet tief ein und legt ihren Notizblock in den Schoß. Ich glaube, ich habe sie wütend gemacht. Ich weiß nicht, wieso ich das tue. Sie ist nett. Sie ist lieb, wie mein Dad. Sie will nur helfen.

»Dann würde ich dich vermutliche fragen, wieso du das getan hast.«

»Weil ich gern Sex habe. *Viel* Sex. Ich fühle mich echt total wohl damit, massenweise Sex zu haben.«

Ich setze mich auf meine Hände, weil ich nicht weiß, was ich sonst mit ihnen machen soll. Ich habe eine Erwachsene – oder jemanden wie sie – noch nie so völlig grundlos angelogen.

»Oh, und wenn du dich damit so wohlfühlst, wieso sitzt du dann auf deinen Händen?«, fragt sie. »In der Körpersprache ist das normalerweise ein Zeichen dafür, dass man sich *nicht* wohlfühlt.«

Ich ziehe meine Hände unter meinen Oberschenkeln hervor.

»Sehen Sie, da drüben?« Ich deute zum Fußballfeld. »Da auf dem Spielfeld ist ein Junge, den ich hasse. Mehr als alle anderen Menschen.«

Weil er ein schlechter Mensch ist. Weil er mir etwas Grauenvolles angetan hat. Weil ich wegen ihm jetzt nicht mehr klar denken kann.

»Willst du mir mehr darüber erzählen?«

Ich schüttle den Kopf. Schwarz. Ich lasse alles schwarz werden.

»Du hast da gerade eine ziemlich starke Emotion«, sagt sie. »Vielleicht willst du etwas darüber in dein Tagebuch schreiben? Oder was ist mit den Collagen, von denen du mir erzählt hast? Vielleicht kannst du diese Emotion in Kunst verwandeln?«

»Ich habe ein ganzes Buch aus ihm gemacht.«

»Was ist daraus geworden?«

»Ich habe es in Fetzen gerissen.«

An diesem Abend schreibe ich wieder in mein Tagebuch. Mehr Worte. Kritzeleien. Sätze. Auch wenn ich sie durchstreiche. Auch wenn da Worte sind, die ich nicht sehen will. Keine Bilder mehr. Nur Worte.

Ich habe eine Stimme. Und ich habe einen Stift.

Also schreibe ich. Ich schreibe und schreibe, bis der Stift einen tiefen Abdruck in meinem Daumen hinterlässt.

37

ALLY

Es gibt eine Million anderer Orte, wo ich mich hinsetzen könnte. Ich könnte mich einfach irgendwo hinsetzen. Aber vielleicht bin ich eine Masochistin und gehe deshalb zum Fußballfeld. Zum Training. Um auf Raj zu warten. Er hat angeboten, mich nach Hause zu fahren, und wieso sollte ich auf dem Parkplatz warten, wenn ich auch unter einem Baum auf der Tribüne sitzen kann? Nur wegen einer Person?

Früher war das einer meiner Lieblingsplätze. Jetzt ist dieses Spielfeld ein Shitstorm aus posttraumatischem Stress, weil dieses Arschloch Sean Nessel gut sichtbar darauf herumläuft.

Ich schlinge mir meinen Rucksack über eine Schulter und spanne den Bauch an, wünsche mir, ich hätte meinem Vater zugehört, als er mich letztens über Meditation zugetextet hat. Ich war in meinem ganzen Leben noch nie so nervös wie in diesem Moment und das Einzige, was das Ganze gerade noch erträglich macht, ist die Tatsache, dass meine Haare super aussehen, weil die Luft heute knochentrocken ist. Bei hoher Luftfeuchtigkeit kann man sich auf keinen Fall den Hintern auf der kalten Tribüne platt sitzen und den Typ beobachten, der einen angegriffen hat. Dafür muss man so selbstbewusst wie möglich sein und mit krausen, wuscheligen Haaren kann man nicht selbstbewusst sein. Ich klammere mich daran fest. Es macht mich stark. Mein Haar.

Ganz plötzlich ist er da.

Sean Nessel kommt auf mich zugejoggt. Als wäre das nichts Besonderes. Als wären wir beste Freunde.

»Hey«, ruft er mir entgegen. Ich bin oben auf dem vierten Rang. Nicht in seiner Nähe. Er winkt. »Was geht?«

Ich sehe rüber zu Raj, der auf der anderen Seite des Spielfeldes seine Sachen zusammenpackt. Er hat mich noch nicht bemerkt und er ist zu weit weg für mich, um auch nur zu versuchen seine Aufmerksamkeit auf mich zu lenken.

»Ich muss los«, sage ich. Ich stehe auf und stopfe hastig meine Sachen in den Rucksack. Ich weiß nicht, was ich mir dabei gedacht habe hierherzukommen. Ausgerechnet hierher. Genau dahin, wo er ist. Ich war ihm seit diesem Abend nicht mehr so nah. Selbst auf dem Ball schien er immer so weit weg zu sein. Jetzt ist er hier.

»Kann ich mit dir reden?« Er steigt auf die unterste Reihe der Metallsitze, als hätte er vor, sich bis zu mir hochzuarbeiten.

»Raj fährt mich nach Hause. Ich will ihn nicht warten lassen.«

Ich weiche zurück, stolpere fast über meine eigenen Füße. Klettere auf den fünften Rang. Dann den sechsten.

»Rerun kann warten.«

Sein Befehlston. Ich bin wieder auf der Party. *Trink. Komm mit. Nach oben.* Sean Nessel gibt immer Befehle. Er steigt auf die nächste Sitzreihe, kommt näher und mein Herz hämmert wie wild, als könnte ich jeden Moment abstürzen.

Er steht jetzt auf den Sitzen des zweiten Ranges. Ich bin immer noch auf dem sechsten, bewege mich langsam auf das Ende der Reihe zu.

»Ich will mich schon die ganze Zeit bei dir entschuldigen«, sagt er. »Ich war an dem Abend nicht ich selbst. Du weißt schon, an dem Abend, als wir zusammen waren.«

Er war nicht er selbst. Das ist alles, was er mir sagen will. Dass er nicht *er selbst* war.

Ich habe mir alle möglichen Racheszenarien ausgemalt, aber wenn man dann plötzlich in diesem Moment feststeckt, so wie ich jetzt, dann ist es sehr schwer, auch nur den Mund aufzubekommen. Es ist schwer, irgendwas zu sagen, wenn man zittert. Es ist schwer, irgendwas zu sagen, wenn man das Gefühl hat, gleich zu sterben.

»Ich bin ein bisschen zu weit gegangen«, fährt er fort.

»*Ein bisschen* zu weit gegangen?«

»Ja, genau.«

»Als du mir den Mund zugehalten hast, bist zu *ein bisschen* zu weit gegangen, meinst du das?«

»Heilige Scheiße«, sagt er. »Du willst echt noch weiter darauf rumreiten?«

Ich will ihm ins Gesicht schlagen. Und wenn er nicht fast doppelt so groß wäre wie ich – ich meine, sein Hals ist locker so breit wie ein Autoreifen –, dann würde ich ihn verprügeln.

Meine Stimme bebt unter all den Worten, die ich sagen will, und sie fallen aus meinem Mund, ohne dass ich wirklich Kontrolle darüber habe. Eine brodelnde Energiewelle überrollt mich und am liebsten würde ich handgreiflich werden. Sein T-Shirt packen, es in meiner Faust zusammenballen und ihn näher zu mir ziehen. Oder ihn einfach die metallenen Stufen der Tribüne hinunterstoßen. Ich will sein Gesicht blutüberströmt sehen.

Es fühlt sich an, als hätte ein Alien von meinem Körper Besitz ergriffen. Ich hätte *niemals* gedacht, dass ich noch mal mit ihm rede – erst recht nicht so. Noch vor ein paar Monaten war ich vollkommen besessen von ihm. Jetzt fühle ich mich wie ein leeres Paket. Weggeworfen und zerknautscht. Ich fühle mich wie ein bescheuertes Klischee. Ich meine, was habe ich denn bitte erwartet? Dass er plötzlich mein Freund ist, nur weil wir ein einziges Mal auf einer Party Sex hatten?

Er ist ein bisschen zu weit gegangen.

Aber etwas regt sich in mir. Ich mache einen Schritt nach vorn.

»Du hast nicht damit gerechnet, dass ich dir Vergewaltigung vorwerfe, oder?«

»Yo, ich hab dich nicht vergewaltigt.«

»Yo?«, sage ich. »Yo?«

Sein Gesicht läuft rot an. Sein ganzer Körper ist angespannt. Sein Gesicht. Seine Augen. Sein Blick bohrt sich in mich. Jetzt ist er wütend. Ich habe ihn sehr wütend gemacht. »So war das nicht.«

Ich erinnere mich nur zu gut daran, wie stark er an diesem Abend war, wie er mit seinem Arm meine Schulter zu Boden gedrückt hat, damit ich ihn nicht schlagen oder ihn von mir runterschieben konnte. Für einen Moment glaube ich, dass er mich jetzt wieder packt. Wir stehen nur noch dreißig Zentimeter voneinander entfernt.

Ich renne los, an ihm vorbei, das Metall scheppert unter meinen Füßen, als ich über die Bankreihen springe. Ich weiß nicht, ob er mich verfolgen wird. Es ist mir egal. Es sind zu viele Leute in der Nähe. Das ist nicht sein Stil. Sean Nessel setzt nur seinen Willen durch, wenn er zu viel Alkohol im Blut hat und allein mit dir in einem dunklen Raum ist. Im nüchternen Tageslicht ist er der brave amerikanische Vorzeigejunge.

Ich drehe mich um und er kommt mir langsam nach, ruft meinen Namen. Ich springe von der Tribüne in einen kleinen Haufen Kies. Ich könnte ihn steinigen, wie in dieser Geschichte von Shirley Jackson, ›Die Lotterie‹. Ich könnte ihn mit den Steinen jagen, auf seinen Hinterkopf zielen. Ich könnte ihn genau zwischen die Augen treffen und vielleicht würde er verbluten. Oder ich könnte ihn entstellen, damit sein hübsches Gesicht nie wieder ein Mädchen in ein Schlafzimmer locken kann.

Seine Füße stampfen über die Metalltribüne und dann springt er runter, folgt mir.

»Ally«, sagt er, kommt mir mit schnellen Schritten nach. »Du kannst nicht einfach dieses … *dieses Wort* benutzen, Ally.«

»Oh, und wieso nicht?«

Ich drehe mich um und sehe in sein Gesicht. Rot und verzerrt. Als würde er gleich nach mir greifen. Aber ich bleibe nicht stehen. Wenn ich stehen bleibe, muss ich mich ihm stellen. Wenn ich stehen bleibe, werde ich weinen.

Nein, das werde ich nicht. Ich werde definitiv nicht weinen.

Ich spüre, wie seine Hand sich um meinen Arm schlingt, und ich will aufschreien, kreischen, jammern wie eine Irre. Ich will ihn schlagen. Aber ich tue es nicht. Weil ich die Kontrolle haben will. Ich will in dieser Situation die Stärkere sein.

»Lass meinen Arm los«, sage ich. Und mein Gesicht ist bestimmt ganz verzerrt, denn das hier erinnert mich an alles, was an diesem Abend passiert ist. Wie er mich auf den Boden gedrückt hat. Mich festgehalten hat. Ich will es aus meinem Kopf kriegen, weil ich ihn jetzt und hier bezahlen lassen will. Ich will nicht klein beigeben.

Er lässt seine Hand sinken.

»Du und ich haben uns zusammen betrunken und das Ganze ist etwas aus dem Ruder gelaufen.«

»Ich habe Stopp geschrien und du hast mir den Mund zugehalten und mich auf den Boden gedrückt«, sage ich. Da sind die Worte. Sie sind aus meinem Mund gekommen. *Meinem* Mund.

»Du wolltest mit mir nach oben gehen. Ich habe dich nicht gezwungen mitzukommen.«

»Aber du hast mir den Mund zugehalten.« Schon wieder. Ich bin zwei verschiedene Personen. Jemand anderes antwortet für mich. »Du hast mir wehgetan. Das habe ich dir gesagt. Ich habe es geschrien. Ich hatte danach einen blauen Fleck an der Schulter. Ich habe deine ganze Jacke vollgeblutet. Ich war Jungfrau!«

Vielleicht erinnert sich Sean Nessel überhaupt nicht mehr daran. Ist das nicht die Geschichte, von der Blythe mich überzeugen wollte? Sean Nessel ist ein netter Kerl. Er hat einen Fehler gemacht. Er war betrunken. Wir waren beide betrunken. Natürlich ist es absolut möglich, dass Sean Nessel ein netter Typ ist. Aber ich werde ihn niemals so sehen – niemals. Weil er mich in einem Schlafzimmer zu Boden gedrückt hat, während Blut meine Beine hinabgelaufen ist, und das ist die einzige Erinnerung, die ich jemals haben werde.

Endlich kommt Raj zu uns.

»Was ist los?« Seine Kiefermuskeln sind angespannt.

»Sie bildet sich da was ein, Rerun.«

»Wieso machst du nicht erst mal einen Schritt zurück«, sagt Raj. »Du kommst ihr zu nahe.«

»Ich versuche mich bei ihr zu entschuldigen, Alter, damit wir das endlich hinter uns lassen können.«

Sean Nessel hat natürlich kein Problem damit, das hinter sich zu lassen. Er wird es einfach aus seinem Gedächtnis löschen. Er wird sich selbst davon überzeugen, dass ich nur eine nervige Elftklässlerin bin, die er süß fand und die ihm dann eine Vergewaltigung anhängen wollte. *Mädchen sind alle bescheuert. Was, brauche ich jetzt etwa eine schriftliche Einverständniserklärung, wenn ich das nächste Mal eine flachlege?*

Ich renne los, in Richtung von Rajs Wagen auf dem Parkplatz. Wenn ich es bis zum Auto schaffe, wird alles wieder gut.

Raj ruft mir nach, aber ich höre nur Echos, irgendwas Vertrautes, meinen Namen. Ich fühle mich jetzt wie eine andere Person und obwohl sich kaum etwas geändert hat – hat sich alles verändert.

~

Raj fährt mit mir zum Manakow Park, in dem es eine alte Schaukel und kaum Kinder gibt. Es werden gerade alle Spielplätze der Stadt erneuert, einer nach dem anderen. Die alten Schaukeln werden abgerissen, stattdessen gibt es diese hässlichen knallbunten Spielplätze, bescheuerte Metallgebilde zum Klettern. Keine Schaukeln. Zu gefährlich, hat der Bürgermeister in einem Brief an die Eltern geschrieben. Ich weiß nur davon, weil mein Vater tatsächlich zu einer Sitzung des Stadtrates gegangen ist, um sich darüber zu beschweren. »Wie können Sie den Kindern die Schaukeln wegnehmen?«, hat er gefragt. Aber sie haben ihm gesagt, dass die älteren Kinder die Schaukeln benutzen, um von zu weit oben runterzuspringen. Dass sich drei Kinder den Knöchel gebrochen haben. Dass fast alle vorhandenen Schaukeln gegen die Sicherheitsvorschriften verstoßen. Keine Schaukeln mehr auf öffentlichen Spielplätzen, hat der Bürgermeister gesagt, und das war's.

Wann saßt du das letzte Mal auf einer Schaukel? Wann hast du das letzte Mal deine Beine vor- und zurückgeschwungen, hast gegen den Wind getreten, deinen Körper so weit zurückgebogen, dass dein Magen einen Hüpfer gemacht hat, als du von weit oben abgesprungen und schwanengleich durch die Luft geflogen bist? Ich sehe rüber zu Raj und der Wind bläst ihm die Haare aus dem Gesicht. Seine Wangen immer noch gerötet vom Training. Seine Lippen trocken.

»Ich habe Angst.«

»Du hast gerade Sean Nessel konfrontiert. Ich glaube, du musst vor überhaupt nichts mehr Angst haben.«

Wir schwingen vor und zurück, aneinander vorbei, ein leichter Windhauch fährt zwischen uns hindurch.

38

BLYTHE

Nach der Schule. Lautes Klopfen an der Haustür. Hämmern.

Meine Mutter hat neue Medikamente. Mit der Nebenwirkung, dass sie den ganzen Tag lang schläft. Besser, als wenn sie mich ständig nervt. Besser, als wenn sie Zeit mit mir verbringen will.

Ich renne runter, reiße die Tür auf. Es ist Sean. Sean, verschwitzt und die Haare zu diesem Man Bun zurückgebunden, den er neuerdings trägt. Seine Augen sind gerötet, als hätte er geweint.

»Sie wird mein Leben ruinieren.«

»Sean … du wirst langsam echt paranoid.« Ich schiebe ihn nach draußen, schließe die Tür hinter uns.

»Nein, du verstehst das nicht, B. Sie und Rerun. Heute nach dem Training. Ich wollte mit ihr reden. Mich entschuldigen. Du weißt schon. Weil ich eben … weil ich vielleicht ein bisschen zu weit gegangen bin an dem Abend.« Er atmet heftig. Sein Gesichtsausdruck blanke Panik. »Ich musste sie über die halbe Tribüne jagen. Sie ist verrückt, B. Was zur Hölle soll ich bloß tun?«

Ich lass meinen Blick kurz über die Nachbarschaft schweifen. Jeder kann uns sehen. Jeder kann sehen, wie der Kapitän der Schulfußballmannschaft auf meiner Veranda zusammenbricht.

»Nicht so laut.«

»Sie hat gesagt, dass ich sie vergewaltigt habe.«

»Sie hat exakt diese Worte benutzt?«

Alles in mir spannt sich an, meine Haut kribbelt merkwürdig. Hier ist er, steht vor meiner Tür, als wäre nichts passiert. Ein verzweifelter, gebrochener Mann, um den ich mich kümmern muss.

»Sie hat gesagt, dass sie Jungfrau war. Sie hat allen möglichen Mist erzählt.«

»Interessant. Und was hast du gesagt?«

Er wird wieder lauter. »Was glaubst du wohl? Ich habe gesagt: ›So war das nicht.‹ Aber dann hat sich Rerun eingemischt und gemeint, dass ich sie in Ruhe lassen soll, dass ich ihr zu sehr auf die Pelle rücke. Ich bin einen guten Kopf größer als der Typ und er sagt mir, dass ich abhauen soll.«

Und was bedeutet das für mich? Ich bin das Mädchen, das sich eingemischt hat. Ich bin das Mädchen, das versucht hat, Allys Freundin zu sein, weil Sean Nessel mich darum gebeten hat. Ich bin das Mädchen, das Ally gesagt hat, sie solle das Ganze vergessen. Es hinter sich lassen. Dass Sean ein netter Kerl ist.

Ich erinnere mich plötzlich an den Abend vor der Party. Seans Gesicht. Wie er wegen Ally Greenleaf regelrecht gesabbert hat. *Wie sie mich immer anstarrt*, hat er wieder und wieder gesagt.

Jedes Mädchen ist eine Eroberung. Vielleicht war ich auch nur eine Eroberung.

Wenn irgendjemand die richtigen Schlüsse zieht und rausfindet, wieso ich mich mit Ally angefreundet habe, dann bin ich das Mädchen, das wichtige Informationen vertuscht hat.

Dann bin ich die Person, die sie daran hindern wollte, zu sagen, was geschehen ist. Ich habe versucht, es aus ihrem Gedächtnis zu löschen.

Wenn Ally jetzt allen die ganze Geschichte erzählt, wird sie meinen Ruf ruinieren. Ich war dabei, werden die Leute behaupten. Ich wusste genau, was passiert ist.

Blythe Jensen wusste das mit der Vergewaltigung ganz genau und sie hat nichts unternommen. Sie hat nur versucht, Sean Nessel zu decken. Das werden sie sagen.

Ich wusste, was er mit ihr gemacht hat, als sie die Treppe runtergestürmt ist, mit diesen riesigen Augen, und ich aus dem Bad gekommen bin. Wie sie mich fast umgerannt hat. *Gehst du etwa schon?*, habe ich sie gefragt. Wie herzlos. Wie unmenschlich. Ich habe so getan, als wäre nichts passiert. Als ob Sean nicht zu so etwas in der Lage wäre. Zumindest nicht in dem Ausmaß. Ally hätte es wissen müssen. Die Leute werden reden. Sie werden sagen, dass sie mein Schoßhündchen war. Dass ich es zugelassen habe.

Und Sean? Tja, Sean werden sie verzeihen, weil er eben der Goldjunge ist, der Topathlet. Mit Trainern, die ihn vom Spielfeldrand anbrüllen. Zieh das durch! Rück ihnen auf die Pelle, bis es vorbei ist! Beiß dich fest! Sie hören nie auf.

Ist es möglich, dass das, was Amanda Shire mir damals gesagt hat, tatsächlich stimmt? *Am Anfang fühlt es sich vielleicht demütigend an, aber mit der Zeit wirst du verstehen, dass du dadurch die Kontrolle übernimmst.* Stimmt das?

Ich taste hinter meinem Rücken nach dem Türknauf und drehe ihn langsam. Sean jammert immer noch rum, dass sein Leben jetzt ruiniert ist. Ich gehe rückwärts ins Haus.

Sean ist außer sich. Die Hände auf die Knie gestützt. Sagt, dass er gleich kotzen muss.

»Du würdest dir sogar den Mond nehmen, wenn du könntest, oder? Du würdest dir die Sterne direkt vom Himmel angeln, nur um deine kleine Ecke des Fußballfeldes damit auszuleuchten, während wir anderen alle im Dunklen sitzen.«

»Was redest du da, B? Mond … was?«

»Ein guter Rat für die Zukunft: Wenn ein Mädchen betrunken ist, hab keinen Sex mit ihr.«

»Großer Gott, nicht du auch noch. Du stellst dich auch gegen mich?« Er nimmt meine Hand und zieht mich zu sich. »Hast du keine Gefühle für mich, B? Ich dachte, du und ich, wir gehören zusammen?«

Ich stoße ihn von mir. Am liebsten würde ich ihn anspucken.

»Du hast dein Leben selbst ruiniert. Und du bist gerade dabei, meins auch noch zu ruinieren.«

Seine Miene fällt in sich zusammen. Er versucht, wieder nach meiner Hand zu greifen, aber ich schlage seine Finger weg.

»Du wirst mir also nicht helfen?«

Ich knalle die Tür vor seiner Nase zu.

39

ALLY

An der Tür hängt ein Blatt, auf das jemand mit dickem schwarzem Filzstift PRESSEZENTRUM geschrieben hat. Das Schülerzeitungsteam nimmt seine Sache echt ernst. Hierher kommt man, wenn man eines der ersten Exemplare der neuen Ausgabe haben will. Donnerstagmorgens. Nach der Theatergruppe stand ich immer vor der Tür des Presseraumes wie irgendeine rehäugige, bescheuerte Sektenanhängerin, um meine Sean-Nessel-Sucht zu befriedigen und mir neuen Stoff für meine Collagen zu besorgen.

Jetzt brauche ich die Schülerzeitung aus einem anderen Grund. Ich will, dass sie meine Geschichte erzählen.

Terrance sitzt mit seinem Laptop auf einem großen Schreibtisch. Er dreht sich zu mir um, überrascht.

»Ich hab dich schon eine Weile nicht mehr hier gesehen, Greenleaf. Die letzte Ausgabe ist leider ausverkauft.«

»Ich will keine Zeitung. Ich will für euch schreiben.« Ich trete nervös von einem Fuß auf den anderen.

»Tja, dafür müsstest du erst mal wissen, wie man einen anständigen Satz formuliert«, sagt er trocken.

»Das tue ich«, antworte ich bestimmt.

In der hinteren Ecke des Raumes sitzt ein Mädchen mit pinken Haaren und einer Cat-Eye-Brille, das jetzt von seinem Laptop aufsieht, mich ein paarmal anblinzelt und dann wieder hinter dem Bildschirm verschwindet und wild drauflostippt.

»Da musst du mit Savannah reden. Sie ist die Chefredakteurin«, sagt Terrance und deutet auf das Mädchen.

Also gehe ich langsam in ihre Richtung und stelle mich vor Savannahs Schreibtisch.

Sie ignoriert mich eine gute Minute lang und ich drehe mich um, sehe zurück zu Terrance. Er sitzt immer noch auf seinem Schreibtisch, starrt mich einfach nur an.

Dann reißt Savannah plötzlich den Kopf hoch. Blinzelt hektisch.

»Ich brauche jemanden, der über die Aufführung der Theatergruppe berichtet«, erklärt sie mit hoher, piepsiger Stimme. »Interessiert?«

»Ich will eine Kolumne schreiben. Eine Art Kommentar.«

»Oh, sie hat etwas zu *sagen*, Terrance.«

»Wisst ihr, was? Das hier war ein Fehler«, erwidere ich, weiche zurück in Richtung Tür. Plötzlich bin ich nervös. Es ist zu viel. Ich habe nicht genug Mut, um mich mit diesen Leuten anzulegen.

»Nein, nein. Geh nicht«, sagt Terrance.

Er springt von seinem Tisch, den Laptop unter den Arm geklemmt. Seine klobigen Stiefel stampfen durch den Raum.

»Was ist dein Skandal, Ally?«, fragt Terrance. »Kroketten? Hasst du sie? Sind sie dir zu ungesund? Oder ist es vielleicht der Salat? Du hättest lieber Biogrünkohl …«

»Ach, vergiss doch mal den Grünkohl. Vielleicht will sie, dass die Schüler in der Mittagspause das Schulgelände verlassen dürfen«, meint Savannah.

»Vielleicht will sie auch einfach nur was an der Kleiderordnung ändern. Sie will Flipflops anziehen«, rät Terrance. »Das ist es!« Der Boden vibriert, wenn er spricht.

Ich lege meine Geschichte mit der bedruckten Seite nach unten auf Savannahs Tisch und schreibe meine E-Mail-Adresse auf die Rückseite, auch wenn ich versucht bin, die Seiten einfach wegzuwerfen. Ich hasse sie beide. Savannah und Terrance und ihre bescheuerte Schülerzeitung.

»In meiner Geschichte geht es um Vergewaltigung«, sage ich und mein Herz rast, hämmert in meiner Brust.

Savannah hört auf zu blinzeln. Ihre Augen bleiben offen, wie eine Schallplatte, die hängen geblieben ist. Terrance kratzt sich die Bartstoppeln an seinem Kinn.

»Und die Theateraufführung? Klar, das kann ich auch übernehmen. Schick mir einfach eine E-Mail mit der Deadline.« Und damit verlasse ich den Raum.

40

BLYTHE

Ich glaube nicht, dass Ally nach dem Unterricht auf mich warten wird. Ich habe ihr ein paarmal geschrieben, dass ich mit ihr reden muss, aber sie hat immer nur OK geantwortet. Sonst nichts. Jetzt weiß ich nicht mal, wo sie ist. Ich bin es nicht gewohnt, ignoriert zu werden, und das macht mir Angst.

Ich renne aus dem Klassenzimmer, kaum dass es geklingelt hat, und hetze den Flur hinunter, meine Stiefel donnern laut über den Boden.

Ally kommt aus ihrem Klassenzimmer geschlendert, sieht sich nicht mal um.

»Ally!«, rufe ich. Ich habe das Gefühl, der gesamte Flur dreht sich zu mir um. Die Leute sind überrascht, mich jemandem nachlaufen zu sehen. Das wird das erste und letzte Mal sein.

Ich trete ganz nah an Ally heran. Zische in ihr Ohr: »Was zur Hölle ist hier los?«

»Nichts. Absolut gar nichts«, sagt sie abwehrend. Als hätte sie etwas zu verbergen.

»Nur dass Sean gestern zu mir nach Hause gekommen ist. Er war total fertig. Es ist also nicht *nichts* los.«

Ich hake mich bei ihr unter. Habe wieder die Kontrolle. »Komm mit. Wir müssen reden.«

Im Treppenhaus. Es klingelt. Der Flur ist still. Hier wird uns niemand sehen. Ich will mit ihr reden. Ich will sie nicht überfallen. Ihr das Gefühl geben, dass ich sie angreife. Ich will einfach nur zu ihr durchdringen. Sie davon überzeugen, dass ich da reingezogen worden bin. Und war es nicht auch so? War ich nicht unfreiwillig Teil dieser ganzen Sache?

»Ich war verwirrt. Ich war … Sean hat mich manipuliert. Du verstehst nicht, wie das alles läuft, wenn man so weit oben in der Rangordnung steht. Wenn man einen Ruf zu verlieren hat. Es ist kompliziert und ich war nicht so mutig wie du. Ich stecke schon so lange in diesem System fest.«

Sie sieht mich an, mustert mich ganz genau. Etwas an ihrer Ausstrahlung hat sich verändert. Da ist jetzt etwas Erhabenes, Überlegenes.

»Blythe, ich schreibe einen Artikel für die Schülerzeitung, darüber, was passiert ist.«

Das nimmt mir die Luft zum Atmen. Wie ein Ziegelstein auf meiner Brust. Alles dreht sich. Mein Leben in einer bescheuerten Zeitung.

»Das kannst du nicht. Das kannst du nicht einfach so machen.«

»Wieso nicht?«

»Weil die Leute Fragen stellen werden. Und weil sie Antworten von mir haben wollen werden. Die Leute haben ein bestimmtes Bild von mir, Ally. Ich weiß, dass du das verstehst.«

»Ah, klar«, sagt sie höhnisch. »Du willst nicht, dass die Leute dich verurteilen. Du willst nicht, dass irgendjemand weiß, dass du dich nur mit mir angefreundet hast, um mich davon zu überzeugen, dass Sean Nessel ein netter Typ ist.

Ein Typ, der so etwas niemals tun würde. Hast du das nicht selbst gesagt?«

Ich bin es nicht gewohnt, dass Ally so mit mir spricht. Habe ich ihr nicht gezeigt, wie man sich durch diese Schule bewegen muss? Wie man richtig steht? War ich nicht ihre Mentorin, ihre Vertraute? Die sie zumindest für kurze Zeit durch die überfüllten Flure unserer Schule geführt hat. Sie in den C-Flügel eingeladen hat. Jetzt ist ihr Gesicht vor Wut verzerrt. Ihre Hände zu Fäusten geballt. Das hier ist ein anderes Mädchen. Nicht die schüchterne Ally, die ich damals kennengelernt habe. Das hier ist ein Mädchen, das Blut sehen will.

»Du wirst also einfach über mich schreiben und du glaubst, dass es damit erledigt ist? Keine Konsequenzen?«

»Es geht nicht um dich, Blythe!«

»Wie kannst du behaupten, dass es nicht um mich geht? Ich bin ein *großer* Teil dieser Geschichte. Die Leute werden mich fragen, ob ich Bescheid wusste. Sie werden fragen, ob Sean mit mir darüber geredet hat. Ob ich versucht habe, es zu vertuschen, obwohl ich es eigentlich hätte melden sollen«, sage ich, versuche meinen Atem unter Kontrolle zu bekommen. Versuche Ally auf meine Seite zu ziehen. Die Schülerzeitung. Die angestaubte Schülerzeitung. Wer liest denn überhaupt noch Zeitung? Aber die haben auch eine Website. Und das ist die Art Geschichte, die sich wie ein Lauffeuer verbreitet. Viral geht. Ich kann es schon vor mir sehen: *Beliebtestes Mädchen der Schule vertuscht Vergewaltigung durch Fußballstar.* »Ally, hör zu. Verstehst du denn nicht, dass er mich reingelegt hat, genauso wie er dich reingelegt hat?«

»Das glaube ich nicht. Du wusstest die ganze Zeit, was du tust, Blythe.«

»Oh mein Gott, Ally. Du willst mich also allen Ernstes den Wölfen zum Fraß vorwerfen?«

»Ich werde die Wahrheit sagen.«

Ich muss sie davon überzeugen, dass sie diese Geschichte nicht erzählen will. Nicht so.

»Ich dachte, wir zwei wären Freundinnen.« Meine Stimme klingt verzweifelt. Aufgesetzt. Ich wünschte, ich hätte das nie gesagt.

Sie geht zwei Stufen hoch. Dreht sich nicht mal mehr um.

Ich muss mir irgendetwas einfallen lassen, womit ich sie aufhalten kann. Irgendetwas, das sie zum Nachdenken anregt, innehalten lässt, nur für eine Sekunde. Etwas, das sie wieder zur Vernunft bringt.

»Du solltest wissen, dass ich die Initiation nicht organisieren werde«, sage ich. »Ich mache das nicht. Ich trete zurück.«

Endlich bleibt Ally stehen. Wendet sich mir zu.

»Gut. Du solltest nichts damit zu tun haben. Ich bin stolz auf dich, Blythe.«

»Du bist *stolz* auf mich?«

»Ja. Weil ich weiß, was für ein harter Kampf das ist. Und ich kann mir vorstellen, wie schwer es ist, Nein zu diesen Leuten zu sagen. Und ich weiß, wie sehr dich das mitgenommen hat.«

Ich mache einen Schritt zurück. Sie war mal so kaputt. Jetzt sieh sie dir an. Dieses selbstsichere Mädchen. So selbstsicher, dass sie alles zerstören wird, was sich ihr in den Weg stellt. Sie wird den König stürzen. Und die Königin. *Mich.* Sie will mich bestrafen.

»Ich verspreche dir, ich bringe ihn dazu, sich bei dir zu entschuldigen«, sage ich. »Er muss sich bei dir entschuldigen. Es ist bescheuert, dass er das noch nicht gemacht hat, genau genommen –«

»Du verstehst es einfach nicht«, unterbricht mich Ally, jetzt kochend vor Wut. Ganz nah an meinem Gesicht. Sieht mich direkt an. Ist die Stufen wieder runtergekommen. »Ich will keine Entschuldigung von ihm. Ich will ihn nicht in meiner *Nähe* haben. Ich wünschte, du würdest mich einfach unterstützen. Und ehrlich zugeben, wie das alles angefangen hat. Du könntest alles beichten. Du wurdest auch manipuliert. Aber du kannst zugeben, dass du Fehler gemacht hast. Das wäre besser.«

»Besser für wen?«

Sie antwortet mir nicht.

Ich spüre Tränen über meine Wangen laufen. Ich weiß nicht mal, wieso.

»Ich bin die einzige Person, die mein Schicksal kontrollieren kann, Blythe. Ich bin die Einzige. Du weißt, dass ich keine andere Wahl habe. Du würdest niemals zulassen, dass jemand anderes deine Geschichte schreibt, wenn dir das passiert wäre. *Warte nicht darauf, dass sie dir aus dem Weg gehen. Bahn dir selbst einen Weg.* Das hast du mir gesagt, als du mir beibringen wolltest, wie man sich durch diese bescheuerte Schule bewegt. Tja, und weißt du, was? Das hier ist mein Leben.«

Ich entdecke ein paar Leute, die vom unteren Stockwerk zu uns hochsehen. Ich will mir die Tränen nicht aus dem Gesicht wischen, denn dann sähe es wirklich so aus, als würde ich weinen.

Im C-Flügel. Die Vier. Eine Zigarette nach der anderen.

»Sagt Ally überhaupt nichts mehr«, befehle ich.

»Was soll das heißen?«, fragt Suki.

»Das soll heißen, dass sie einen Artikel für die Schülerzeitung schreibt, in dem sie erzählt, was ihr passiert ist.«

»Ich will's dir ja nicht reindrücken, aber ich hab's dir gesagt«, erklärt Cate.

»Das ist deine Reaktion? Das ist das Beste, was dir dazu einfällt? ›Ich hab's dir gesagt‹?«

»Eigentlich ist es sogar ziemlich cool, Sean so zu outen«, antwortet Cate.

»Wie wahnsinnig ihn das machen wird!«, sagt Suki, grinst, schaut dann weg und zieht an ihrer Zigarette. »Irgendwie finde ich das echt geil.«

»Ich finde das nicht nur *irgendwie* geil. Ich finde es richtig geil«, pflichtet Donnie ihr bei. »Der Typ bekommt nur, was er verdient, B. Tut mir leid, aber so ist es. Ich habe jetzt viel mehr Respekt vor ihr. Ich werde diese Zeitung allen geben. Ich mache Fotos davon und poste es so lange auf Insta, bis jemand deswegen zur Polizei geht.«

»Ich will dir ja nicht die Laune verderben«, sage ich. »Aber findest du es immer noch *geil*, wenn sie uns dann auch fertigmacht? Wenn sie erzählt, was für manipulative Bitches wir sind? Wie ihr sie quasi als Schlampe beschimpft und runtergemacht habt, wie ich unsere Freundschaft geplant habe, um zu vertuschen, dass Sean sie vergewaltigt hat? Wie wir eine Situation, ein Umfeld geschaffen haben, in dem sie nicht darüber reden konnte?«

Sukis Gesicht ist plötzlich völlig ausdruckslos.

»Aber wieso sollte sie das tun?«, fragt sie.

»Es ist ja nicht so, als wäre auch nur eine von euch mal nett zu ihr gewesen. Glaubt ihr wirklich, es kümmert sie, was mit uns passiert?«, fahre ich fort. »Sie will die ganze Geschichte erzählen. Das hat sie mir gesagt. Sie hat gemeint, dass ich ›alles beichten‹ soll. Und glaubt mir. Ich habe sie echt angefleht.«

»Du hast diese Bitch angefleht und sie ... Was? Sie hat einfach Nein gesagt?«, fragt Donnie.

»Ja.« Ganz genau. Ich wusste, dass dieser Part Donnie anstacheln würde. »Die Polizei könnte mich befragen, kapiert ihr das?«

»Die Leute werden wissen wollen, wieso du es nicht gemeldet hast«, sagt Cate, ihre Augen groß und ahnungslos.

»Was du nicht sagst.«

»Du bist Teil der Geschichte«, erklärt Donnie.

»Du auch, Donnie«, erwidere ich. »Du auch.«

41

ALLY

»Beeil dich«, sage ich zu Sammi. Wir stehen vor ihrem Spind.

Sammi stopft ihre Bücher in ihre Tasche.

»Die machen mir keine Angst«, erklärt sie. »Die Vier. Was für ein bescheuerter Name.«

»Ich weiß. Ich habe auch keine Angst vor ihnen. Aber nach dem, was heute mit Blythe passiert ist … Ich will einfach nicht, dass sie irgendwas tun. Irgendeinen Racheakt. Die sind wie Tiere, diese Mädchen.«

»Kann ich dir sagen, wovor ich wirklich Angst habe?«

»Vor was?«

Sie sieht zu Boden. Wackelt mit einem Knie. »Davor, dass du immer noch mit Blythe befreundet bist, wenn das alles vorbei ist.«

Sammis Miene fällt in sich zusammen, ihr Blick ist unsicher, und ich kann verstehen, wieso. Ich sehe jetzt, dass ich sie einfach verlassen habe. Und wie das für sie gewesen sein muss.

»Ich kann mir nicht vorstellen, dass meine Freundschaft mit Blythe danach noch genauso sein wird wie vorher.«

»Das war wirklich eine richtige Freundschaft?«

»Ja. Ich weiß, das ist kaum vorstellbar.«

»Nein. Ich versuche es ja zu verstehen. Ehrlich.«

»Da war etwas … Wir hatten ein paar Dinge gemeinsam. Dinge, die schwer zu erklären sind.«

Da ist dieses Gefühl in mir, diese Traurigkeit, wenn ich an Blythe denke. Unser Gespräch im Treppenhaus – so verzweifelt habe ich sie davor noch nie gesehen. All die Jahre habe ich sie aus der Ferne beobachtet und jetzt kenne ich sie. Und sie kennt mich. Uns beide verbindet etwas Grauenhaftes. Erfahrungen mit diesen Jungs, diesen Männern, die so schlimme Dinge getan haben. Ich weiß nicht, ob ich das mit Sammi teilen will. Ich weiß nicht, ob ich das mit irgendwem teilen will.

Sammi und ich holen Raj ein und wir gehen zu dritt den Flur runter, so wie früher. Eine Sekunde lang bin ich das erste Mal seit Langem zufrieden, fühle mich, als könnte ich jetzt alles schaffen.

Terrance und sein übergroßer Trenchcoat tauchen hinter der nächsten Ecke auf. Savannah neben ihm.

»Ich habe dich gesucht«, sagt er. Seine Stimme dröhnt, er atmet schwer. »Wir haben deine Geschichte gelesen, Ally. Die ist echt heftig, beeindruckend.«

Terrance hat ein paar Fragen, die voreingenommen klingen werden, erklärt er. Aber er muss sie stellen. Leg los, erwidere ich.

Habe ich irgendwem davon erzählt, direkt nachdem es passiert ist? Ja. Ich habe Sammi davon erzählt. Ich habe es Blythe erzählt. Ich habe es Raj erzählt. Ich habe sogar Sean Nessel selbst konfrontiert. Jede Menge Leute haben mich von dieser Party flüchten sehen. Blythe hat beobachtet, wie ich da rausgerannt bin. Meine Geschichte ist stichfest.

»Also, es gibt da ein Protokoll …«, sagt Savannah und wirft Terrance einen Blick zu. Sie beißt sich auf die Lippe.

»Weil die Schülerzeitung keine eigenständige Institution ist. Sie ist Teil der Schule …«

»Und du schreibst über Vergewaltigung …«

»Und illegalen Alkoholkonsum –«

»Moment, Moment, Moment«, unterbreche ich sie. Ich bin verwirrt. Die beiden erklären mir den Schulcode und irgendwelche Regeln und meine Rechte. Und nichts davon ergibt Sinn.

»Hör zu, Ally«, sagt Terrance. »Miss Knox, unsere Vertrauens- und Journalismuslehrerin, muss sich das zuerst anschauen. Und wenn sie diese Geschichte liest, muss sie melden, was passiert ist.«

Ich bin fassungslos. Meine Worte können gar nicht schnell genug aus meinem Mund kommen und ich höre mich selbst sagen: »Nein. Nein. Nein.« Ich weiche zurück. Ich kann sie nicht hören. Will es nicht.

»Wem müsste sie das denn melden?«, fragt Sammi, nimmt meine Hand. Zieht mich zurück ins Gespräch. Drückt mich an sich.

»Mehreren Leuten. Der Schulleitung. Allys Eltern. Vielleicht der Polizei. Ally ist minderjährig. Es ist kompliziert.«

Es fühlt sich an, als hätte die Zeit ausgesetzt. Alles bleibt stehen.

»Der *Polizei*?«, sage ich. Wieso sollte die Polizei mir glauben? Ich bin freiwillig mit ihm nach oben gegangen. Ich habe Collagen von ihm gemacht. Ich habe sie Blythe gezeigt. Plötzlich wird mir wieder schlecht. Sean Nessel wird überhaupt nichts passieren. Die Leute werden ihn einfach beschützen, so wie sie es immer tun. So wie Blythe es getan hat.

»Vergesst es. Dann mache ich das nicht. Zerreißt die Geschichte. Vergesst es einfach alles wieder.«

Ich schüttle Sammis Hand ab. Meine Schultern hart wie Ziegelsteine. Die Polizei würde bei mir zu Hause auftauchen, mich dazu befragen, was passiert ist, und einen Bericht verfassen. Auf dem Polizeirevier. Fragen. Mehr Fragen. Auf gar keinen Fall.

»Du verstehst das falsch, Ally. Wir wollen das mit dir durchziehen. Wir wollen nicht aufhören«, sagt Terrance. »Also haben wir zwei Optionen: Wir übernehmen die Kontrolle über die Schülerzeitung, drucken die Geschichte und sagen *fuck the system*. Vielleicht bekommen wir später sogar mal Preise dafür.«

»Aber viel wahrscheinlicher ist es, dass wir dafür suspendiert werden und sie *trotzdem* die Polizei einschalten«, ergänzt Savannah.

»Die andere Option«, sagt Terrance, »ist, die Schülerzeitung zu umgehen.«

»Wie soll das funktionieren?«, fragt Raj. Seine Stimme ist leise, besorgt. Er klingt wie ein Dad. Wie mein Dad.

Terrance schwingt seine Tasche nach vorn. Zieht seinen Laptop raus. Stellt ihn auf einen Heizkörper und klappt ihn auf. Winkt unser näher heran. Er zeigt uns eine Website. Rote Graffiti-Buchstaben: ›THE UNDERGROUND‹.

»Was ist das?«, frage ich.

»Das ist mein Onlinemagazin.« Er grinst breit. Stolz. Es ist nur eine Seite. Und als er nach unten scrollt, wird kein einziger Artikel angezeigt. Keine Fotos. Nichts. Es ist nur eine leere Seite. Mit einem sehr coolen Titel.

»Da steht gar nichts«, sagt Sammi. Ihre Stimme rutscht in ihren typischen sarkastischen Tonfall ab. »Sollte ein Onlinemagazin nicht ein bisschen mehr Text haben?«

»Wir fangen ja gerade erst an«, erklärt Terrance. »Die Seite hat verschiedene Schichten. Das wird großartig. Wenn wir es erst mal in Gang bringen.«

»Ich muss noch was loswerden«, sagt Savannah. Ihre Stimme bricht leicht, rau. Sie ist so eine Person, die irgendwie immer im Hintergrund zu stehen scheint, trotz ihrer pinken Haare. Ihrer Cat-Eye-Brille. Ihrer knallbunten Klamotten. Sie ist wie ein Pfau, dem man nicht zu nahe kommen will, weil er einem sonst ins Gesicht beißt.

»Ich weiß, dass das Onlinemagazin nicht dasselbe ist wie die Schülerzeitung. Aber es kann dir eine Stimme geben. Denn nach dem zu schließen, was du in deiner Geschichte schreibst, hat dein Angreifer eine sehr mächtige Stimme. Und ich – als Außenstehende – habe den Eindruck, dass ihn eine ganze Menge Leute beschützt haben. Ich nehme an, die Frage, die du dir stellen musst, ist …« Und sie sieht mich direkt an, Tränen steigen ihr in die Augen, weil – ich weiß nicht – weil sie vielleicht auch eine Geschichte hat? »Wer hat *dich* beschützt?«

Niemand, denke ich. Nicht Blythe. Nicht ihre unausstehlichen Freundinnen. Ganz bestimmt nicht Sean Nessel.

»Denk daran, wie viele Leute du erreichen könntest, wenn sich das richtig verbreitet«, sagt Terrance. Er drückt ein paar Tasten. Seine Stimme wird leiser. »Ich weiß, es sieht noch nicht nach viel aus. Aber mit deiner Geschichte könnte daraus etwas werden. Etwas Großes, Wichtiges.«

Einen Moment lang schweigen alle und die Stille fühlt sich bedeutsam an, als müsste ich jetzt die größte Entscheidung meines Lebens treffen.

»Bist du bereit, das durchzuziehen, Ally?«, fragt Terrance mich. »Denn wenn du bereit bist, wird aus dieser Sache ein gottverdammter Tornado.«

Ich denke an Seans Hand auf meinem Mund und seine abartige, erbärmliche Entschuldigung: *Ich bin ein bisschen zu weit gegangen.*

Ich denke an das Blut zwischen meinen Beinen.

Ich denke an den blauen Fleck, den ich eine ganze Woche an meiner Schulter hatte.

Ich denke an meinen Vater und daran, wie ich ihm das alles erklären soll.

Alles in meinem Körper drängt mich dazu, jetzt sofort zu gehen. Den Artikel zu vergessen. Ihnen zu sagen, dass es ein Fehler war. Aber ich schließe die Augen. Denke wieder an diesen Abend. Wie ich weinend auf dem Boden lag. Und ich will, dass alle es wissen.

»Ich bin bereit«, sage ich.

42

»Was geht mich das an?«

von Alistair Greenleaf

Es war ein Tag wie jeder andere. Ich habe im Toilettenraum im C-Flügel unserer Schule eine geraucht, als mir Reggie, eine Mitschülerin, aufgefallen ist. Ich habe sie nur gefragt: »Hey, wie geht's?« und sie hat angefangen, mir alles darüber zu erzählen, wie sie vergewaltigt worden ist.

»Vergewaltigt?«, habe ich gefragt.

»Oh, ja. Wir waren beide betrunken auf dieser Party. Ich bin freiwillig mit ihm nach oben in ein Schlafzimmer gegangen. Keine Frage, am Anfang hat es mir Spaß gemacht. Aber dann habe ich Nein gesagt, weil ich Angst bekommen habe und nicht weiter gehen wollte. Außerdem war ich betrunken und durcheinander. Und er, tja, ich war wohl nur ein Körper für ihn. Ein Objekt.«

Will ich das wissen?, habe ich gedacht. Kümmert es mich überhaupt? Wieso habe ich sie bloß gefragt, wie es ihr geht?

Es ist eine simple Frage, eine, die du stellst, um dir die Zeit zu vertreiben, während du in der Behindertenkabine rauchst, eingequetscht zwischen ein paar anderen Mädchen. Es waren noch vier andere Mädchen da. Die Art Mädchen, die auf dich herabsehen. Die jeden deiner Atemzüge verurteilen. Die Art Mädchen, die sich gegenseitig beschützen, um jeden Preis.

»Es gab da ein Mädchen, das Bescheid wusste«, sagte Reggie. »Sie wusste alles.«

»Woher wusste sie es denn?«, fragte ich.

»Weil der Typ, du weißt schon, mein Vergewaltiger, es ihr erzählt hat. Es war ihre Aufgabe, mich davon zu überzeugen, nichts zu sagen. Und dabei hat sie sogar selbst so eine Erfahrung gemacht, als sie in der neunten Klasse war. Aber dem Übergriff auf sie war zugestimmt worden, was auch immer das heißen soll«, erklärte Reggie.

Jetzt weiß ich das alles, kenne diese Geschichte sexueller Gewalt, und ich will es nicht wissen!

Ich will es wieder vergessen! Ich wollte doch nur nett sein. Ich habe nicht erwartet, dass sie mir irgendwelche privaten Probleme offenbart. Ich habe nicht erwartet, dass sie über Vergewaltigung redet.

Ich habe Mitleid mit diesem Mädchen. Vergewaltigung ist fast unmöglich nachzuweisen. Der beliebteste Typ der Schule? Seine beste Freundin? Deren Wort gegen ihres? Ist das nicht genau der Grund, aus dem statistisch gesehen die meisten sexuellen Übergriffe nicht angezeigt werden?

Trotzdem, muss ich das wirklich wissen?

Jeder, der durch die Gänge unserer Schule läuft, stellt mindestens zwanzigmal am Tag diese Frage: »Hey, wie geht's?« Es macht den Tag ein bisschen fröhlicher und erweckt den Eindruck, als wäre man tatsächlich an der Existenz der anderen interessiert.

Ich wollte doch nur in Ruhe eine rauchen, Leute.

»Ich war Jungfrau, bevor das passiert ist. Nur ein Mädchen, das für einen Jungen geschwärmt hat. Ich habe Collagen von ihm gemacht, das volle Programm. Ich bin mir sicher, dass er nicht geplant hat, mich zu vergewaltigen, aber als ich Nein gesagt habe – und ich habe laut und deutlich Nein gesagt –, hat er mir den Mund zugehalten und mich an der Schulter auf den Boden gedrückt«, sagte sie.

Mir fiel der blaue Fleck an ihrem Oberarm auf, der unter ihrem Ärmel hervorlugte. Da muss er sie festgehalten haben.

Oh Gott, womit habe ich diese grauenhafte Geschichte nur verdient? Wieso wird mir die Verantwortung aufgedrängt, davon zu wissen?

Weil ich sie gefragt habe, wie es ihr geht.

Habe ich meine Lektion gelernt? Werde ich es noch einmal riskieren, jemanden zu fragen, wie es ihm oder ihr geht, oder werde ich einfach nur nicken und weitergehen?

Letzteres wird mir vermutlich alle ungewollten Gespräche ersparen, aber es wird eine Weile dauern, die alte Gewohnheit abzulegen.

»Wie auch immer, es wird mir sowieso niemand glauben, weil er einfach sagen wird: ›Sie wollte es auch ...‹ oder: ›Ich kann jedes Mädchen haben, das ich will, wieso sollte ich jemanden vergewaltigen?‹«

Nein, ein einfaches »Hi« ist in Zukunft völlig ausreichend.

43

BLYTHE

Mein Gespräch mit Ally ist jetzt ein paar Tage her. Ich hoffe immer noch, dass sie ihre Meinung ändert. Oder es vielleicht schon getan hat. In der Schule schweben wir aneinander vorbei wie Wolken. Ein Nicken. Ein Zur-Kenntnis-nehmen. Nichts weiter.

Suki entdeckt es als Erste auf Instagram.

»Da ist was im Umlauf. Irgendwas über Ally«, sagt sie.

»Was denn?«

»Etwas über Sean. Etwas über dich.«

»Ich habe euch doch erzählt, dass sie diesen Artikel für die Schülerzeitung schreiben will«, fauche ich. »Das wussten wir schon.«

»Nein, B. Das hier ist was anderes. Irgendein Blog«, erwidert sie. Ihre Miene angespannt. Ernst. »Du hast ja keine Ahnung …«

~

In einer Toilettenkabine im C-Flügel. Donnie, Suki, Cate und ich lesen Allys Artikel. Er wurde auf einer Website veröffentlicht. Irgendeine Seite mit dem lächerlichen Namen ›THE UNDERGROUND‹. Etwas, zu dem jeder Zugriff hat, ist nicht im »Untergrund«, aber darum geht es jetzt nicht.

»Sie zieht die gesamte Abschlussklasse durch den Schmutz«, sagt Donnie.

»Ach, hör doch auf. Wer wird diesen Artikel denn schon groß lesen? Irgendeinen bescheuerten Text von einem Schülerzeitungs-Nerd«, meint Cate.

»Scroll mal runter zu den Likes«, sage ich.

»Heute Morgen gab es quasi keine. Maximal zwanzig. Vielleicht dreißig«, meint Suki.

Wir lassen Instagram neu laden. Sukis Mund steht offen. Eine Hand an den Lippen, als sie durch die Liste der Likes scrollt. Und scrollt. Und scrollt. »Ich weiß nicht. Das sind echt viele. Wahrscheinlich über tausend.«

Ich reiße ihr das Handy aus der Hand. »Über tausend? Wer zur Hölle likt denn diesen Quatsch?«

Ich scrolle durch die Liste. All diese Leute, nicht ein einziges Gesicht oder Profil, das ich erkenne.

»Wenn die Schulleitung das rausfindet …«, murmelt Cate.

»Und sie musste natürlich unbedingt den C-Flügel erwähnen. War ja klar«, sagt Donnie.

»Und sie musste erwähnen, dass es ein Mädchen gab, das Bescheid wusste. *Sie wusste alles.* Was für eine Bitch. Ich wusste nicht über *alles* Bescheid. Das stimmt nicht mal ansatzweise«, fahre ich auf.

Und ich wusste *wirklich* nicht über alles Bescheid. Hatte ich eine Ahnung? Ja. Wusste ich, dass etwas Schlimmes passiert ist? Ja. Aber war es nicht viel komplizierter als das? Und wem hätte ich denn glauben sollen? Sean, den ich quasi schon mein ganzes Leben lang kenne, oder Ally, mit der ich bis zu jenem Abend nicht ein Wort gewechselt hatte? Ich wollte Ally helfen. Ich wollte es … weniger öffentlich machen. Ich wollte ihr da durchhelfen. Nicht die ganze Sache im Internet veröffentlichen.

»Sie hätte uns als ihre Verbündeten haben können«, sagt Donnie. »Aber nein, sie musste ja uns alle in ihrem Artikel erwähnen.«

»Ach, tu doch nicht so, Donnie. Du hasst sie. Du hast von Anfang an gedacht, dass sie nicht hierhergehört.«

»Tut sie ja auch nicht, Jensen. Sie war dein kleines Wohltätigkeitsprojekt. Aber ich hätte sie trotzdem unterstützen können, wenn sie die Sache anders angegangen wäre. Ich hätte Nessel fertigmachen können und sie hätte mich noch nicht mal darum bitten müssen. Jede von uns …« Sie wirft Suki einen Blick zu. »Jede von uns hätte das für sie getan. Aber du wolltest sie ja unbedingt ganz allein unter deine Fittiche nehmen, wie eine süße kleine Vogelmama. Du wolltest sie ganz in deiner Nähe haben, eingequetscht unter deinem Flügel. Und jetzt hat sie etwas geschrieben, das sich gerade wie ein Lauffeuer verbreitet und das deinen Ruf ruinieren wird.«

Ich denke an Ally und ihr schmales Gesicht. Wie verwirrt sie immer war, zu mir aufgesehen hat wie ein winziges Nichts. Donnie hat recht. Ally ist ein Küken. Eine kleine Babyschwalbe. Ich habe sie in meine Welt, zu *meinen Freunden* gebracht und es hat ihr gefallen. Sie kann nicht leugnen, dass es ihr gefallen hat. Dass es ihr gefallen hat, in meiner Nähe zu sein.

Wir waren echte Freundinnen. Oder etwa nicht?

Waren wir das?

Ich denke wieder an den Abend, als Sean geweint hat.

Dieses Mädchen hat meine Jacke ruiniert. Sie hat überall draufgeblutet. Du weißt, dass ich nie jemandem wehtun würde. Du weißt, dass ich nie jemandem etwas antun würde.

Seine Worte haben alles andere übertönt. Ich habe nur seine Sicht der Dinge gehört. Alles, worüber ich Bescheid wusste, war *sein* Verlangen. *Sein* Schmerz. *Seine* Angst. Und was ist dabei herausgekommen? Meine Freundschaft mit Ally ist vorbei. Dev hat mit mir Schluss gemacht. Alles, um Sean freizusprechen.

Aber sie wollte mir nicht zuhören. Letztens im Treppenhaus. Ich habe es versucht! Ich habe ihr gesagt, dass ich bei der Initiation nicht mehr mitmache. Dass ich sie nicht organisieren werde. Und was war ihre Antwort darauf? *Ich bin stolz auf dich.* Und dann macht sie einfach weiter und stellt mich als die böse Hexe dar, die versucht hat, alles zu vertuschen.

»Weißt du nicht mehr, wie es am Anfang war, B? Du hast versucht sie davon zu überzeugen, dass Nessel ein total netter Typ ist. Ein Typ, der *so etwas niemals tun würde*«, sagt Donnie.

»Ich habe nur versucht ihr Seans Sicht der Dinge zu erklären. Das war alles. Ich habe sie nie gebeten, es niemandem zu erzählen.«

»Tja, das hat ja super funktioniert.«

Donnie nimmt Suki das Handy aus der Hand. »Lasst uns diesen Scheiß mal analysieren.« Sie liest den Artikel vor wie so eine altmodische Theaterschauspielerin: *»›Es gab da ein Mädchen, das Bescheid wusste. Sie wusste alles. Woher wusste sie es denn? Weil der Typ, du weißt schon, mein Vergewaltiger, es ihr erzählt hat. Es war ihre Aufgabe, mich davon zu überzeugen, nichts zu sagen.‹«*

»Das nennt sich Justizbehinderung, B. Sie will, dass du verhaftet wirst«, meint Donnie.

»Du bist doch paranoid«, widerspreche ich. Aber hatte ich nicht genau denselben Gedanken? Dass die Polizei mich befragen wollen wird?

»Vielleicht will sie damit nur berühmt werden«, mutmaßt Suki.

»Vielleicht wollte sie auch einfach nur alles auffliegen lassen und dabei würde ich voll hinter ihr stehen«, sagt Cate. »Ich verstehe nur nicht, wieso sie uns da mit reinziehen musste.«

»Sie hat ja nicht direkt *uns* erwähnt«, erwidert Donnie. »Sie hat Blythe erwähnt. Und schlimmer noch, sie hat allen *Blythes* Geschichte verraten. Ohne ihre Erlaubnis. Im Prinzip hat sie doch über die Initiation geschrieben.« Donnie liest wieder aus dem Artikel vor: »›*Und dabei hat sie sogar selbst so eine Erfahrung gemacht, als sie in der neunten Klasse war. Aber dem Übergriff auf sie war zugestimmt worden.*‹ Sie hat dich geoutet, B. Ist dir das klar?«

»Wer gibt ihr das Recht, das zu erzählen?«, sagt Cate. »Sie ist doch mit Nessel da hochgegangen wie sein verdammter kleiner Schoßhund.«

»Sie war halb tot, als B sie gefunden hat«, ergänzt Suki.

»Wie hast du nur die Kontrolle über dieses Mädchen verloren, Jensen?« Donnie kaut geräuschvoll auf ihrem Kaugummi. Bildet damit riesige wabernde Blasen. Wartet auf Antworten, wartet darauf, dass ich das Kommando übernehme. Sie alle drei. Ihre Blicke hängen an mir.

Ich mache mich von dem Mitgefühl los, das ich für Ally Greenleaf empfinde. Löse mich von der Freundschaft, die wir hatten. Koche jetzt vor Wut.

Als Nächstes werden sie sich den C-Flügel vornehmen. Wir werfen unsere Zigaretten ins Klo. Vielleicht zum letzten Mal. Wir hängen an einem Toilettenraum. Ist das nicht seltsam? Wie kann man an einem Schulklo hängen? Aber das ist jetzt vorbei.

Als wir rausgehen, flüstere ich Suki zu: »Weißt du noch,

was ich vorher gesagt habe? Dass wir die ganze Sache einfach auf sich beruhen lassen sollten?«

Sie nickt.

»Da muss mein Gehirn kurz ausgesetzt haben. Sie kann das nicht mit mir machen. Mit uns. Aber das wird kein Krieg. Das wird ein Racheakt.«

44

ALLY

In der Schule habe ich das Gefühl, dass alle mich beobachten, und ich kann nicht klar denken. Alle meine Lehrerinnen und Lehrer und ihre Worte verschwimmen miteinander, dröhnen wie eine einzige große Masse. Ich dachte, es würde sich gut anfühlen, das niederzuschreiben. Aber jetzt fühle ich mich nur noch schlechter.

~

In Physik stupst Terrance mich an. »Der Artikel geht voll durch die Decke«, sagt er, leuchtende Augen und strahlendes Lächeln. Ich denke an Blythe und frage mich, ob sie den Artikel schon gelesen hat. Frage mich, was sie und ihre Freundinnen davon halten. Ob die Polizei davon erfahren wird. Ich frage mich, ob Sean Nessel den Artikel schon gesehen hat, wie er reagieren wird, wenn er ihn liest. Ich verbringe den Großteil der Stunde damit, Instagram anzustarren, das Handy unter meinem Tisch versteckt. Ich weiß, ich wollte es so. Ich weiß, es war meine Idee. Aber ich wusste nicht, wie es sich anfühlen würde. So verwundbar zu sein. Sich so hin-

und hergerissen zu fühlen. Sich so sehr zu schämen und gleichzeitig so stolz zu sein.

Meine Gedanken schweifen ab, während Mr Chui weiter über ausgewogene und unausgewogene Kräfte spricht. Ich denke an Blythe und mich. Er zeichnet einen Felsbrocken an die Tafel. Ein kleines Strichmännchen schiebt den Brocken von der einen und ein weiteres Strichmännchen von der anderen Seite. Ich erinnere mich daran, wie Blythe auf dem Ball mein Handgelenk umklammert hat. Wie sie mich nicht loslassen wollte. Und wie ich mich losgerissen habe. Meine Kraft, größer als ihre. Ich dachte immer, dass sie die Stärkere sei. Blythe Jensen, die Allmächtige.

Aber tatsächlich war ich es. Ich war diejenige. Ich hatte mehr Kraft als sie.

~

Vor der Mittagspause wartet Sammi an meinem Spind auf mich. Mir kommen die Tränen, als ich sie sehe. Wie früher, als ich noch klein war und auf dem Spielplatz hingefallen bin. Ich habe mich aufgerappelt. Die Tränen zurückgehalten. Die Steinchen aus der Schürfwunde an meinem Knie gepult. Bis meine Mutter kam und ihr besorgtes Gesicht gefragt hat, was passiert sei. Dann bin ich in ihren Armen zusammengebrochen.

»Nein, nein, nein. Du kannst jetzt nicht weinen«, sagt Sammi, wischt meine Tränen weg. »Du bist eine Kämpferin. Eine Göttin. Sieh dir nur an, was du getan hast.« Sie streicht über meine Haare, zieht mich an sich. Mein Gesicht ist nass. Die Schulter ihres T-Shirts durchweicht. »Überleg mal, wie viele Mädchen zu dir aufsehen werden. Überleg mal, was du hier angefangen hast. Du hast ihn geoutet! Du bist eine verdammte Legende. Fühlst du dich jetzt nicht einfach großartig? So stark?«

Und, ja, ich fühle es. So viel Angst ich auch habe, ich fühle es trotzdem. Aber ich bin zögerlich. »Ich bin noch nicht so weit«, murmle ich. Es geht nicht um Sean Nessel. Um ihn mache ich mir keine Sorgen. Es geht um sie.

Denn ich weiß, dass der Gegenschlag von Blythe kommen wird.

45

BLYTHE

Es geht nicht mal um Sean. Es geht darum, dass sie die Toiletten im C-Flügel verraten und damit unseren Rückzugsort ruiniert hat. Es geht darum, dass sie mich als das Mädchen hingestellt hat, das sie zum Schweigen bringen wollte. War ich nicht mehr als nur das? War ich nicht auch ihre Freundin? Nach all dem, was ich für sie getan habe.

Das hier wird eine Übung in öffentlicher Demütigung.

Das Spiel heißt: Like. Dislike. Rating.

Cate postet ein Foto von Donnie in ihrer Instagram-Story und über ihrem Gesicht steht:

> Like: Deine Reaktionen und Emotionen, hahaha. Und du bist eine meiner besten Freundinnen und ich hab dich lieb.
>
> Dislike: Nichts natürlich.
>
> Rating: 378645272

Dann postet sie ein Bild von Ally und über ihrem Gesicht steht:

> Like: Die Art, wie du Rauchkringel machst, weil dein Mund einfach so rund ist, perfekt für BJs (lol lol)

Dislike: Was für eine Lügnerin du bist.

Rating: -4

Ein paar Stunden später löscht sie beides wieder. Dann etwas Neues. Ein Foto von Ally mit dem Wort LÜGNERIN. Dann noch ein Foto von einem anderen Account aus: SCHMAROTZERIN.

Ein viertes Bild. Von dem Artikel. Der Text darüber lautet: WENN DU DEINER BFF IN DEN RÜCKEN FÄLLST.

Ein fünftes Foto, wieder von dem Artikel. WENN DU EINFACH NUR LÜGST.

Donnie macht einen neuen Account auf und nennt ihn »Greenleaf die Stalkerin«. Dann postet sie unzählige Schwarz-Weiß-Fotos von toten Vögeln. Donnie findet, dass die ganze Sache dadurch einen netten Gothic-Flair bekommt. Sie nennt es Kunst. Sie taggt Ally wieder und wieder.

Ich fühle mich unwohl damit. Ich kann Allys Stimme in meinem Kopf hören. *Was ist nur los mit dir? Wie konntest du das tun?*

Ich sage es Donnie. Dass es langsam mal reicht mit den toten Vögeln.

»Du bist so ein Loser, Jensen«, erwidert sie. »Was wir diesem Mädchen antun, ist nichts im Vergleich zu dem, was sie dir angetan hat. Hast du gesehen, wie viele Leute diesen Mist schon gelesen haben? Das, was sie dir angetan hat, wird an dir hängen bleiben. Ist dir das klar? Du wirst immer das Mädchen bleiben, das versucht hat, sie zum Schweigen zu bringen. Was wir hier machen, ist nur stinknormales Mobbing. Sie kann es löschen. Sie kann einfach nicht mehr auf Instagram gehen. Es sind tote Vögel. Es könnte so viel schlimmer sein und das weißt du. Sie muss es sich ja nicht mal anschauen. Aber sie wird es *wissen*. Weil die Leute es ihr erzählen werden. Und das bisschen Unbehagen hat sie absolut verdient. Die paar Sticheleien. Mehr ist es doch nicht. Mach das in deinem Kopf nicht größer, als es ist.«

Daran muss ich mich immer wieder erinnern. Dass es nicht ernst ist. Nur ein bisschen öffentliches Auspeitschen. Und dass sie sich das selbst zuzuschreiben hat. Sie hätte mich da nicht mit reinziehen müssen.

Ich hasse es, mich so hin- und hergerissen zu fühlen. Das bin ich nicht gewohnt. Normalerweise würde ich einfach zu Dev laufen und mich an ihn kuscheln. Um ihn sagen zu hören, dass alles okay ist, auch wenn es mechanisch klingt, auch wenn es nur ein auswendig gelernter Satz ist. Aber jetzt habe ich Dev nicht mehr. Ich habe auch ihn verloren.

~

Das Ganze geht ein paar Tage lang so weiter. Ich warte darauf, dass Ally sich bei mir meldet. Ich warte darauf, dass sie mir zumindest schreibt, mich bittet, damit aufzuhören. Aber nichts passiert. Gar nichts. Nicht eine einzige Entschuldigung. Nicht ein einziges *Ich wünschte, du könntest das verstehen.* Nicht mal irgendwas zu Dev und ich weiß, dass sie inzwischen davon gehört haben muss. Wenn ich sie in der Schule sehe, schaut sie weg. Weigert sich, meine Anwesenheit überhaupt zur Kenntnis zu nehmen.

Und das weckt in mir den dringenden Wunsch, sie zu erwürgen. Ich habe immer gedacht, dass ihre kühle Art damit zusammenhängt, was ihr passiert ist. Aber jetzt ist mir klar, dass sie einfach so ist. Eine eiskalte Bitch. Herzlos. Egoistisch.

Ich will, dass sie sich vor mir windet. Wenn ich sie sehe, starre ich sie an. Wie sie da zwischen Sammi und Raj den

Flur entlanggeht, als wären die drei so dicke. Als hätte *ich* ihr Leben ruiniert. Ich.

~

Ein paar Tage später macht Suki einen Hass-Account auf. Sie wird ihn nur für sechs Stunden online lassen. Nicht lang genug, dass Instagram etwas dagegen tun könnte. Normalerweise brauchen sie achtundvierzig Stunden, um etwas zu sperren oder zu löschen, und schicken vorher eine Warnung. Klar, jemand könnte einen Screenshot machen und der Schule zeigen, aber was soll die Schule schon groß tun? Solange wir das nicht während des Unterrichts machen, wollen die nichts damit zu tun haben.

»Das ist eine Bestrafung, mehr nicht«, meint Suki zu mir. »Schnell und simpel.«

»Wenn sie zur Polizei geht, können die mich für Zeugenmanipulation drankriegen, Leute«, sage ich. Ich habe ›Law & Order: Special Victims Unit‹ gesehen.

»Wenn die wirklich etwas gegen dich in der Hand hätten, hätten sie dich schon längst verhaftet«, erwidert Cate. »Du bist paranoid, B. Sie geht nicht zur Polizei. Zumindest nicht deinetwegen.«

Sie schmeichelt sich ein. Sie will mir unbedingt alles recht machen.

Der Hass-Account hat drei Fotos. Eins von Ally mit einem riesigen Schwanz. Eins von Sammi, die hinter einem vergrößerten Foto von Ally steht. Im Hintergrund sieht man brennende Sträucher. Das sind vermutlich die bescheuertsten Fotos, die ich jemals gesehen habe. Aber sie werden Ally aus der Fassung bringen. Die würden jeden aus der Fassung bringen. Das dritte ist das schlimmste. Suki hat auf meinem

Handy ein Foto von Ally gefunden und mit einer App ihren Mund verzerrt. Hat sie aussehen lassen wie den Joker. Quer darüber steht: *Lügnerin. Verräterin. Eifersüchtige Bitch.*

»Wenn Ally Greenleaf sich umbringt«, sagt Donnie, »stecken wir alle echt in der Scheiße.«

»Das ist nicht witzig, Donnie.«

»Bla, bla.« Donnie zeigt wieder einmal ihre teuflische Seite. »War doch nur ein Scherz.«

Ally wird nie mehr mit mir reden, wenn das alles vorbei ist. Wenn sie mich nur ein einziges Mal anrufen würde. Mich anflehen würde, damit aufzuhören. Wenn sie einfach die gottverdammte weiße Flagge hissen und mich aus der ganzen Geschichte rausnehmen würde.

»So gemein«, sage ich. »Tu es.«

~

Die Mädels wollen für Freitagabend irgendetwas Großes planen.

»Lasst uns ein SWAT-Team zu ihr nach Hause schicken«, schlägt Suki vor. »Wir behaupten, dass sie selbstmordgefährdet ist und wir die Tür nicht aufbekommen.«

»Nein, irgendwas, das sie richtig fertigmacht. Eine richtige Strafe. Irgendwas Demütigendes«, widerspricht Cate.

»Worte gegen Worte«, sagt Donnie.

»Reicht die Social-Media-Sache nicht schon?«, frage ich.

Und bereue meinen Einwand sofort.

»Süß, dich so mitfühlend zu sehen, B«, meint Suki.

»Ich bin immer mitfühlend, Bitch.«

Sie streicht eine ihrer perfekt geglätteten Strähnen ordentlich hinter ihr Ohr. Zupft ihr süßes kleines grünes Oberteil zurecht.

»Es ist doch wie beim Schach. Wir wollen nicht die Bauern sein«, sagt Suki. »Hast du das nicht selbst eine Million Mal zu mir gesagt, B?«

~

Freitagabend. Cate fährt. Wir halten vor Donnies Haus, als es gerade dunkel wird. Donnie sieht beschissen aus. »Gasangriff. Heuschnupfen. Keine Ahnung, was mit mir los ist«, sagt sie. Aber sie lallt. Ich weiß, dass es Vicodin ist.

»Irgendwann liest bestimmt jemand von der Schulleitung diesen bescheuerten Artikel und macht dann kurzen Prozess mit uns. Der C-Flügel ist meine schönste Erinnerung an die Highschool«, meint Cate und öffnet die Flasche Wodka, die sie zu Hause hat mitgehen lassen. Nimmt einen Schluck. Sie verzieht das Gesicht. Reicht die Flasche weiter.

»Der C-Flügel ist meine gesamte *Kindheit*«, sagt Donnie.

»Ein geheimer Club. Ein Ort, an dem wir dem ganzen Mist, der jeden Tag passiert, entkommen konnten«, ergänze ich.

Ich nehme einen Schluck Wodka. Er brennt. Ich reiche ihn an Suki weiter. Kleine Schlucke. Vier Stück. Dann gibt sie Donnie die Flasche.

Suki lässt das Fenster runter und streckt den Kopf raus. Ihre langen glatten braunen Haare wehen im Wind. »Das ist für dich, C-Flügel!«, schreit sie und hebt beide Hände zu Peace-Zeichen, als wir weiterfahren.

Wir kauern uns im Wind zwischen zwei Autos vor Allys Haus zusammen. Die Straße ist dunkel. Sie wohnt in einer dieser schlecht beleuchteten Straßen.

Cate fängt an. Weiße Sprühfarbe auf der Straße direkt vor dem Auto. *Ally Greenleaf hat's gern von hinten.* Suki schreibt in Neonpink auf den Bürgersteig: *Ally Greenleaf lutscht Schwänze.*

Donnie springt zwischen den Autos hervor, mitten auf die Straße. *Ally Greenleaf ist eine verdammte Lügnerin.*

»Geh von der Straße runter, Donnie«, sage ich.

»Sie wird noch erwischt, B.« Cates Gesicht sieht aus wie ein zerquetschtes Marshmallow.

»Ich verpasse dir gleich eine Ladung Xanax, wenn du nicht die Klappe hältst«, fahre ich sie an.

Die Sprühfarbe ist so laut. Dieses Tzzzzz. Sie schreibt noch mehr. Lässt alles raus. *Schlampe. Bitch. Lügnerin. Betrügerin. Stalkerin. Psycho.*

»Das sollte eine schnelle Sache werden. Ein oder zwei Minuten. Wir müssen hier verschwinden«, sagt Suki. Sie macht mich langsam nervös. *Wenn wir erwischt werden. Wenn wir erwischt werden.*

Aber der Nervenkitzel. Dieser Nervenkitzel, wenn man etwas Verbotenes tut. Der Rausch, der durch meinen Körper jagt. Ich bin davon ganz außer Atem.

»Wie fühlt es sich an, eine Freundschaft zu zerstören, Jensen?«, fragt Donnie.

Und jetzt sehe ich es. Wie glücklich sie das macht. Plötzlich überkommt mich eine Welle der Traurigkeit. Was Dev wohl dazu sagen würde. Er fände es abstoßend. Er wäre froh, dass er mit mir Schluss gemacht hat. Donnie stolziert zurück zum Auto. Wir verstecken uns alle dahinter.

»Typisch Jensen. Nimmt eine Anfängerin unter ihre Fittiche und reißt ihr dann die Flügel aus, wenn sie gerade nicht hinschaut.«

»Du bist so fies, Donnie.«

»Jensen wird ihr Abschlusszeugnis nach San Quentin statt nach Stanford schicken müssen«, flüstert Donnie, grinst hämisch.

»Wir sollten verschwinden«, sage ich. Aber Donnie will noch eine Sache erledigen.

Sie starrt mit diesem leeren Blick Allys Haus an und robbt dann über den Rasen wie ein Navy SEAL.

»Nicht so nah am Haus, du Idiotin«, flüstert Suki. »Die ist lebensmüde, B.«

»Komm sofort zurück, Donnie«, zische ich wütend.

»Nur noch eine kleine Sache.«

Auf der anderen Straßenseite geht ein Licht an. Donnie reißt den Kopf herum. Ihre Miene jetzt voller Angst, als sie das Licht sieht, und sie stolpert zurück zum Auto. Ich öffne die Tür, winke sie rein und schließe sie leise hinter ihr. Cate und Suki sitzen schon vorn. Bereit abzuhauen.

»Tritt aufs Gas, Cate. Fahr endlich los, Cate.«

»Ich mach ja schon. Ich mach ja schon«, sagt sie, ihre Stimme kratzig.

Zum Glück hat sie ein Elektroauto. Es gibt keinen Ton von sich, als sie losfährt.

Als wir weit genug weg sind und uns langsam allen bewusst wird, dass wir in Sicherheit sind, dass wir nicht erwischt worden sind, lässt Suki alles raus. »Ich fühle mich, als hätten wir etwas richtig Großes vollbracht!«, ruft sie in die Nacht hinein. Der Adrenalinrausch. Es sollte ein befreiendes Gefühl sein, so wie nach dem Diebstahl einer Packung Kaugummi. Oder wie das eine Mal, als ich diese Jeans ohne Warensicherung geklaut habe. Du unterdrückst es, wartest, wartest und dann bricht alles aus dir raus. Heftig. Zumindest sollte es so sein.

Was fühle ich? Ich fühle mich leer. Hohl. Betäubt.

46

ALLY

Ich wache um drei Uhr nachts auf, als ich von Fledermäusen träume, die aus einer Höhle fliegen. Meine Mutter steht vor dem Höhleneingang und lädt mich ein reinzukommen.

Ich setze mich in meinem Bett auf. Ich habe eine Woche voller Mobbing von den Vier hinter mir. Von Blythes kleinen Minions. Sie quälen mich ohne Ende. Ich blocke einen Post nach dem anderen. Sammi hat einen ihrer Hass-Accounts bei Instagram gemeldet.

Aber sobald einer verschwindet, taucht schon der nächste auf. Ein Account nach dem anderen schickt mir Nachrichten, dass ich einem Mädchen in den Rücken gefallen bin. Dass ich keine echte Freundin bin. Dass ich eine Schlampe bin. Eine Lügnerin.

Ich ignoriere sie. Ich höre auf, online zu gehen. Lösche alle Apps von meinem Handy. Aber ich denke ununterbrochen daran, wie sehr Blythe mich hasst. Vielleicht hatte sie recht. Ich hätte sie in meinem Artikel nicht erwähnen müssen, oder? Doch wie hätte ich sie weglassen können? Sie wollte mich dazu bringen, alles zu vergessen. Sie wollte mich davon überzeugen, dass er kein schlechter Mensch ist. Dass er nur einen Fehler gemacht hat. Und dass ich für immer und ewig mit diesem Fehler leben soll.

Sean Nessel *wird* das alles vergessen. Irgendwann wird ihn mal jemand danach fragen und er wird nicht einmal wissen, worum es geht. Ich nicht. Ich werde mich immer daran erinnern. Und ich werde mich immer daran erinnern, dass Blythe ein Teil dieser ganzen Sache war.

Vielleicht bin ich ein schlechter Mensch. Ich weiß es nicht.

~

Mein Zimmer ist dunkel, das Licht meines Laptops nur ein schwaches blaues Glimmen. Ich suche nach Flügen nach Albuquerque, weil ich meine Mutter besuchen will. Ich weiß nicht, ob mein Dad das verstehen wird. Es ist keiner der üblichen vereinbarten Besuche, aber ich fühle mich hier gefangen zwischen Blythe und ihren Freundinnen, Sean Nessel und sogar meinem Vater. Vor allem von ihm, weil er mich in letzter Zeit immer so ansieht, als wolle er, dass ich ihm mehr erzähle, und weil ich so viel zu verbergen habe. Ich dachte, dass es mir helfen würde, den Artikel zu schreiben, aber es ist immer noch alles da, die Heimlichtuerei, die Geheimnisse und die Scham. Und da ist dieses drängende Bedürfnis nach meiner Mutter. Oder vielleicht ist es auch nur das drängende Bedürfnis zu fliehen.

Ich gebe ihm nach. Ich muss.

~

Ich gehe ins Schlafzimmer meines Vaters. Setze mich auf den Rand seines Bettes und flüstere, dass er aufwachen soll. Er reibt sich die Augen und blinzelt gegen das fluoreszierende Leuchten meines Laptops an. Das Bett knarzt melodisch.

»Ich hoffe, das lohnt sich jetzt wenigstens«, murmelt er.

»Ich will sie sehen.«

»Wen?«

»Mom.«

Er setzt sich im Bett auf und kratzt sich die Stoppeln an seinem Kinn.

»Wir haben doch geplant, dass du über die Frühjahrsferien zu ihr fliegst, Schatz.«

»Nein. Ich meine, jetzt. Über Thanksgiving«, sage ich und ich weiß, dass ihn das verletzen könnte, weil *er* genug sein sollte. Aber ich platze heraus: »Ich will sie sehen, Dad. Ich muss jetzt bei ihr sein.«

Ich erkenne es in seinem Gesicht. Wie die Räder sich drehen. Er nimmt mir den Laptop ab und setzt seine Lesebrille auf, um sich die Preise anzusehen. Den Rest erledigt er schnell. Am Telefon. Ruft meine Mutter um ein Uhr morgens in New Mexico an. Ich höre ihre besorgte Stimme durch das Handy. *Ja*, sagt sie, *Ja, natürlich, schick sie her.*

~

Samstagmorgen.

Mein Vater geht vor die Tür, um die Zeitung reinzuholen, und da sieht er es. Die neonpinke Sprühfarbe vor unserem Haus. Die weiße Sprühfarbe auf der Straße.

Er sitzt unten und wartet auf mich. Ich gehe mit müden Augen und ausgelaugt von zu vielen Albträumen runter.

»Wenn ich dich doch nur schneller von hier wegbringen könnte«, sagt er.

Unsere Nachbarin hat einen Hochdruckreiniger und ist

schon dabei, das *Ally Greenleaf lutscht Schwänze* vom Gehsteig und der Straße zu waschen. Die Schrift löst sich in winzigen Streifen. Als wäre sie nie da gewesen.

Es ist fast, als hätte ich es gewusst. Ich wusste, dass sie noch nicht fertig mit mir waren.

Dieser Traum war eine Vorahnung. Eigentlich glaube ich nicht daran, dass Träume irgendetwas voraussagen können, aber diesmal kann ich es nicht leugnen. Dass ich es gespürt habe. Vielleicht habe ich Blythes Schuldgefühle gespürt.

Blythe hat das nicht geschrieben, da bin ich mir sicher. Aber sie hat es abgesegnet. Sie hat es organisiert. Sie hat zugesehen. Die würden so etwas Zerstörerisches nicht ohne sie tun.

Das passiert eben, wenn man den Zorn von Blythe Jensen auf sich zieht.

Mir ist schlecht. Ich bin versucht, sie anzurufen. *Wie konntest du nur?* Ein Teil von mir – und ich weiß, das ist krank –, aber ein Teil von mir versteht, wieso Blythe das getan hat.

Ich konnte dir deinen Ungehorsam doch nicht einfach durchgehen lassen.

Würde sie nicht genau das zu mir sagen?

Ich musste es tun, Ally. Ich musste es tun.

~

Montag. Ich fliege über die Wüste vor Albuquerque in New Mexico. Es ist jedes Jahr wieder ein Schock, diese Wüstenlandschaft zu sehen. Büsche, Staub und hier und da kleine Grünflächen.

Meine Mutter holt mich vom Flughafen ab. Sie trägt einen langen rosafarbenen Rock mit Glöckchen und dazu Cowboystiefel. Sie breitet die Arme aus und legt beide Hände an meine Wangen. »Lass mich dich ansehen.« Dann schlingt sie ihre Arme um meinen Körper. Wir stehen lange in dieser Umarmung, während die Leute um uns herum ihre Koffer abholen. Ihre Glöckchen klingeln leise, als ich mich bewege.

Ich steige in ihr Auto, einen kleinen, gebrauchten Viertürer. »Eines Tages hole ich mir den weißen Jeep«, sagt sie. Das sagt sie jedes Mal. Sie hat immer irgendeinen unerfüllten Traum.

Wir holpern zwei Stunden lang mit offenen Fenstern durch die Wüste, denn so lange braucht man von Albuquerque nach Truth or Consequences. Die Berge, die hier überall den Horizont säumen, egal wo man hinsieht, sind von Streifen in Rot- und Gelbtönen durchzogen. Manche von ihnen sind oben ganz flach, wie ein Bürstenhaarschnitt. Und meilenweit nichts als Dornenbüsche.

Meine Mutter wohnt in diesem kleinen pfirsichfarbenen Haus mit der rosafarbenen Tür. Die blätternde Farbe sieht im grellen Sonnenlicht noch schlimmer aus. Der kristallblaue Himmel. Weit und eindrucksvoll. Gelb-weiß gestreifte Stoffbahnen wehen an einem Holzzaun im Wind, trennen ihren Garten von der Straße. Kleine Töpfe mit Kakteen und Wüstenpflanzen stehen an der Vorderseite des Hauses.

»Es ist sehr trocken hier, Ally. Du musst also viel Wasser trinken.«

»Das sagst du jedes Mal, Mom.«

Sie nimmt meine Hand und führt mich nach drinnen. Überall liegen Kissen herum. Seidige, gemütlich wirkende Kissen. Ich lasse mich auf die Knie sinken und strecke mich dann aus.

Sie kommt näher zu mir und streichelt über meinen Kopf. Ich sehe zu ihr auf. Ihr weiches Haar. Die Art, wie sich ihre Mundwinkel nach oben ziehen, wenn sie lächelt. Ihre tief liegenden braunen Augen. Es ist, wie in einen Spiegel zu blicken.

47

BLYTHE

Am Montag in der Schule, mit Suki und Cate.

Ein Mädchen flüstert, als sie an uns vorbeigeht. *Ally Greenleaf*, flüstert sie.

Dann ein anderes Mädchen neben ihr, sie wirft mir einen bösen Blick zu. Gesichter, die mir früher nie aufgefallen sind. Sie waren immer da, aber sie haben mich nie so angesehen. Nicht mit so viel Verachtung.

Alle reden über den Artikel, den sie geschrieben hat. Man kann sie sogar im Unterricht reden hören. Alle wissen, dass es Sean war. Dass Ally und Sean auf dieser Party zusammen in der Küche waren, bevor sie hochgegangen sind. Sie wissen alle, dass ich das Mädchen bin, das sie davon abhalten wollte, etwas zu sagen. Dass ich das Mädchen bin, das an einem bescheuerten Abend betrunken abartige Graffitis vor ihr Haus auf die Straße gesprüht hat. Niemand sagt etwas, aber alle wissen es.

Ich schwänze die Theatergruppe und gehe zu Donnies Spind.

»Wir haben Mist gebaut. Wir waren zu unvorsichtig. Die starren uns alle an«, sage ich.

»Die starren uns immer an, B.«

»Nicht so. Jetzt starren sie uns an, als ob sie uns wehtun wollen. Als ob sie uns angreifen wollen. Als ob sie uns hassen.«

»Die haben uns vermutlich immer schon gehasst. Das ist nichts Neues.«

Raj kommt den Flur entlang auf uns zu. Direkt auf *mich* zu. Sein Gesicht ist verzerrt, seine Zähne zusammengebissen. »Wie kannst du überhaupt mit dir selbst leben, Blythe?«

»Ich wollte nur ihre Freundin sein«, sage ich.

»Du warst nicht ihre Freundin. Mein Gott, denkst du das etwa wirklich?«, erwidert er. »Sie ist nach New Mexico geflogen, wusstest du das schon? Sie ist weggelaufen, weil sie es hier nicht mehr ausgehalten hat.«

»Moment mal. Um ihre Mutter zu besuchen? Das ist so … Das passt gar nicht zu ihr.«

»Woher willst du wissen, ob *irgendwas* zu ihr passt, Blythe? Du weißt überhaupt nichts über Ally.«

»Du verstehst das nicht. Es ist kompliziert.« Ich flüstere jetzt. »Ich kannte sie. Ich kenne sie. Und was ist mit dem, was sie mir angetan hat? Was ist mit den Sachen, die sie in ihrem Artikel über mich geschrieben hat? Dem Artikel, der jetzt das ganze Internet lahmlegt?«

»Du bist wirklich erbärmlich«, sagt er und geht. Er dreht sich einfach um und geht.

»Siehst du? Siehst du jetzt, was ich meine?« Ich drehe mich zu Donnie um.

»Hast du das echt nicht kommen sehen, Jensen?«, fragt sie. »Natürlich reagieren die Leute so.« Sie sieht mich fest an. »Sie verstehen es nicht. Wieso sollten sie auch? Sie wissen nicht, wie es ist, wir zu sein.«

Wir. Ich weiß nicht mal mehr, was das bedeutet. Was sind wir? Zerstörerisch und wütend und nachtragend. Wie Steine. So abgeschottet von jeglichen Emotionen, dass wir die Auswirkungen unseres Handelns gar nicht mehr wahrnehmen? Ich habe so viel Schaden angerichtet, dass Ally deswegen zu ihrer Mutter flüchten musste. Ihrer *Mutter*? Der Frau in der Wüste mit ihren Kristallen und heißen Quellen und den Anonymen Alkoholikern. Ich blicke hoch ins grell fluoreszierende Licht der Deckenlampe und spüre Tränen aufsteigen. Ich kann nicht atmen. Alles hat sich direkt vor meinen Augen verändert und ich habe die Kontrolle verloren.

Was habe ich getan? *Was habe ich getan?*

Donnie nimmt meine Hände. Ihre Stirn an meiner.

»Es wird alles wieder gut, B«, sagt sie.

»Nein, wird es nicht«, widerspreche ich. »Die Polizei wird uns verhaften, wegen der Sache am Freitag. Sie werden mich befragen, wenn sie Allys Artikel gelesen haben. Wir sind auf einem verdammten Boot, das gerade sinkt. Wir sind wie die Titanic. Ich bin Jack und du bist Rose. Lass mich einfach los, damit ich in der eisigen See versinken und meinen verdienten Tod sterben kann.«

Jetzt legt sie die Hände auf meine Schultern. Zieht mich an sich.

»Du bist Blythe Jensen! Du hast kein Selbstmitleid. Ich werde dir ganz bestimmt nicht sagen, dass du Jack bist. Du ertrinkst nicht. Wir gehen nicht unter. Du treibst nicht mitten im Atlantik auf einer bescheuerten Tür rum.«

»Donnie, wahrscheinlich erwartet mich heute Abend schon eine ganze Horde Polizisten, wenn ich nach Hause komme.«

»Vielleicht hast du Glück. Vielleicht hat sie die Polizei gar nicht gerufen. Nach dem, was du mir über Ally erzählt hast, würde ich eher darauf tippen, dass sie einfach nur ihre Geschichte loswerden wollte und jetzt in Ruhe gelassen werden will. Ich würde wetten, dass sie überhaupt nichts unternehmen wird, denn sonst hätte sie es schon längst getan.«

Ich atme tief durch. Vielleicht hat Donnie recht. Vielleicht wäre es schon längst passiert.

»Jetzt sind wir quitt. Sie weiß jetzt, dass es falsch war, dich da mit reinzuziehen. Belassen wir es einfach dabei. Das war's.« Sie drückt mich fest an sich und das tut so gut. Auch wenn ihr Körper viel zu dünn ist und sie sich anfühlt, als würde sie sich gleich auflösen, ist es endlich wieder so wie früher, so wie wir einmal waren. Und einen Augenblick lang fühle ich mich sicher.

Eine Frau ruft meinen Namen. Ich drehe mich um und sehe Miss Wandteppich, die Sozialarbeiterin unserer Schule. Ich weiß nicht mal, wie sie wirklich heißt. Jeder nennt sie nur so.

»Hi, Blythe. Ich hätte gern, dass du in mein Büro kommst. Hast du jetzt gerade Zeit?«

»Ich muss zu Physik …«

»Sag mir einfach, bei welchem Lehrer und ich schreibe dir eine Entschuldigung.«

Meine Gedanken rasen. *Ally Greenleaf lutscht Schwänze.*

»Wir schreiben eine Klausur, die ich nicht verpassen sollte«, sage ich. Eine Lüge. Mehr Lügen. Lügen über Lügen.

»Oh … okay, dann können wir uns in der Stunde danach treffen. Vierte Stunde. In Ordnung?«

Ich nicke. Ich habe keine Wahl.

»Ich werde deine Freundinnen auch einladen, aber zuerst möchte ich mit dir sprechen.«

»Welche Freundinnen?«

»Oh, du weißt schon, Die Vier. Das ist doch deine Clique, oder?«, sagt sie und deutet auf Donnie. »Donnie Alperstein, richtig?«

»Woher wissen Sie, wer ich bin?«, fragt Donnie abwehrend.

»Alle kennen euch Mädels. Wirklich alle.«

So wird es also ablaufen. Sie werden nicht die Polizei rufen. Sie werden eine von uns – mich, die Anführerin – dazu bringen, zuzugeben, dass ich die ganze Geschichte mit Sean vertuscht habe.

~

Miss Wandteppich ist so nett zu mir. Wahrscheinlich würde sie mir am liebsten die Augen auskratzen. Aber es ist ihr Job, Dinge vorzutäuschen.

»Ich will mit dir darüber reden, was mit Ally Greenleaf passiert ist«, sagt Miss Tepp. Sie meinte, dass ich sie so nennen soll: Miss Tepp.

»Ich habe schon eine Therapeutin«, erwidere ich. »Ich gehe zur Therapie, seit ich elf bin.«

»Okay, das ist wunderbar. Aber das hier ist keine klassische Therapiesitzung. Das hier ist eher eine Unterhaltung. Weil es da ein paar Probleme an der Schule gibt – von einigen hast du sicher schon gehört, zum Beispiel von den Graffitis vor Ally Greenleafs Haus, dem Artikel auf einem Schülerblog, der momentan die Runde macht – und ich muss mit all meinen Mädchen reden, um herauszufinden, was los ist.«

Ich will mich verteidigen. Will ihr erklären, dass all das nicht auf dem Schulgelände passiert ist und dass sie deswegen keine Macht über mich hat. Aber jetzt etwas zu sagen, würde mich verraten. Ich muss so tun, als wäre ich nur ein dummes, beliebtes Mädchen. Ein Mädchen, das sich so weit oben in der Rangordnung befindet, dass es überhaupt kein Interesse an solchen gewöhnlichen Highschooldramen hat.

»Ich bin also Ihr Mädchen? Wusste ich gar nicht.«

»Jedes Mädchen an dieser Schule ist eines meiner Mädchen.«

Sie starrt mich an, als würde sie mich gleich in Stücke schneiden und mich den Wölfen zum Fraß vorwerfen. Ich bin *absolut* nicht eines ihrer Mädchen. Sie ist der Mamabär für alle kleinen, unwichtigen Mädchen. Für Mädchen wie Ally. Nicht für solche wie mich.

Sie stellt mir eine ganze Reihe Fragen zu Ally. Und ich sage nichts.

Ich sehe Allys Gesicht vor mir. Ihre wuscheligen braunen Haare. Wie sie die Unterlippe vorschiebt, wenn sie traurig ist. Wie ihre Augen unter ihrem Pony hervorblitzen, jetzt wo die Haare wieder etwas nachgewachsen sind. Wie sie nicht mal Eyeliner tragen muss, damit ihre braunen Augen strahlen. Diese langen schwarzen Wimpern.

»Blythe. Du solltest wissen, dass es an dieser Schule eine Mobbingbeauftragte gibt. Du kannst mit ihr reden oder du kannst mit mir reden. Ich sage dir nur eins: Sie hat andere Regeln als ich.«

Ich nicke. Bin wie gelähmt. Ich bin versucht, ihr alles zu erzählen. Alles zuzugeben. Aber ich darf meine Maske nicht abnehmen. Diese Maske der Teilnahmslosigkeit. Weil das alles nichts mit mir zu tun hat. Das muss ich mir immer wieder sagen. Eine Endlosschleife in meinem Kopf.

»Außerdem hat sie nicht wirklich Sinn für Humor«, sagt sie. »Wie wäre es also damit? Wie wäre es, wenn wir einen neuen Termin ausmachen, nach den Thanksgivingferien? Wir können auch deine Therapeutin dazuholen, wenn du dich dann wohler fühlst?«

Nein, sage ich ihr. Alles okay. Sie kann mich alles fragen, was sie will. Ich habe nichts zu verbergen.

~

An diesem Abend habe ich eine Notfallsitzung mit meiner richtigen Therapeutin. Ich erzähle ihr nicht, was wir vor Allys Haus getan haben. Das kann ich nicht zugeben. Also suche ich mir ein leichteres Thema. Ich erzähle ihr von Dev.

»Ich habe Dev nicht erzählt, dass Sean und ich uns geküsst haben«, sage ich. »Wir haben uns getrennt, aber er würde mich trotzdem noch mehr hassen als sowieso schon.«

»Dann lass uns doch herausfinden, wieso du so eine Entscheidung getroffen hast.«

Sean und der Riesenbetrug. Seitdem ist so viel passiert, dass ich das fast vergessen habe.

Das, was mich und Dev verbunden hat, war Vertrauen. Das war es auch, was mich zu ihm hingezogen hat. Es ist der Grund, wieso ich all die Jahre am Rand des Fußballfeldes stand und ihn angefeuert habe. Sein verschwitztes Gesicht geküsst habe, wenn das Spiel vorbei war. Ich vermisse seine Nachrichten vor dem Schlafengehen. Wie nah er immer bei mir saß. Wie ich meinen Kopf an ihm reiben konnte. Wie er mir zugehört hat. Wie er mich beschützen wollte.

Ich hasse mich dafür, dass ich ihn verloren habe.

»Die Leute erwarten, dass ich mit Dev zusammen bin. *Ich* erwarte von mir, dass ich mit Dev zusammen bin. Ich habe schon ein Kleid für den Abschlussball ausgesucht. Es gibt so viele Erwartungen«, sage ich.

»Du sprichst immer wieder von Erwartungen. Das finde ich interessant. Was ist mit Liebe? Was ist mit gegenseitigem Respekt? Ich will den Teil von dir hören, der am Boden zerstört ist, weil Dev Schluss gemacht hat.«

»Moment mal … das verstehe ich nicht. Sie wollen mich weinen sehen?«

»Nein, Blythe. Ich will hören, wie du über Mitgefühl redest. Ich will hören, wie du über Trauer redest. In deiner Welt dreht sich viel um Handlungen, um Auftreten. Aber es gibt einen Unterschied zwischen Handeln und Reden. Ich will dich entweder sagen hören, dass du Dev vermissen wirst. Oder dass du das mit Sean getan hast, weil du unterbewusst bereits mit der Beziehung zu Dev abgeschlossen hattest. Ich will *Gefühle* hören.«

Sie rutscht auf ihrem Stuhl zurück. Streicht sich das silbergraue Haar aus dem Gesicht. Sie muss früher unglaublich hübsch gewesen sein. Und ich sehe noch etwas anderes in ihr. Diesen mitleidigen Blick, mit dem Ally mich früher auch immer angeschaut hat. Dieser Arme-Blythe-Blick. Und ich hasse diesen Blick. Er macht mich so wütend, weil alles unter Lügen begraben ist. Meinen Lügen. Den Lügen meiner Freundinnen. Allys Lügen. Den Lügen meiner Eltern. Sean. Da sind so viele Lügen. Ich könnte sie nicht mehr abschütteln, selbst wenn ich es wollte.

»ICH HABE MIT ALLY GEREDET – ich habe ihr Sachen erzählt! Sie hat mir einfach nicht zugehört!« Jetzt zittere ich. Schreie. »Ich war ihr egal. Sie hat mich nur benutzt.«

Sie steht auf und kommt langsam auf mich zu, bis sie hinter mir steht. Legt ihre Hand in meinen Nacken. Die ganze Handfläche. Sie sagt mir, dass ich atmen soll. Sie sagt mir, dass ich die Augen schließen soll.

»Was geht jetzt gerade in dir vor? In diesem Moment.«

Ich stelle mir einen Dschungel mit schwebenden Bäumen vor, die hoch über mir aufragen. Windböen, gegen die ich kaum ankomme. Silbrige Bäume. Dünne Äste schwingen über meinem Kopf hin und her. Vögel kreischen, aber es klingt nicht fröhlich. Sie kämpfen. Etwas nähert sich.

»Ich fühle mich, als hätte ich mich in einem Wald verlaufen. Ich finde den Weg zurück nicht mehr.«

»Zuallererst musst du um Hilfe bitten und sie dann auch annehmen.«

»Ich weiß nicht, wie das geht«, sage ich. Tränen laufen mir übers Gesicht. Sie hat immer diese Wirkung auf mich. Ich weine und weine, bis ich vollkommen leer bin. »Ich habe mich zu lange nur auf mich selbst verlassen. Ich habe mich zu lange um meine Mutter gekümmert. Ich fühle mich so allein.«

Sie setzt sich auf die Ottomane vor meinem Sessel und ich sehe sie an. Sie erwidert den Blick, ohne zu blinzeln. Ihre Augen treten leicht hervor, besorgt, als ob ich ihnen unglaublich leidtäte.

»Du bist so streng mit dir, Blythe. Weißt du das? Du musst nicht so streng sein.«

»Gibt es denn eine andere Möglichkeit?«

48

ALLY

In Truth or Consequences hat mein Handy nur drei Balken Empfang.

Ich schicke Raj und Sammi ein Selfie von mir in der pinken Hängematte im staubigen Garten. Hinter mir wehen die gelb-weiß gestreiften Stoffbahnen im Wind. Die Sonne ist kurz davor unterzugehen.

Sammi schickt Herzchen und Smileys zurück.

Hier draußen ist der Empfang einfach unberechenbar. Jetzt ist er komplett weg. Und wenn man sein Handy nicht benutzen kann und in einer Wüste festsitzt, dann starrt man eben in den Himmel. Die Sterne hier sind so hell und gigantisch, funkelnde Satelliten – so etwas habe ich noch nie gesehen.

Ich will es aufschreiben. Ich will es mit einem Zweig vom Salbeistrauch in den Boden ritzen. Ich will, dass auch noch in vielen Jahren jemand meine Geschichte liest.

Ich will meiner Mutter erzählen, was passiert ist. Wie es sich anfühlt, einen Mann auf sich zu haben, der einen nicht loslässt. Ob ich wohl jemals wieder so mit jemandem zusammen sein will? Grillen zirpen. Aus einem Wohnwagen ein

Stück die Straße runter weht klassische Musik zu mir. All das, Wüstengeräusche. Mein Atem ist heiß und mein Gesicht tränennass.

Ich habe Heimweh. Ich habe Alles-weh. Ich will nirgendwo sein.

Meine Mutter taucht wie eine Erscheinung zwischen den Vorhängen auf.

»Du kannst nicht hier draußen schlafen, Schatz. Zu viele wilde Tiere.«

Ich wische schnell die Tränen weg. Ich will nicht, dass sie mich so sieht, nicht mal im trüben Licht der Laterne.

»Ally? Weinst du?«

»Nein.«

Sie beugt sich über mich, lehnt sich in die Hängematte.

»Als du noch klein warst, habe ich das oft gemacht.« Und sie tippelt mit den Fingern meine Wirbelsäule hoch und runter. »Spinnen krabbeln hoch. Spinnen krabbeln runter.«

Mein Körper zerfließt, als sie das tut. Es ist das beste Gefühl überhaupt.

»Mach das Ei-Aufschlagen«, sage ich.

Ich schließe die Augen und meine Mutter klopft sanft mit ihrer Faust auf meinen Kopf, lässt ihre Finger über meine Haare und meinen Nacken fließen, meinen Rücken hinunter.

»Schlag ein Ei auf, spür den Dotter runterfließen«, flüstert sie.

~

Am nächsten Morgen fahren meine Mutter und ich zu den heißen Quellen in Riverbend. Mit dem Fahrrad, weil in Truth or Consequences alle mit dem Fahrrad fahren. Keine Helmpflicht. Ich trage Jogginghosen und ein grellgrünes Käppi, das aussieht, als wäre es noch aus dem Jahr 1975. Meine Mutter sammelt Hüte und Mützen.

Wir fahren an einem orangefarbenen Van vorbei, der da schon seit fünf Jahren steht. Das ist typisch T or C. Manchmal kommen Leute in einem orangefarbenen Van angefahren und bleiben einfach für immer. Das hier ist ein Ort, an den Leute kommen, um die reale Welt hinter sich zu lassen. Leute wie meine Mutter.

Wir biegen auf den Parkplatz und das Schild ist hellblau, hat dieselbe Farbe wie der Himmel hinter den Bergen. Am Empfangstresen steht eine fröhlich aussehende Frau mit geflochtenen Zöpfen und gebräunten Wangen. An der Tür hängt ein Schild, auf dem steht: GEH MIT EINEM LÄCHELN.

Am liebsten würde ich das Schild runterreißen und zerschmettern.

Ich bin heute schon wütend aufgewacht und ich kann das Gefühl einfach nicht abschütteln. Ich will auf Dingen rumtrampeln. Sogar auf den kleinen gelben Blumen, die den Weg vom Parkplatz zum Empfangsbereich säumen. Ich will die fertigmachen, die mich fertiggemacht haben. Ich will sie alle dafür bezahlen lassen.

~

Man muss einen kurzen felsigen Weg runterklettern, um zum Pool zu kommen. Er überblickt den Fluss und die Berge und wir haben ihn ganz für uns.

Ich trage nur noch mein T-Shirt und Unterwäsche und wir lassen uns ins Becken gleiten. Das Wasser ist heiß, fast vierzig Grad. Meine Schultern entspannen sich. Ich lehne meinen Kopf nach hinten gegen den Felsen und sehe hinüber zu den Bergen auf der anderen Seite des Flusses.

Meine Mutter streckt ein Bein aus und berührt unter Wasser meinen Fuß mit ihrem.

»Deine Füße waren mal so winzig.«

»Jetzt sind sie größer. Ich bin ein großes Mädchen.«

»Dein Vater hat mir erzählt, was zu Hause passiert ist, Ally. Die Graffitis. Willst du mit mir darüber reden?«

Aber ich sage nichts und meine Mutter lässt sich unter Wasser sinken. Am Beckenrand tauchen ihre Lippen wieder auf. *Blubb, blubb, blubb.* Ihre Locken breiten sich um ihr Gesicht herum aus.

Ich hieve meinen Körper aus dem Wasser und setze mich auf die niedrige Felswand. Sehe meine Mutter an. Wie sie im Pool rumblubbert. Die Hitze aushält. Sammis Mutter flicht ihr jeden Morgen vor dem Frühstück die Haare. Sammi muss nicht ihren Vater darum bitten, sie zum Laden zu bringen, um Tampons zu kaufen. Ihre Mutter weiß genau, was sie braucht. Es steht dann einfach im Badezimmerschrank oder neben der Toilette. Magie. Manchmal kommt Sammi nach Hause und ihre Mutter liegt auf der Couch und Sammi legt sich dann einfach dazu, quer über den Körper ihrer Mutter. Als wären sie eine Person.

Meine Kehle wird eng und ich will all die Tränen zurückhalten, die nach oben drängen, aber ich schaffe es nicht. Ich spritze mir Wasser ins Gesicht, damit man es nicht sieht. Bringt nichts. Ich kann nicht aufhören zu weinen. Ich hasse es. Am liebsten würde ich mich einfach ausschalten. Meine Mutter stemmt sich aus dem Wasser, ihre Haut ganz rosa von der Hitze, dann streckt sie den Arm aus und berührt meine Hand.

»Ich hätte dich in den letzten Monaten echt gut gebrauchen können«, sage ich.

»Ich bin nur einen Anruf entfernt, das weißt du doch, Schatz.« Aber sie klingt wie ein Werbespot.

»Du willst also einfach so tun, als wäre alles in Ordnung, weil du in diesem seltsamen Dorf lebst, in dem alle in heruntergekommenen Häusern wohnen und klassische Musik aus den Wohnwagen dröhnt und niemand genug Geld hat, um einen orangefarbenen Van reparieren zu lassen, der auf der Straße rumsteht? Hier scheint immer die Sonne, oder? Alles ist einfach absolut perfekt.«

»Ally, was ist los?«

»Ich bin nur ehrlich, das ist los.«

Meine Füße werden noch explodieren, das Wasser ist einfach zu heiß. Ich ziehe sie raus, atme heftig. Dampf steigt auf.

»Ally, trink ein bisschen Wasser.«

»Hör auf, mir zu sagen, was ich tun soll.«

»Ich will nicht, dass du dehydrierst.«

»Es geht gerade nicht darum, ob ich dehydriere! Hör auf, immer nur davon zu reden, dass ich dehydriere!« Ich will, dass sie in mich hineinsehen kann, damit ich es nicht aussprechen muss. Nicht ein Wort. »Ich bin nämlich diejenige, die ohne Mutter rumläuft. Ich bin diejenige, auf die jeden Tag nur ein Dad wartet, wenn sie nach Hause kommt. Ich bin diejenige, die nicht zu den ganzen Mutter-Tochter-Events gehen kann. Ich bin diejenige, die das alles ohne dich macht.«

Meine Mutter atmet tief durch. Schließt ihre Augen. »Ally, du hast mitten in der Nacht einen Flug gebucht, um hierherzukommen. Was ist los? Sprich mit mir. Ich fühle mich so ahnungslos. Dein Vater hat gesagt, dass gerade eine Menge los ist, aber ›eine Menge‹ kann viel heißen. Ich will es von dir hören. Ich will, dass du mit mir redest, Ally.«

»Mit dir reden? Was soll ich denn noch sagen?«

Sie streckt wieder eine Hand nach mir aus und ich schlage sie weg. Ich würde sie gern richtig schlagen. Hart. Härter. Ins Gesicht. Aber wer schlägt schon seine eigene Mutter?

Nur jemand, der so wütend und gestört ist wie ich. Nur jemand, der so kaputt ist wie ich. Jemand, der von dem Typen vergewaltigt wurde, in den er verliebt war. Jemand, der eine Gruppe Mädchen hintergeht, Mädchen wie Blythe und ihre Freundinnen, die einfach nur nett waren.

Okay, eigentlich waren sie ziemlich gemein zu mir. Aber manchmal auch nett!

»Du hast keine Ahnung, was in meinem Leben passiert«, sage ich und alles bricht aus mir raus. Ein paar Leute in den anderen Becken starren uns an. Und ich kann nicht aufhören. Meine Arme verbiegen sich zu grotesken, wütenden Gebilden. »Du hast keine Ahnung, wie es ist, nicht einfach zu dir kommen zu können. Dass ich dir nicht mal sagen kann, dass ein Junge …«

»Ein Junge was?«

Aber ich bin still.

»Was hat er getan?«

Ich winde mich in schmerzhaften Posen – Hände an die Stirn, mit den Handflächen auf die Felsen schlagen, mit den Füßen ins Wasser treten. Ich würde es ihr so gern sagen. Ich will es loswerden. Ich bin es so leid, das die ganze Zeit mit mir herumzutragen. Es tut weh. Ganz tief drin, in meiner Magengrube; ich kann es nicht mehr länger da drin behalten. Es war so lange dort gefangen und es will endlich raus. Es will geboren, auseinandergenommen, herausgeschleudert werden und ich kann meinen Mund nicht schnell genug schließen, bevor es auch schon herausbricht, ohne dass ich irgendeine Art von Kontrolle darüber habe.

»Ich wollte keinen Sex mit ihm haben. Auch wenn ich es wollte. Aber dann wollte ich es nicht.«

»Dann wolltest du es nicht?«, fragt sie. Ihr Gesicht zuckt. Ihre Augen sind riesig. Sie wartet darauf, dass ich es ausspreche. Und ich will es nicht aussprechen. Ich will es wirklich nicht aussprechen.

Sie starrt mich immer noch an. Wartet. Ihr Gesicht. »Was, Schatz?« Sie nimmt meine Hand. »Sag es mir, Baby.«

Also sage ich es. Ich spreche es endlich aus.

Und nachdem ich es ausgesprochen habe, sehe ich hinab auf das felsige Ufer des Rio Grande, aber der Fluss selbst fließt langsam. Er ist flach, das weiß ich, weil ich darauf schon mal raften war und mir den Knöchel aufgeschürft habe. Ich will hineinspringen. Denn jetzt habe ich es gesagt. Wo soll ich jetzt hin, nachdem ich es meiner Mutter gesagt habe? Zurück in ihr winziges pfirsichfarbenes Haus, das halb auseinanderfällt? Zurück in die Hängematte?

Ich will mich übergeben.

Mein Gesicht in meinen Händen. Sie legt einen Arm um mich. Ihr Bein an meinem. Die Hitze. Zu viel Hitze. Sie reicht mir einen Becher mit kaltem Wasser. »Bitte, Schatz. Ich flehe dich an. Trink.«

»Ich will weglaufen«, sage ich. »Ich will weglaufen und nie wieder zurückkommen.«

»Mit Weglaufen kenne ich mich aus, Schatz«, erwidert sie. Ihre Stimme bebt. »Es funktioniert nicht. Ich kann dir garantieren, dass es nicht funktioniert.« Sie wimmert, ein grauenhaft ergebener Laut. Flüstert wieder und wieder: »Es tut mir leid, Ally. Ich habe dich so lieb, Ally. Es wird alles wieder gut, Ally. Du bist so stark, Ally. Ich bin so stolz auf dich, Ally. Wir schaffen das, Ally.«

Und ich fühle mich, als würde sie mit jemand anderem reden. Mit jemandem, der ich nicht mehr bin.

Auf der Straße. Ich kann kaum laufen, aber ich schleppe mich die Schotterstraße entlang. Mein Fahrrad stützt mich. Die Sonne hinter uns. Der Staub vor uns. Wir laufen durch ihn hindurch, als wäre es nichts, als wäre er ein Teil von uns. Diese erbarmungslose Sonne. Nicht eine Wolke. Nur die brennende Sonne und das endlose Blau. Wir gehen langsam und ich erzähle ihr, was passiert ist. Wie es passiert ist. Von Sean Nessel. Von Blythe. Von dem Artikel, den ich geschrieben habe.

Wieder in ihrem Haus, ich weiß nicht, wie viel später. Sie ist eine gute Zuhörerin. Sie erzählt mir, dass sie daran gearbeitet hat. Am Zuhören. Sie massiert meine Schläfen mit Lavendelöl. Streicht über meine Haare. Küsst meine Tränen. Wir sitzen eine Weile da, ineinander verschlungen, sagen nichts. Sie ist weich. Meine Mutter ist so weich.

Manchmal, wenn ich sie beobachte, sehe ich mich selbst. Ihre Augen. Ihr Kinn. Die Form ihres Mundes. Ich habe so viele Eigenschaften meines Vaters. Aber von außen bin ich ganz sie.

49

BLYTHE

Mittwoch, der Tag vor Thanksgiving. Die ehemaligen Schülerinnen und Schüler, die dieses Jahr an die Uni gegangen sind, kommen nach Hause und übernehmen die Stadt. Alle treffen sich im *Sweep*, der Kellerbar, die keine Ausweise kontrolliert. Der Kellerbar, in der man in einer alten Telefonzelle rumknutschen kann. Eine Bar, in der die vierzigjährigen Alkoholiker am Tresen aufgereiht sitzen, in ihren Danzig- und Megadeth-T-Shirts, als wäre es noch immer 1996 oder wann auch immer die in der Highschool waren. Damals, als ihre Gesichtsporen noch kleiner waren. Und ihre Wangen weniger rot. Die Frauen sind am schlimmsten. Sie starren uns so hasserfüllt an. Es überrascht mich jedes Mal wieder, dass sie nicht die Polizei rufen. Die meisten von uns sind minderjährig.

Ich kann Dev nirgendwo entdecken. Vielleicht ist er bei Sean; auch wenn es das letzte Mal, als ich mit ihm geredet habe, so klang, als würde er uns beide hassen. Ich weiß, wir haben uns getrennt, aber ich hätte nicht gedacht, dass er mich so komplett aus seinem Leben verbannt. Er geht nicht mal mehr ans Telefon, wenn ich ihn anrufe. Ich wünsche mir jeden Tag, dass ich mit ihm reden könnte, mit der einzigen rationalen Person in meinem Leben, aber er ist einfach weg. Es ist grausam. Und es ist allein meine Schuld.

Cate und ich gehen rein. Donnie und Suki kommen später nach.

Hinter dem Barkeeper in einer Ecke sehe ich Amanda Shire.

Eine ihrer Freundinnen, Satya Ferris, ihre *Cate*, ihr Minion sitzt neben ihr. Offensichtlich ist Satya nie die fünf Kilo wieder losgeworden, die man im ersten Jahr an der Uni angeblich zunimmt, denn sie sieht nicht mehr so aus wie das magersüchtige Mädchen, das ich kennengelernt habe, als ich in der neunten Klasse war. Das Mädchen, das alles wiederholt hat, was Amanda Shire gesagt hat. Das Mädchen, das mir befohlen hat zuzuhören. Das Mädchen, das gesagt hat, ich solle lächeln.

Für die meisten hier ist Amanda so etwas wie eine Sagengestalt. Wenn sie nach Hause kommt, wird gefühlt jedes Mal eine Parade veranstaltet. Amanda Shire. Sitzt da und wirft sich in einer Kellerbar voller Minderjähriger die Haare über die Schulter. Vielleicht war sie auch nur für mich eine Sagengestalt. Die merkwürdigen Dinge, die mir aufgefallen sind. Ihre haarlose Haut. Ihre weichen blonden Wimpern. Dass bei ihr alles immer absolut perfekt saß. Sogar als sie im Schneidersitz und nur mit einem Bikini bekleidet auf Bry Jacobsons Poolparty rumsaß. Ihre Haut, da unten, am Saum ihres Bikinihöschens – nahezu perfekt. Keine Flecken oder Stoppeln. Keine roten Pünktchen wie bei mir. Keine eingewachsenen Haare.

»Amanda Shire.«

Ihr Gesicht leuchtet auf. Sie springt zu schnell von ihrem Barhocker.

»Kleine Schwester.« Luftküsschen.

»Was machst du denn hier?«, frage ich, gebe ihr ebenfalls Luftküsschen.

»Ich will wohl einfach nur sehen, wer so auftaucht. Aber ich kenne eh niemanden mehr.«

»Das liegt daran, dass du inzwischen echt zu alt für das *Sweep* bist«, erwidere ich.

Sie mustert mich. »Du bist ehrgeizig geworden, Blythe.«

Ich bin zu dir geworden, würde ich am liebsten sagen.

»Weißt du noch, wie wir früher immer mit Billy Castens Auto zum Pizzaessen gefahren sind, statt zum Sportunterricht zu gehen? Erinnerst du dich noch an Brys Poolpartys? Erinnerst du dich noch an Kramer? Du warst das süße kleine Maskottchen. Wolltest es allen recht machen. Schon so früh so ein hübsches Mädchen.« Sie nimmt einen Schluck von ihrem Drink. Sie bestellt eine Runde Shots und reicht sie an mich und Cate weiter. Ich trinke meinen, der Alkohol brennt in meiner Kehle, wie jedes Mal. Aber ich will mithalten. Ich will ihr zeigen, dass ich ihr in nichts nachstehe. Ich bin ihr sogar Meilen voraus.

Sie schiebt mir noch ein Shotglas zu. Diesmal geht es schon leichter. Mein Kopf füllt sich mit noch mehr Wut. Aus der Jukebox klingt irgendeine seichte, gefühlsduselige Melodie – die ganze Musikauswahl ist aus den Achtzigern. Diese Jukebox ist wie eine Schatztruhe. Sie läuft immer auf Zufallswiedergabe. Der Besitzer will nicht, dass irgendjemand sie anfasst. Sie ist das Coolste in der ganzen Bar.

Die Worte schießen sanft wie kleine Raketen aus den Lautsprechern.

Mein Körper kribbelt vom Alkohol. Ich starre sie an. Sie sieht mich nicht mal. Blickt einfach durch mich hindurch. Über mich hinweg. Sucht nach irgendjemandem. Opportunistin. Sie wartet nur darauf, dass noch jemand ankommt. Mein Nacken versteift sich. Meine Hände sind unruhig. Alles sammelt sich in meiner Kehle.

»Ich werde die Initiation dieses Jahr nicht leiten.«

»Was hast du gesagt?«

»Ich werde die Initiation nicht leiten«, wiederhole ich, diesmal lauter.

»Ach nein?« Sie verzieht das Gesicht. Genervte Falten graben sich in ihre Stirn. »Wer denn dann?«

»Hoffentlich niemand«, sage ich. »Hoffentlich absolut niemand.«

Sie springt von ihrem Barhocker und kommt auf mich zu. Neben mir spüre ich Cate, auch sie kommt näher. Ihr Arm an meinem Arm.

»Du hast keine Ahnung, was an der Hälfte der Schule in diesem Land passiert, oder? Und ich rede nicht von den Sexualstraftätern, von denen man in den Nachrichten hört. Ich rede von Typen, die du kennst, die einfach alle Signale ignorieren und so tun, als wäre alles, was sie jemals gelernt haben, bedeutungslos. Und dann haben sie am nächsten Tag ein schlechtes Gewissen. Sie haben ein oh. So. Schlechtes. Gewissen.« Sie und Satya ziehen übertriebene Schmollmünder.

»Du bist immer noch in der Highschool«, sagt Satya. »Du hast doch keine Ahnung.«

»Kapierst du es nicht, Blythe? Die Initiation war ein soziales Experiment. Es ist nicht perfekt. Aber es funktioniert. Und es funktioniert aus einem bestimmten Grund. Du weißt ja nicht, wie es war, bevor wir damit angefangen haben. Mädchen hatten Angst, auf Partys zu gehen. Und ich rede hier von *Highschool*-Partys. Ein Mädchen wurde mit einer verdammten Klo-Saugglocke vergewaltigt«, sagt sie. »Kapierst du es wirklich nicht, Blythe? Wir haben das getan, um Mädchen zu helfen … Wir haben *dir* geholfen.«

Ich schnaube – zu laut, aber es ist mir egal. Ich bin sowieso schon zu weit gegangen, um umzukehren. Die ganze Demütigung dieser einen Nacht in der neunten Klasse verwandelt sich in rasende Wut.

»Du hast Mädchen geholfen, indem du ihnen Schwänze in den Mund gestopft hast?«

Sie kommt noch näher, atmet mir ins Gesicht. Ihr Atem stinkt nach Tequila und was auch immer sie sonst noch getrunken hat.

»Zuallererst mal: Sprich leiser.«

»Zuallererst mal bin ich nicht eine deiner Verbindungsschwestern.«

Ich sehe Donnie und Suki reinkommen.

»Alle wollen irgendwas von dir, Blythe. Also kannst du es ihnen auch im Vorhinein geben, denn auf die Weise hast du wenigstens die Kontrolle. Nicht auf einer Party, wenn du betrunken bist. Nicht wenn du mit irgendeinem Typen allein in einem Zimmer bist und nicht mal mehr mitbekommst, was eigentlich passiert. Wenn *du* diejenige bist, die es tut. Dann hast du die Macht. Kapierst du das echt nicht?«

»Was ist los?«, fragt Donnie, unterbricht uns. Ihr Körper zwischen mir und Amanda.

»Deine Freundin Blythe hat da ein paar Dinge falsch verstanden.«

»Das bezweifle ich«, sagt Donnie.

»Ich organisiere die Initiation nicht. Niemand wird das tun. Es ist vorbei«, erkläre ich. »Das ist los.«

»Was wird das jetzt hier?«, fragt Amanda.

»Nichts. Gar nichts wird das«, sagt Cate.

»Oh, Blythe.« Sie flüstert meinen Namen, als würde sie einen Fluch aussprechen. »Wusstest du, dass er sein erstes Mal mit mir hatte?« Amanda greift nach meiner Hand, zerrt mich zu sich.

»Was?«

»Sean. Er war ein ganzes Jahr lang mein kleiner Engel. Meine kleine Bitch.«

Donnie zieht an meinem anderen Arm, versucht mich hier rauszubekommen.

»Du und Sean?«

»Ganz genau«, sagt sie. »Du kannst ihn gern danach fragen.«

»Amanda«, ruft jemand.

Ich starre stumm geradeaus, sehe, wie Amanda den Kopf wendet. Es ist Bry Jacobson. Der berüchtigte Poolparty-Typ.

»Bry!«, quietscht Amanda, drängt sich an mir vorbei, schubst mich dabei gegen die Theke und springt Bry in die Arme. »Ich bin so froh, dass du kommst, um mich zu retten.«

»Ja, niemand geht mehr ins *Sweep*. Hier sind nur noch Babys.«

Donnies Griff um mein Handgelenk verstärkt sich noch, als sie mich durch die Menge zieht. Die Leute starren mich an, ihre Gesichter voller Hass.

Donnie dreht sich zu mir um, bevor wir rausgehen. »Wie willst du das denn beenden, B? Wie soll das funktionieren? Du kennst doch diese jungen Mädchen. Du weißt, dass sie dabei sein wollen. Sie verstehen erst danach, wie schlimm es wirklich ist. Wenn du dich selbst als den Kopf dieser ganzen Sache abschneidest, wächst einfach ein neuer nach. Das weißt du doch.«

»Es gibt immer einen Weg«, sage ich.

Als wir rauskommen, steht Dev auf dem Parkplatz. Überrascht uns alle.

»Was tust du hier?«, frage ich.

Seine Augen sind gerötet und verquollen. Es sieht aus, als hätte er geweint. Das Funkeln in seinen Augen, sein sonst immer fröhliches Gesicht, das ist alles verschwunden.

»Ich muss mit dir reden«, sagt er.

Donnie, Cate und Suki murmeln, dass sie am Auto auf mich warten. Niemand will sich hier einmischen.

Sein Gesicht ist verzerrt, kaum wiederzuerkennen. »Ich bin so durcheinander, B. Ich bin fix und fertig.«

»Du hast mit mir Schluss gemacht, Dev. Glaubst du wirklich, du bist derjenige, dem es schlecht geht?«

»Wieso musstest du diesen Scheiß mit Nessel anfangen, B, warum?«

»Moment mal ... Ich ... ich habe überhaupt nichts angefangen.«

»Du hast angefangen, weil du dich mit ihm gestritten und damit alles zerstört hast, was wir hatten. Und dann ihr beide? Ich dachte, wir wären so.« Er verschränkt drei Finger miteinander. »Und jetzt ... jetzt kann ich mich nicht mal mehr mit meinem besten Freund treffen, weil ich nicht mehr weiß, wer er überhaupt ist. Ich habe keine Freundin mehr. Ich bin der einzig Unschuldige hier und irgendwie habe ich euch trotzdem beide verloren. Ich will mit niemandem reden. Ich will nichts unternehmen. Ich will nichts essen. Ich kann nicht schlafen. Mein Kopf fühlt sich an, als würde er explodieren. Als würde ich sterben. Ich bin vollkommen allein.«

Ich gehe auf ihn zu und ich kann die Traurigkeit nahezu riechen. Seine Verzweiflung. Er stinkt danach. Ich will ihn einfach nur berühren. Ihn festhalten. Aber er weicht vor mir zurück.

»Und weißt du, was? Das ist alles deine Schuld, B. Wenn man die Punkte verbindet, führt alles zurück zu dir.« Er zeigt mit dem Finger auf mich, wütend und gemein, und unter all dem kann ich es sehen. Er ist so verletzt. Verwundet. »Wie konntest du mir das antun, B? Wie konntest du nur?«

»An dem Tag bei dir zu Hause. Du hast mir gesagt, dass es vorbei ist. Du reagierst nicht auf meine Nachrichten. Auf meine Anrufe. Ich habe es versucht. Ich habe wirklich versucht dich zu erreichen. Alles wiedergutzumachen.« Ich berühre sein Gesicht. Sein verwahrlostes Gesicht. »Ich wollte das nicht, Dev. Ich will es immer noch nicht. Ich brauche dich. Verstehst du denn nicht, wie sehr ich dich brauche?«

Mir ist schlecht. Ich muss mich mit einer Hand an seinem Wagen abstützen, um mich auf den Beinen zu halten. Ich beuge mich vor. Vielleicht übergebe ich mich. Vielleicht kommt alles hoch und wird aus mir herausgespült.

Leute starren uns an. Ein Mädchen zischt: »Kampf, Kampf, Kampf«, als es an uns vorbeigeht, das Handy in der Hand, die Kamera auf uns gerichtet. Alles ist so anders. Wir alle die Beutetiere. Dev öffnet die Tür seines Jeeps und will einsteigen, hält dann aber noch mal inne. Er dreht sich um, sucht auf dem Parkplatz nach etwas, aber da ist nichts. Da ist nur dieses leere, widerliche Gefühl von Entsetzen und Trauer. Müllberge. Alte Autos. Kaugummi, das auf dem ruinierten Asphalt klebt.

»Was bin ich für dich?«, fragt er. Nimmt einen Fuß wieder aus dem Jeep. Ein Körperteil, das er mir gibt. Und ich strecke meine Hand nach seinem Oberschenkel aus. Lege sie darauf. Streiche über sein Knie.

»Du bist der verständnisvollste Mensch, den ich jemals kennengelernt habe«, sage ich.

»Also bin ich deine Kuscheldecke? Mehr bin ich nicht?«

»Dev …«

»Ist zwischen dir und Nessel was passiert?«

Und in dem Moment wird mir klar, dass ich sagen kann, was ich will, es wird nichts zwischen Dev und mir ändern. Er würde sich immer fragen, ob da etwas zwischen Sean und mir war. Aber es war nicht nur ein Kuss. Es ist die Verbindung zwischen uns, so kurz sie auch anhielt, die mich noch schuldiger macht. Ich muss es ihm sagen. Ich muss es aussprechen. Ich kann Sean nicht die Schuld geben. Ich kann Ally nicht die Schuld geben. Ich kann niemandem die Schuld geben, nur mir selbst.

Ich nicke.

»Ich bin ein schlechter Mensch, Dev. Ich bin durch und durch verdorben. Ein schrecklicher Mensch.«

»So warst du nicht immer.«

»Doch, war ich. Du hast diesen Teil von mir bloß nicht gesehen.«

»Dafür habe ich andere Dinge gesehen. Ich habe wunderschöne Dinge gesehen.«

Tränen schießen aus seinen Augen. Ich greife nach ihm, aber er weicht zurück, als wäre ich eine Krankheit.

Er hämmert mit der Faust auf sein Lenkrad. Dreht den Schlüssel in der Zündung, legt den Rückwärtsgang ein und fährt los. Und einfach so ist er verschwunden.

50

ALLY

Ich liege wieder in der Hängematte. Das pinke Neonleuchtschild des Motels gegenüber erhellt die Straße. Ich wollte nicht auf mein Handy schauen. Hatte Angst vor noch mehr Racheaktionen. Oder vor was auch immer.

Aber jetzt schalte ich es an. Ich habe sechsundvierzig neue Nachrichten auf Instagram. Sie strömen wie eine Sturzflut auf mein Display. Auch eine Nachricht von Terrance:

ICH HABE DIR EINE MAIL GESCHICKT. LIES SIE.

Hi, Ally! Wie ist es in Truth or Consequences? Ist das wie Wahrheit oder Pflicht? (Mein erbärmlicher Versuch, einen Witz zu machen.) Du solltest dich lieber hinsetzen. Dein Artikel ist auf Twitter durch die Decke gegangen. Wurde über neuntausendmal geteilt. ›THE UNDERGROUND‹ wird jetzt ein richtiges Magazin. Mit mehr als nur drei Artikeln. (Ich weiß nicht, ob ich wirklich die Meinung von allen hören will, aber wie auch immer. Deswegen bin ich ja der Redakteur! Ich kann die Kommentare einfach ausschalten, wenn ich will.)
Es reden eine Menge Leute darüber, Ally. Ich habe gehört, was vor eurem Haus passiert ist. Aber dein Artikel hat etwas

ausgelöst. Eine Menge Leute sind ehrlich betroffen. Und nicht nur bei uns an der Schule. Du hast Menschen erreicht. Sie haben dich gehört. Ich hoffe, das weißt du.
Na ja, ich habe auch noch eine andere Neuigkeit. Wir bekommen massenweise Nachrichten von Mädchen, die ähnlich beschissene Erfahrungen gemacht haben wie du. Sie wollen mit dir reden. Sie wollen mehr von dir hören. Und ich will auch mehr von dir hören! Ich finde, du bist ein Rockstar.
Du solltest dir außerdem mal die Kommentare unter dem Instagram-Post von ›THE UNDERGROUND‹ anschauen.
Die unterstützen dich alle.

Wir sehen uns, wenn du wieder da bist.

– T

Ich überfliege die Kommentare auf Instagram.

Das klingt glaubwürdig.

Ich wünschte, sie würde den Typen beim Namen nennen.

Sie hatte blaue Flecken an den Armen genau wie ich.

Sie klingt, als ob sie Angst hätte. Das verstehe ich. Ich sehe jedes Mal sein Gesicht vor mir, wenn ich in die Schule gehe.

Er sagt: »Sie wollte es auch« – das habe ich schon so oft gehört.

Das klingt wie mein Leben und jetzt weiß ich nicht, was ich tun soll.

Ich werde niemals darüber hinwegkommen.

Ich rufe nach meiner Mutter. Zeige ihr alles. Gebe ihr zitternd mein Handy. Die Luft scheint heute Abend stillzustehen. Ich kann mich selbst atmen hören. Sie zieht mich aus der Hängematte. Bringt mich rein. Meine Hand in ihrer.

Wir setzen uns zusammen hin, sinken ins Sofa. Sie ist ganz nah bei mir. Streicht über meinen Arm. Meine Finger. Sie schnieft, kann kaum sprechen. Wir lesen Kommentare und mehr Kommentare und noch mehr. Hunderte von Geschichten von Hunderten Mädchen in meinem Alter. Frauen in Moms Alter.

Zum ersten Mal vermisse ich meinen Dad so richtig. Er ist sonst immer da, deswegen musste ich ihn noch nie vermissen. Aber er reagiert. Wenn er das sieht, wird er emotional werden. Er wird aufgebracht sein. Betroffen. Dafür bin ich noch nicht bereit. Meine Mutter ist leiser. Sie ist genau das, was man eine *aktive Zuhörerin* nennt. Mein Vater ist eher ein *aktiver Unterbrecher*.

Es fühlt sich an, als würden meine Mom und ich uns stundenlang durch Artikel über sexuelle Übergriffe lesen. Organisationen. Websites. Betroffenengruppen. Zahllose Bestätigungen. Eine Welle der Erleichterung durchflutet mich. Weil ich nicht allein bin. Ich wusste nicht, wie viel es da draußen zu dem Thema gibt. Ich hatte keine Ahnung.

Am Ende landen wir auf einer Website voller Fotos von Frauen, die Schilder hochhalten. Sie wurden alle vergewaltigt. Und auf ihren Schildern stehen Zitate von ihren Angreifern.

Angreifer.

So habe ich Sean Nessel noch nie gesehen. Als einen Angreifer. Aber er hat mich angegriffen. Ich wurde angegriffen.

Diese Mädchen und Frauen (und ein paar Männer). Alle möglichen Körperformen und -größen. Sie verbergen ihre Gesichter. Die Schilder sind handgeschrieben. Die grausamen und herzlosen Worte, die darauf stehen.

Ich denke daran, was mein Angreifer zu mir gesagt hat.

Wie sollen wir diesen ganzen Scheiß denn wieder wegbekommen?

Ich scrolle durch einige der Schilder. Die Worte brüllen mir entgegen wie blutrünstige Schreie.

Eine Frau mit langen blonden Haaren und einem friedlichen Lächeln. Sie hält ein großes Schild mit perfekter Schönschrift in die Höhe. Man kann nur ihr Lächeln sehen. Es sieht dem von Blythe sehr ähnlich.

Ich will nicht an Blythe denken.

Auf dem Schild der jungen Frau steht: *Oh, sorry. Aber zwischen uns ist alles cool, oder?*

Der Untertitel: *Was mein Angreifer geantwortet hat, als ich ihm gesagt habe, dass ich Nein gesagt habe.*

Ich scrolle weiter zu einer Frau mit superkurzen Haaren und einer winzigen Brille. Sie träge eine Latzhose und ein T-Shirt mit einem Smiley drauf. Sie sieht jung aus und erinnert mich irgendwie an Sammi.

Auf ihrem Schild steht: *Oh, hey, dich kenn ich doch.*

Ihr Untertitel: *Was mein Angreifer gesagt hat, als ich ihn konfrontiert habe, zwei Tage nachdem er sich mir auf einer Party im Badezimmer aufgezwungen hat. Wir waren beide betrunken und ich konnte ihn nicht aufhalten.*

»Wir können auch aufhören, Ally. Das ist ganz schön viel, Schatz.«

»Ich will nicht aufhören.« Ich will lesen und lesen, bis meine Augen nicht mehr können. Bis sich ihre Worte in mein Gehirn gebrannt haben. Bis ich jedes einzelne Schild gelesen habe.

»Ich weiß, aber wie viele davon kann man in einer Nacht lesen? Ich will nicht, dass du … Du bist so verletzlich. Ich glaube, dir ist gar nicht bewusst, wie verletzlich du bist.« Ich wende mich meiner Mutter zu, die jetzt weint. »Du musst nicht aufhören. Ich schlage ja nur vor, eine Pause zu machen. Gibt dir etwas Zeit, das alles zu verdauen.«

»Ich habe das Gefühl, dass das alles verschwindet, wenn ich es nicht jetzt sofort lese. Dass ich es einfach in mich aufsaugen muss. Ergibt das irgendeinen Sinn?«

»Ally«, sagt sie, tiefe Traurigkeit in ihrer Stimme. »Das verschwindet nirgendwohin.«

Ich habe mir immer gewünscht, dass meine Mutter mehr so ist wie Sammis Mutter. Kocht und das Haus putzt und alte Schallplatten hört. Am Sonntagabend Lasagne macht. Meine Mutter ist eine Person. Ein Mensch. Mit Fehlern. Sie ist echt. Sie ist sie selbst. Sie wohnt in einer pfirsichfarbenen Hütte mitten in der Wüste.

Ich denke wieder an Blythe. Eines Tages wird sie ganz allein dasitzen und sich fragen, was aus den wahren Freundschaften in ihrem Leben geworden ist. Was aus den Devons und den Donnies und den Sukis und den Sean Nessels geworden ist. Sie wird sich fragen, wieso es ihr so schwergefallen ist, es ihnen allen recht zu machen. Wieso das, was sie ihnen gegeben hat, nicht genug war.

»Ich würde gern mit dir zurück nach New Jersey kommen, wenn du das willst«, sagt meine Mom.

Aber das will ich nicht.

Ich will eines dieser Mädchen mit den Schildern sein.

Ich will das Mädchen sein, das erzählt, was ihr angetan wurde. Ich will meine Geschichte aufschreiben. Ohne dass mir dabei jemand die Hand hält. Nur ich. Und mein Schild. Meine Geschichte. Meine Worte.

Ich lehne mich an sie, mein Kopf auf ihrer Brust, und sie streicht über meine Haare. »Ich will dir einfach nur das geben, was du jetzt von mir brauchst«, sagt sie.

Aber das hier, das ist alles, was ich im Moment wirklich brauche. Genau das.

51

BLYTHE

Ich habe Kopfschmerzen und fühle mich, als müsste ich gleich kotzen. Aber Donnie will zu den alten Klippen hochfahren. Sie sagt, das wird mich auf andere Gedanken bringen. Und sie ist da oben mit jemandem verabredet. Mit einem neuen Freund, Dylan. Donnies geheimes Leben.

Sie krümmt die Finger wie eine Hexe. Sie trägt diese länglichen silbernen Ringe; sie wirken an ihren schlanken Händen wie eine Rüstung.

»Ich habe eine Kristallkugel. Ich weiß alles.«

In diesem Moment vermisse ich Ally. In diesem Moment wünsche ich mir, ich wäre mit jemand Normalem befreundet. Jemandem wie ihr. Jemandem, der nicht ständig das Drama sucht. Aber die Freundschaft mit Ally habe ich zerstört. Ich habe die Beziehung mit Dev zerstört. Ich zerstöre alles.

Wir fahren zu viert in Cates Auto. Die Vier.

»We're all together …«, singt Cate, doch es verklingt in der Nacht.

Wir kriechen unter dem Tor durch, um hoch zu den alten Klippen zu wandern. Meine Schuhe rutschen auf dem felsigen Weg. Dieser dreckige Platz mit den Felsbrocken und dem unebenen Boden und den Klippen war früher DER Ort, um abzuhängen. Unter dem dunklen Himmel konnten wir sein, wer immer wir wollten. Jetzt ist der ganze Bereich abgesperrt und Schilder verbieten den Zutritt. Viel weniger Leute kommen her. Kaum jemand will noch hier hoch, nachdem sich letztes Jahr irgendjemand das Bein gebrochen hat.

Donnie zieht an meiner Hand, führt mich den Hügel hinauf. Dylan, sagt sie immer wieder. Sie will, dass ich Dylan kennenlerne. Dylan wartet oben auf den Klippen auf sie. Und da will Donnie hin. Auf die Klippen. Direkt an den Abgrund.

Sie sitzt im Schneidersitz auf einem Felsbrocken vor Dylan, der zu dünn und zu abgeranzt aussieht. Lange fettige Haare und braune Mokassinstiefel. Wahrscheinlich besorgt er ihr das Vicodin. Ich frage lieber nicht nach.

Ich setze mich neben Donnie. Lehne mich an sie. Wie früher auf den Partys. Es ist schon lange her, dass es zwischen uns so war. Tue so, als wären wir zusammen hier. Allein.

»Alles hat sich so verändert, Don. Wieso verändert sich alles?«

»Weil wir Menschen sind. Wir entwickeln uns. Kapierst du das nicht, B? Du willst, dass alles gleich bleibt. Willst du etwa ein Polaroid sein? Eine Trophäe? Ein ausgestopftes Reh an der Wand? Menschen müssen sich ausprobieren. Wir müssen unsere Herzen neuen Dingen öffnen.«

Auf ihrer Handfläche liegt ein kleines Tütchen pulverisierter Tabletten. Vikes.

»Das mache ich nicht«, sage ich.

»Wieso? Du hast doch schon alles Mögliche andere mitgemacht. Wenn du das nimmst, siehst du, dass die Sterne Sinn ergeben. Und wir können es zusammen nehmen. Du und ich für immer, B. Heute Nacht vergisst du einfach alles, die ganze Sache mit Dev. Das Zeug lässt alles Schlechte verschwinden.«

»Ich stopfe mir das Zeug nicht in die Nase.«

»Du hast es doch auch schon mal geschluckt. Es ist nur eine andere Art Rausch, wenn man es schnupft.«

Ich schiebe ihre Hand weg.

Sie verdreht die Augen und ballt die Hand zur Faust, stopft das Tütchen wieder in ihre Jackentasche. Zieht den Reißverschluss bis zum Kinn hoch.

Ich will, dass alles wieder so ist wie früher. Als wir uns ausgemalt haben, irgendwelche Leute in das schwarze Loch zu werfen – einer unserer Insiderwitze, als wir noch klein waren. Leute, die gemein zu uns waren, kamen ins schwarze Loch. Sie verschwanden darin, flogen in endlosen Kreisen, die Arme verzweifelt ausgebreitet.

»Hast du keine Vape? Kannst du nicht bei so was Simplem bleiben?«

Aber Dylan sagt, dass einen dieser Vaping-Mist umbringt. Und Dylan hat zwei Joints. Denn Dylan mag es oldschool. Er raucht nur die Blüten, sagt er. Ich hasse Leute wie Dylan. Ich habe keine Ahnung, wie Donnie es mit ihm aushält.

Ich versuche ihre Aufmerksamkeit auf mich zu lenken. Ihr Gesicht; ich will sie einfach nur sehen. Blickkontakt herstellen, um ihr zu signalisieren, dass ich genug habe. Dass wir jetzt gehen. Aber sie ist ganz woanders, ihre dunklen Locken schirmen ihr Gesicht ab. Dann springt sie auf, stolpert, klatscht im Takt zu einem Lied, das wir uns in der neunten Klasse ausgedacht haben.

»Fünf-sechs-sieben-acht! Dreh-'nen-Joint! Dreh-dreh-'nen-Joint!« Dann dreht sie sich um die eigene Achse. Schüttelt ihre Arme. Versucht mich dazu zu bringen mitzusingen. »Weißtdu-wie-man-einen-Joint-dreht? Komm schon, B, sing mit. Dreh-'nen-Joint! Dreh-dreh-'nen-Joint!«

Ich lache und schaue weg. Ich will einfach nur von hier verschwinden. Das ist alles, was ich will.

Aber Dylan dreht den Joint und reicht ihn rum. Wir sitzen inzwischen im Kreis. Cate. Zwei von Dylans Freunden.

Suki, Cate und ich wechseln Blicke. Schütteln die Köpfe. Keine von uns nimmt einen Zug. Wer weiß schon, was da drin ist? Dylan zieht etwas aus seiner Tasche, quetscht sich dann zwischen mich und Donnie. Und sie beugen sich zusammen darüber, schnupfen das Zeug.

Suki sieht mich vielsagend an. Sie schüttelt den Kopf. Formt mit den Lippen *Lass uns abhauen.*

Donnies Blick wird weich und trüb. Sie wirft den Kopf zurück. Müde, euphorisch? Ich weiß es nicht.

»Die werden alle wegen 'ner Überdosis umkippen und wir müssen sie dann diesen Berg runterschleppen und ins Krankenhaus bringen«, flüstert Cate. »Das hier ist wie ein echt schlechter Lifetime-Film.«

Sie hat recht. Cate hat absolut recht. Die werden sich alle umbringen.

Ich weiß, Donnie ist hier, und ich weiß, sie ist meine beste Freundin und ich würde alles für sie tun. Aber ich bleibe nicht hier.

Donnie krabbelt zu uns herüber, ihre Jeans schleift durch den Dreck. Ihre nagelneuen weißen Sneakers, total eingesaut. Ihre Hände im Schotter, als wäre sie ein wildes Tier. Dann wirft sie einen Blick zurück zu Dylan, immer noch auf allen vieren. Er ist viel mehr neben der Spur, als ich dachte.

»Manchmal muss man etwas bewegen, damit sich was bewegt«, lallt er und ich habe keine Ahnung, was das bedeuten soll.

»Du solltest ihm einfach alles erzählen, B. Das mache ich auch. Ich erzähle ihm alles«, sagt Donnie. Sie sabbert fast schon. Ich beuge mich zu ihr runter.

»Ich will dich jetzt mit nach Hause nehmen. Ich will nicht, dass du irgendwas Verrücktes tust.«

Aber Dylan wird lauter. Steht in der Mitte unseres Kreises. Brabbelt irgendwas über den Mond und die Sterne. Er hört einfach nicht auf. Dann platzt er raus: »Ich habe Ally Greenleafs Geschichte im Internet gelesen. Die geht doch auf eure Schule.«

Meine Hände fühlen sich taub an, als würde all mein Blut in die Fingerspitzen fließen. Diese Nacht war sowieso schon grauenhaft. Und jetzt ist sie zur absoluten Hölle geworden.

»Du bist high. Du hast keine Ahnung, wovon du verdammt noch mal redest«, sage ich.

»Oh doch, habe ich«, erwidert Dylan, zu selbstsicher. »Ich weiß über alles Bescheid.«

»Er weiß überhaupt nichts, B. Sieh ihn dir doch an. Er ist total hinüber«, sagt Cate. »Schnappen wir uns Donnie und verschwinden von hier.«

»Dieses Mädchen wurde vergewaltigt und ihr wolltet sie fertigmachen«, verkündet er. »Ich hab's gelesen. Ich weiß, dass ihr das wart.«

Ich zeige ihm den Mittelfinger.

Donnie greift nach meinem Bein. Sie kniet immer noch im Dreck. »Wir hätten das nicht tun sollen. Ich habe ihm alles erzählt.«

»Sie ist mal wieder high, B. Hör nicht auf sie«, sagt Suki. »Wie oft haben wir dich dieses Jahr schon aus der Scheiße gezogen, Donnie? Du gehst jedes Mal zu weit. Halt einfach die Klappe.«

»Steh auf.« Ich packe Donnie an den Armen, aber sie schlägt mich weg, wehrt sich. »Wir bringen dich nach Hause. Steh auf.«

»Weißt du noch, als es nur uns beide gab, B?«, sagt Donnie, streichelt meinen Oberschenkel. Kniet zu meinen Füßen. »Weißt du noch, als es nur dich und mich gab, B? Und keine von diesen Mitläuferinnen …?« Sie hält meinen Oberschenkel fest, denn sonst würde sie umfallen. Ich ergreife wieder ihre Arme. Stütze sie. »Wieso hast du außer mir noch jemanden gebraucht? Wieso hast du Sean gebraucht? Wie du ihm in dieses dunkle Loch gefolgt bist. Und wo hat dich das hingeführt? Zu Ally Greenleaf? Und dann bist du ihr hinterhergelaufen, hast sie angehimmelt und hast mich fallen gelassen. Hättest du mich nicht so lieb haben können wie Ally?«

Meine Hände an ihren Wangen. Ich flehe sie an, ihr dürrer Körper kniet immer noch auf dem Boden. »Ich hab dich lieb, Donnie. Was redest du denn da? Ich hab dich so lieb. Deswegen bin ich doch hier. Deswegen flehe ich dich doch an, jetzt mit mir nach Hause zu kommen.«

Sie richtet ihren Körper auf, langsam, mühsam, hält sich an meinen Händen fest, als lägen Gewichte auf ihren Schultern. Einen Fuß vor den anderen. Die Hände ausgestreckt. Gleichgewicht.

Und dann knickt sie ganz plötzlich ein. Hat keinen Boden mehr unter den Füßen.

»Fang sie auf, fang sie auf!«, schreit Cate.

Donnies Gesicht ist blass und grünlich. Sie liegt auf dem Boden, mit dem Gesicht im Dreck. Ihre wunderschönen Locken fließen um ihren Kopf. Ich schüttle sie, rufe ihren Namen.

»Was tut sie da, B? Dreh sie um!«, schreit Cate. Als ob ich das wüsste. Als ob *ich* hier die Kontrolle hätte.

»Dreh sie nicht um«, sagt Dylan, aber es ist kaum mehr als ein geisterhaftes Flüstern. Er sitzt im Dreck. Sein Kopf zwischen den Knien. Wippt vor und zurück. »So ist Jimi Hendrix gestorben. Ist an seiner eigenen Kotze erstickt. Lasst sie einfach liegen. Ich bringe die Prinzessin später nach Hause. Sie ist nur kurz eingepennt. Dreht sie auf die Seite.«

Ich habe in meinem Leben schon ziemlich grauenvolle Dinge getan. Aber ich habe noch nie meine beste Freundin mitten in der Nacht mit dem Gesicht im Dreck liegen gelassen.

»Wie sollen wir sie nach unten bekommen, B?«, fragt Suki. Ihre Miene ratlos. »Sie wird sterben, B.«

Ich zische, dass sie die Klappe halten soll.

»Suki, du nimmst ihren Kopf und die Schultern, und Cate, du nimmst die Mitte. Ich nehme ihre Füße und Beine.«

Wir wuchten sie hoch und sie ist so knochig und trotzdem so schwer. Suki brüllt in Donnies Gesicht. Sie atmet noch. Sie ist noch da. Mein Gesicht ist tränennass. Wir schütteln sie, während wir uns einen Weg nach unten bahnen.

»Wir müssen es nur bis zum Auto schaffen. Das ist alles. Wir müssen nur zum Auto.«

~

Wir legen sie auf die Rückbank, ziehen und falten ihren schlaffen Körper auseinander. Jede von uns atmet heftig. Ich checke ihren Puls, wie Schwester Chiltarn es uns in der Schule beigebracht hat.

»Sie ist echt schon lange weggetreten, B«, sagt Cate schnaufend. »Echt richtig lange.«

Suki beugt sich über Donnies Kopf und schüttelt sie. Heftig. »Wach auf, Donnie! Wach auf, Donnie, du Idiotin!« Dann geht sie ganz nah an ihr Gesicht, ihr Mund über Donnies. »Wir bringen dich ins Krankenhaus! Kannst du mich hören?!«

Donnie schlägt die Augen auf.

»Ihr bringt mich nicht ins Krankenhaus«, sagt sie. Hustet, blinzelt, als würde sie versuchen etwas zu fokussieren, schafft es aber nicht.

Suki fängt an zu weinen. Wirklich zu weinen. Rollt von Donnie runter und klettert rückwärts aus dem Wagen. Setzt sich auf einen Stein.

Meine Augen sind geschlossen. Ich lausche dem Summen von Sukis Weinen. Sie sitzt jetzt im Auto. Vorn. Auf dem Beifahrersitz, wo sie immer sitzen will. Ich sitze hinten mit Donnie auf dem Schoß und spüre, wie wir uns in Bewegung setzen. Die Fenster sind offen. Als wäre es eine Nacht wie jede andere. Als ob wir vier einfach nur durch die Gegend fahren würden.

Aber jetzt ist alles anders. Das wissen wir alle. Nichts ist mehr, wie es war.

»Bringt mich irgendwohin, wo alles einfach ist. Ich will irgendwo sein, wo alles einfach ist«, flüstert Donnie.

Wenn es so einen Ort doch bloß gäbe.

Ich sinke über ihrer Brust zusammen. Ergebe mich dieser Nacht. Suki dreht sich zu mir um und greift nach meiner Hand.

»Kennst du das, wenn du dich einfach komplett leer fühlst?«, sagt Donnie, leckt sich über die trockenen Lippen.

»Ja«, flüstere ich.

»So fühlt sich das an.«

»Ich weiß«, sage ich. »Ich weiß.«

52

ALLY

Im Flugzeug auf dem Weg zurück nach New Jersey entschließe ich mich, der Polizei zu melden, was mir passiert ist. Ich weiß nicht, was genau da in meinem Kopf klick macht. Ich glaube, es war der Gedanke daran, dass Sean Nessel bald seine Weihnachtsgeschenke bekommt und erleichtert sein wird, weil der schlimmste Teil seines Lebens endlich vorbei ist, und er sich wundern wird, wie er so viel Glück haben konnte. Ich stelle mir vor, wie er dasitzt wie ein kleines Kind, dem der Weihnachtsmann alles gebracht hat, was es wollte, und wie er nächstes Jahr ans College gehen und dort vielleicht einem Mädchen dasselbe antun wird, was er mir angetan hat.

Wie leicht es für ihn wäre.

Also habe ich die Entscheidung getroffen, dass ich es ihm nicht so leicht machen will. Ich habe weit in die Zukunft geblickt, in der vielleicht jemand wie Sean Nessel eine mächtige Position innehat, wichtige Beschlüsse trifft, das Sagen hat. Eine Zukunft, in der seine Vergangenheit einfach verschwindet. In der Gerüchte als Teenagerstreiche abgetan werden, weil nichts offiziell dokumentiert ist. Das bedeutet natürlich nicht, dass diese Entscheidung für jeden die richtige ist. Aber in diesem Moment fühlt sie sich für mich richtig an.

~

Am Abend. Zu Hause mit meinem Dad. Ich erkläre ihm alles. Ich rümpfe die Nase über den Gestank meiner Worte. Ist dir das schon mal passiert? Dass deine Worte so sehr stinken, dass du es riechen kannst? Es riecht wie abartig vergammelte Eier.

Mein Vater wimmert. Ein grauenhaftes Geräusch. Er sieht sich im Zimmer um. Sitzt auf seinen Händen. Fährt sich durch die Haare. Er ist noch nicht bereit, das alles zu verarbeiten. Ich versuche, mich ihm zuliebe zusammenzureißen. Meine Tränen würden es nur noch schlimmer machen. Es wird alles wieder gut, Daddy, würde ich ihm am liebsten sagen.

Ich zeige ihm den Artikel. Ich will, dass er sieht, wie die Leute darauf reagiert haben, all die Kommentare, die mich unterstützen.

»Du hast das geschrieben?«

»Dafür kannst du Sheila, der Sexbombe, danken«, sage ich. »Voll *Deep Throat.*«

Er lacht, bis ihm die Tränen kommen. Mein Dad legt seinen Kopf an meine Schulter und bleibt dort für eine Minute. »Ich will dich nicht loslassen. Niemals.«

Alles wird sich ändern.

53

ALLY

Dein Dad ruft auf dem Polizeirevier an und sie sagen, dass sie in etwa einer halben Stunde vorbeikommen.

Zwei Frauen. Eine heißt Phyllis. Phyllis sieht aus wie eine Mom. Sie hat diese Mom-Frisur, an den Seiten kurz und hinten etwas länger. Phyllis arbeitet bei der Beratungsstelle für Vergewaltigungsopfer. Die andere Frau ist Detective Bolero. Sie arbeitet für die Spezialeinheit Sexualdelikte, auch Special Victims Unit genannt, und das bringt dich fast dazu, laut loszulachen, weil das klingt, als wärst du in einer Fernsehserie.

Diese Frauen lachen nicht und sie finden deine selbstironischen Witze nicht lustig.

Detective Bolero ist ganz in Ordnung, ihre Stimme ist ruhig und leise und sie stellt dir Fragen, während du mit deinem Dad in der Küche sitzt. Du wirst zu jemand anderem. Jemandem, der deine Geschichte irgendwelchen Fremden erzählen muss. Der von deinem Schwarm erzählt. Davon, dass du dich auf einer Party mit einem Jungen betrunken hast, den du nicht einmal kennst.

Du hast dein Notizbuch dabei. Sie fragen dich, was du schreibst, und du sagst ihnen, dass du Journalistin bist. Dass du alles dokumentieren willst. Sie sagen dir, dass es gut ist, Dinge aufzuschreiben, aber sie meinen es nicht ernst, oder doch?

Jetzt redet Phyllis. Dein Dad verlässt den Raum. Es tut Phyllis so leid, dass dir das zugestoßen ist.

»Kannst du mir sagen, an welche Details dieser Erfahrung du dich erinnern kannst?«, fragt Phyllis.

Du glaubst nicht, dass du es schaffst, ihr irgendwas davon zu erzählen. Du willst ihr nichts davon erzählen, niemals.

Aber du tust es. Deswegen sind sie ja hier.

»Sag mir, was du brauchst, Ally«, sagt sie.

Aber du kannst nicht. Du musst immer wieder daran denken, was Sean Nessel vor ein paar Wochen auf dem Fußballplatz zu dir gesagt hat.

Also erzählst du ihr davon. Nicht von jenem Abend. Nichts davon, was in diesem Zimmer passiert ist. Du erzählst Phyllis, dass du ihn auf der Tribüne vom Spielfeld konfrontiert hast.

»Was hat er gesagt?«

»Er hat sich dafür entschuldigt, dass er ein bisschen zu weit gegangen ist.«

»Das muss ein sehr traumatischer Moment für dich gewesen sein.«

Du schließt die Augen. Du willst das nicht tun. Du bist jetzt weg. Das ist alles, worauf du dich konzentrieren willst. Du bist weit weg.

Phyllis gibt dir ein Taschentuch. Sie will wissen, ob du dich in der Schule sicher fühlst. Ob du dich bedroht fühlst. Aber überraschenderweise tust du das nicht.

Jetzt erst erzählst du ihr von dem Abend. Und Phyllis sagt, dass sie dir glaubt.

Dein Dad bringt Detective Bolero und Phyllis zur Tür und du zitterst. Es ist eine Vibration, die du nur in deinem Inneren spürst, und in deinen Ohren klingelt es leise. Du schließt die Augen, damit es aufhört, aber es ist immer noch da, summt über deine Arme, deinen Hinterkopf hinauf. Dein Vater sagt etwas zu dir, erklärt dir, was als Nächstes passieren könnte, aber du hörst kein einziges Wort. Er nimmt deine Hand. Aber du willst nicht an der Hand gehalten werden.

Niemand soll dich ansprechen. Dich berühren.

54

ALLY

Am nächsten Tag. Ich habe Angst, in die Schule zu gehen, aber ich habe genauso viel Angst, zu Hause zu bleiben. Mein Dad will mich zu Hause unterrichten. Er will mich in ein Zimmer sperren und mich für immer und ewig beschützen. Ich muss ihn regelrecht anflehen, mich gehen zu lassen.

In der Schule, Sammi neben mir, ich öffne die Tür meines Spindes und mindestens zehn Briefe fallen mir entgegen. Sie segeln zu Boden wie Valentinstagskarten. Ich sehe mich im Gang um. Ich gehe davon aus, dass die Nachrichten von Blythe und den Vier sind, noch mehr Beleidigungen und Demütigungen, übrig geblieben aus den Tagen, bevor ich nach T or C geflohen bin.

Aber dann öffne ich den ersten Brief.

Ally,

vor ein paar Monaten wurde ich an einer anderen Schule von einem Typen aus der Elften vergewaltigt. Er hat mir gesagt, dass es mir auch gefallen würde, wenn ich mich nur entspanne. Ich habe das so lange für mich behalten. Ich weiß nicht, ob die Geschichte in deinem Artikel wahr ist oder nicht, aber es ist auch egal. Dein Artikel hat mir den Mut gegeben, darüber zu sprechen. Danke. Danke, danke, danke, und es tut mir leid, dass du so eine Erfahrung machen musstest, damit ich über meine sprechen kann.

– Rachel, aus der Neunten

Ich sehe mich wieder im Flur um, halte den Brief fest in meiner Hand. Überall sind Gesichter, Leute, die ich früher gar nicht wahrgenommen habe, die mich jetzt ansehen, lange ansehen. Als ob sie mich ansprechen und mir ihr Herz ausschütten wollen. Oder mich ins Gesicht schlagen.

Ich hebe alle Briefe auf. Und ich weiß nicht, was ich damit machen soll. Es sind zu viele, um sie alle zu lesen, meint Sammi. Das ist zu überwältigend und nicht gesund und das kann ich gerade nicht gebrauchen.

»Ich muss sie lesen«, sage ich. »Sie haben mir im Vertrauen geschrieben.«

»Dann lass mich das übernehmen. Ich werde sie alle lesen. Einen nach dem anderen. Versprochen.«

~

Später am Abend ruft Sammi mich an. Sie hat sich alle Briefe durchgelesen. Aber es gibt einen, über den sie mit mir reden will. Er hat sie überrascht. Er ist von Blythe.

»Ich wollte ihn eigentlich in den Müll werfen, das verstehst du doch, oder?«

»Ja.«

»Aber ich dachte, es ist die richtige Entscheidung, dir davon zu erzählen. Sie klingt aufrichtig. Aber wer weiß das bei ihr schon? Ich hasse sie immer noch, das ist dir klar, oder?«

»Ja«, sage ich wieder. Und dann liest sie mir den Brief vor.

Liebe Ally,

ich weiß, dass du diesen Brief zerreißen könntest, sobald dir klar wird, dass er von mir ist. Ich würde ihn vermutlich auch zerreißen, wenn ich du wäre.
Das, was ich getan habe, ist unverzeihlich. Ich habe ein paar wirklich schlechte Entscheidungen getroffen. Entscheidungen! Wie absurd, dass ich gerade dieses Wort benutze, Entscheidung. Ich habe schreckliche Dinge getan. Ich habe Dinge getan, die nicht zu entschuldigen sind.
Ich weiß nicht, ob du mir jemals verzeihen wirst, aber es tut mir so unendlich leid.
Du warst eine der wahrsten Freundinnen, die ich jemals hatte.
Das, was du geschrieben hast, hat mich so sehr berührt, dass es mich wohl dazu gebracht hat zurückzuschlagen. Ich habe mich so für meinen Anteil an der ganzen Sache geschämt. Ich habe mich dafür geschämt, dass er mich auch manipuliert hat. Ich habe die Kontrolle verloren und ich verliere nie die Kontrolle. Meine Therapeutin sagt, dass ich wütend auf mich selbst war, weil ich ihm vertraut habe und ihm helfen wollte, und dass ich diese Wut an dir auslassen wollte. (Ich weiß, es ist lächerlich, meine Therapeutin in dieser Entschuldigung zu erwähnen, aber wenn ich wirklich reinen Tisch machen will, hat sie dafür einen Teil der Anerkennung verdient.) Ich war so neidisch auf deine Stärke, darauf, dass du für dich selbst einstehen konntest.

Ich habe das immer nur geschafft, indem ich andere Leute niedergemacht habe. Ist das nicht tragisch?
Wie auch immer, ich schreibe dir, um dir meine Geschichte zu erzählen, denn ich habe gesehen, dass dir auch andere schreiben. Ich habe gesehen, wie sie dir Briefe in den Spind werfen. So viele Mädchen! Und ich habe sie gefragt, was sie da tun.
Sie teilen ihre Geschichten, haben sie mir gesagt.
Ich habe auch eine Geschichte.
Eine Geschichte über die Initiation.
Ich will damit an die Öffentlichkeit gehen. Vielleicht wäre das was für ›THE UNDERGROUND‹. Vielleicht bekommt die Seite dadurch mehr Aufmerksamkeit. Damit es endlich aufhört. Vielleicht kannst du mir dabei helfen, herauszufinden, wie ich das am besten angehe. Ich kann nicht besonders gut schreiben. Ich wüsste nicht mal, womit ich anfangen soll.
Vielleicht können wir ja mal reden.
Vielleicht kann ich mich bei dir entschuldigen. Du musst mir nicht verzeihen.

– B

55

BLYTHE

Ich kenne Allys Stundenplan, also sitze ich vor dem Klassenzimmer, in dem sie ihre letzte Stunde hat. Alles fühlt sich verschwommen an. Wie ein böser Traum.

Ich muss immer wieder daran denken, was meine Therapeutin gesagt hat. Dass ich gar nicht wirklich anwesend in meinem Leben bin. Dass mein Ego die Kontrolle übernommen hat. Aber vor allem läge das an der Wut, hat sie gesagt. Dass ich seit Jahren Wut in mir trage. Wegen meiner Mom, wegen meines Dads. Wegen der Initiation. Sean. Ich muss an meiner Wut arbeiten.

Donnie sagt, dass Ally mir niemals verzeihen wird, und wieso sollte sie auch? Wieso sollte sie mich als ihre Freundin noch wollen, nach all dem, was ich ihr angetan habe? Aber ich muss es herausfinden. Ich muss es zumindest versuchen. Ich muss *zumindest* Allys Gesicht sehen. Donnie hat in den nächsten drei Monaten sowieso nicht viel zu melden, weil ihre Mutter sie nach dem Zwischenfall auf den Klippen in eine Entzugsklinik geschickt hat. Wer weiß, ob sie überhaupt noch mal zurück in die Schule kommt.

Suki, Cate und ich haben entscheiden, mit dem Trinken

aufzuhören, wenn auch nur für einen Monat. Ich muss wieder klar werden. Ich muss mich selbst verstehen lernen. Mein Leben wieder in die Hand nehmen.

Ally kommt als Letzte aus der Tür. Und dann sieht sie mich.

Alle gehen einfach an mir vorbei. So ist das jetzt. Sie gehen an mir vorbei, als wäre ich ein Geist. Als wäre ich gar nicht da. Vielleicht gefällt es mir sogar. Vielleicht will ich gar nicht im Zentrum der Aufmerksamkeit stehen. Will nicht bewundert werden. Will nicht, dass andere vor mir kriechen. Ich bin kein guter Mensch. Das wissen sie jetzt alle. Sie verspotten mich. Und ich lasse es über mich ergehen. Das ist Teil meiner Strafe.

Ally kommt auf mich zu. Ich muss ihr nicht mal hinterherlaufen.

»Wie wars in Truth or Consequences?«, erkundige ich mich.

»Was willst du, Blythe?«, fragt sie scharf und kalt.

»Ich habe echt Mist gebaut«, sage ich. »Ich war so wütend auf dich. Ich war so sauer. So neidisch darauf, wie stark du warst. Wie stark du bist. Ich wollte, dass du genauso leidest wie ich. Ich war aus vollkommen irrationalen Gründen verletzt. Ich dachte, ich hätte eine Erklärung verdient. Dachte, du bist es mir schuldig, mich zu decken. Es ging mir nicht um dich, nur um mich selbst.«

»Meine Nachbarin hat zwei Stunden gebraucht, um diesen Scheiß vom Bürgersteig zu bekommen.«

Sie schwebt über mir. Als könnte sie mich gleich treten. Und ich hätte es verdient.

»Ich verstehe es, wenn du mir nie wieder vertrauen kannst. Ich bin kein guter Mensch – und das sage ich nicht nur, weil ich will, dass du so was erwiderst wie ›Doch, B, du bist ein guter Mensch. Du bist ein toller Mensch, B.‹«

»Zum einen habe ich dich nie B genannt.«

»Stimmt. Stimmt.«

»Und zum anderen würde ich dich nie so einfach davonkommen lassen.«

Mein Gesicht schmilzt ein wenig. Ich kann es spüren, ist das nicht merkwürdig? Es fließt einfach nach unten, zieht meine Mundwinkel mit sich. Meine Lippen angespannt.

»Ich weiß nicht, was ich tun soll.« Ich vergrabe mein Gesicht in den Händen. »Es ist mir so peinlich, wie ich mich verhalten habe. Ich schäme mich so sehr.«

Ich kann Ally nicht mal ansehen. Ich kann meine Hände nicht wegnehmen, ohne dass dieser ganze Horror über mich hereinbricht.

»Ich kann das für dich nicht einfacher machen«, sagt sie.

»Das erwarte ich auch nicht.«

Ich wische mir über mein nasses Gesicht. Sie mustert mich nachdenklich. Wartet.

»Ich finde, deine Geschichte hat es verdient, erzählt zu werden, wenn du sie erzählen willst. Das hast du in deinem Brief geschrieben. Über die Initiation. Du kannst mit Terrance reden. Es ihm für ›THE UNDERGROUND‹ vorschlagen. Aber das wird nicht leicht. Weil die Leute dich danach anstarren werden.«

»Sie starren mich jetzt schon an, Ally.« Ich schweige kurz. Ich will diesen Moment festhalten. Es gibt noch so vieles, was ich ihr sagen will. Über Sean. Über Donnie. Über Dev. Darüber, wie schrecklich ich mich fühle. Wie niedergeschlagen und abgetrennt von allem ich mich fühle. Dass man mich vielleicht in irgendeine Anstalt stecken sollte, nach all dem, was passiert ist. Vielleicht tun sie das ja noch. »Darf ich ein Stück mit dir gehen?«

Ally öffnet den Mund. Sie kann den Sarkasmus nicht

zurückhalten. Und endlich lächelt sie. Kein echtes Lächeln. Eher ein süffisantes Grinsen.

»Es gibt Regeln, wenn du neben mir gehen willst.«

»Da bin ich mir sicher«, sage ich lächelnd. Das erste Mal seit Wochen. Ich lächle wegen Ally. Sie entlockt mir wirklich ein Lächeln. »Da bin ich mir sicher.«

In den Schulfluren hängt nach Unterrichtsschluss immer dieser Geruch nach zu vielen Körpern. Wir alle, jeden Tag hier drinnen zusammengepfercht. Aber wenn man lange genug bleibt, ungefähr eine Stunde nachdem alle anderen gegangen sind, zieht eine frische Brise durch die Gänge.

Die paar wenigen Leute, die noch da sind, starren uns an. Ich bin die Geächtete.

Ich stelle mir einen Pfeil auf dem Boden vor, einen neonfarbenen Pfeil, auf dem steht: »Hier geht's los«, und ich folge ihm. Halte meinen Kopf hoch erhoben. Meinen Rücken gerade. Das ist alles, was ich noch habe.

56

ALLY

Es ist kurz vor den Winterferien. Der Boden ist von einer dünnen Schneeschicht bedeckt und alles ist weiß und klar. Blythe tritt neben mir in das Zimmer, in dem Miss Tepps Selbsthilfegruppe für Opfer sexueller Gewalt stattfindet.

Es sind etwa zehn Mädchen in dem Raum und sie starren Blythe böse an. Sie sind nicht glücklich darüber, dass Blythe hier ist. Das ist deutlich zu sehen. Es ist ihnen egal, dass sie für die Graffitis vor meinem Haus Sozialstunden abgeleistet hat. Sie und Suki und Cate. Es ist ihnen egal, dass sie mit der Polizei über Sean Nessel geredet hat. Dass sie die Ermittlungen unterstützt. Dass sie als Zeugin vor Gericht aussagen wird, auch wenn er auf Kaution freigekommen ist, bis der Fall einem Richter vorgelegt wird. Raj denkt, dass Sean Nessel an ein öffentliches College gehen muss, weil keine gute Uni ihn jetzt noch annehmen wird. Ich tippe eher darauf, dass er einfach ein Jahr wartet. Es so aussehen lässt, als wäre es von Anfang an so geplant gewesen.

Blythe hat alles gestanden. Nachdem sich ihr Artikel für ›THE UNDERGROUND‹ rasend schnell verbreitet hat, hat sie der Polizei alles über die Initiation erzählt. Ich habe gehört, dass sie ganz allein aufs Revier gegangen ist. Keine Eltern. Keine Freunde. Nur sie und ein Anwalt.

Amanda Shire wurde wegen Gefährdung Minderjähriger, dem Abhalten eines sexuell erniedrigenden Initiationsritus und der Anstiftung zu schwerwiegender sexueller Nötigung angeklagt. Aber meiner Meinung nach ist es nicht fair, dass ein einzelnes Mädchen, eine Frau inzwischen, für all das den Kopf hinhalten muss. Auch wenn es jemand ist wie Amanda Shire. Sie hat das nicht allein getan. Sie mag sich die Initiation ausgedacht haben, aber sie hatte Hilfe bei der Umsetzung.

Zuerst haben sich die Leute gar nicht sonderlich über die Initiation aufgeregt. *Das ist schon so lange her*, haben sie gesagt. Dass diese Mädchen wie Blythe und Donnie freiwillig mit den Typen in diesem Raum waren. Niemand hat ihre Köpfe runtergedrückt. Niemand hat sie angekettet. Niemand hat sich auf sie gesetzt. Es war Gruppenvergewaltigung. Für Alex Kramer, den Typen, der Blythe damals zugeteilt worden war, war es einfach nur ein One-Night-Stand. Zumindest hat er es so erzählt. Nicht mehr. Er will jetzt Jura studieren, hat jemand Bylthe erzählt. *So eine Geschichte wird sein Leben ruinieren.* Das hat jemand vollkommen ohne Ironie zu ihr gesagt.

Aber dann hat eine Reporterin vom ›Star-Ledger‹, die Blythes Geschichte in ›THE UNDERGROUND‹ gelesen hat, einen Leitartikel über die Initiation geschrieben. Für die Titelseite. Darüber, dass vierzehnjährige Mädchen achtzehnjährigen Sportlern Blowjobs geben. Dass achtzehnjährige Mädchen das arrangiert haben. Es gab eine Notfallsitzung des Schulrates. Erst vor ein paar Tagen habe ich einen Artikel dazu auf CNN.com gesehen. ›Dateline‹ will etwas darüber bringen. Der Vorsitzende des Schulrates hat einen Brief an alle Eltern geschickt.

Trotzdem wollen die Leute immer noch, dass Blythe dafür bezahlt. Die Mädchen in Miss Tepps Zimmer beobachten sie argwöhnisch. Starren sie an. Sie verstehen nicht, wie ich überhaupt mit ihr sprechen kann, nach allem, was sie getan hat. Wie ich ihr verzeihen konnte. Aber ich habe ihr nicht verziehen. Zumindest sehe ich es nicht so.

»Danke, dass ich neben dir sitzen darf«, flüstert sie.

So vieles von dem, was wir beide durchgemacht haben, fühlt sich inzwischen so weit weg an. Vielleicht waren wir damals andere Menschen. Vielleicht sind wir jetzt mehr wir selbst. Als ob wir uns zum ersten Mal begegneten.

Ich sehe sie an und frage mich, ob ich Blythe kenne. Sie wirklich kenne. Natürlich nicht. Die Blythe, die ich kannte, würde nicht in diesem Raum sitzen. Einem Raum voller Mädchen, die alle etwas zu erzählen haben. Ein Mädchen, dessen Cousin sie belästigt hat, als sie sechs Jahre alt war. Ein Mädchen, dessen Freund sie festgehalten hat. Ein Mädchen, das nackt aufgewacht ist und nicht wusste, was passiert ist. Es ist auch ein Mädchen hier, das bei der letzten Initiation dabei war. Es werden noch mehr Mädchen wie Blythe hierherkommen.

~

Miss Tepp will mich nach der Stunde noch sprechen. Blythe geht allein hinaus. Sie winkt mir zu. Ich winke zurück. Mehr nicht.

Miss Tepp nimmt meine Hand. »Ally, ich wollte dir nur sagen, dass ich in meinem Leben selten so stolz war wie jetzt, wenn ich in deiner Nähe bin. Dich zu kennen, hat mich so sehr verändert.« Sie fängt an zu weinen. Sie gibt diesen komischen, halb lachenden Laut von sich, der entsteht, wenn man Tränen zurückhalten will.

Es tut weh, sie zu umarmen, denn niemand will das Mädchen sein, das alle verändert hat. Es ist zu viel Druck. Ich wäre lieber das Mädchen gewesen, das dieses Jahr absolut nichts erlebt hat. Das unsichtbare Mädchen. Das Mädchen, das die Collagen von einem Jungen, den sie nicht kannte, unter ihrem Bett versteckt.

An der Wand entdecke ich einen Schatten. Es sieht fast so aus, als würde jemand mit den Fingern Hasenohren vor einem Projektor machen, nur dass dieser Schatten eher die Form eines Dreieckes hat. Er schwingt hin und her wie ein Pendel. Er stammt von den drei kleinen Papierflugzeugen, die von der Decke hängen.

Ich strecke die Hand aus und berühre einen der Flügel. Das Flugzeug wippt vor und zurück, völlig entspannt an diesem unschuldigen Ort mit Papierfliegern und albernem Kram aus Kindertagen.

~

Im Flur vor Miss Tepps Zimmer sitzt Sammi auf dem Boden, an die Wand gelehnt, wartet auf mich.

»Ich habe Blythe rauskommen sehen.«

»Wir müssen nicht über sie reden.«

»Nein, ich glaube, es ist gut, wenn sie hier ehrlich sein kann.« Sammi hält inne. Denkt nach. »Kann Blythe Jensen ehrlich sein?«

»Ich weiß es nicht. Wirklich, ich weiß es nicht.«

Ich sehe durch die rechteckigen Fenster hinaus aufs Fußballfeld. Die Saison ist schon lange vorbei.

»Es fällt mir schwer, sie nicht immer noch zu hassen.«

»Ich weiß«, sage ich. »Ist es okay, wenn ich sie nicht hasse?«

Das muss in Sammis Ohren komisch klingen. Es würde in

den Ohren aller komisch klingen, nach dem, was sie getan hat. Aber etwas an Blythe hat sich verändert.

»Oh, ich weiß, dass du sie nicht hassen kannst«, erwidert Sammi lachend. »Vielleicht ist es so eine Art Hassliebe. Aber du wirst nie einfach nur hassen. Das habe ich schon lange akzeptiert.«

Ich will noch viel mehr sagen. Mich verteidigen. Blythe verteidigen.

Aber ich will nicht mehr über Blythe reden. Ich will sie aus meinem Kopf vertreiben. Aufhören von ihr zu träumen, davon, wie es war, als wir uns so nah waren. Was es mir bedeutet hat. Wie ich mich in ihrer Nähe gefühlt habe.

Ich hake mich bei Sammi unter, so wie früher, als wir in die Highschool gekommen sind, damals in der neunten Klasse.

Wir gehen an der Sporthalle vorbei. An den Basketballspielern mit ihren quietschenden Schuhen. An der Hallentür vorbei, bis wir sie nicht mehr hören können. Nur noch einen Nachhall ihrer Stimmen. Und als wir weitergehen, durch die große Doppeltür, die hinaus auf den Parkplatz führt, löst Sammi ihren Arm von meinem und legt ihn mir um die Schultern. Es ist ein grauer Tag, aber das ist egal, denn manche Tage sind einfach so.

NACHWORT

Ich war gerade auf dem Weg zu einem Event von Rebecca Traister, der Autorin von ›Good and Mad: The Revolutionary Power of Women's Anger‹, in der New York Public Library, als mich die Nachricht erreicht hat, dass Razorbill Interesse an meinem Roman hat.

Nur fünf Tage zuvor hatte Christine Blasey Ford vor Gericht ausgesagt, dass sie auf einer Highschool-Party von einem jungen beliebten, sehr klugen und sehr betrunkenen Brett Kavanaugh sexuell belästigt worden war. Die Anhörung war mir gut im Gedächtnis geblieben und hat mich, wie so viele andere Frauen im ganzen Land, sehr bewegt. Ich war schockiert.

Ich habe Richter Kavanaugh gesehen, seinen Feuer spuckenden Zorn und seine Verteidigung gehört, und war erschüttert, so viele Parallelen zu dem Vergewaltiger in meinem Roman, dem »himmlischen« Sean Nessel, festzustellen. Seine Eigenschaften treffen auf einen bestimmten Typen zu: privilegierte arrogante sexistische Mobber und Triebtäter.

Aber tatsächlich begriffen, wie unheimlich ähnlich Sean Nessel Brett Kavanaugh ist, habe ich erst in dem Moment, als Dr. Blasey erzählt hat, wie Richter Kavanaugh ihr in einem Schlafzimmer im oberen Stockwerk den Mund zugehalten, sie zu Boden gedrückt und versucht hat, ihr die Klamotten auszuziehen. Ich konnte Sean Nessel vor mir sehen, in vierzig Jahren, auf einem ganz ähnlichen Karriereweg, wütend, angriffslustig, alles abstreitend, aktiv seine Vergangenheit verleugnend und kurz davor, Richter am Obersten Gerichtshof zu werden.

Auf die Frage, an welche Details des Übergriffes Dr. Blasey sich am deutlichsten erinnere, sagte sie: »Unauslöschlich in meinem Hippocampus verankert ist das Lachen, das grölende Lachen der beiden. Sie machten sich über mich lustig.«

Es ist wichtig zu wissen, dass sich nicht alle Opfer sexueller Übergriffe an sämtliche Details erinnern. Traumatische Erinnerungen können bruchstückhaft und unscharf sein. So können die Opfer sich beispielsweise lebhaft an bestimmte Szenen erinnern, aber nicht an die Tageszeit.

Vor etwa zwanzig Jahren habe ich angefangen an ›Something Happened to Ally‹ zu schreiben. Es hat als Kurzgeschichte begonnen, über ein Mädchen, das vom beliebtesten Jungen der Schule vergewaltigt wurde. Nach dem Vorfall hat sie geduscht und ihre Gefühle für sich behalten, hat es niemandem erzählt. Ich habe nie so ganz verstanden, wieso ich diese Geschichte geschrieben habe. *Es geht darin nicht um mich*, habe ich anderen Autorinnen und Autoren in Workshops gesagt, die den Text gelesen haben. Ich habe ihnen versichert: *Oh, nein. Es geht nicht um mich.*

Ich habe Jahre gebraucht, um zu begreifen, dass diese Geschichte eine Möglichkeit war, meine eigenen Erfahrungen zu verarbeiten. Erfahrungen, die zu kompliziert waren, um darüber zu sprechen, und zu schmerzhaft, um sie zu verstehen.

Ich habe meine Jungfräulichkeit an einen Jungen in meinem Studentenwohnheim verloren, der sich geweigert hat, mich gehen zu lassen, bis ich ihm gesagt habe: »Na gut, dann bringen wir's halt hinter uns.« Ich habe nie vergessen, wie ich ihm gesagt habe, dass das Blut nur meine Periode sei, und wie ich mich ins Bad geflüchtet und versucht habe, alles wegzuwischen. Ich habe nie vergessen, dass derselbe Junge in demselben Jahr meine Freundin vergewaltigt hat, als die im Rausch von psychedelischen Pilzen bewegungsunfähig war.

Ich werde niemals vergessen, wie ich auf einer Highschool-Party einmal in ein dunkles Zimmer gekommen bin und eine betrunkene Freundin dort ausgebreitet auf dem Bett liegen sah, bewusstlos, während sieben Jungen um sie herumstanden und ihren Körper betatscht haben. Wie einer der Typen mich als »Spielverderberin« beschimpft hat, als ich eingeschritten bin und die Freundin aus dem Zimmer geschleift habe. Wie ein Schneider, der das Kleid für meinen Abschlussball angepasst hat, meine Brüste begrapscht hat. Wie ein Arzt mir gesagt hat, dass ich meinen BH ausziehen soll, als ich mit neunzehn die Grippe hatte, weil er nur so mein Herz abhören könne.

Das sagt die Statistik: Bei jungen Menschen ist die Gefahr größer, sexuell belästigt zu werden. Bei Mädchen im Alter zwischen sechzehn und neunzehn ist die Wahrscheinlichkeit, einer Vergewaltigung, einer versuchten Vergewaltigung oder sexueller Belästigung zum Opfer zu fallen, viermal so groß wie beim Rest der US-Bevölkerung*.

Im Jahr 1989 – ich war damals im Abschlussjahrgang der Highschool – hat ein Vergewaltigungsfall in Glen Ridge, New Jersey, Schlagzeilen gemacht. Ich habe damals nur ein paar Orte entfernt gewohnt. (Der Vollständigkeit halber: Heute wohne ich selbst in Glen Ridge.) Ein junges Mädchen mit

---

* Department of Justice, Office of Justice Programs, Bureau of Justice Statistics: ›Sex Offenses and Offenders‹ (1997).

geistiger Beeinträchtigung wurde in einem Keller von einer ganzen Gruppe Highschool-Sportler vergewaltigt. Das Opfer wurde als Schlampe bezeichnet. Viele Lehrkräfte sowie Schülerinnen und Schüler haben sich auf die Seite der Sportler gestellt. Eine Freundin von einem der Täter hat sogar versucht, das Opfer davon zu überzeugen, nicht auszusagen. Dieses Detail ist bei mir ganz besonders hängen geblieben, weil das die schlimmste Form des Betruges ist. Mit der Zeit hat sich dieser Teil der Geschichte zu Blythe Jensen entwickelt.

Als ich Ally Greenleafs Geschichte zum ersten Mal aufgeschrieben habe, hatte Ally keine Stimme. Sie wurde vergewaltigt und damit war die Geschichte zu Ende. Aber während ich älter wurde – und sich mein Selbstverständnis dank jahrelanger Arbeit mit einer sehr guten Therapeutin weiterentwickelt hat, ich die Vergewaltigungskultur verstanden habe, verstanden habe, dass sich dieses Verhalten nicht in einer Blase entwickelt hat –, ist auch die Geschichte gereift.

Ich habe Artikel in diversen Publikationen veröffentlicht, darunter ›The New York Times‹, ›The Atlantic‹, ›Marie Claire‹, ›Lenny Letter‹, ›The New York Times Magazine‹ und viele mehr. Und in vielerlei Hinsicht bin ich diesen Roman wie eine Journalistin angegangen: Ich habe recherchiert, habe meine Fakten überprüft, Expertinnen und Experten interviewt, habe massenweise Artikel und Journale gelesen. Ich habe mit einer Testleserin gearbeitet, die mir wertvolle Hinweise und Feedback gegeben hat. Doch trotz all der Recherche und meinem Bestreben, alles richtig zu machen, kann mein Buch immer noch Fehler enthalten, die nur mir zuzuschreiben sind. Ich weiß auch, dass trotz meiner besten Bemühungen einige Leute das Gefühl haben werden, dass diese Geschichte ihren eigenen Erfahrungen nicht völlig gerecht wird.

Ich hoffe, dass dir die Lektüre von ›Something Happened to Ally‹ die Komplexität sexueller Gewalt verdeutlicht hat. Ich hoffe, es hat dir gezeigt, wie das Leben – das Überleben – der Opfer aussieht. Aber neben dem weiblichen Zorn und den Nachwirkungen sexueller Gewalt geht es in diesem Roman auch um die Schönheit weiblicher Freundschaften und auch um deren teils besorgniserregende Dynamiken. Diese Mädchen behandeln einander oft so, wie Teenager einander nicht behandeln sollten. Von den Mädchen heutzutage wird erwartet, dass sie über das Klischee der *Mean Girls* hinausgewachsen sind. Aber es ist wichtig zu zeigen, dass Teenagermädchen zwar durchaus mitfühlend und nachsichtig sein können, aber ebenso kompliziert und düster. Und manchmal gefährlich.

Zu guter Letzt noch ein Ratschlag, falls du zu diesem Nachwort vorgeblättert hast, weil du wissen wolltest, wer so ein Buch schreibt und was meine Hintergrundgeschichte ist, und du jetzt zu überwältigt bist, um dich zurück in die Geschichte zu stürzen … Dann mach das Buch einfach zu. Hör auf zu lesen. Gib dir etwas Zeit, um das alles sacken zu lassen. Ganz im Ernst, ich nehme es dir nicht übel.

Ally und Blythe finden im Schreiben eine Möglichkeit zur Heilung. Mir hat das Schreiben ebenfalls sehr geholfen. Für mich ist Schreiben wie Atmen. Schreiben ist Meditation. Schreiben ist der Wegweiser, der mich aus meinem eigenen Kopf hinausführt. Wie mir der New Yorker Journalist Sid Zion einmal gesagt hat, kann sich Schreiben auch so anfühlen, als würde man in einem Topf voller Hotdogs gekocht. Was ich damit sagen will: Schreiben ist nicht für jeden und jede der richtige Weg und kann unglaublich frustrierend sein, aber es kann dir dabei helfen, dich selbst besser zu verstehen, und es kann unglaublich befreiend sein.

Selbst wenn du nur etwas in dein Tagebuch schreibst und es dann in den Müll wirfst. Bring diese Worte zu Papier und lass sie dort. Schau nicht zurück. Manchmal ist das schon genug. Also tu es einfach, okay? Schnapp dir ein Tagebuch und fang an zu schreiben.

Hayley

DANKSAGUNG

Zuallererst möchte ich meinen Eltern, Amy Krischer und Norman Krischer, dafür danken, dass sie mich immer unterstützt haben, meine größten Fans waren und all meine Kreativität und Exzentrik akzeptiert haben. Ich liebe euch beide von ganzem Herzen.

Danke auch an meine Agentin Emily Sylvan Kim, die von Anfang an an mich geglaubt und nie an mir gezweifelt hat. Nicht ein einziges Mal. Ich werde für immer in deiner Schuld stehen, für deinen Glauben an mich, deine Ehrlichkeit und deine weisen Ratschläge.

Ein großer Dank geht an Julie Rosenberg, dafür, dass sie nicht nur meine Lektorin war, sondern meine Partnerin in diesem ganzen Prozess. Ich habe das Gefühl, dass wir gemeinsam meine Figuren therapiert haben – du hast so viel Empathie für sie alle, verstehst sie, hast so viel Mitgefühl und behandelst sie, als wären sie deine eigenen. Ich bin so dankbar für all deine Arbeit und dafür, dass du mir diese Chance ermöglicht hast.

Danke dem Team von Razorbill und Penguin Teen, Casey McIntyre, Alex Sanchez, Gretchen Durning, Jayne Ziemba, Wendy Dopkin, Marinda Valenti, Abigail Powers, Liz Lunn, Tessa Meischeid und Bri Lockhart. Das Autorinnendasein ist einsam, bis es das nicht mehr ist, und ein Team wie euch zu haben, ist der Traum einer jeden Autorin.

Danke an meine Coverdesignerin, Samira Iravani, und an Monica Loya für die Illustration. Ihr habt Ally zum Leben erweckt und ich kann euch gar nicht genug dafür danken.

In meinem Roman spielen die weiblichen Freundschaften aus sehr gutem Grund die größte Rolle. In der Highschool hatte ich die loyalsten besten Freundinnen, die man sich nur vorstellen kann. Sie haben mich immer unterstützt und mir durch einige meiner schwersten Lebensabschnitte geholfen. Ohne sie wäre ich jetzt wahrscheinlich nicht hier und ganz sicher gäbe es nicht dieses Buch. Danke, Jessica Sherman, Amy Griffiths, Irene Stamos und Liz Adams, dafür, dass ihr mein allererstes Jugendbuch gelesen habt, als wir siebzehn waren, dafür, dass ihr euch immer wieder ›Heathers‹ mit mir angeschaut habt, und dafür, dass ihr mein ganz spezielles Verrücktheitslevel akzeptiert habt. Danke, Liz, dass du meine ganz eigene Sammi warst, mich aus zu vielen blöden Situationen gerettet hast und mir durch wirklich jede Krise meines Lebens geholfen hast.

Ich muss mich auch bei meiner Mädels-Gang bedanken, Beth Block, Sara Kaye und Miriam Rosenberg, meine Anker, meine Reisepartnerinnen, meine Therapeutinnen, meine geistigen Vorbilder. Danke, dass ihr mich festgehalten und niemals losgelassen habt.

Meine Schwägerin Melissa Adler, meine kreative Brainstorming-Partnerin. Ich kann nur wiederholen, was Oprah Winfrey einmal über Gayle King gesagt hat: Melissa, *taka*, du bist meine Mutter und meine Schwester. Du bist die Freundin, die jeder verdient.

Danke an meine Therapeutin Iris Ascher (denn jede Autorin und jeder Autor muss sich bei seiner Therapeutin bedanken). Iris, du hast mir Weitsicht und tiefe Einblicke gegeben; du hast mir Grenzen aufgezeigt und mir beigebracht, was Selbstwert ist.

Danke auch meinem Bruder David Krischer und meiner Schwägerin Brandi Morris. Ich schätze mich sehr glücklich, eure Weisheit, eure Freundschaft, eure Herzen und euer Verständnis zu haben.

Danke an *alle* Adlers und Solomons dafür, dass ihr meine Familie seid, mit Mel und Eileen an der Spitze. Danke, dass ihr mir in dieser großen, ausgelassenen Familie immer das Gefühl gebt, geliebt zu werden. Dafür bin ich unendlich dankbar.

Es ist eine unglaubliche Menge an Recherche in dieses Buch geflossen. Ein ganz besonderer Dank geht deswegen an Bernard Lefkowitz, den Autor von ›Our Guys‹, einem detaillierten Bericht über den Vergewaltigungsfall in Glen Ridge, der essenziell für die Entstehung dieses Romans war.

Danke an Grace Brown, der Fotografin hinter dem Projekt *Unbreakable*, einem Fotografieprojekt, das Opfern sexueller und häuslicher Gewalt und Kindesmissbrauchs eine Stimme gibt.

Danke all meinen Testleserinnen, Nicole Cooley, Jodi Brooks, Ruby Brooks und Miriam Novogrodsky. Danke meinen Dozentinnen und Dozenten an der Lesley University, an der ich meinen MFA in Creative Writing absolviert habe – Hester Kaplan, Michael Lowenthal und Laurie Foos –, dafür, dass sie mich immer ermutigt und so viel zu meiner Arbeit beigetragen haben.

Danke an Jami Attenberg, die #100wordsofsummer ins Leben gerufen hat. Jami, ich war an einem echten Tiefpunkt, als ich deine Herausforderung im Sommer 2018 angenommen habe. Ich dachte, ich hätte keine Chance als Autorin.

Deine Challenge hat mich aus diesem dunklen Loch geholt und mich dazu gebracht, meine Arbeit aus einem neuen Blickwinkel zu betrachten. Tu dir selbst einen Gefallen und folge Jamis Hashtag #100wordsofsummer – es ist inspirierend und wird dein Schreiben wirklich verändern und, wie Jami selbst sagt, nach zwei Wochen wirst du vierzehntausend neue Wörter haben. Was hast du also zu verlieren?

Der größte Dank geht an meine Kinder, Jake und Elke. Ohne euch wäre ich nichts. Ihr beide habt mich stärker verändert und mir mehr Klarheit verschafft, als ihr euch jemals vorstellen könnt.

Und vielen Dank meinem Mann Andy, meinem leuchtenden Stern. Danke für deine Ehrlichkeit, für dein Mitgefühl, für deine Liebe, dafür, dass du die merkwürdigste Person bist, die ich kenne, dass du mich in den unangebrachtesten Momenten zum Lachen bringst und dass du der beste Testleser bist, den sich eine Autorin nur wünschen kann. Ich liebe dich.

Zu guter Letzt möchte ich mich bei der jungen Hayley bedanken. Dem Mädchen, das schrieb und schrieb und schrieb, weil Atmen Schreiben ist und sie schreiben musste, um zu leben. Danke, dass du nie den Glauben an dich selbst verloren hast. Danke, dass du trotz der aberhundert Absagen nicht aufgegeben hast. Danke, dass du die Nervosität und die Angst, die Depression und die Einsamkeit überwunden hast. Sieh dir nur an, was aus dir geworden ist, Mädchen. Sieh dich nur an.

ANMERKUNG

Dieser Roman behandelt potenziell triggernde und verstörende Themen wie Alkohol- und Drogenmissbrauch, drastische Darstellungen von sexueller Nötigung und Vergewaltigung, Mental-Health-Probleme sowie Cybermobbing.

HILFE- UND ANLAUFSTELLEN

Wenn du oder jemand, den du kennst, sexuell belästigt wurde, kannst du bei diesen Institutionen Hilfe und Unterstützung finden:

Allgemeine Informationen:
Polizei: Notruf 110 oder die zuständige Polizeidienststelle (Damit ist automatisch die Erstattung einer Anzeige und eine polizeiliche Untersuchung verbunden.)
Österreich: 133, Schweiz: 117

Spuren sexueller Gewalt können als Beweismittel durch sogenannte Gewaltambulanzen gesichert werden und werden zwei Jahre aufbewahrt, können also auch bei einer später erfolgenden polizeilichen Anzeige verwendet werden. Solche Gewaltambulanzen gibt es beispielsweise in Berlin, Düsseldorf, Hannover, Hamburg, Heidelberg, Stuttgart und München. Telefonnummern finden sich im Internet.

Es gibt eine deutschlandweite Beratung durch die zuständigen Sozialbürgerhäuser und Jugendämter (auch kurzfristige Unterbringung in Jugendschutzstellen).
Die Broschüre zum Thema Vergewaltigung »Nein heißt Nein«

der Stadt München enthält u.a. Informationen zum Sexualstrafrecht. Download unter:
www.frauennotruf-muenchen.de/nein-heisst-nein/

Schutz und Hilfe bei sexualisierter / sexueller Gewalt:
Hilfeportal sexueller Missbrauch des Unabhängigen Beauftragten (der Bundesregierung) für Fragen des sexuellen Missbrauchs mit Suchfunktion für lokale Beratungsstellen, Notdienste, Therapeutinnen und Therapeuten
www.beauftragter-missbrauch.de
www.hilfeportal-missbrauch.de

Hilfetelefon sexueller Missbrauch
Tel.: 0800 22 555 30, kostenfrei und anonym
Mo, Mi, Fr 9–14 Uhr, Di, Do 15–20 Uhr

Hilfetelefon – Gewalt gegen Frauen
Tel.: 116 016 (kostenfrei, anonym, rund um die Uhr, deutschlandweit, mehrsprachig), auch per Chat und Mail
www.hilfetelefon.de/das-hilfetelefon/beratung.html

Hilfetelefon – Gewalt an Männern
Tel.: 0800 123 99 00 (kostenfrei, anonym, deutschlandweit, mehrsprachig), auch per Chat und Mail
Mo–Do 8–13 Uhr und 15–20 Uhr, Fr 8–15 Uhr
www.maennerhilfetelefon.de

pro familia
deutschlandweit, allgemeine Beratung zu Fragen (selbstbestimmter) Sexualität, 200 Beratungsstellen und Beratung per Mail
www.profamilia.de

Weißer Ring
allgemeiner Hilfeverein für Kriminalitätsopfer mit 400 Außenstellen
Telefon- und Onlineberatung
Tel.: 116 006 (kostenfrei, anonym, 7–22 Uhr, deutschlandweit)
www.weisser-ring.de/hilfe-fuer-opfer/onlineberatung

Allgemeine Notfall- und Hilfetelefone:
TelefonSeelsorge
allgemeine Beratung
Tel.: 0800 111 01 11 oder 0800 111 02 22 (kostenfrei, anonym, rund um die Uhr, deutschlandweit), auch per Chat und Mail
www.telefonseelsorge.de
in Österreich: 142; www.telefonseelsorge.at
in der Schweiz: 143; www.143.ch; Die Dargebotene Hand

Nummer gegen Kummer
Kinder- und Jugendtelefon des Deutschen Kinderschutzbundes
Tel.: 116 111 (kostenfrei, anonym, deutschlandweit)
Mo–Sa 14–20 Uhr
auch Onlineberatung per Chat und Mail möglich
www.nummergegenkummer.de

Nightlines in Europe
Ein Zuhör- und Informationstelefon von Studierenden für Studierende
Erreichbarkeit: abends, teils auch per Chat oder Mail
www.nightlines.eu (Liste der Nightlines in deutschsprachigen Universitätsstädten)

Muslimisches SeelsorgeTelefon
Tel.: 030 443 509 821 (anonym, rund um die Uhr, dienstags auch auf Türkisch)

Beratungsstellen in Österreich:
Allgemeine Informationen des Bundeskanzleramtes (mit Suchfunktion für Beratungsstellen) unter
www.gewaltinfo.at

Frauenhelpline gegen Gewalt
Tel.: 0800 222 555
www.frauenhelpline.at

TAMAR – Beratungsstelle für misshandelte und sexuell missbrauchte Frauen, Mädchen und Kinder
Tel.: 01 334 04 37
www.tamar.at

Beratungsstellen in der Schweiz:
Opferhilfe Schweiz der kantonalen Sozialdirektorinnen und Sozialdirektoren, mit Suchfunktion für Beratungsstellen
www.opferhilfe-schweiz.ch

Frauenberatung sexuelle Gewalt
Tel.: 044 291 46 46
info@frauenberatung.ch; www.frauenberatung.ch

CASTAGNA – Beratungs- und Informationsstelle für sexuell ausgebeutete Kinder, Jugendliche und in der Kindheit und Jugend ausgebeutete Frauen und Männer
Tel.: 044 360 90 40
mail@castagna-zh.ch; www.castagna-zh.ch